APRENDIZ DO VILÃO

APRENDIZ DO VILÃO

EITA!

VILÕES SÃO TOP

HANNAH NICOLE MAEHRER

APRENDIZ DO VILÃO

Tradução
Isabela Sampaio

Copyright © 2024 por Hannah Nicole Maehrer
Copyright da tradução © 2024 by Editora Globo S.A

Publicado originalmente por Red Tower Books, um selo da Entangled Publishing, LLC.

Direitos de tradução negociados por Alliance Rights Agency e
Sandra Bruna Agencia Literaria, SL.

Os direitos morais do autor foram assegurados. Todos os direitos reservados. Nenhuma parte desta edição pode ser utilizada ou reproduzida — em qualquer meio ou forma, seja mecânico ou eletrônico, fotocópia, gravação etc. — nem apropriada ou estocada em sistema de banco de dados sem a expressa autorização da editora.

Título original: *Apprentice to the Villain*

Editora responsável **Paula Drummond**
Editora de produção **Agatha Machado**
Assistentes editoriais **Giselle Brito e Mariana Gonçalves**
Preparação **Paula Prata**
Revisão **Luiza Miceli**
Diagramação e adaptação de capa **Guilherme Peres**
Projeto gráfico original **Laboratório Secreto**
Ilustração e design de capa e mapa originais **Elizabeth Turner Stokes**

Texto fixado conforme as regras do Acordo Ortográfico da Língua Portuguesa (Decreto Legislativo nº 54, de 1995)

CIP-BRASIL. CATALOGAÇÃO NA PUBLICAÇÃO
SINDICATO NACIONAL DOS EDITORES DE LIVROS, RJ

M16a   Maehrer, Hannah Nicole
           Aprendiz do vilão / Hannah Nicole Maehrer ; tradução Isabela Sampaio. - 1. ed. - Rio de Janeiro : Globo Alt, 2024.

           Tradução de: Apprentice to the villain
           ISBN 978-65-85348-78-2

           1. Romance americano. I. Sampaio, Isabela. II. Título.

24-92347   CDD: 813
                      CDU: 82-31(73)

Meri Gleice Rodrigues de Souza - Bibliotecária - CRB-7/6439

1ª edição, 2024

Direitos de edição em língua portuguesa para o Brasil
adquiridos por Editora Globo S.A.
R. Marquês de Pombal, 25
20.230-240 – Rio de Janeiro – RJ – Brasil
www.globolivros.com.br

Para meus irmãos, Avery, Jake e Ben, por todas as vezes que vocês deixaram meu coração mais leve, mesmo nos momentos mais difíceis, e por todas as vezes que disseram que eu estava fedendo (sei muito bem que isso era um código para dizer "eu te amo").

E, para todos vocês, é assim que eu imagino a experiência de ser a aprendiz de um vilão moralmente ambíguo em um livro de fantasia.

Aprendiz do Vilão é uma fantasia romântica humorística, com dedos decepados rolando pelo chão do escritório e um quadro de índice de assassinatos acidentais que foi atualizado diariamente neste trimestre. Por isso, a história contém elementos que podem não ser adequados para todos os leitores, incluindo distanciamento familiar, situações perigosas, linguagem gráfica, batalhas, violência, sangue, morte, tortura, ferimentos, encarceramento, doença, queimaduras, afogamento, intoxicação acidental e uso de álcool.

Leitores sensíveis a esses temas, por favor, estejam cientes.

PRÓLOGO

Era uma vez...

Era um dia como outro qualquer para o Vilão, exceto pelo detalhe de ele estar pegando fogo.

A primeira semana de Evie Sage no trabalho fora terrível — pelo menos para Trystan Maverine. A cera escorria de uma das velas à sua frente e pingava no pergaminho que ele estava revisando, por pouco não atingindo a borda do suporte. Ele olhou com desprezo para a cena. A rebeldia da vela lembrava a da mulher que ele tinha contratado enquanto sangrava e perdia a consciência na Floresta das Nogueiras.

Excelente momento para tomar decisões transformadoras no departamento de recursos humanos.

Em sua defesa, ele tinha certeza de que ela pediria demissão quase imediatamente. Mas nada afetava aquela mulher. Ele havia tentado de tudo, não poupando nem mesmo assassinato — até isso Trystan fez. Mas nem um cadáver em cima da mesa dela fora capaz de abalar Evie e aquele maldito sorriso. Independentemente das tarefas que ele lhe passava, ou da sensação de perigo ou nojo que deveriam evocar, ela sorria. E, pior ainda, ela *não ia embora*. Sua presença persistente inspirava um sentimento que ele não conseguia decifrar de jeito nenhum.

Dava para senti-la parada ao lado dele, praticamente irradiando calor, como se fosse uma série de luzinhas cintilantes. Luzes que ele precisava se esforçar para não olhar, como se atraíssem fisicamente sua atenção, sua mente. Só que Trystan não a deixaria distraí-lo. Em vez disso, fixou o olhar no ônix profundo da mesa, onde caiu mais uma gota de cera. Ele estava prestes a explodir, como um fósforo se aproximando de um barril de pólvora.

A correspondência que tinha em mãos não ajudava. *Malditos nobres*. Outro convite do Lorde Fowler, o único nobre da região disposto a fazer negócios com o Vilão. Até que poderia ser vantajoso, se o lorde não o entupisse de convites para jantares. Seria melhor lhe enviar uma dinamite de uma vez. Por sorte, era fácil ignorar a simpatia alheia em forma de cartas. Era bem mais difícil quando a fonte de gentileza ficava a apenas um metro e meio de distância, sorrindo e... pelo amor dos deuses, ela estava *cantarolando*?

Ninguém deveria ser tão alegre assim. Ia contra as regras da natureza.

Ele tinha dúvidas se a assistente que havia contratado era, de fato, humana — talvez ela fosse algum tipo de duende solar hiperativo que nunca vira escuridão na vida. E, infelizmente, o temperamento surreal não se limitava a ela. Sua energia contagiante estava se espalhando pelo escritório mais depressa do que a Doença Mística, que vinha fazendo vítimas sem dó nem piedade por toda Rennedawn ao longo da última década. Ele parecia ser o único a escapar ileso dos poderes dela. Seus funcionários pareciam mais felizes e as representações sombrias nos vitrais, mais brilhantes; até seus guardas pareciam mais amigáveis, menos sanguinários.

Trystan tinha visto um estagiário saltitar pelo escritório aquela manhã. Tinha sido a gota d'água.

Sage começou a cantarolar de novo do outro lado da sala. Ele queria segurá-la pelos ombros e exigir saber de onde vinha aquele poço sem fim de emoções agradáveis. Quando ela voltou a cantarolar pela terceira vez, Trystan sentiu um tremelique nos olhos. Ele estivera errado. *Aquela* sim era a gota d'água.

Ele deixou a correspondência de lado, prestes a repreendê-la, mas congelou ao ver o semblante sonhador de Sage. Estava apoiada na janela aberta do escritório, com o perfil iluminado pela lua e pelas estrelas. O ar noturno acariciava o cabelo escuro, criando a ilusão de que ela estava voando. Ele ficou encarando a curvatura do nariz dela, quase... encantado?

Providências precisavam ser tomadas.

Ele desviou o olhar dela antes de resmungar:

— Essa papelada não vai se organizar sozinha, Sage.

Trystan lhe lançou um olhar carrancudo, deslizando os dedos calejados pelo pergaminho liso enquanto fingia separar as páginas. Um cadáver na escrivaninha podia até não ter sido suficiente para abalá-la, mas a papelada noturna tinha uma chance alta.

O rosto de Sage surgiu no campo de visão à medida que ela se aproximava da mesa de Trystan, com o nariz franzido e a cabeça inclinada na direção dele, os cachos pretos caindo sobre o ombro.

— Mas seria uma mão na roda, hein! — respondeu ela, animada.

Ele ia vomitar.

Tossindo e enojado pela onda de afeto que se espalhava dentro de si, Trystan voltou a encarar a mesa e olhou para Reinaldo — um de seus amigos mais antigos e seu companheiro quase constante na última década. O príncipe que um dia fora humano era o motivo pelo qual Trystan estava metido naquela confusão, para início de conversa. As escapadas de Reinaldo levaram o anfíbio direto para os braços da guarda mágica do rei, o que levara Evie Sage direto para os braços de Trystan — literalmente. Ainda dava para sentir o calor do corpo dela colado no dele; seu cabelo com cheiro de rosas.

No momento, a coroa do sapo encrenqueiro escorregava perigosamente para o lado enquanto ele segurava uma de suas plaquinhas. Estava escrito: BONITA.

— Você acha que eu não sei disso? — resmungou Trystan, pegando a plaquinha da minúscula e grudenta pata do sapo e, em seguida, virando-a para baixo na mesa antes que Sage pudesse vê-la.

— Não sabe do quê, senhor? — perguntou ela. *Droga.*

— Que seus devaneios estão atrapalhando o andar dessa tarefa para que seja concluída a tempo — resmungou, fechando a cara assim que Reinaldo balançou a cabecinha para ele num tom de reprovação.

Eu não vou deixar um sapinho miserável achar que manda em mim.

Sage praticamente flutuou de volta à mesa dele, transmitindo no olhar um misto de travessura e sinceridade.

— Não era devaneio nenhum. Eu estava fazendo um pedido.

Sua saia verde-clara repleta de florzinhas girou ao redor dela enquanto Sage direcionava toda sua alegria para ele.

Ele quase se esquivou.

Mas, em vez disso, acabou se distraindo com o comentário dela.

— Um pedido?

Ela se sentou na recém-adquirida cadeira em frente a ele, afastando os cachos escuros do rosto e pegando uma pilha de papéis para organizar.

— Ninguém nunca te ensinou que as estrelas realizam pedidos? — perguntou ela, perplexa, como se fosse *ele* quem estava dizendo absurdos.

— Nunca tive essa aula específica na escola — respondeu Trystan, curto e grosso, e então voltou a atenção para um relatório da chefe de sua Guarda Malevolente, Keeley.

Ela franziu as sobrancelhas.

— Ah, não, eu não aprendi sobre as estrelas na escola. Aprendi com minha mãe e a família dela. Tio Vale era especialista em estrelas. Eu e minha prima Helena passávamos os verões aprendendo tudo sobre o assunto... a gente deitava na grama à noite e ficava só conversando com o céu. Era divertido.

Os olhos de Sage, cheios de alegria, de repente ficaram distantes, e o sorriso vacilou por um breve segundo. Mas ele percebeu. Estranho.

Ela continuou falando mesmo assim — como se por instinto.

— Minhas aulas da escola nunca foram tão interessantes, mas senti falta delas depois que saí.

Ele fixou os olhos na cera de vela em sua mesa.

— Não tinha nenhuma informação sobre escolaridade no seu currículo.

Ela respondeu com toda a casualidade do mundo:

— Eu tive que largar os estudos depois que minha mãe sumiu. Meu pai tinha o negócio dele e alguém precisava ficar em casa com minha irmãzinha.

Não pressione. Não tem importância.

— Quantos anos você tinha? — perguntou Trystan. *Droga.* Ele ouviu um farfalhar de papéis na mão dela. Devia estar segurando-os com força.

— Treze.

Trystan sentiu um aperto no peito. Reinaldo segurava outra plaquinha, claramente destinada a ele. O sapo a balançava na cara de Trystan. OTÁRIO.

— Sage, eu... — Ele se interrompeu no meio da frase. Havia um pedido de desculpas na ponta da língua. *Um pedido de desculpas?* O Vilão não *pedia desculpas*. A simples vontade de fazer isso o surpreendeu tanto que ele comprimiu os lábios.

O sobrenome dela pairava constrangedoramente no ar entre os dois. Trystan amassou uma carta e a jogou na lixeira para não olhar para ela, mas claro que acabou olhando mesmo assim.

Um semblante horrorizado havia tomado conta do semblante alegre. O horror de Sage se tornou tímido quando ela percebeu o olhar desconfortável de Trystan.

— Ah... Ah, desculpa. Eu não costumo falar tanto assim.

Bem, aquilo certamente não era verdade. Só nos últimos sete dias, ele tinha ouvido o estorvinho em forma de gente falar mais do que qualquer outro ser humano que conhecia — e, para seu choque, ele conseguia se lembrar de cada palavra.

— Acho que você está mentindo. — O comentário tinha um tom ríspido, não gentil.

— Ah, estou mesmo — disse ela sem rodeios, emendando com uma risadinha. — Sobre a parte de não falar muito, aliás, mas eu *realmente* peço desculpas.

Ali estava aquela leveza radiante que fazia parte dela. Sage se desculpava sem titubear. Até fazia parecer fácil.

— Sem problemas — resmungou ele.

Ela abriu um sorriso e Trystan piscou, confuso. Tinha sido por causa dele?

— Eu devo estar ficando mais confortável na sua presença — observou ela.

Meus deuses, a mulher parecia o sol. Ele precisava de óculos escuros só para olhar na direção dela.

Ele semicerrou os olhos e franziu a testa.

— Bem, conforto é algo inaceitável neste escritório. Talvez agora você *deva* pedir desculpas.

Ela mordeu o lábio, mas o sorriso escapuliu de qualquer maneira. Em seguida, virou a cabeça para a janela, em direção à estrela mais brilhante de todas. Melancólica.

Aquilo era demais. Ele precisava que ela desse o fora dali. Imediatamente.

Antes que Trystan pudesse espantá-la, ela voltou a olhar para ele, com as bochechas levemente coradas. Os dedinhos que seguravam os papéis afrouxaram enquanto ela dizia, com a maior sinceridade:

— Sinto muito. Mas é verdade. Esse é o melhor emprego que eu já tive.

Trystan murmurou um palavrão. Foi como levar um golpe, tão forte que ele quase caiu para trás. Precisou puxar a gola da camisa para não sufocar.

O sentimento misterioso que surgia após cada teste que ele lhe dava, após ela passar por todos eles com um sorriso no rosto, finalmente se revelou. Alívio.

Seu coração batia forte, sinalizando o perigo daquela emoção, mas Trystan respirou fundo mesmo assim e respondeu:

— Eu... fico feliz em ouvir isso. — Ele se levantou e tirou os papéis das mãos dela. Ela os soltou prontamente. — Está dispensada por hoje, Sage. Acho que já torturei você o suficiente.

Ela voltou os olhos rapidamente para as portas do escritório enquanto se levantava, colocando a mão na cintura e arqueando a sobrancelha.

— Acho que os homens nos calabouços lá embaixo não concordariam, senhor.

Ele engasgou e bateu no peito para disfarçar a risada, surpreso com aquele impulso. Se controlando, contraiu os lábios.

— A não ser que você queira se juntar a eles, sugiro que vá embora.

Ela franziu o nariz mais uma vez antes de se dirigir à porta, mas parou de novo para olhar pela janela, atraída pelos brilhos perolados no céu que se refletiam em seus olhos.

Era mais forte do que ele; Trystan não entendia por quê. Mas precisava saber.

— Qual foi seu pedido? — As palavras saíram em um sussurro rouco.

Sage se virou para ele enquanto recuava devagarinho até a porta, estendendo a mão para trás e alcançando a maçaneta. Aquele semblante despreocupado fez os ossos dele ficarem moles feito gelatina.

— Eu te aviso quando se realizar.

A porta se fechou de leve atrás dela, e as estrelas brilharam mais uma vez no canto dos olhos de Trystan. Ele bufou para elas e dirigiu-se imediatamente para a própria mesa, vasculhando a gaveta superior em busca de um rubi de chamada. Pedidos. Que coisa mais ridícula.

O rubi de chamada, assim como muitas outras pedras preciosas em sua posse, era usado para se comunicar com os membros de sua guarda. Cada setor tinha uma joia mágica diferente, dependendo do status, mas aquela situação exigia o Setor Rubi. O mais letal. Seu favorito.

Sem perder tempo, ele ordenou que alguém qualificado seguisse Sage na escuridão, para garantir que ela chegasse em casa sã e salva. Havia um monte de perigos na Floresta das Nogueiras, criaturas loucas para cravar as garras em alguém exatamente como aquela jovem, e ele já tinha investido uma semana de seu tempo nela. Não ia querer perder tudo aquilo.

Não ia querer *perdê-la*.

Afinal de contas, de que adiantava ter uma assistente... se ela estivesse morta?

CAPÍTULO I
O cavaleiro

— Evie Sage está morta.

As palavras do cavaleiro ecoaram pela ampla entrada do escritório do rei, reverberando pelas paredes opulentas como um grito de luto.

O rosto do rei Benedict estava inclinado para baixo e as mãos imaculadas, apoiadas sobre as páginas de um livro aberto. Os raios de sol que entravam pela grande janela iluminavam as páginas de bordas prateadas e tornavam o ambiente abafado e sufocante. O cavaleiro se remexia na armadura apertada, mas, quando o rei levantou a cabeça, ele congelou como uma estátua.

Aquilo era um erro.

O rei Benedict fechou o livro e a luz do sol diminuiu um pouco, como se estivesse decepcionada. Ele se levantou lentamente, com um sorriso solidário nos lábios.

— Que pena — comentou, passando a mão pelos cabelos cor de areia. Havia apenas alguns fios grisalhos, o que era surpreendente para um homem na idade avançada do rei. — A pobrezinha foi corrompida pelo Vilão. Mas suponho que, de certa forma, tenha sido uma morte misericordiosa. Não há salvação para alguém que chegou tão perto das trevas. Agora ela pode descansar em paz. — O rei abriu um sorriso presunçoso.

Eu te odeio.

O cavaleiro cerrou o punho na lateral do corpo, mas relaxou antes que o rei notasse. Em seguida, fez que sim com a cabeça.

— O senhor é sempre misericordioso, meu rei. — As palavras queimavam em sua língua.

Benedict semicerrou os olhos enquanto apontava para uma cadeira acolchoada.

— Por favor, sente-se. A viagem de volta ao palácio deve ter sido cansativa. Como está Sir Ethan? Ele ficou com você para ver a tarefa cumprida, não foi?

O cavaleiro dirigiu-se cuidadosamente até a cadeira de veludo vermelho; o assento cedeu enquanto ele se sentava. Só era possível enxergar os olhos verdes por trás do elmo enquanto ele corrigia o rei com jeitinho:

— Sir *Nathan*, Vossa Majestade.

—Ah, isso! Sir Nathan. — O rei deu uma risadinha.

— Morto — anunciou o cavaleiro, direto ao ponto.

—Ah, é? — O rei arqueou as sobrancelhas.

O cavaleiro disse cada palavra exatamente como tinha praticado.

— Infelizmente, Otto Warsen ficou com certa sede de sangue. Eu mesmo o executei depois que ele se voltou contra mim e Sir Nathan. — O cavaleiro se orgulhou de ter conseguido contar a mentira sem gaguejar.

O rei não parecia triste, para a surpresa de ninguém — bem, ninguém presente naquela sala, pelo menos.

— Muito bem. Quanto menos pontas soltas, melhor. Imagino que você tenha dado um jeito no corpo de Warsen, certo?

Os lábios do cavaleiro tremeram sob o elmo enquanto ele se lembrava, nos mínimos detalhes, do... *jeito* que tinha sido dado na cabeça do sr. Warsen.

— Sim, majestade.

Mais gotas de suor começaram a se acumular na nuca do cavaleiro. Ele sabia o que o rei estava prestes a perguntar.

— E o corpo de Evie Sage? Posso vê-lo?

A luz difusa que entrava pela janela deslizou pelas mãos do cavaleiro, agora cobertas por um novo par de luvas. Sem nenhum respingo de sangue. A luz lhe deu uma sensação de paz enquanto ele respondia:

— Receio que os curandeiros precisem de tempo para reparar as feridas e deixá-la apresentável, como o senhor requisitou. Eles pedem sua benevolência para que não sejam incomodados enquanto trabalham.

O silêncio tomou conta do recinto. O cavaleiro prendeu a respiração para que o rei não percebesse a agitação em seu peito. *Controle-se*, ordenou a si mesmo, convencido de que seu coração estava batendo tão alto que o rei conseguiria ouvir sem nenhum esforço.

Benedict abriu um sorriso que não chegou aos olhos. Nunca chegava.

— Acho que posso atender ao pedido. Mas certifique-se de que ela esteja pronta para a revelação no fim da semana.

O cavaleiro assentiu com a cabeça e expirou lentamente.

— Sim, majestade. — Ele nem precisava perguntar o que era aquela tal "revelação". O rei era ótimo em se gabar das próprias conquistas.

Ele vai abrir a boca em três, dois, um...

— No fim da semana, vamos revelar a verdadeira face do Vilão diante de todos os nobres notáveis do reino. — *Ora, vejam só, achei que ele só aguentaria até o dois.* Mas o rei estava, *sim,* doido para contar. Um brilho maníaco iluminou seus olhos enquanto ele anunciava a novidade.

— Uma conquista e tanto, majestade. — O cavaleiro semicerrou os olhos para forçar um sorriso. — Meus parabéns.

O rei se levantou com um movimento grandioso e sua capa de pele voou atrás de si enquanto ele jogava um livro de sua mesa para a mesinha de chá à frente do cavaleiro. O impacto sacudiu a madeira, agitando os cálices de prata que ainda continham alguns restos de vinho. Uma tacinha até que lhe cairia bem. Ou várias.

— É apenas o começo de uma nova era para Rennedawn. O cavaleiro arqueou as sobrancelhas, surpreso. Aquilo parecia... um péssimo sinal.

O rei prosseguiu.

— Apresentar Evie Sage como a vítima perfeita solidificará o ódio de todo o reino pelo Vilão. Finalmente teremos uma evidência de todos os seus delitos... — Ele apontou para o livro, cuja capa exibia uma opulenta variedade de cores brilhantes. — *A história de Rennedawn.*

A fábula infantil? *A história de Rennedawn* era o conto épico que narrava o surgimento de Rennedawn e a rima encantada que salvaria sua magia decadente, supostamente transmitida pelos próprios deuses — embora fosse ouvida com muito mais frequência da boca de pais repreendendo os filhos. Cada um dos reinos mágicos do continente de Myrtalia tinha sua própria história de origem, muitas delas igualmente bizarras e sem sentido. O cavaleiro nunca tinha visto uma versão em papel da história de Rennedawn até aquele momento, mas a capa colorida não ajudava a estabelecer nenhuma legitimidade ao conteúdo. Será que o rei estava tendo dificuldade de diferenciar ficção e realidade?

Talvez a coroa esteja apertada demais.

Se bem que havia burburinhos e rumores de que Rennedawn realmente tinha começado a desaparecer em meio à terra. Se a história fosse verdadeira...

Será que os rumores tinham algum fundamento?

O rei suspirou.

— Infelizmente, para garantir que nós continuemos sendo o mais forte de todos os reinos mágicos, preciso que você me faça um grande favor.

O rei já tinha lhe pedido *um monte* de grandes favores, e todas as vezes, sem falta, a resposta do cavaleiro fora:

— Sim, majestade.

— Preciso que você vá até a casa da família Sage e pegue as cartas de Nura Sage. Traga-as para cá prontamente até o fim do dia.

O cavaleiro prosseguiu com cautela.

— Como Vossa Majestade quiser. Mas posso perguntar que utilidade elas podem vir a ter?

— Eu tinha esperanças de que a filha mais velha dos Sage pudesse ter os mesmos poderes da mãe, mas, apesar de todos os esforços de Griffin, a garota se mostrou inútil. — Benedict deu um tapinha no queixo e fingiu tristeza. — Quer dizer, inútil enquanto estava *viva*. — O cavaleiro permaneceu impassível. — De qualquer maneira, as cartas nos ajudarão a localizar Nura. Ela não é vista há anos.

— E a filha mais nova dos Sage? — A voz do cavaleiro mal passou de um sussurro.

O rei acenou com a mão.

— Irrelevante. Foi levada pela horda do Vilão.

O calor do ambiente estava tão sufocante que o cavaleiro ficou tonto.

— E os guvres, senhor? O veneno de um guvre bebê? No meu entendimento, o senhor também precisava deles. Luz Estelar e Destino, ou algo do tipo?

Uma veia pulsou na testa do rei, mas o rosto permaneceu impassível. Ele se abaixou, pegou o livro e o colocou delicadamente em uma estante com painéis de cristal perto das janelas. A voz clara e quase melódica de barítono fez as paredes tremerem com seu desdém.

— Felizmente, tenho em meu poder o homem certo para ajudar com isso.

O cavaleiro sabia de quem Benedict estava falando, mas, mesmo assim, um arrepio esfriou o calor em seu sangue.

O Vilão.

CAPÍTULO 2
Vilão

O Vilão não sentia falta da luz. Sentia falta das cores.

Trystan ergueu os olhos, sentindo a cabeça zumbir com os lamentos dos outros prisioneiros encarcerados com ele na escuridão. A pedra sob suas mãos era áspera em contato com a pele úmida — a única referência que ele tinha naquele escuro interminável. A escuridão era como a morte. Uma morte sem paz, um escuro sem luz — aquela dor nos membros era o único indício de que estava vivo.

Seu coração acelerou; ele estava com falta de ar. Não havia nenhuma grade para se segurar e nenhum poder para invocar, era como se sua névoa estivesse aprisionada. Mas ele conseguia senti-la se contorcendo e se revirando dentro dele. Ela implorava por liberdade. *Somos dois, então.*

— Chega.

Ele cambaleou e seu ombro finalmente encontrou uma superfície irregular e áspera. Tijolos. Graças aos deuses. Havia uma parede, e seu peso sólido era reconfortante diante do maior medo de Trystan: a escuridão. Suas mãos cheias de bolhas seguiram a curva da parede, mas não parecia haver um fim. Onde estava a porcaria da porta?

Ele fez uma pausa para poder respirar fundo. *Respire, Trystan.* Precisava ir embora dali, precisava encontrar Sage. Evie... Otto estava com Evie, estava machucando-a...

Não. Não podia se concentrar naquilo agora. Ainda não.

Ele seguiu pela parede, tateando de cima a baixo. Se movia em um loop interminável e alucinante. Há quanto tempo? Minutos? Horas? Não sabia.

O cansaço obrigou-o a fechar os olhos por um momento. Que diferença fazia? Até parece que ele ia conseguir sair dali — ainda mais com sua magia fora de serviço. Aquela não era sua cela na casa de veraneio do rei: era uma câmara feita especificamente para sua prisão, sua tortura.

A ironia da situação não passou despercebida por ele.

O desespero era um sentimento horrível, sem contar que também era inútil. Mas ele sentiu a esperança se esvair enquanto caía de joelhos pela segunda vez naquele dia.

Trystan grunhiu, sentindo falta da indiferença, de sufocar os próprios sentimentos como se apagasse uma fogueira. Era melhor do que aquele ardor que o consumia por dentro. Mas era impossível ser indiferente quando se tratava de Sage. Agora ele sabia disso, assim como sabia que não estava sozinho naquele lugar — e a percepção arrepiou os pelos de sua nuca.

— Você está péssimo, rapaz.

A raiva pulsava por trás de seus olhos doloridos enquanto ele tentava, em vão, enxergar Benedict à sua frente. O rei tinha dispositivos para caçar no escuro e os havia usado para atormentá-lo durante a primeira estadia de Trystan ali. Em outra vida, talvez ele até tivesse admirado o espetáculo, mas, naquele momento, só queria quebrar os dentes do rei.

Reunindo forças para ficar de pé com as pernas trêmulas, ele fez de tudo para falar da maneira mais estável que conseguia:

— Ah, pois é, tenho certeza de que é um conforto para você, Benedict. Como se olhar no espelho.

Benedict deu uma risadinha.

— Calma, calma. Não há necessidade de ser hostil. Só vim conversar com você.

— Então quer dizer que a tortura já está começando?

Trystan sabia que o golpe estava por vir e esperou para avaliar de qual direção viria. O soco atingiu sua barriga com tanta força que seu pulmão se esvaziou e os joelhos cederam. Será que o guarda estava usando soqueiras de aço? Pelo amor dos deuses, que dor.

Benedict deu outra risadinha. Uma dor aguda e desconcertante tomou conta de Trystan enquanto ele inspirava. Não importava; ele estava familiarizado com a dor e conhecia agonias mais profundas do que as ondas do Mar Lilás. Já havia aprendido há muito tempo a enfrentar a dor em vez de fugir dela.

Mãos ásperas fecharam algemas de metal em cada um de seus punhos, esfregando a pele até deixá-la em carne viva enquanto ele lutava contra as correntes, puxando-as com força para arrancá-las da parede. De alguma forma, a sensação de imobilidade era pior do que a dor.

— Que decepção. Eu esperava ter uma conversa civilizada — disse o rei em tom de deboche.

— Eu nunca fui bom com convenções sociais. — A dor latejante atingiu a lateral do corpo. Que maravilha. Ele tinha machucado uma costela.

O rei cantarolou.

— Então vou direto ao ponto. Preciso do casal de guvres... imediatamente.

Foi a vez de Trystan dar uma risada.

— E por que raios eu te daria qualquer coisa?

— Devo ilustrar melhor a situação? — Um ruído se fez ouvir e, depois, a luz fraca de uma tocha se espalhou pelo recinto. As lágrimas arderam nos olhos sensíveis de Trystan e ele piscou com força. — Pronto. Agora você pode me enxergar melhor.

— Que horror. Pode apagar.

Outro soco na barriga, mas, daquela vez, ele pôde ver o punho se aproximando e se preparar. *Pequenas bênçãos*.

Também dava para ver Benedict, iluminado pela tocha que ele segurava: cabelo perfeitamente arrumado e roupas de corte impecável, fazendo a camisa visivelmente rasgada de Trystan parecer um monte de trapos.

— Estou lhe dando a oportunidade de redenção, Vilão. Os guvres são importantíssimos para o futuro deste reino e de todo seu povo. Esta é sua última chance de se redimir de todo o mal que causou.

Trystan abriu um sorriso sarcástico.

— E o mal que você causou? — Ele examinou Benedict de cima a baixo com desdém, sabendo que isso o irritaria. — Suponho que você considere seus crimes perdoáveis, desde que os cometa às escondidas.

O rei engoliu em seco, os ombros tensionando como se estivesse lutando com todas as forças para não atacar.

— Você não sabe o que está em jogo, seu tolo maldito.

Benedict estava à beira de um precipício, e Trystan percebia a verdade se formando nos lábios maliciosos do rei.

O orgulho seria a ruína de Benedict — Trystan sabia disso como a lua sabia subir ao céu e a grama sabia se banhar em luz do sol. Era só cutucar a ferida certa.

— Todos os seus fracassos finalmente estão batendo na sua porta, né, Benedict? — Trystan abriu um sorriso.

Uma veia saltou na testa de Benedict enquanto ele se aproximava, ficando quase ao alcance de Trystan.

— Eu não fracassei. Eu fui traído, primeiro por você e depois pela guvre fêmea. — Benedict fez uma pausa e um brilho de satisfação perigosa iluminou seus olhos. — Felizmente para mim, erros podem ser corrigidos. A começar pela pobre e iludida mãe de Evie Sage.

Mencionar o nome de Evie era um chamado a guerra. Um lampejo de raiva ardente atravessou sua pele, distraindo-o das palavras e da verdade que Benedict não deveria ter revelado.

O que o rei queria com a mãe de Sage?

Trystan se esforçou ao máximo para manter o rosto inexpressivo, mas reagiu assim que ouviu o nome dela. Benedict sorriu ao ver aquilo, provavelmente sabendo o impacto que o nome causava sobre Trystan, depois de ter suplicado por ela. Que detestável ver suas falhas expostas... que dor cruel.

Trystan se controlou e endireitou um pouco os ombros, pronto para entrar no jogo.

— Ter mantido um guvre recém-nascido em cativeiro dificilmente vai fazer você cair nas graças do Destino, Benedict. Você encarcerou a fêmea por quase uma década... duvido que sem nenhuma consequência.

O rei sorriu.

— Quem disse que não teve?

Trystan cerrou os dentes, decidido a não dar nada ao rei. Mas a curiosidade o mordia como um cão raivoso.

A máscara de gentileza do rei começou a rachar quando Trystan se manteve de boca fechada.

— Você é um egoísta imprestável. — Benedict curvou os lábios com desgosto. — Eu fiz de você meu aprendiz. Ensinei tudo o que sei; moldei você à *minha* imagem. E ainda por cima confiei em você para fazer o melhor por este reino, vi você se esforçar para me ajudar a salvá-lo... e falhar tragicamente.

A dor no peito e atrás dos olhos de Trystan não era real. Ele não precisava senti-la, se não quisesse; ele estava no controle. Trystan fungou e piscou para afastar o líquido que começava a embaçar sua visão, e seu torso protestou enquanto ele se endireitava.

— Aterrorizar o reino é muito mais gratificante do que nobres heroísmos. Que bom que já passei dessa fase.

Não vou me abalar.

— Além do mais — prosseguiu Trystan em tom de desdém, enquanto uma onda de raiva o energizava —, eu acabei te ajudando do meu próprio jeito. Virei o Vilão da história... não era disso que você *realmente* precisava?

O rei sorriu e acenou para as portas, indicando que os guardas saíssem. Não queria que eles ouvissem o que viria a seguir. Ele esperou até que todos já tivessem ido embora para voltar a falar.

— Não sei o que você quer dizer com isso.

— Eu te ajudei a vasculhar o reino inteiro em busca da magia da luz estelar, lembra? Te ajudei a capturar a guvre fêmea. Vi você identificar minha magia só para usá-la contra mim. Não sou idiota, Benedict. Eu sabia que todas essas coisas estavam conectadas, meus espiões ouviram os rumores sobre A *história de Rennedawn*. Não precisa mais fingir.

Benedict levantou a mão para atacar, mas se conteve, engoliu em seco e a abaixou.

— Você é igualzinho à sua mãe. Mas, pensando bem, imagino que Arthur não tenha estado muito presente para passar o temperamento dele para você.

O rei falava como se conhecesse bem seus pais, mas Trystan teria que remoer aquilo depois. Naquele momento, estava distraído demais pensando em Arthur, seu pai, que tinha sido capturado pelos homens do rei e — pensou ele, com um peso no estômago — falsamente acusado de ser o Vilão.

— Agora que você me capturou, certamente vai libertar Arthur.

— Tudo tem sua hora, rapaz. — Benedict se virou, com a tocha ainda na mão, dirigindo-se a uma parede que começava a deslizar e levando consigo toda a luz do ambiente. — Eu *vou* ter os guvres, custe o que custar.

À medida que a escuridão voltava, Trystan se jogou para a frente com um desespero repentino.

— Benedict. — O rei parou, se mantendo de costas. — Minha assistente é de grande valor para o meu negócio. Se alguma coisa tiver acontecido com ela, se ela tiver sofrido algum dano... eu acabo com você. E vou fazer questão de que aconteça em plena luz do dia, para todo mundo ver. — Sua voz rouca saiu baixa e calma, apesar do nervosismo que sentia.

O rei se virou, analisando a ameaça. O rosto de Evie surgiu na mente de Trystan; não dava mais para afastá-lo de seus pensamentos. As lágrimas, os gritos enquanto Otto Warsen cobria os lábios dela com aquela mão nojenta. As feridas físicas de Trystan não eram nada se comparadas à dor lancinante em seu coração. Fazia mais de uma década que ele não se sentia tão indefeso. Seu corpo não conseguia lidar com toda aquela tensão, com a necessidade visceral de protegê-la enquanto não tinha a menor condição de fazer isso.

O rei inclinou a cabeça, franzindo a testa num gesto de falsa compaixão.

— Será que me esqueci de contar? Peço desculpas...

Trystan quase era capaz de sentir as palavras antes que o rei as dissesse. A sensação de mau agouro de repente fez a escuridão parecer acolhedora. Que apropriado.

— Ela morreu.

CAPÍTULO 3
Vilão

Sete dias depois

Sage não morreu.

O sol já tinha desaparecido na linha do horizonte, mas o céu noturno parecia zombar de Trystan com seu brilho, repleto de estrelas.

Os guardas haviam arrastado Trystan do calabouço; seus braços e pernas pesavam feito sacos de areia por conta das algemas mágicas que sugavam sua força. Ele mantivera a determinação graças a uma verdade irrefutável, repetida como se fosse um mantra nesses últimos dias.

Sage não morreu.

O rei só podia estar mentindo para atormentá-lo — uma tentativa corajosa, Trystan precisava admitir. Mas Benedict não tinha levado em conta que ele e Sage estavam irrevogavelmente conectados por um pacto de tinta dourada: uma ferramenta de trabalho que, a princípio, deveria garantir a lealdade da nova assistente, mas que tinha virado um meio de monitorar a segurança dela. Embora Sage ainda achasse que a tinta dourada ao redor do dedo mindinho a mataria se ela o traísse, ele jurou para si mesmo que lhe contaria a verdade quando a visse de novo.

E ele *ia* vê-la de novo.

Seria um desastre, claro. Ele sentiria um prazer perverso ao ver o rosto dela ficando vermelho de raiva e o nariz franzindo. Ela gritaria com Trystan, e então o rubor desceria até o peito, desaparecendo abaixo do corpete, momento em que, naturalmente, ele se distrairia e pararia de ouvir. Ela perceberia e gritaria ainda mais.

Ele mal podia esperar.

As correntes que envolviam seus pulsos eram compridas o suficiente para se arrastarem no chão, que estava nojento e grudento de sujeira — nem seus calabouços eram tão imundos. Mas havia janelas, e dava para enxergar tudo, e pelo menos as correntes não o prendiam mais à parede, então, de forma geral, era uma bela melhoria nas acomodações.

— Será que eu poderia ficar numa cela com uma vista mais privilegiada? — perguntou Trystan aos guardas do outro lado das grades. Ele mal tinha falado nos últimos sabe-se lá quantos dias, o que ficou bem claro assim que as palavras saíram, ásperas como lixa na pedra.

— Cala a boca, seu idiota! Tomara que o rei te estripe e te enforque depois da revelação. — O guarda à sua esquerda puxou uma das correntes e ele tropeçou.

— Você também vai ser desmascarado? — perguntou Trystan rispidamente.

O guarda levantou o elmo para mostrar o rosto magro e o que Trystan presumiu ser um semblante eternamente carrancudo. Será que ele também ficava com aquela cara quando estava de mau humor?

— Não estou usando nenhuma máscara — disse o guarda.

Ele suspirou.

— Que pena.

O guarda contorceu o rosto de raiva enquanto levantava o punho.

— Seu desgraçado...

Mas o homem foi interrompido pelo guarda à direita de Trystan.

— Abaixe a mão, Sir Seymore, e não se preocupe. Eu serei o responsável por levá-lo ao salão de baile para a revelação.

A voz grave daquele novo guarda soava estranhamente familiar, mas o rosto estava coberto, com apenas os olhos verdes visíveis.

Será que ele já tinha visto aqueles olhos antes?

Enquanto Trystan refletia sobre essa possibilidade, seus próprios olhos se dirigiram para o final do corredor. Sua visão ainda estava turva e cansada depois de ter ficado tanto tempo sem luz, mas dava para identificar a porta marrom ligeiramente aberta. Sua língua pressionou o céu da boca — *uma rota de fuga*. Será que ele seria levado para a revelação imediatamente? A porta aberta deveria lhe parecer um sinal de desgraça, mas Trystan só via liberdade. Ele só precisava de uma boa distração e de um jeito de remover as algemas que suprimiam sua magia e bloqueavam a circulação de sangue nos pulsos...

Então, avistou uma janela maior do outro lado das grades, e o céu noturno piscou de volta para ele. Trystan sabia, claro, que era irracional acreditar naquela magia, mas, ao ver a estrela piscando pela janela e desafiando-o — como já tinha feito antes —, ele se pegou fazendo um pedido de qualquer maneira.

Desejou encontrar Sage.

Desejou dizer a ela que sentia muito.

Desejou ter mais jeito para expressar seus sentimentos, um a um.

E talvez o mais importante — desejou tomar um chá da tarde com a irmãzinha dela, Lyssa.

Parecia ridículo, mas foi esse pensamento que, de alguma forma, deu energia a seus membros cansados enquanto ele ouvia o guarda de olhos verdes destrancando a cela.

Ainda não. Ainda não. AGORA.

Ele disparou pela porta aberta, arrastando as correntes atrás de si e sentindo o metal afundar nas mãos de tão firme que segurava. Os músculos de suas pernas ardiam enquanto ele corria, mas Trystan não podia parar... a saída estava logo ali. Ele respirava com dificuldade, os pés calçados apenas com meias escorregavam na pedra. Só os deuses sabiam que fim tinham levado suas botas.

Levemente constrangedor, pensou ele entre arfadas, *o quanto lutei para mantê-las*. Tinham sido um presente de Sage.

Quase na porta, Trystan ouviu os guardas gritando atrás dele. A voz mais alta era a do cavaleiro de olhos verdes, que implorava para que ele parasse. O puro desespero — e seria aquilo um toque de medo? — na voz dele fez Trystan hesitar ao pôr a mão na porta.

— Não entre aí, sr. Maverine. Você vai se arrepender, eu juro.

Ah, Benedict finalmente tinha revelado o verdadeiro nome de Trystan para os Guardas Valentes. Não havia a menor dúvida de que a informação logo se espalharia por todo o reino, o nome Maverine seria condenado e seria o fim de sua família.

Intolerável.

Não a parte de sua família ser afetada, e sim o fato de ele *se importar*.

Trystan empurrou a porta e ouviu a voz satisfeita de Benedict atrás de si. Ele deveria ter parado, deveria ter prestado atenção aos sinais de alerta em sua cabeça, mas sua mente e seu corpo estavam descontrolados; ele não podia mais confiar nos próprios instintos — eram tão úteis quanto uma bússola quebrada.

Foi por isso que ele ignorou o tom maldoso na ordem de Benedict.

— Não, homens. Deixem-no ir. Deixem-no *ver*.

Trystan não esperou, simplesmente saiu do corredor e correu em direção ao que ele esperava ser uma escadaria, mas... não. Não era uma escadaria; era uma salinha.

E o que ele viu ali dentro foi a prova definitiva de que pessoas como ele não eram dignas de ter pedidos realizados.

Só de horror.

CAPÍTULO 4
Vilão

Trystan nunca acreditou que a morte pudesse ser bonita.

Na mente dele, a morte era lógica, necessária — e até mesmo prazerosa, se a pessoa realmente merecesse. Mas nunca bonita, nunca tão dolorosamente difícil de olhar a ponto de seu corpo inteiro congelar e seus músculos se contraírem com tanta força que pulsavam sob a pele ruborizada. Nunca tão dolorosa que seu cérebro era incapaz de compreender o que estava vendo.

Porque na mesa branca de mármore diante dele, na salinha com paredes de pedra e iluminação fraca e bruxuleante, jazia sua assistente, Evie Sage.

Morta.

O choque se instalou na medula de seus ossos, na rigidez repentina de suas pernas. Os olhos voltaram a arder, mas não por causa da luz. Por causa da *dor*. *Mexa-se daí*, sua mente ordenava a Sage, mas ela permanecia imóvel, de um jeito nada natural. Ele nunca a tinha visto tão imóvel. Aquela era uma mulher que transbordava energia, que nunca se cansava de falar — e, agora, Trystan esperava ouvir alguma coisa daquela boca, qualquer coisa.

Mas os lábios pintados de vermelho estavam fechados em uma linha reta, inexpressivos. Era tão nada a ver com ela que chegava a chocar. *Impossível.*

Trystan deu um passo trêmulo à frente, ignorando o rangido da porta de madeira às suas costas e o tilintar de armaduras que se seguiu.

— Eu pretendia poupar você disso, como um último gesto de bondade. — A voz de Benedict exalava desdém, diferente das palavras misericordiosas. Mas Trystan não ia se virar, não podia dar atenção a Benedict.

Não tirava os olhos de Sage, dos cabelos pretos espalhados ao redor dela como uma obra de arte, um halo de cachos, com florzinhas coloridas em meio aos fios. Trystan sentiu um nó se formar na garganta enquanto dava mais um passo à frente, escondendo as emoções atrás de um muro de descrença. Até que ele viu.

Marcas de dedo pretas e roxas no pescoço dela.

Ele fechou bem os olhos. Cerrou os punhos com tanta força que as unhas romperam as bolhas em suas palmas.

Benedict voltou a falar, mais perto dessa vez.

— Não se preocupe, meu caro rapaz.

Trystan respirou fundo.

— Ela não sofreu... *muito.*

Ele abriu os olhos de repente. Os punhos relaxaram. Uma calma estranha dominou seu rosto e, por um momento, o mundo parou.

E então o momento passou.

— Seu *desgraçado!* — disse ele com voz gutural, partindo para cima de Benedict. As correntes nos punhos suprimiam a magia que fervia por dentro, mas não importava... Trystan tinha a sua raiva. Era primitiva, era abrasadora, era *suficiente*. As chamas lambiam sua pele e seu coração batia forte enquanto ele avançava.

Benedict voou contra a parede e a coroa caiu da cabeça, tombando aos pés de Trystan. O rei arregalou os olhos de medo. *Que bom*. Trystan conhecia muito mais o medo do que as emoções turbulentas que o devastavam por dentro. Os guardas o seguraram pelos braços, tentando desesperadamente puxá-lo para trás, mas ele era mais forte.

Àquela altura, não tinha mais nada a perder.

Ele fechou as mãos ao redor do pescoço de Benedict, apertando com o máximo de força que os punhos acorrentados e dois guardas puxando furiosamente seus bíceps tensos permitiam. Benedict arregalou os olhos à medida que sufocava, mal conseguindo respirar.

Ao fazer ainda mais força, Trystan sentiu a consciência — por menor que fosse — ressurgir. De repente, não era mais o rei Benedict que olhava para ele; era Evie. Seus doces olhos cheios de lágrimas, aterrorizados. Ela estava sufocando, morrendo. *Ah, pelo amor dos deuses*.

Suas mãos nunca pareceram tão perigosas quanto no momento em que ele as soltou, permitindo que os guardas finalmente o puxassem para trás. Na direção de Sage, de onde ela estava deitada. Ele virou a cabeça e a observou, ignorando os xingamentos ofegantes de Benedict enquanto Trystan cambaleava na direção dela.

Não importava. Nada mais importava. Ele só via Sage.

Trystan engoliu em seco e seguiu em frente até cair de joelhos ao lado dela.

— Sage — disse num sussurro. — Sage, acorda. — Ele examinou o rosto dela. Os olhos estavam fechados, os cílios escuros descansavam gentilmente na parte de cima das bochechas... bochechas que estavam pálidas sem o tom rosado de sempre. — Como seu empregador, ordeno que você acorde.

Dava para sentir seu sangue pulsando com mais força pelo corpo e acelerando ainda mais quando sua mente finalmente compreendeu a realidade. Sage, Evie, a dona de seu coração sombrio e dilacerado, realmente se fora.

De repente, seus olhos arderam e se encheram de lágrimas.

— É uma ordem, Sage — disse ele com a voz rouca, sem nenhum resquício daquela autoridade de sempre. — Abra os olhos.

Trystan olhou para as mãos dela, que envolviam um pequeno buquê de rosas brancas, e segurou uma delas. Parecia uma pedra de gelo, o anel dourado tatuado no mindinho estava fraco, toda a magia tinha se esvaído. Ele não a sentira, não pudera ajudá-la. Tinha achado que a tinta não brilhava nos bíceps por conta das algemas que suprimiam a magia, só que não era nada disso. A tinta não brilhava porque não havia mais vida ali, não restava mais vida nenhuma *nela*.

Enquanto Trystan tentava conter a ardência nos olhos, uma única lágrima escorreu pela bochecha. Ele levou a mão de Evie até os lábios e os pousou bem de leve nos nós dos dedos, com tanta delicadeza que ela mal sentiria, caso ainda estivesse ali.

— Falhei com você. Eu sinto muito. Volta.

Ela não respondeu, nem responderia, e ele se deu conta de que nunca mais ouviria a voz dela novamente. Os gritos de empolgação, a risada contagiante, as melodias cantaroladas, as piadas, a sinceridade. Era uma parte do mundo de Trystan à qual ele não tinha dado o devido valor, e que se fora para sempre.

Assim como todos que cruzavam seu caminho, tudo que ele tocava, acabara em ruínas.

Trystan tinha sido muito egoísta. Desde o dia em que a contratara, ele a transformara em um alvo. Tinha sido ingênuo ao achar que, caso causasse destruição de propósito, isso nunca mais voltaria a acontecer por acidente. Que ser o Vilão o salvaria.

Em vez disso, tinha destruído a única pessoa que fizera vista grossa para tudo, que não apenas vira quem ele realmente era, mas também não se afastou quando o fez.

Caramba, ele nunca ia se perdoar por isso. *Nunca*.

Sir Seymore o segurou pelo braço com força, mas ele mal sentiu. Dois outros guardas se juntaram, e depois mais dois. Foi necessário esse tanto de gente para afastá-lo dela. Ele gritou até ficar sem voz, lutou e se debateu para se desvencilhar dos guardas, mas não era forte o suficiente. Não mais.

Mesmo assim, continuou se debatendo. Lutou até não poder mais, até os membros enfraquecidos cederem e a visão ficar turva, até só conseguir enxergar, ao ser arrastado de volta para a cela aberta, o último cavaleiro restante, aquele com olhos familiares.

E ele estava movendo os lábios, tentando lhe dizer alguma coisa sem emitir nenhum som.

Algo suspeitamente parecido com a palavra "esperança".

Foi tão estranho que distraiu Trystan do próprio desespero. Ele franziu a testa enquanto o cavaleiro desaparecia atrás da porta que se fechava.

Esperança? Por que um Guarda Valente iria querer que o Vilão tivesse esperança?

Não importava. Ter esperança não adiantaria de nada. Evie Sage tinha morrido.

CAPÍTULO 5
Becky

Aquele plano era perigoso.

Aquelas pessoas eram presunçosas.

E, pior de tudo, *ela* era maluca de ter topado seguir em frente com aquela violação ambulante nos assuntos de recursos humanos, para início de conversa.

— Você está pisando no meu pé — Becky reclamou com Blade, que estava ao lado dela vestido como um nobre, o tecido impecável esticado de forma esquisita na altura dos braços. Seja lá de quais aristocratas Tatianna tivesse roubado aqueles disfarces, o de Blade claramente pertencia a um cavaleiro que nunca fizera o tipo de atividade física que o treinador de dragões encarava todos os dias. Tipo lutar com um réptil duas vezes maior que uma casa.

Mesmo assim, ele estava bonito, o que a irritou profundamente.

— Peço perdão, encantadora Rebecka.

O tom de voz baixo arrepiou os pelinhos dos braços dela, assim como o sorriso que ele lhe dirigiu. Ela sentiu um frio na barriga ao ver aquele meio sorriso, provocante e afetuoso ao mesmo tempo. Era uma combinação letal.

Na verdade, era uma péssima combinação. Relacionamentos no trabalho são altamente desencorajados, Becky, lembra?

Com a testa franzida, a gerente de RH do Vilão observou o resto da festa. O salão de baile era o maior que Becky já tinha visto e, em outra época da vida, ela já tinha visto vários deles. O teto abobadado dava a ilusão de que o espaço era amplo e infinito, e o lustre de cristal brilhava com centenas de velas. Os nobres só queriam ter do bom e do melhor, e aquele mundo estava pronto para dar isso a eles. Era injusto com os demais, e ah, como ela odiava injustiças.

Seu exemplo mais recente? Ser obrigada a ficar ali com Blade.

— Eu queria que você prestasse mais atenção.

Becky o fulminou com um olhar de censura, o mais intimidador de sua cartela — o melhor que tinha.

Aqueles olhos cor de âmbar, normalmente cheios de alegria, ficaram sérios quando ele respondeu:

— Garanto a você: eu presto atenção. — E então, sem nenhum aviso, ele estendeu a mão e ajustou delicadamente os óculos de Becky. Ela nem tinha percebido que haviam escorregado.

Mas ele tinha notado.

Assim que seu coração começou a disparar, Becky protestou contra ele. *Deixa disso, seu orgãozinho traidor.*

— Obrigada — disse ela, surpresa e alarmada pela suavidade da própria voz. De onde tinha vindo aquilo?

Blade também ficou surpreso, a julgar pelo semblante boquiaberto e pela leve falha na voz que ele tentou disfarçar com uma tosse.

— De... hm... de nada.

A incerteza que Becky sentia a cada interação com ele já estava ficando insuportável. Ela havia topado trabalhar para o Vilão para *fugir* de sua vida caótica e encontrar ordem. Em vez disso, tinha dado de cara com uma curandeira que só se vestia de rosa com babados, uma assistente do chefe que mais parecia uma bola de canhão humana e um treinador de dragões imundo cujos sorrisos radiantes quase a cegavam.

Mas, agora que ele não estava sorrindo... ela se sentiu estranhamente desolada.

É isso que eu recebo por aceitar participar de um evento social. Relacionado ao trabalho ou não, é o tipo de coisa que compromete os princípios de uma pessoa.

Ao deixar a família, ela havia prometido levar a vida sozinha e de forma organizada, já que só assim encontraria algum conforto naquele mundo caótico. O que tornava a decisão de se juntar a essa missão ainda mais incompreensível, principalmente levando em conta que ela mal suportava aquelas pessoas em um bom dia. Mas Becky concluiu que não podia deixá-los fazer isso sem ela. Além do mais, era simplesmente mais uma oportunidade de dizer a todos para onde ir e o que fazer.

Por acaso, ela era excelente nesse tipo de coisa.

Também era excelente em seguir cronogramas, uma habilidade que claramente faltava ao rei. Há quanto tempo eles estavam ali, esperando a revelação começar?

Blade arqueou a sobrancelha e seguiu o olhar de Becky até o grande relógio dourado que pairava entre as janelas ornamentadas. Ele levou a mão em concha à boca e se inclinou para cochichar no ouvido dela, fazendo-lhe cosquinha com seu hálito.

— Não era para começar às nove?

— Era! — gritou Becky, ligeiramente constrangida com a própria exaltação.

De alguma forma, ele conseguiu parecer indignado em nome dela.

— Inaceitável. Quer que o Fofucho os transforme em cinzas por você?

Ela arqueou a sobrancelha e cruzou os braços.

— E o dragão faria isso por mim? — Becky inclinou a cabeça na direção de Blade, surpresa com a seriedade no rosto dele.

— Sei de fontes seguras que o dragão faria qualquer coisa por você. — Ele piscou, quase como se estivesse saindo de um transe, antes de voltar a seu estado alegre. — Quer dizer, se um dia ele conseguir acender mais do que uma vela de aniversário.

Havia algum feitiço no ambiente — era a única explicação para a decepção que ela sentiu quando ele voltou àquela expressão radiante que exibia para todo mundo. Por mais estranho que parecesse, era como se aquele olhar mais intenso tivesse sido... só para ela.

Urgia a necessidade de uma mudança de assunto, e rápido.

— Você acha que eles conseguiram...

Mas Becky se interrompeu com um sobressalto quando Blade a segurou pela cintura e praticamente a empurrou até ela bater de costas na parede, bloqueando-a com os braços ao seu redor.

Seu coração acelerou e ela se viu invadida por uma onda de agitação incontrolável enquanto o encarava em choque por trás das lentes dos óculos grandes.

— Sr. Gushiken, me solte imediatamente!

Ela estava perto demais, tão perto que dava até para sentir o cheiro de cedro na pele dele. Era de desmantelar.

Ele se encolheu, em tom de desculpas, mas as mãos permaneceram no mesmo lugar — ao redor da cabeça de Becky, num gesto quase protetor.

— Parece que meu pai resolveu comparecer a sua primeira celebração no Palácio de Luz. Eu nunca imaginei que ele viria. Ele não é muito de socializar.

Ah, Becky tinha esquecido que Blade crescera ali, que o pai era conselheiro político do rei.

Ela lambeu os lábios e os olhos dele acompanharam o movimento, o que lhe causou um frio na barriga.

— Imagino que não seria bom se você fosse reconhecido.

— Não. — Ela estremeceu ao ouvir aquela voz rouca.

Três batidas altas ecoaram pelo amplo espaço, chamando a atenção de todos os presentes. Blade afastou uma das mãos para que ambos pudessem ver o rei Benedict no topo da grande escadaria.

— Bem-vindos! Bem-vindos, meus estimados convidados, à revelação do Vilão!

A multidão se curvou antes de aplaudir enquanto vários Guardas Valentes entravam pelas portas abertas atrás do rei, arrastando com eles uma figura: um homem vestido impecavelmente de preto, da máscara ao redor dos olhos até as botas reluzentes nos pés. Os aplausos se transformaram em vaias.

— Chefe — sussurrou Blade, a voz carregada de preocupação.

O Vilão foi arrastado pelos degraus de mármore, tropeçando conforme descia, com pulsos acorrentados e lábios contraídos. Ele não vacilou em momento algum, nem quando um Guarda Valente o algemou ao poste que saía do meio da plataforma elevada na parede dos fundos. Já havia outro homem acorrentado ao lado dele — um homem de cabelo ruivo e comprido e barba igualmente ruiva.

— Arnold — sussurrou Blade.

Becky se virou para olhar para ele, interrompendo os pensamentos conturbados.

— O nome do curandeiro primordial é Arthur.

Blade franziu a testa.

— Tem certeza?

— Tenho! E não temos tempo para isso! — ela o repreendeu.

O treinador de dragões deixou escapar um suspiro trêmulo, mas continuou inclinado sobre ela, como se a estivesse protegendo do resto do salão enquanto o rei prosseguia.

— Esta noite, finalmente damos fim à tirania de uma década do Vilão, e lamentamos aqueles que perdemos por suas mãos violentas. — O rei abaixou a cabeça em uma saudação solene, mas Becky jurou ter visto um leve sorrisinho se abrir nos lábios dele. — Contemplem a última vítima do Vilão! — anunciou ao levantar a cabeça. — Uma luz para sempre extinta pela escuridão. A filha de um cavaleiro querido. Nossa própria Evangelina Sage.

Becky sentiu os olhos saltarem das órbitas quando um grande caixão de vidro adornado foi arrastado pelas portas laterais até o centro do salão. A multidão se aglomerou ao redor, dificultando a visão.

— Isso é inaceitável — resmungou quando o relógio marcou dez minutos de atraso.

— Rebecka! — gritou Blade enquanto ela abria caminho em meio à multidão, mas ela parou assim que seu caminho até o caixão dourado finalmente ficou livre.

Evangelina jazia ali dentro, dura feito pedra. *Não, isso está errado. Alguma coisa deu errado.* Isso nunca fez parte do plano...

A voz do rei ecoou pelo salão mais uma vez enquanto Blade segurava seus ombros por trás, soltando um palavrão assim que viu a srta. Sage.

— Juntos, esta noite, entraremos em uma nova era para Rennedawn, enquanto meus Guardas Valentes e eu daremos início à nossa missão para completar a profecia da *História de Rennedawn*. E se falharmos...

Outro sorrisinho discreto se insinuou nos lábios do rei e rapidamente desapareceu, não sem antes Becky registrá-lo na memória.

— Nosso reino deixará de existir.

A multidão entrou em choque.

CAPÍTULO 6
Vilão

— Olha para mim!

Arthur Maverine estava tentando chamar Trystan, mas ele fingia não ouvir. A máscara preta bloqueava a visão periférica, fazendo-o enxergar apenas a plateia jogando comida aos pés dele. Tudo parecia mais lento, mais opaco, como se o tempo tivesse desbotado o mundo e o transformado em algo que ele já não reconhecia mais.

— Seu porco! — gritou um membro da pequena nobreza, arremessando o que parecia ser um sonho de padaria aos seus pés.

Ele franziu a testa.

— Mas que péssimo desperdício de comida. Seria melhor se eles jogassem pedras. — Ele disse aquelas palavras sem nenhuma emoção, em uma tentativa de afastar a insistência de Arthur.

— Trystan, temos que tirá-lo daqui antes que você seja desmascarado. — Havia um tom de súplica na voz do pai, mas isso não o comoveu; nada o comoveria. Àquela altura, ele já tinha suprimido tanto as emoções que não sabia se conseguiria sentir qualquer coisa.

Sage se foi. O que mais poderia importar?

Ele fungou, franzindo a testa outra vez para os doces jogados ao redor de suas botas brilhantes. Benedict o havia arrumado para aquela ocasião, provavelmente por querer que ele parecesse formidável, em vez de fraco e exausto. Não ficaria bem se o Vilão conquistasse a compaixão da plateia.

— É inútil se preocupar com o nome Maverine, Arthur. Eu já acabei completamente com ele.

Arthur balbuciou ao lado dele.

— N-não é com isso que eu estou preocupado, filho! E você também não deveria estar.

Trystan ergueu a sobrancelha por trás da máscara e finalmente olhou para o pai.

— Na verdade, estou preocupado é com os pobres sonhos de padaria.

Arthur olhou feio para ele enquanto lutava contra as próprias correntes.

— Deixe de brincadeira, Trystan. Seu futuro está em jogo.

Trystan bufou, cerrando os punhos atrás de si.

— Que futuro?

Arthur devia ter seguido o olhar de Trystan, que estava fixo no caixão; ele não conseguia desviar os olhos, não pretendia desviá-los.

— Ah, meu filho — disse Arthur com a voz triste. — Ela iria querer que você...

— *Não se atreva* a me dizer o que ela iria querer. Não fale dela e ponto final. — Os poucos nobres que ainda atiravam coisas nele pararam ao ouvir o veneno naquelas palavras e tiveram o bom senso de abaixar as mãos e recuar alguns passos. O resto da multidão já estava se afastando e abrindo espaço para Benedict enquanto o rei, com sua coroa incrustada de joias e capa de pele cara, dirigia-se para a plataforma.

Trystan se contraiu quando Benedict passou pelo caixão de Sage, acariciando-o com falsa compaixão. As correntes de Trystan chacoalharam enquanto ele tentava se libertar com um rosnado contido nos lábios, e sua mente só tinha espaço para a raiva.

— Por muito tempo, falhei em punir o Vilão e em dar fim aos horrores que ele vinha cometendo contra meu povo! — bradou o rei. — Ele é um perigo para todos nós, sua magia é feita para ferir, para *matar*. — Todos estavam atentos ao rei, até mesmo os guardas que se afastavam de seus postos para poderem ver melhor. — Ele aterrorizou famílias nobres, roubou bens e fez da Floresta das Nogueiras, um lugar antes tão amado, uma área temida.

Em outras circunstâncias, talvez aqueles elogios tivessem subido à cabeça de Trystan.

— E o pior de seus crimes... um crime do qual tentei poupar todos vocês. — O rei suspirou, como se as palavras fossem dolorosas, e Trystan sentiu uma imensa vontade de atirar um tomate nele; a atuação de Benedict era ruim a esse ponto. — Uma atrocidade cometida dez anos atrás.

Trystan levantou a cabeça na mesma hora e endireitou os ombros diante da possibilidade de uma declaração... mas de quê?

Qual é sua jogada, cara?

— Como o Vilão capturou e manteve em cárcere o precioso guvre do Destino durante a última década, os cidadãos de Rennedawn foram obrigados a sofrer com a vingança da natureza.

O subconsciente de Trystan clareou a névoa de desespero ao perceber, em choque, qual era a acusação de Benedict.

— O Vilão é a causa da Doença Mística.

Puta merda.

A multidão gritou, indignada, vociferando insultos vulgares. Nada com que Trystan não estivesse acostumado — para dizer a verdade, alguns até que eram bastante criativos —, só que, geralmente, ele era repreendido por atrocidades que *de fato* tinha cometido.

Essa história não tem nada a ver comigo e você sabe disso, seu desgraçado.

Benedict se aproximou.

— E agora revelarei o terrível traidor a todos vocês! — Benedict chegou bem perto dele e murmurou baixinho: — Está pronto, rapaz?

Trystan fez que sim, obediente, mantendo a voz baixa.

— Devo dizer que esse papel combina com você, Benedict.

O rei semicerrou os olhos.

— Que papel?

Ele esboçou um sorriso, ciente do efeito que suas palavras teriam.

— Ora, o de vilão.

Benedict inflou as narinas e arregalou os olhos, furioso. Depois, estendeu a mão e agarrou a camisa de Trystan, mas, antes que pudesse atacar, um grito estridente atravessou o salão.

— E-ela *sumiu!* — berrou uma nobre.

Todo mundo, inclusive Trystan, olhou para onde a mulher estava apontando — para o caixão que havia sido ignorado nos instantes anteriores.

Ele já não conseguia mais enxergar direito. A multidão havia avançado, tapando a visão de seu pesadelo. Trystan só conseguia ver um reflexo de vidro do outro lado da massa agitada de cabeças nobres enquanto a gritaria continuava.

Seu coração acelerou e um arrepio percorreu a nuca enquanto um rugido ecoava em seus ouvidos. As correntes tilintavam e chacoalhavam atrás de Trystan enquanto ele tentava se libertar, erguendo a cabeça, desesperado para que a multidão se dispersasse.

— Saiam da frente, seus pavões desgraçados! — bradou Trystan e, por um milagre, os nobres obedeceram, dirigindo-se para as laterais do salão e revelando o que havia mais à frente.

E então ele viu.

O caixão de vidro, que antes continha a materialização de seu maior medo, no momento estava vazio.

— Que raios é isso? Quem é o responsável? — gritou o rei, descendo os degraus da plataforma com passos pesados. Mas não havia tempo para especular... pois um assobio leve e familiar dançou pelo ar.

O tempo parou.

Em um piscar de olhos, o salão ficou em silêncio — dava para ouvir os movimentos nervosos, o tilintar inquieto dos guardas segurando as espadas. Era o som do medo.

O medo se confirmou em cada par de olhos que seguiu o som do assobio até o topo da grande escadaria.

Lá, com flores caindo do cabelo e um sorriso malicioso nos lábios pintados de vermelho, estava Evie Sage.

Viva.

Ela sorriu ainda mais ao ver a multidão aterrorizada diante da morta ressuscitada. Um sorriso de resposta começou a surgir involuntariamente nos lábios dele, superando o choque que congelava seus membros. O choque foi se dissipando pouco a pouco enquanto seus olhos absorviam cada detalhe dela. Ele nunca mais seria capaz de desviar o olhar de novo.

— Que festa agradável — disse Sage, e sua voz suave era como um farol que iluminava a névoa de perplexidade. Ele não tinha certeza de que o que estava vendo era real.

Mas, com as palavras que saíram da boca de Sage em seguida, Trystan soube que era mesmo ela. Sage estava viva.

Os joelhos de Trystan cederam quando aqueles olhos azuis encontraram os dele e ela sorriu ainda mais.

— Talvez eu esteja levemente ofendida por não ter sido convidada.

CAPÍTULO 7
Evie

Depois disso, a gritaria continuou.

Evie até que teria achado graça, se não estivesse tão indisposta. Não tivera intenção de fazer uma entrada tão grandiosa — na verdade, não tinha tido intenção de fazer entrada *nenhuma*. O antídoto para a fruta do sono da morte — uma fruta mágica bem rara que Becky tinha arrumado para passar a impressão de que Evie tinha perdido a vida — deveria surtir efeito *antes* que ela fosse exibida como uma pintura macabra para uma sala cheia de nobres.

O caixão, por mais mórbido que fosse, felizmente estava aberto, graças a uma pilha de pergaminhos grossos que facilitaram sua fuga. Uma fuga que tinha sido… no mínimo desajeitada — Evie parecia uma lesma gigante tentando passar por um cano estreito. Ela caíra no chão com um baque desconcertante e correra em direção às escadas, na esperança de fugir para as sombras enquanto os guardas estavam distraídos. Era mais seguro ali. Era onde ela deveria estar enquanto seu plano se desenrolava.

Mas Evie havia cometido o erro de olhar para trás, de procurar pelo salão, de olhar diretamente para *ele*.

O Vilão. *Trystan*.

Sete dias não eram nada se comparados à imensidão do tempo — mas, a julgar pela forma como ela se lançara na direção dele, como se houvesse um cordão invisível unindo os dois, sete dias pareciam até uma eternidade. Ela congelara, parada no limite, oscilando entre permanecer na segurança que conhecia e mergulhar de cabeça em um futuro incerto. Duas opções se apresentavam diante dela, dois caminhos a seguir. Mas então o rei fizera menção de revelar o Vilão, e não havia mais escolha a ser feita.

Sua escolha sempre seria ele.

Então, em vez de se refugiar nas sombras, afastando-se dos olhares críticos, da censura, ela seguiu em direção à luz. Evie se revelou... por ele.

E a reação geral foi, no mínimo, pouco acolhedora.

— Necromancia! Magia sombria! Ela é uma bruxa! — Os gritos vieram de uma nobre com um vestido cheio de penas que desmaiava nos braços do acompanhante, agarrando-se a ele.

O orgulho que Evie sentiu ao ouvir aquelas palavras era desconcertante, mas ela se permitiu saboreá-las mesmo assim. Quando alguém passava a vida toda se sentindo fraca, era bem emocionante ser vista como uma ameaça.

Ela franziu o nariz e resistiu ao impulso de responder com algo totalmente inapropriado, tipo "Bu!".

A mulher desfalecida caiu no chão de vez, com um baque ensurdecedor.

Ah... então eu disse mesmo. Ops.

Mordendo os lábios para não sorrir, ela voltou a atenção para o salão, para o rei, ao descer a escadaria. Já que ia se dar mal de qualquer maneira, podia muito bem aproveitar para se divertir enquanto pudesse.

— Peço desculpas pelo atraso, Vossa Majestade. Parece que eu estava... indisposta.

Um coro de arquejos ecoou pelo salão, em sintonia com a crueza de seu comentário, mas soou como música para os ouvidos de Evie. Uma beleza.

Uma voz baixa e rouca se fez ouvir no silêncio constrangedor, mas ela sabia a quem pertencia.

— Sage. — O som da voz de Trystan também era lindo. *O mais lindo de todos.*

Ela procurou por ele novamente. A máscara preta cobria grande parte de seu rosto, fazendo-o parecer perigoso e frio. Mas os olhos... seus olhos incrédulos se derreteram ao encontrarem os dela. Ele se endireitou lentamente quando viu o sorriso de Evie, sem desviar o olhar intenso enquanto ajeitava a postura.

Ele a cumprimentou suavemente com um aceno de cabeça.

A pulsação de Evie acelerou no pescoço. O esplendor do salão de baile não chegava nem perto do imenso alívio que ela sentiu ao olhar para o rosto dele, do conforto de estarem novamente no mesmo lugar.

— Rei Benedict. — Evie projetou a voz, embora o salão tenha rapidamente ficado em silêncio. — A etiqueta não manda cumprimentar os convidados quando eles chegam? — Ela ergueu a sobrancelha, apontando para si mesma e assumindo as rédeas da própria ousadia.

O rei avançou na direção dela, acompanhado por dois guardas. Evie recuou devagar, mas parou ao notar que estava cercada por mais Guardas Valentes. Não tinha importância. Ergueu o queixo, desafiadora. Ser cercada por homens que queriam machucá-la não era nenhuma novidade. De repente, ela ouviu um som baixinho e perigoso vindo da plataforma: um tilintar de correntes. Trystan estava reagindo, graças aos deuses. Momentos antes de ela aparecer, ele parecia derrotado, mas não mais. As velas ao redor deles tremulavam como se sentissem a mudança, e aquela força crescente a deixou pensativa. Tinha sido a esperança de escapar que provocara aquela mudança em Trystan?

Ou será que tinha sido... ela?

Evie não teve nem tempo de remoer a questão, pois Benedict a agarrou pelo braço com uma força que a machucou, mantendo-a perto o bastante para que ela visse uma veia pulsando logo abaixo do ponto em que a coroa encontrava a testa brilhante.

— O que você fez, garota tola? — sibilou ele. — Como é possível que você esteja viva? Diga-me imediatamente!

Evie ignorou o próprio instinto e não recuou; em vez disso, sustentou o olhar enfurecido do rei e abriu um sorrisinho.

Ele teve tanta dificuldade de controlar a raiva que estava quase tremendo.

— Querido povo de Rennedawn, parece que fomos enganados! Trata-se de um truque! Um último esforço do Vilão para fugir. Ele manipulou esta moça para fingir a própria morte e vir em seu auxílio. — Benedict apertou o braço dela com tanta força que parecia até que ia quebrar, e seu belo rosto foi arruinado pela ruga que se formou entre as grossas sobrancelhas cor de areia. — Tudo em vão. Tenham piedade e contemplem a verdadeira vítima final do Vilão.

Depois de um instante e um suspiro, a fúria se instalou — uma fúria tão justa que a apreensão que sentia não importava mais. Ela estava em chamas. Em um movimento ágil,

Evie se abaixou e desembainhou a adaga da tira escondida debaixo do vestido. Antes que Benedict pudesse piscar, a lâmina já estava em seu pescoço.

Com o movimento, os cachos soltos de Evie roçaram os braços nus, e suas palavras exalavam veneno.

— Eu. Não. Sou. Uma. *Vítima.*

Os guardas avançaram, mas o rei os deteve com um gesto de mão. Fitando a lâmina com uma condescendência entediada, ele disse:

— Você só está ofendida porque estou falando a verdade. Pense, srta. Sage... você realmente acredita que salvar este homem é uma escolha justa? Uma boa escolha?

O coração de Evie acelerou e a voz suavizou enquanto lágrimas contidas brilhavam em seus olhos.

— Não, você está certo. — Ela deixou o rosto assumir um semblante de diversão maliciosa. — Acho... que é uma escolha *do mal.*

Ela ergueu a adaga e cortou a bochecha de Benedict antes de fugir das garras dele. O rei gritou, apertando o ferimento superficial e uivando como se a lâmina tivesse atingido o osso. *Por que os homens lidam com a dor como o gelo lida com o calor?*

— Sua vadia maldita!

Ela fez uma reverência.

— A seu dispor.

— Peguem-na! Agora!

Os guardas partiram para cima de Evie e ela sentiu uma onda de pânico da cabeça aos pés. Já tinha enrolado demais; tinha que agir imediatamente.

Então, ela limpou a garganta e ergueu a adaga.

— Antes que tentem me prender, senhores, gostaria de fazer uma proposta. — Confusos com a casualidade na voz de Evie, os homens de armadura se entreolharam. Felizmente, ela estava conseguindo disfarçar a tremedeira. — Libertem o Vilão e Arthur Maverine, e eu permitirei que todos os presentes saiam daqui com vida.

O rei, os guardas e até alguns nobres tiveram a audácia de rir, achando o ultimato de Evie divertidamente humilhante. O rei enxugou uma lágrima de riso imaginária dos olhos verdes-esmeralda.

— Uma jovem sem magia com uma adaga é tão ameaçadora quanto um coelho com um abridor de cartas — disse ele, falando com Evie como se ela fosse uma criança... algo comum na vida dela. — Você é fraca e está rodeada de inimigos, garotinha imprudente.

Ela *estava* com medo, mas tinha aprendido: o medo geralmente indica que estamos à beira de algo novo, algo que pode mudar quem nós somos, algo possivelmente *bom*. Evie nunca mais se afastaria do medo.

Assentindo modestamente com a cabeça, ela respondeu:

— Isso é muito verdadeiro, Vossa Majestade. Eu não sou nada em comparação com os homens que você tem a seu serviço, nem com os nobres a seu comando. — Com gestos grandiosos, ela examinou a multidão e deu dois tapinhas no queixo. — É impressionante como você conhece tanta gente e conquista tanta devoção. Mas me pergunto se você sabe a diferença que eu mais gosto entre seus Guardas Valentes e os Guardas Malevolentes do Vilão.

Com um brilho de satisfação nos olhos, o rei notou que Evie recuava lentamente.

— Você está tentando ganhar tempo, srta. Sage. Mas eu vou entrar nessa brincadeira antes de mandá-la para a forca. Os *meus* guardas lutam pelo bem do reino. Os guardas do Vilão lutam por sua destruição.

— Uma distinção importante, com certeza! — Ela se inclinou e sussurrou as palavras seguintes para que só o rei ouvisse. — Só que eu estava me referindo ao fato de que a maioria das pessoas que compõem a Guarda Malevolente são *mulheres*. — Ela viu o rei assimilar pouco a pouco a afirmação, mas, antes que ele pudesse concluir o raciocínio, Evie acendeu o último fósforo.

— Tem certeza de que conhece *todos* os presentes aqui?

Ela sentiu uma onda de satisfação percorrer suas veias enquanto o rei arregalava os olhos e analisava o salão, cada vez mais horrorizado.

Evie recuou e outra flor escorregou do cabelo enquanto ela se virava para os espectadores. Tatianna surgiu no meio da multidão como uma visão; a faixa rosa que envolvia seu vestido verde a destacava como verdadeira em um mar de falsidade. Piscando para Evie, Tati puxou uma lanterninha do bolso do vestido, sacudiu o cilindro e lançou os fogos de artifício no ar.

O sinal foi recebido com um leve agito, como ondas se espalhando pelo Mar Lilás. De repente, por todo o vasto salão, mulheres foram dando um passo à frente, uma a uma. Por baixo de blusas, chapéus ou vestidos, revelaram o uniforme da Guarda Malevolente. Estavam ali o tempo todo, escondidas pela ideia sem pé nem cabeça de que mulheres não precisavam de tanta vigilância, de que não eram uma ameaça de verdade. Evie se lembrou das palavras que o Vilão lhe dissera na taverna decadente do irmão como se fossem uma melodia.

"Eu nunca cometeria o erro de subestimar uma mulher como você. Seria um erro fatal."

Evie previu que o rei nunca mais cometeria esse erro de novo. O olhar que ele lhe lançou tinha mudado — ele estava com medo.

Finalmente.

— Espero que você se lembre de que, aconteça o que acontecer a seguir...

Ela inclinou a cabeça e sorriu ao concluir a frase condenatória.

— Eu bem que tentei avisar.

CAPÍTULO 8
Vilão

A Guarda Malevolente atacou sem reservas, sem moderação e completamente sem honra — exatamente como Trystan havia ensinado.

Por todo o salão, mulheres derrubavam cada um dos cavaleiros, aproveitando a vantagem do ataque surpresa contra o pequeno número de soldados do rei. Keeley, a líder da Guarda de Trystan, enfrentava três cavaleiros ao mesmo tempo sem dificuldade, enquanto outra guarda, Min, havia encurralado dois e estava atirando... sonhos de padaria neles?

Ela vai ganhar um aumento.

Assim como quem quer que tivesse sido responsável por organizar tudo aquilo: uma façanha genial. *Com certeza tem dedo da Becky nisso*, ele pensou com satisfação. *E Sage...* O salão de baile tinha mergulhado quase instantaneamente em um caos maravilhoso. Aos gritos, nobres batiam em retirada enquanto corpos e armas se espalhavam pelo chão, e criados em fuga derrubavam ou abandonavam bandejas de comida e vinho.

Ele precisava se soltar das amarras, precisava chegar até ela. *Viva.* Sage estava viva.

E, então, ela apareceu, cambaleando em meio aos corpos espalhados, tropeçando na barra do vestido. Uma onda de ternura o envolveu e atravessou a ferocidade que incendiava seu sangue. A raiva e o alívio duelavam dentro de Trystan enquanto seus olhos famintos a devoravam, famintos por ela. Bochechas rosadas, lábios vermelhos como sangue, cachos pretos e bagunçados.

Minha.

Ele lutaria contra aquele pensamento indisciplinado mais tarde, mas, por enquanto, seu cérebro não seria contrariado — ele nem sequer tentaria.

— Que moça incrível — Trystan ouviu Arthur comentar, sem fôlego.

Ele não desviou o olhar de Sage, simplesmente manteve os olhos fixos à frente antes de responder com frieza:

— Te garanto que incrível ainda é pouco para ela.

Arthur deve ter percebido a hesitação na voz dele.

— Trystan, será possível que a Evie seja...

Uma mulher magrinha com um capuz que escondia o rosto se aproximou da plataforma.

— Sem querer interromper... até as fadas bem sabem que vocês dois precisam mesmo se acertar... mas quem sabe possa ficar para depois?

Arthur franziu a testa quando a mulher puxou o capuz para trás, em parte por raiva e em parte por preocupação paterna.

— Clarissa! Você não deveria estar aqui.

A irmã de Trystan, a mais nova dos irmãos Maverine, estava ali diante deles, vestida com a armadura da Guarda

Malevolente. Aquela era uma imagem que ele nunca imaginou que veria, já que, para todos os efeitos, a irmã o odiava pra cacete.

— Relaxa, pai. Não estou aqui para lutar. Meu papel nesta operação é de faz-tudo. — Ela enfiou a mão esbelta em uma bolsa amarrada à cintura e pegou um frasquinho de líquido. — Tinta laranja faz maravilhas como solvente.

Trystan se afastou quando ela se aproximou.

— Já vi você dissolver um sofá inteiro com isso. Tem certeza de que é seguro usar tão perto da pele?

Clare abriu um sorriso meio malvado, típico de irmãs mais novas.

— Na verdade, não faço a menor ideia, mas você vai ser uma ótima cobaia.

Um som metálico ecoou no ar enquanto dois Guardas Valentes se aproximavam da plataforma, apontando flechas diretamente para o peito de Clare.

— Pare onde está, mocinha, ou vamos atirar no seu coração!

Trystan ouviu um som discreto que misturava uma risada com uma fungada e, em seguida, o som de uma voz bem familiar.

— Boa sorte para encontrá-lo.

Ele sorriu.

— Tatianna.

— A mãe coruja chegou.

A curandeira piscou para ele, parada atrás dos cavaleiros com a mão na cintura. As tranças escuras estavam enfeitadas com laços cor-de-rosa, que combinavam com o batom fúcsia e o blush nas bochechas marrom-escuras.

Os guardas se viraram na direção dela.

— Afaste-se!

Tatianna desviou o olhar na direção de Clare e relaxou um pouco antes de voltar a olhar para os homens que agora apontavam as armas para ela. A curandeira fez um beicinho debochado para os cavaleiros antes de levantar a mão direita, que brilhava.

— Temo dizer que só há duas opções aqui, senhores... e eu uso o termo *bem por alto*. — Sua expressão divertida se tornou letal. — Saiam de perto da minha família ou eu vou transformar seus ossos em sopa.

Eles se entreolharam, com cautela, mas não se mexeram. Tatianna estalou a língua.

— Como quiserem!

Sua mão esquerda se juntou à direita, mas era tarde demais. Os dois homens gritaram, dispersando-se no meio da multidão o mais rápido possível.

— Muito bem — disse Trystan em voz baixa, contorcendo-se enquanto Clare despejava rapidamente a tinta laranja nas amarras de Arthur. O metal se derreteu em poças cintilantes no chão e, felizmente, os ossos permaneceram intactos.

Clare se virou para Trystan com uma expressão bem maliciosa.

— Sua vez.

— Ah, que ótimo — disse em tom seco, fazendo uma careta enquanto a irmã desaparecia atrás dele.

Enquanto trabalhava, Clare fez uma pergunta, um tom forçadamente desinteressado impresso em sua voz.

— Você realmente consegue derreter os ossos de alguém, Tati?

Tatianna deu de ombros.

— Não. Mas *eles* não precisavam saber disso.

Trystan arqueou a sobrancelha, mas acabou esquecendo a ousadia da mulher assim que suas correntes finalmente caíram. Não era só a liberdade — seus punhos libertos pela primeira vez no que parecia uma eternidade —, era sua magia. *Livre. Desperta.*

Ela ganhou vida em ondas surpreendentes, em uma raiva justificada e em espirais incontroláveis à medida que a névoa de Trystan se espalhava por todos os cantos do salão, visível apenas para ele. Sua magia saiu mais poderosa do que o normal, depois de tanto tempo contida. Cada corpo presente naquele salão tinha pontos fracos brilhantes que ele poderia atingir, matar. Feridas e lesões, iluminadas com cores vibrantes. A magia de Trystan encontrou cada alma viva ao seu redor.

Mas ele só queria uma.

— Cadê... — Trystan não precisou terminar a frase; Tatianna sabia o que ele estava prestes a perguntar.

A curandeira procurou pelo salão.

— Ela está... Ah, caramba. — Seus lábios se contraíram em uma careta.

E, quando Trystan olhou, entendeu por quê.

Sage estava na parede, mais perto do que antes, mas, dessa vez, com uma corda nas mãos. Uma corda que todos seguiram com os olhos parede acima, atravessando o teto, até chegar... *ao maldito lustre de cristal.*

Clare levou a mão à boca.

— Pelo amor dos deuses, ela não faria isso, faria?

Ele andou até o fim da plataforma, envolto em sua névoa, e a tatuagem mágica na parte de cima do braço despertou, indicando que Sage estava bem e vivíssima. Dava para ver a respiração atravessando o corpo dela, o peito subindo e descendo, a sarda na clavícula, o sorriso no rosto.

Estava olhando diretamente para ele, audaciosa, sem nenhuma vergonha, enquanto levantava o dedo mindinho, que brilhava com a tinta dourada, e então fez uma saudação zombeteira.

Ele balançou a cabeça e abriu um sorriso ao responder à pergunta da irmã.

— Evie Sage? Pode ter certeza de que sim.

E foi o que ela fez.

CAPÍTULO 9
Evie

O cristal se espatifou por toda parte.

O que era uma pena, já que uma dessas partes foi bem na direção da cabeça de Evie.

Ela bateu de barriga no chão assim que um pedaço enorme se cravou na parede bem acima dela, tão perto que Evie chegou a sentir um jato de ar mexer seus cabelos enquanto se abaixava.

Uma pena maior ainda que as velas do lustre tenham se espalhado pelo chão e o fogo, chegado às cortinas.

Não seja incendiária, Evie!

Ela franziu a testa. Essa era nova.

Mas seus devaneios foram logo interrompidos pela voz do chefe, mais perto do que ela esperava.

— Sage! De onde você tirou uma ideia tão perigosa?

Ela olhou para o rosto escondido de Trystan.

— De um livro.

Um Guarda Valente entrou no caminho dele, mas isso nem o desacelerou. Com as duas mãos, o Vilão jogou o cavaleiro para longe como se fosse um móvel, e só diminuiu o passo ao ficar bem na frente dela.

A respiração dele estava pesada, não de cansaço, mas de raiva.

— É uma história de ficção por um motivo, sua ameaça ambulante. Pelo amor dos deuses, e se você resolvesse tentar pôr em prática toda cena impossível que lê num livro?

Era uma pergunta retórica, mas Evie não resistiu ao impulso de entrar na dinâmica normal das conversas dos dois, como se nenhum tempo tivesse se passado.

— Ah, acho que eu precisaria passar a ser bem, hm... *flexível*.

Ele deixou escapar um som inarticulado e olhou para cima enquanto provavelmente rezava por paciência antes de responder:

— Não entre em detalhes, eu imploro.

Mas, quando Trystan desceu o olhar, encarou Evie com intensidade. Ele examinou cada centímetro do seu rosto, e ela fez o mesmo com o que dava para ver dele. De repente, ela odiou aquela máscara de tecido; era apenas um meio de mantê-lo escondido dela. Evie levantou a mão, mas parou: ainda havia guardas no recinto e meia dúzia de nobres; alguns os observavam de seus esconderijos.

Ela não podia revelá-lo ali; teriam que esperar até estarem...

— Vai em frente.

As palavras dele foram tão resolutas que Evie arregalou os olhos de choque e ficou boquiaberta.

— Você acha mesmo que eu te deixaria se revelar ao público de tal maneira e não faria o mesmo por você? — perguntou ele.

O peito de Evie subia e descia depressa enquanto ela fazia de tudo para não interpretar demais aquelas palavras.

— Senhor, sério. Não precisa se sentir culpado... eu não sou ninguém. Meu nome não significa nada. Vem, precisamos sair...

— Vai em frente. Ou eu mesmo faço. — Ele falou com mais raiva dessa vez.

Evie conhecia as ameaças de Trystan bem o suficiente para saber quando eram sinceras. O que significava que não adiantava continuar argumentando.

— Tire a minha máscara, Evangelina — insistiu ele.

Era impossível não se sentir tocada pelo tom suave daquela voz, como dedos deslizando por suas costas nuas. Ela era humana e tinha um coração, que pulsava da pior maneira possível por alguém que não deveria.

Devagar, Evie levantou a mão, e os dedos quase pararam quando ela sentiu o corpo de Trystan se contrair ao toque. Mas, em vez de parar, ela se apressou. Tirou a máscara e a deixou escorregar pelos dedos até cair silenciosamente no chão, expondo o rosto dele.

Lindo e familiar.

O alívio e o conforto amenizaram a tensão no peito de Evie. Uma lágrima quentinha deslizou pela bochecha enquanto ela abria um sorriso trêmulo e dizia:

— Olá, soberano do mal.

O Vilão não chorava; ela sabia disso. Mas também sabia que, pelo resto da vida, se chegasse a envelhecer, definhando em uma cama e recontando as aventuras do tempo em que trabalhava para a figura mais sombria do reino, ainda juraria para si mesma que tinha visto os olhos pretos do Vilão brilharem.

As palavras dele finalmente saíram quando os lábios se curvaram em um sorriso que, caso se abrisse um pouco mais, Evie sabia que revelaria... uma única covinha.

— Olá, furacãozinho.

Mais gritos ecoaram pelo lugar. Havia combate e destruição por toda parte. O salão estava pegando fogo, literalmente.

Evie fez menção de se afastar dele, mas só percebeu o caco de vidro enorme quando seu pé quase o tocou. Com um arquejo de susto, foi erguida sobre as botas brilhantes do Vilão. Ele espalmou a mão grande na cintura dela, e só de ver aquilo seu coração já acelerou e as bochechas queimaram. A outra mão pousou na curva do seu quadril.

Evie virou a cabeça para Trystan e ele interpretou os olhos arregalados e em pânico como um sinal de confusão, o que era melhor que ter que explicar que a mão dele parecia queimá-la por cima das roupas.

— Achei que você não ia querer ser empalada — disse ele em voz baixa e rouca.

Evie não pôde evitar: a risada escapuliu e ela apertou os lábios para conter a resposta inapropriada. Mas ele percebeu e, balançando a cabeça, falou irritado:

— Você é inacreditável.

Mas apertou mais a mão na cintura dela.

E, por um momento, só havia os dois no mundo.

Até Blade aparecer na frente deles, feliz e radiante em meio ao caos. As mangas da camisa elegante estavam rasgadas, revelando os grandes braços musculosos. Evie se afastou do Vilão e, em seguida, Blade a segurou pelos ombros e lhe deu um beijo na bochecha.

— Graças aos deuses você está bem, Evie! A gente achou que... — Sem mais nem menos, Blade gritou de dor e se inclinou para segurar a canela, lançando um olhar acusatório para o Vilão. — Bom ver você também, chefe. Posso perguntar por que acabou de me dar um chute?

O Vilão continuou a encará-lo, sem expressão.

— Tropecei.

Becky apareceu por trás do ombro de Evie, dando-lhe um susto tão grande que ela quase se segurou na mulher para não cair.

— Olá — disse Becky sem emoção, antes de olhar feio para Blade. — Nós estamos atrasados, sr. Gushiken.

Blade a saudou e logo desapareceu na multidão.

— Não podemos tolerar isso, encantadora Rebecka! Deixa comigo!

O Vilão franziu a testa.

— Deixa o quê?

— Precisamos ir embora, senhor... tem mais Guardas Valentes chegando. — Becky olhou de relance para Evie e depois a olhou de novo para dizer: — Estou... feliz que você não tenha morrido de verdade.

Evie levou a mão ao peito, absurdamente comovida.

— Ah, Rebecka, eu não sabia que você era tão sentimental.

— Retiro o que disse — ela retrucou e bufou antes de seguir Blade pela multidão.

Os gritos estavam diminuindo, o salão estava suficientemente destruído e a expressão cansada e sombria no rosto do chefe fez Evie sentir um aperto no peito. Era impossível saber que pesadelos ele tinha enfrentado. Não existiam palavras no mundo para expressar como estava se sentindo naquele momento, então ela simplesmente entrelaçou os dedos aos dele levemente. O choque elétrico daquele toque atingiu seu coração em cheio. Ele olhou para Evie, assustado.

Ela suavizou o semblante e disse:

— Vamos para casa.

A garganta de Trystan se contraiu e seus olhos se encheram de intensidade enquanto a mão relaxava na dela.

— Sage, eu...

— Indo embora sem se despedir, rapaz? E sem seu companheiro? Achei que eu tivesse te educado melhor. — Aquela voz gelou o sangue de Evie enquanto o Vilão soltava a sua mão e fechava a cara.

Companheiro? Que companheiro?

O rei Benedict estava ali diante deles — uma visão bem diferente da figura gloriosa do início daquela noite. A coroa havia sumido, bem como a capa de pele. Uma veia furiosa pulsava no topo da testa, combinando com os olhos febris. Mas o que fez os dois pararem foi o animalzinho verde que Benedict segurava no punho.

Reinaldo.

CAPÍTULO 10
Vilão

Aquele sapo maldito e estúpido.

Trystan resistiu ao impulso de partir para cima da Benedict e arrancar o anfíbio das garras dele. A magia que o preenchia implorava para ser libertada, para machucar e *punir*, mas bastaria um segundo para que o rei espremesse o corpo de Reinaldo até matá-lo. Ele não podia arriscar.

— Sage, por que é que o Reinaldo está aqui? — perguntou Trystan, tentando manter a calma.

— Ele gosta de sonho de padaria.

E então a calma se foi.

— *Sage* — ele rosnou, extremamente furioso só de pensar que estivera a segundos de ir embora dali, de se livrar daquele castelo miserável e voltar para o único lugar onde se sentia um pouco mais inteiro.

"Vamos para casa", Sage dissera.

Uma década antes, quando encontrara a mansão por acaso, ele tinha imaginado que seria um bom lugar para descansar a cabeça, tramar planos e talvez até sumir por um bom tempo. A natureza tinha tomado conta da estrutura decadente escondida nas profundezas da Floresta das Nogueiras. As vinhas e a vegetação praticamente faziam parte da arquitetura, como se a mantivessem prisioneira. Para ele, fora fácil se sentir parte daquele lugar. Desde o início, ele havia se esforçado para fazer da mansão um lugar de frieza e medo de arrepiar. Substituíra todos os alegres vitrais originais por representações de atos sinistros — exceto por seu favorito na cozinha da mansão. Cada centímetro foi pensado para afastar as pessoas.

Não deveria ter sido surpresa que nada disso a abalasse e que a capacidade impenetrável que Sage tinha de transformar o feio em algo não só divertido, mas digno de amor, prevalecesse.

Ela havia encontrado algo digno de amor até mesmo em um lugar chamado Morada do Massacre.

E ele recorreria a qualquer maldade necessária para levá-la de volta para lá.

Passando Sage para trás de si e ignorando os protestos dela, ele convocou seu poder. A névoa cinza-escura se contorceu e rodeou Benedict, fazendo o rei congelar. Um ponto preto que pulsava na jugular dele sinalizava o lugar perfeito para atacar e livrar o mundo do maior inimigo de Trystan para sempre...

Até Sage fazer uma pergunta que o trouxe de volta à realidade.

— Senhor, o q-que é isso?

Ele franziu as sobrancelhas e seu poder parou no ar.

— Você está falando de...

— Da névoa cinza rodeando o rei como se fosse uma nuvem estranha? — sussurrou ela.

Não existe a menor possibilidade...

Ele entreabriu a boca, mas nada saiu a princípio. Então, por fim:

— V-você está conseguindo ver minha magia?

Ela deu um gritinho.

— Então é isso? — Sage soltou o ombro dele e inclinou a cabeça enquanto absorvia o poder violento com uma curiosidade encantada. — Que interessante. Não imaginei que tivesse essa aparência.

— O que vocês dois estão tramando aí? — perguntou Benedict, claramente incapaz de ver a névoa, mas parado mesmo assim. Trystan sentiu um formigamento começar pela nuca e subir pelas laterais da cabeça até se transformar em uma batida constante no topo do crânio.

Apenas Sage era capaz de ver a magia dele.

Irracionalmente aterrorizante.

Trystan concluiu que se dava melhor com a ferocidade do que com a nova emoção que lutava para dar as caras. Ele não *sentia* medo. Apenas causava medo nos outros.

— Estamos só conversando sobre as diferentes formas de te matar, Benedict. Seria um prazer compartilhá-las com você.

Sem nenhum aviso, Sage deslizou a mão pela cintura de Trystan e lhe deu um empurrãozinho para o lado.

— Reinaldo! Lembra do que eu te ensinei.

Ele observou Sage com um misto de horror e diversão enquanto ela abria a boca e, em seguida, fechava os dentes. O mini anfíbio piscou os olhos assim que entendeu a mensagem, depois abriu a boca e a fechou... bem na mão de Benedict.

— *Ai!* — Benedict berrou e soltou Reinaldo, que correu na direção deles levemente camuflado pelo piso. — Esse monstrinho me *mordeu*!

Enquanto a atenção dos guardas estava totalmente voltada para o rei, Trystan pegou o amigo nas mãos. Eles precisavam ir embora dali — *imediatamente*. Enquanto começava a guiar Sage lentamente em direção à porta do terraço dos fundos, ele inspecionou o sapo em busca de ferimentos. Por fim, arqueou a sobrancelha e murmurou para que apenas Sage pudesse ouvir:

— Você o ensinou a morder?

— Os sapos têm mandíbulas fracas. Ele precisava praticar.

Satisfeito ao concluir que não havia nenhum machucado no amigo, Trystan permitiu que Reinaldo pulasse para o ombro dele.

— Como raios você descobriu isso?

— Ele teve dificuldade quando dei torta para ele comer.

Trystan suspirou.

— Ah, mas é claro.

Àquela altura, os guardas já tinham notado a movimentação dos dois e sacado as espadas, avançando em direção a Trystan. Ele tentou proteger Sage empurrando-a para atrás de si, só que ela teimou em ficar ao seu lado.

Trystan ergueu a mão e acenou para Benedict num gesto ríspido.

— Como sempre, foi uma experiência dolorosa, Benedict, mas infelizmente temos que nos retirar agora.

— Experimentem — gritou o rei por trás dos guardas, sem deixar de sacudir a mão de dor. — Mas fique sabendo que vou passar o resto dos meus dias garantindo que você nunca mais tenha paz pelo jeito como me humilhou. O reino inteiro saberá seu nome antes do amanhecer… e todos vão querer sua morte.

Trystan deu de ombros.

— Isso é só mais um dia comum na minha vida.

Benedict ergueu a sobrancelha com um olhar cruel.

— Eu não estava falando com *você*.

Trystan se contraiu dos pés à cabeça ao ouvir as palavras do rei, e só relaxou de leve quando Sage segurou um dos seus punhos cerrados e desdobrou os dedos delicadamente.

— Não se preocupe, srta. Sage. Apesar da sua traição, vou cuidar bem da sua mãe quando meus cavaleiros a trouxerem para mim.

Ela apertou a mão na de Trystan e semicerrou os olhos claros.

O rei não prestou atenção ao alerta nos olhos de Sage; continuou a despejar veneno pela boca.

— Quando um pai abandona o filho, eu sempre me pergunto: o problema era o pai — disse ele com um sorriso — ou o filho?

Desgraçado.

Mas Sage ergueu o queixo.

— Quando um cavaleiro está disposto a trair o próprio rei, eu sempre me pergunto: o problema era o cavaleiro — rebateu ela, arqueando as sobrancelhas de satisfação — ou o rei?

Benedict empalideceu e o coração de Trystan quase parou de bater. O cavaleiro que tinha falado algo sobre "esperança".

Será que ela é tão encantadora que conseguiu convencer até um Guarda Valente a obedecê-la?

Ele observou o contorno das bochechas de Sage, o semblante astuto, as engrenagens silenciosas de sua mente se ajustando para bolar um novo plano.

Sim. Essa mulher seria capaz de convencer alguém a desafiar até o passar do tempo, se fosse conveniente para ela.

Sage não percebeu o desejo no olhar de Trystan quando ela se inclinou para sussurrar:

— Prepare-se para correr.

Antes que Trystan pudesse reagir, Sage alcançou algo escondido na faixa das costas do vestido. Assim que ele olhou direito e percebeu o que era, levou um susto. Uma pilha de papéis — cartas, todas assinadas e datadas com um nome quase invisível no final.

Nura Sage.

— Você está errado sobre minha mãe e vai perceber, se é que já não deu pra notar, que está muito errado sobre *mim*.

Trystan puxou Sage pelo braço, arrastando-a em direção à porta do terraço dos fundos antes que ela revelasse mais alguma coisa, antes que Benedict visse as cartas e antes que ela forçasse mais a barra do que já tinha forçado, pois sabia o perigo que ela acabara de atrair para si mesma. E o brilho faminto nos olhos de Benedict só confirmava isso.

Mesmo assim, foi absurdamente difícil não abrir um sorriso enquanto ela acenava, radiante, dizendo com brilho nos olhos:

— Boa caçada, rei Benedict.

E, ao som dos gritos indignados do monarca, os dois bateram em retirada.

CAPÍTULO II
Evie

A ameaça de morte os seguiu pelos degraus do terraço e pelos jardins do palácio até a Floresta das Nogueiras, bem como os sons familiares de flechas atravessando o ar. Evie avançava rapidamente no escuro, contornando a linha das árvores e se esgueirando pelos arbustos, e o Vilão a seguia de perto o tempo todo.

Evie até poderia ter achado isso fofo, ou mesmo intrigante, só que ele não estava se movendo do jeito que ela estava acostumada, como se o mundo se moldasse ao redor dele. Parecia mais que ele estava se arrastando pelo trajeto, como se o tempo que tinha passado sob custódia do rei o tivesse castigado de tal maneira que a única saída era se lançar ao ar livre e torcer para que o melhor acontecesse.

Ao se dar conta disso, Evie foi tomada por uma onda de raiva protetora, tão forte que ela quase deu meia-volta só para poder acertar uma barra de metal na cabeça do estimado monarca.

Bem que eu poderia amassar aquela coroa ridícula, pensou ela, com uma pitada de loucura.

— Qualquer que seja a gracinha que você esteja tramando agora, pode parar com isso. Os arbustos estão aterrorizados com a cara que você está fazendo. — Ele bufou e se endireitou enquanto Reinaldo se agarrava ao ombro dele como se sua vida dependesse daquilo. Eles seguiram em frente pelas margens da floresta, com passos silenciosos e vozes baixas para não chamar a atenção dos guardas para o esconderijo dos dois nas sombras. — Foi insensato provocar o rei daquele jeito, Sage. Você pôs um alvo nas próprias costas.

— Então você acha que é nele que os arqueiros estavam mirando?

Era para ser brincadeira, para aliviar a linha de tensão que pulsava no pescoço dele, mas acabou sendo um erro enorme e muito perigoso.

Não dava para enxergar direito os olhos dele, mas ela os viu se arregalando de raiva quando ele deu dois passos na sua direção e pairou sobre Evie para sibilar bruscamente:

— Riscos à sua vida não são motivo de brincadeira. *Nunca*.

Evie entreabriu os lábios e só conseguiu piscar, sem entender nada. Estava tão confusa e alarmada que se sentiu rodeada por abelhas assassinas; seus zumbidos ecoavam nos ouvidos dela quando ela perguntou:

— Por quê?

A intensidade do olhar furioso de Trystan logo sumiu, transformando-se tão rapidamente em indiferença que a cabeça dela girou. Doeu como se as abelhas a tivessem picado.

Ela balançou a cabeça.

— Deixa pra lá. Esquece que eu perguntei. Foi bobagem.

Ela seguiu em frente com passos mais largos e determinados. Já tinha perdido tempo demais.

APRENDIZ DO VILÃO

— Sage — sussurrou ele. — Aonde você está indo? A mansão é para lá.

— Eu estou indo para o desfiladeiro.

Ele parou ao lado dela. Era impossível decifrar seu semblante.

— Trabalhar para mim ficou tão ruim assim? — perguntou ele, inexpressivo.

Ela deu uma risadinha pelo nariz, passou por ele e tropeçou na saia pelo que parecia ser a milionésima vez. Olhou feio para a barra e, então, encarou o Vilão. Ele arqueou a sobrancelha, confuso, enquanto ela levantava a saia com um sorriso franco.

— Rasga.

O Vilão e Reinaldo abriram a boca ao mesmo tempo, e a cena foi tão cômica que ela mordeu o lábio para não cair na gargalhada. Tentando se recompor — sem muito sucesso —, Evie disse:

— Não dá pra continuar até a mansão com a barra embolada nos meus pés.

— Será que você não poderia tentar? — perguntou ele, engasgando.

Ela cruzou os braços e arqueou a sobrancelha.

— Está com medo do quê, soberano do mal?

— Medo? — A voz dele era grave e áspera, como duas pedras se esfregando.

Reinaldo pulou do ombro de Trystan, pressentindo o perigo — ou talvez apenas o constrangimento. À luz fraca da lua, mal dava para enxergar o contorno da mandíbula do chefe enquanto ele se ajoelhava à frente dela. A visão da cabeça escura de Trystan esquentou a barriga de Evie.

Com uma determinação profissional, ele pegou o tecido fino e o rasgou em dois — fazendo a saia bater na altura do joelho. Evie arfou quando o ar fresco da noite beijou sua pele e meio que desejou que Trystan fizesse o mesmo.

Não deseje que o chefe beije sua pele, Evie!
Por mais que a ideia pareça... extremamente prazerosa.

Ela sentia o toque quente daquela mão grande na pele nua de suas pernas e os dedos descansando em volta da coxa por mais tempo do que seria razoável explicar.

— Pronto.

Ele respirava com dificuldade, dava para ouvir. Combinava com a respiração dela.

Ela se afastou antes que tomasse uma atitude completamente insana, como pegar a mão dele e levá-la de volta à sua coxa. Ele provavelmente recuaria, horrorizado. Quer a atração dos dois fosse mútua ou não, era evidente que o chefe estava preso demais ao profissionalismo para se deixar levar por quaisquer pensamentos libidinosos, e ela simplesmente teria que superar.

Do jeito que se supera um garfo no pulmão.

— Tá, hm... obrigada. — Ela seguiu em direção ao seu destino, movimentando-se com mais facilidade enquanto ele se aproximava e verificava a área em busca de ameaças.

— Aqui é um bom lugar para nos embrenharmos pelas árvores. — Ele indicou a floresta. — Posso nos levar para casa por ali.

— Como eu já disse, senhor, estou indo para o desfiladeiro. — Ela seguiu em frente, endireitando as costas. — Eu tenho um plano. Confia em mim.

Ele suspirou e beliscou o dorso do nariz.

— Uma sugestão aterrorizante. Sage, preciso insistir que... — Mas ele se interrompeu e disparou uma sequência de obscenidades enquanto a empurrava para a frente e pegava Reinaldo. — Corre! *Agora!*

— Ali estão eles! — Os guardas irromperam das árvores, mas ela já estava em movimento, mais ágil sem a inconveniência da barra da saia se enrolando nos pés.

Evie seguiu em frente, correndo ainda mais rápido enquanto o cabelo a chicoteava por toda parte, algumas mechas colando no rosto, e a grama grudava na sola dos chinelos finos. A borda do desfiladeiro surgiu no horizonte. Pertíssimo. O sangue pulsava forte em suas veias enquanto ela corria pela grama macia, e Evie se surpreendeu ao ver que o chefe fazia o mesmo ao lado dela. As pernas dele eram mais compridas e o corpo era mais ágil; ele poderia avançar mais rápido, se quisesse.

Mas, assim como no dia em que se conheceram, ele desacelerou o passo para acompanhar o ritmo dela.

Ela engoliu em seco e segurou a mão dele enquanto se aproximavam cada vez mais da beirada.

— A gente vai pular, então? — perguntou ele, com apenas um leve traço de hesitação.

Ele pularia de um penhasco atrás dela sem pensar duas vezes.

E Evie teve certeza de que estava apaixonada por ele. Bem ali, naquele momento.

Só lhe restava torcer para que a última parte do plano ainda estivesse de pé...

Eles chegaram à beirada e não pararam de correr enquanto ela gritava:

— Não solta minha mão!

A única resposta de Trystan foi apertar os dedos com mais força, e então os dois estavam juntos no ar, só por um momento. O coração de Evie afundou enquanto ela engolia um grito. Ela sentiu a iminência da morte à medida que o vento roçava as bochechas, até que...

Os dois pousaram nas costas de algo escamoso e roxo.

— Fofucho! — Ele estava ali.

Eles conseguiram.

Evie riu enquanto eles se afastavam do desfiladeiro e subiam aos céus. Blade estava no comando e todos os outros estavam sãos e salvos nas costas do Fofucho. Ele conduziu o animal por cima dos guardas enquanto o grupo acenava para os rostos confusos lá embaixo.

— Tchauzinho! — disse Tatianna, agitando um lenço cor-de-rosa para os cavaleiros que não paravam de gritar abaixo deles.

— Senhores! — saudou Blade.

Becky não disse nada, apenas arqueou a sobrancelha e jogou uma grande pedra para o lado. Blade e Arthur riram, enquanto Clare paparicava Arthur.

Os gritos dos guardas foram ficando cada vez mais distantes enquanto eles voavam pelo céu noturno, um monte de estrelas brilhando ao redor deles.

Parecia quase irreal, como se não houvesse nada entre a imensidão da noite e eles. O alívio que Evie sentia era tão palpável — *estamos todos aqui; está tudo bem* — que ela não pôde deixar de rir outra vez enquanto o vento soprava em seus cabelos, puxando seu couro cabeludo de um jeito maravilhoso.

— Que coisa linda — sussurrou.

O chefe, que até então estava em silêncio ao lado dela, respondeu com a voz rouca, sem soltar a mão de Evie:

— Linda mesmo. — E, quando Evie se virou, ele estava olhando para ela.

Seu sorriso radiante ficou mais suave. Seu coração antes frágil estava fortalecido e explodindo de felicidade pelo fato de todos estarem juntos ali, a salvo. Havia outra estratégia de retirada planejada para a Guarda Malevolente — uma que envolvia túneis, disfarces e talvez fogos de artifício —, e Evie só podia torcer para que elas também tivessem conseguido escapar sem baixas.

Blade bocejou e se espreguiçou.

— Acho que, depois dessa, todos nós merecemos uma boa folga — comentou ele, balançando sugestivamente as sobrancelhas para o chefe. — Remunerada.

O Vilão soltou a mão de Evie, que olhou feio para ele em resposta.

— Não vai ter folga nenhuma — rebateu ele, seríssimo. — Não até descobrirmos o que fazer em relação aos guvres.

Becky se endireitou e seus óculos balançaram na ponta do nariz.

— Como assim? Eles estão tranquilamente contidos.

O Vilão balançou a cabeça.

— O problema é exatamente esse. Não sabemos quais são as consequências naturais se os mantivermos assim por muito tempo. A Doença Mística pode ser só o começo.

Caramba, não era um sonho. Era real. Evie tinha ouvido o discurso do rei ao acordar no caixão, mas esperava que sua mente entorpecida tivesse criado uma mentira terrível. *Doença Mística,* A história de Rennedawn, *magia decadente, deixar de existir.* Tudo aquilo fez sua cabeça girar tão rápido que ela sentiu o estômago embrulhar.

— No mínimo, precisamos separá-los de novo. — O chefe continuou falando, sem perceber a apreensão que contaminava o sorriso suave de Evie. — Se eles ficarem juntos por muito tempo, a natureza pode seguir seu curso, e não podemos arriscar as consequências de prender um dos filhotes caso a fêmea engravide.

Blade contraiu os ombros.

Tatianna se remexeu no lugar, dando um tapinha no braço do Vilão.

— Ih, caramba. Temos más notícias para você.

CAPÍTULO 12
Vilão

A lista de afazeres provisória de Trystan para a manhã seguinte consistia em:

1. Tomar banho.
2. Obter um relatório de tudo que ele tinha perdido enquanto esteve fora.
3. Evitar pensar nas coxas de Sage.
4. Matar Gushiken.

Ele tinha concluído com sucesso os dois primeiros, falhado no terceiro e estava prestes a riscar o último item da lista.

— A culpa não é minha — resmungou Blade, jogando vários pedaços de carne para o casal de guvres. O macho, com sua pele iridescente, olhou para a carne, mas logo parou, indicando que a fêmea marrom-acinzentada comesse primeiro. *Bem cavalheiresco*, supôs Trystan, revirando os olhos, *já que ela está comendo por dois.*

Ele cerrou os punhos nas laterais do corpo. Aquele porão escuro o deixava agitado e nervoso. As grades o faziam lembrar da cela onde ele tinha passado dias sem nenhuma esperança. Provavelmente era por isso que estava de pavio tão curto (bem, por isso e pela pior noite de sono de sua vida). Ele tinha mandado todo mundo para a cama quando voltaram, apesar dos protestos de Sage. Ela apoiara a mão no braço dele com um olhar indecifrável e perguntara se ele queria conversar. Trystan tivera que sair antes que fizesse algo drástico, tipo arrastá-la para a cama com ele para fazer muito mais do que conversar. Pela manhã, sua cabeça estaria no lugar e as coisas voltariam a fazer sentido... pelo menos foi o que ele tinha imaginado.

Mas a manhã chegara depressa e, além de exausto, Trystan também estava furioso.

— Não estou nem aí se a culpa é sua ou se é de um deus celestial. Se a fêmea parir o bebê aqui na nossa cela, estamos ferrados — gritou ele.

— Filhotes de guvre se chamam inhos — instruiu Gushiken. Em seguida, arregalou os olhos cor de âmbar e parou com outro pedaço de carne crua na mão. — Você acha que ficar com o inho aqui vai desencadear outra Doença Mística?

Trystan balançou a cabeça com um olhar sombrio.

— Não. Acho que a vingança que o Destino traria em nome de seus filhotes... seria algo bem pior.

A luz do fogo das tochas crepitava em sincronia com a careta que Blade fez ao jogar mais um pedaço de carne entre as grades.

— Que saudade eu senti dos seus discursos agourentos, senhor; meus pesadelos não foram tão bem alimentados enquanto você esteve fora.

Trystan revirou os olhos de novo.

— Muito engraçado.

— Deveríamos simplesmente soltá-los, se você está tão preocupado.

Trystan já tinha considerado a alternativa, mas não podia arriscar. Não quando os Guardas Valentes provavelmente estavam revirando a Floresta das Nogueiras atrás da Morada do Massacre, dos guvres, de Sage. Pelo menos a mansão estava protegida por um feitiço impenetrável, mas, se libertassem os guvres, eles se tornariam presas fáceis.

— Isso seria dar a Benedict exatamente o que ele quer, e eu preferiria arrancar meu próprio coração. — Trystan passou a mão pelo cabelo e quase arrancou os fios. — Quanto tempo dura a gestação de uma guvre?

Gushiken deu uma risada nervosa.

— Hm...

A cabeça de Trystan parecia prestes a explodir.

— Você não sabe? — resmungou ele.

— *Ainda* não — corrigiu Blade com um sorriso tranquilo que dificultava a raiva de Trystan.

Com a coroa recuperada, Reinaldo surgiu como se tivesse sido convocado, pulando na frente de Blade como um escudo anfíbio. Trystan arqueou a sobrancelha ao encarar o olhar dourado e vazio do velho amigo e, em seguida, suspirou.

— Descubra, Gushiken. Senão eu vou encontrar outro "especialista".

Reinaldo levantou uma plaquinha. CRUEL.

Trystan assentiu para o sapo.

— Obrigado. Eu estava precisando disso. — O animalzinho balançou a cabeça, desanimado.

Com uma risada, Blade pegou Reinaldo, colocou-o no ombro e se apoiou na parede de braços cruzados.

— Então, assim que tivermos um prazo para essa bomba-relógio — disse ele, indicando a fêmea —, o que acontece?

Um arrepio percorreu a coluna de Trystan.

— Acontece que eu vou saber quanto tempo tenho para destruir qualquer esperança do Benedict realizar a profecia do livrinho de histórias de Rennedawn.

Blade arqueou as sobrancelhas.

— Então aquilo não era só teatro? O rei estava falando sério? Achei que *A história de Rennedawn* fosse só uma historinha para fazer as crianças obedecerem. Meu pai a usava como ameaça para me impedir de roubar biscoitos depois do jantar. Dizia que o livro de histórias de Rennedawn roubaria toda a magia da terra se eu continuasse sendo tão guloso. Sempre considerei uma história meio sombria para crianças, mas nunca pensei que fosse real.

A história de Rennedawn era um texto extremamente raro que havia sido mitologizado durante anos, tão esquecido e distorcido que a maioria das pessoas nem sequer tinha ouvido falar dele. Aqueles que conheciam a história a consideravam uma maneira inofensiva de manter as crianças na linha, como o pai de Gushiken.

Ao que parecia, as histórias mais sombrias continham as verdades mais duras.

Ele mesmo costumava achar que tudo aquilo era falso, até passar os últimos dias encarcerado na escuridão e relembrar o tempo com Benedict, a obsessão que o rei tinha desenvolvido pelos mecanismos internos da magia. Ele mandava Trystan buscar pessoas e animais com propósitos sigilosos, na época em que era aprendiz de Benedict.

Recentemente, seus guardas chegaram a comentar com ele que rumores sobre a fábula estavam se espalhando pelo reino, mas Trystan não tinha dado muita importância na hora. Os guvres faziam parte do Destino — e o poder errático da mãe de Evie sempre tinha sido, desde o início... magia da luz estelar. O rei tinha contado a ele uma década antes que finalmente havia uma usuária de magia estelar no reino e que isso ajudaria muito sua causa. Na época, Trystan não sabia que se tratava da mãe de Evie. Se soubesse, talvez pudesse ter impedido... Talvez pudesse ter poupado Sage da dor de perder tudo de uma só vez.

Ele soltou um suspiro exausto antes de responder à dúvida persistente de Blade.

— É real. Ou pelo menos é real o suficiente para que Benedict esteja perigosamente obcecado pelo assunto. E, por mais que a perda da magia não seja ideal, Benedict realizar a profecia da *História de Rennedawn* também não é.

Blade esfregou o queixo.

— Por quê? A gente não quer que a magia morra. Por que não deixá-lo fazer isso?

— Bom, para começo de conversa, isso exigiria que ele utilizasse a mãe de Sage de alguma forma. Além disso, não sabemos que tipo de poder Benedict ganharia ao manipular o Destino e cumprir uma profecia supostamente criada pelos deuses.

Blade estalou a língua.

— Quer dizer que se correr o bicho pega e se ficar o bicho come, então?

Trystan olhou para os guvres gulosos e franziu a testa.

— Eu nunca deveria ter derrubado aquela merda de parede.

Blade abriu um sorriso torto para as criaturas.

— Ah, até parece, senhor. Tem certos seres que simplesmente não podem ficar separados; eles sempre acabam dando um jeito de se reencontrarem. — O treinador de dragões lançou um olhar cheio de significado para Trystan. — E você deveria saber disso mais do que ninguém.

A declaração desencadeou uma onda de pânico — pânico de que Blade ou qualquer outra pessoa pudesse ter percebido a afeição que o atormentava pelos últimos seis meses. Além de ser inconveniente, era perigoso: a magia dele estava esquisita desde que Sage a tinha visto na noite anterior, e Trystan não podia se dar ao luxo de perder o controle dos próprios poderes. Não quando estava tão perto de destruir Benedict, e especialmente não agora que ele desconfiava que os planos de Benedict eram muito mais nefastos do que o rei dava a entender.

Trystan franziu os lábios de desgosto e respondeu:

— Não sei do que você está falando. Eu e Sage estamos longe de sermos comparáveis a um casal, Gushiken. Ela é minha assistente; é *esperado* que passemos muito tempo juntos. Além do mais, não estou tentando procriar com Sage.

Blade lhe lançou um olhar cético.

— Tem certeza? — perguntou, recuando às pressas assim que Trystan deu um passo ameaçador na direção dele.

Reinaldo levantou uma plaquinha que dizia: HEHE!

— Vocês dois querem continuar tendo cabeça? — disse ele com desdém, cerrando a mandíbula com tanta força que os dentes rangeram.

Blade fez menção de responder enquanto Reinaldo se escondia no cabelo dele, mas ambos foram salvos por Tatianna, que descia graciosamente as escadas do porão com um ar revigorado em meio a um turbilhão de rosa vibrante.

— Bom dia! Não é um lindo dia?

Trystan se limitou a grunhir.

Tatianna abriu um sorriso. Com as tranças escuras amarradas para trás por um laço grande e transparente, cada movimento sutil de seu rosto era visível.

— Ah, senhor, sempre tão eloquente.

Ele contraiu os lábios enquanto endireitava os punhos da camisa preta esvoaçante.

— O que você quer, Tati?

Ela arqueou a sobrancelha grossa enquanto lhe entregava um envelope firme.

— É do Arthur. Ele foi embora para casa hoje cedo. Não quis acordar ninguém.

O pergaminho franzido era feito por tritões; dava para ver pelo brilho à luz do fogo. O envelope dizia: "Para meu filho".

Trystan o amassou e o guardou no bolso, ignorando o olhar de censura de Tatianna.

— E a Clare?

— Está insistindo em ficar, mas eu adoraria pedir aos guardas que a expulsassem da mansão, caso seja de seu querer, senhor.

Trystan se aproximou da escada. Agora que não eram mais os sentimentos dele que estavam em evidência, sentia-se mais bem-humorado.

— Se você não consegue lidar com a presença dela, por favor, pode ficar à vontade. — Trystan disse aquilo despretensiosamente, como se não fizesse diferença para ele.

Tatianna bateu o pé, seu belo rosto se contorcendo de fúria.

— Consigo lidar muito bem. Ela não me afeta nem um pouquinho — resmungou.

— Claro que não — retrucou ele, com um leve toque de condescendência.

Na gaiola, o casal de guvres tinha terminado de comer e estava se aninhando, quase como se... Eles iam *dormir de conchinha*? Trystan se imaginou abraçadinho daquele jeito com Sage, e a imagem foi tão alarmante que ele quase caiu de cabeça nas grades.

Ao olhar para cima, viu Tatianna sorrindo para ele daquele jeito que sempre botava os estagiários para correr.

— Aliás, achei que você gostaria de saber que a notícia do seu retorno já se espalhou entre os funcionários e o escritório está em polvorosa. Tem uma aglomeração se formando no andar principal.

Uma aglomeração? Que maravilha.

— Ah, mas não se preocupe — prosseguiu ela, com um brilho nos olhos que não o agradou nem um pouco. — A Guarda Malevolente está quase de volta, e tenho certeza de que vai chegar a tempo de ajudar a Evie com a multidão.

Ao ouvir o nome da assistente, Trystan grunhiu e se virou imediatamente para ir ao encontro dela, enquanto os funcionários davam risadinhas atrás dele.

Sua magia frenética se agitava por dentro. De alguma maneira, estava diferente, da forma mais perturbadora possível; não tinha como ser coincidência. Só podia ser Evie.

A parede entre os guvres podia até ter sido derrubada, mas Trystan precisava reerguer a parede entre ele e sua assistente. Antes que isso destruísse os dois.

Antes que destruísse todo mundo.

CAPÍTULO 13
Evie

— **Voltem aos seus lugares** imediatamente! — gritou Evie enquanto era empurrada de um lado para o outro em meio à confusão de funcionários. O lustre coberto de teias de aranha balançava perigosamente acima deles com a movimentação frenética, assim como o cálice de cerâmica com elixir de caldeirão que ela segurava. Ela chamou a atenção do grupo, tentando argumentar com eles. — Eu entendo que foi uma semana perigosa sem ele, e também entendo o descontentamento em relação às fadinhas usando o caldeirão de elixir como banheira, mas foi só um lote da bebida e nós realmente precisamos... — Ela foi empurrada contra a escrivaninha com tanta força que quase caiu.

Então tá... essa foi a gota d'água!

— Ei! Seus abutres! — berrou Evie a plenos pulmões. De repente, os funcionários pararam. — Saiam imediatamente ou vamos ter um Dia da Debandada improvisado, e eu vou fazer questão de incluir *todo mundo*!

O Dia da Debandada, como muitas coisas no escritório do Vilão, conseguia ser ao mesmo tempo aterrorizante e confortavelmente familiar. Era assim para Evie, pelo menos. Ela não tinha certeza de que os estagiários concordariam, considerando que o evento consistia em vê-los sendo perseguidos pelo pátio por qualquer criatura terrível que o chefe achasse apropriada naquele dia. Ele finalmente tinha prometido para Evie, antes de ser levado, que reduziria a frequência da atividade para uma vez ao mês, mas, levando em conta o furor no rosto dele ao dar de cara com aquele caos, ela tinha fortes suspeitas de que a promessa não duraria muito.

— Vocês não ouviram a srta. Sage? — vociferou o Vilão. — Saiam!

E eles finalmente o fizeram, os humanos de olhos arregalados, as fadinhas; e até mesmo os corvos saíram voando pelas janelas abertas. As pessoas quase torciam o pescoço ao se afastarem, tamanha determinação em olhar na direção do chefe. Não que ela pudesse julgá-los. Ele estava absurdamente bonito naquela manhã — embora as olheiras parecessem mais acentuadas. Combinavam com as dela.

Evie mal tinha pregado os olhos até finalmente desistir de dormir e cometer o terrível erro de vasculhar a pilha de cartas da mãe, que estavam praticamente *destruídas*. Mal dava para ler os pedaços de papel, a não ser por algumas palavras inofensivas. Era de admirar que o rei quisesse aquelas cartas, para início de conversa — dificilmente ajudariam a localizar a mãe de Evie ou sua magia. Mas não havia só cartas guardadas no pergaminho que Evie tinha pegado na noite anterior.

Ela segurou firme seu diário, tirou os papéis de dentro e deixou o livro cair em cima da mesa.

— Senhor, posso conversar com você a sós?

O chefe a olhou como se ela tivesse acabado de pedir para ele tirar a roupa.

— Se você julga necessário, acho que sim. — Com uma careta, Trystan apontou para a porta do escritório dele.

Ela torceu o nariz para a frieza, mas entrou. Assim que viu quem estava ali dentro, parou imediatamente.

— Lyssa! — sibilou Evie. — O que você está fazendo aqui?

Sua irmã mais nova, que Evie tinha feito questão de confinar nos seus grandes aposentos na ala oeste da mansão pela última semana, estava sentada na grande cadeira preta do chefe, enrolando a pontinha da trança escura no dedo. Ela piscou inocentemente para Evie, mas havia um traço de travessura nos olhos castanhos.

— Estou trabalhando. Pelo que tenho visto, não é o que vocês costumam fazer por aqui. — Lyssa tentou empurrar a cadeira para se levantar, mas o móvel não se mexeu. — O que você está fazendo?

Em pânico, Evie olhou de relance para o Vilão, que encarava a mesa e a pessoa que estava sentada na sua cadeira com uma aceitação resignada.

— Fui substituído.

Com seu timing impecável de sempre, Reinaldo pulou para a mesa e levantou duas plaquinhas diferentes. MAIS e COMPETENTE.

— Eu deveria é ter deixado o rei transformar você em sopa. — O Vilão revirou os olhos para o animal.

Lyssa saltou da cadeira e correu até eles, seguida de perto por Reinaldo, que parecia um sapo guarda-costas.

— Lorde Trystan! — Para o horror de Evie, Lyssa abraçou o chefe e olhou para ele com um sorriso radiante. — Que bom ver você!

— Tem certeza? — perguntou ele em tom seco.

Quando Lyssa recuou, Trystan pegou cuidadosamente a mão da irmã de Evie e fez uma reverência profunda.

— O que está achando da mansão, Lady Lyssa?

Não havia deboche e nem malícia na pergunta, era apenas uma curiosidade sincera.

Evie teria que estar morta para não derreter pelo menos um pouquinho diante daquilo — era a lei.

A irmã respondeu sem rodeios:

— Estou bem entediada.

Evie se encolheu.

Um olhar confuso tomou conta da aura ameaçadora do Vilão e logo se transformou em afeto quando Edwin, o ogro que tinha virado chef da mansão, entrou correndo na sala com uma bandeja de doces em cada mão.

— Trystan!

O Vilão abriu um sorriso ao ver o ogro entrar.

— Olá, Edwin. — Mas o sorriso perdeu a força quando Edwin largou as bandejas e levantou o Vilão nos braços enormes. — Edwin — disse ele, com a voz esganiçada. — Você vai quebrar minha coluna.

Edwin o soltou e depois usou o avental branco para enxugar as lágrimas que embaçavam os oclinhos posicionados na ponta do nariz. Ogros eram conhecidos pelas emoções profundas.

— Morri de saudades suas, sr. Trystan.

Edwin reparou em Evie no canto da sala e acenou educadamente para ela. Ela sorriu em resposta.

O Vilão coçou a garganta, desconfortável.

— Eu suponho que, hm, eu... senti... Hm, obrigado. — Evitando olhar para o ogro, ele voltou os olhos para Lyssa, que observava a interação com interesse enquanto pegava de fininho um doce da bandeja caída. O chefe sorriu ao ver a cena. — Edwin, embora eu aprecie a entrega dos doces, estou aqui pensando se você não poderia mostrar para a Lady Lyssa como se faz aquelas suas famosas tortinhas de limão. Temo que ela esteja sofrendo de tédio.

Lyssa abriu um sorriso de orelha a orelha, pulou de alegria e segurou a mãozona de Edwin, praticamente arrastando-o em direção à porta.

— Sim, por favor! Posso usar avental?

Edwin lançou um olhar de quem tinha entendido tudo para o chefe enquanto seguia Lyssa com um sorriso discreto no rosto. Por fim, fechou a porta ao saírem.

Evie ficou boquiaberta.

— Você conseguiu uma distração para ela em menos de dois minutos. Que tipo de mago é você?

O Vilão deixou escapar um som suspeitamente parecido com uma risadinha abafada enquanto atravessava a sala. No meio do caminho, esbarrou de leve na cadeira em que ela sempre se sentava, inclinando-a suavemente para a janela.

— Sente-se, Sage — disse ele, contornando a mesa e sentando-se lentamente na própria cadeira.

Ela abriu um sorriso suave ao se dar conta de como tinha sentido falta das reuniões matinais dos dois.

— Seu elixir de caldeirão, senhor — disse Evie, colocando o cálice de cerâmica na frente dele e franzindo ligeiramente a testa. — Eu queria ter trazido mais cedo, tentei até desenhar uma caveira com o leite... mas acho que já esfriou. Seu primeiro dia de volta, talvez eu devesse...

Ela estendeu a mão para alcançar o cálice, mas o Vilão já o tinha pegado e tomado um gole generoso.

— Vou saborear a bebida assim mesmo, obrigado — disse rispidamente, encarando-a de um jeito estranho enquanto ela se sentava. A luz do sol entrava no ambiente, acariciando suas bochechas, e a sensação era ótima.

— Sobre o que você queria conversar?

Evie foi direto ao ponto.

— As cartas da minha mãe estão quase todas destruídas. — Ela se levantou de novo, inclinou-se ligeiramente e pôs os papéis na mesa preta e elegante do chefe, deslizando o pergaminho na direção dele enquanto cachos soltos caíam no seu rosto. Os olhos de Trystan seguiram três direções diferentes: primeiro até as calças que abraçavam as coxas de Evie, depois para os lábios vermelhos e, por último, para os papéis. Ele manteve a expressão neutra, mas segurava a mesa com tanta força que os nós dos dedos ficaram brancos.

Não tente tirar conclusões, Evie.

Ela pôs as mechas rebeldes atrás da orelha e seguiu em frente, na esperança de acalmar seu coração acelerado.

— As únicas palavras que consegui decifrar são "hasibsi", "amor", "luz estelar" e essa rima indecente que não faz o menor sentido.

O chefe olhou para ela, de repente em estado de alerta, mas ela continuou.

— Ah! E tinha outra coisa escondida entre as páginas. Meu, hm, *informante* também colocou isso aqui. — Ela deixou a página brilhante de bordas prateadas em cima da mesa. — Eu acho... Eu acho que é uma página da *História de Rennedawn*. Ela dá detalhes sobre as ferramentas para realizar a profecia, para salvar o reino e sua magia.

Ele arregalou os olhos ao pegar a folha de pergaminho com uma rapidez alarmante. Passando os olhos pelo texto às pressas, sussurrou:

— O selo. — O chefe passou a mão pela marca de tinta no topo: a que brilhava com magia antiga. — Pelos deuses, parece que você ter seduzido um Guarda Valente foi uma vantagem, de fato.

Ela franziu a testa, indignada, enquanto puxava a parte de cima de seu corpete floral verde; de repente, parecia muito mais apertado.

— Eu não seduzi ninguém, senhor.

Ele seguiu a mão dela com os olhos e rapidamente os desviou ao resmungar:

— Claro que não.

Evie tinha total intenção de contar ao chefe sobre seus planos e a quem exatamente havia se aliado, como tinha feito aquilo. Mas foi aquele leve toque de raiva, aquele breve sinal de descontentamento na voz, que a fez parar. Trystan estava incomodado por ter sido excluído do que ela havia tramado, e Evie percebeu que gostava muito disso.

— Estou aqui pensando, senhor, que se você quiser impedir o Benedict de colocar em prática esse plano, talvez devesse considerar a ideia de reunir todas as ferramentas necessárias e simplesmente cumprir a profecia você mesmo.

Ele pegou a página com força e lhe lançou um olhar cético. Enquanto lia as palavras em voz alta, a amargura em sua voz deu um tom mordaz à magia fantasiosa.

— Aquele que as terras mágicas salvar,
A cria do Destino nas mãos terá;

*Quando a união do Destino e a magia estelar acontecer,
Para sempre a terra vai lhe pertencer.
Mas cuidado com o Vilão desmascarado e seu poder sombrio,
Pois nada é mais perigoso que um bom coração que se tornou frio...* — Ele parou e arregalou os olhos. — Eu estou na profecia?

Evie fez que sim.

— Está.

O Vilão virou a página e fechou a cara quando percebeu que não havia mais nada.

— Seu informante não poderia ter nos dado o livro inteiro?

— Não.

— Por que não, caramba?

Ela deu de ombros antes de responder atrevidamente:

— Não ia caber no meu vestido.

O Vilão grunhiu, desabou na cadeira e segurou o papel diante dele como se estivesse prestes a explodir.

— A gente realiza a profecia e aí... o que acontece? A terra vai ser minha?

Ela se sentou e cruzou os braços.

— É o que diz aí. É por isso que ele queria desmascarar você, eu acho, para que o começo da profecia se concretizasse. Supondo que tudo isso seja real, claro.

— Ah, mas é real — disse ele em tom sombrio. — Vai por mim. — O chefe balançou a cabeça, afastou-se da mesa e caminhou em direção às janelas. A luz do sol brilhou um pouco mais, como se quisesse muito beijar as bochechas dele. Evie entendia direitinho a sensação. — Eu nunca quis a terra. Eu só queria aterrorizar a terra e o Benedict, até que um de nós dois conseguisse destruir o outro. Eu sou o cara que deveria garantir que toda esperança esteja *perdida*, não que ela perdure. — A vulnerabilidade na voz do Vilão atingiu o coração de Evie como um furador de gelo batendo numa geleira.

Ela se aproximou por trás, abraçou-o timidamente pela cintura e apoiou bem de leve a cabeça nas costas dele. Ele tomou um susto com o toque, mas não se afastou. Aquilo foi suficiente para encorajá-la a dizer:

— Não existe nada escrito em nenhum texto, criado pelos deuses ou não, que diga que não podemos ser mais de uma coisa. Você passou muito tempo ouvindo que foi feito para destruir, mas não há nada que diga que você não pode ser mais. Você pode ser capaz de fazer o mal e o bem. Você pode fazer coisas boas e ainda ser mau. Nada é definitivo, e se serve de consolo, eu vou estar do seu lado, não importa quem você escolha ser.

Ele deixou escapar uma risada áspera e autodepreciativa.

— Por quê?

Evie não podia revelar o verdadeiro motivo sem desestabilizar totalmente eles dois, então se limitou a dizer:

— Porque eu gosto de quem você *é*, não do que você é capaz de fazer.

Ele se desvencilhou das mãos dela e se recostou na parede com o semblante espantado, parecendo... revoltado?

— Sage, você acredita na ilusão de que tudo se resolve com um abraço?

A falta de compostura que ele estava demonstrando nas interações entre eles estava se tornando viciante.

— Não — disse ela gentilmente. — Mas os abraços não ajudam?

— Não.

Reinaldo levantou uma plaquinha: SIM.

O chefe fechou a cara para o sapo e suspirou, resignado.

— Então nós vamos realizar a profecia. Vamos salvar a magia.

Evie sorriu e bateu palminhas de alegria.

— Quer jeito melhor de atormentar o reino do que você assumindo o controle? Nós temos os guvres, temos você e, de acordo com a história, só falta... — Evie engoliu em seco. Só então ela assimilou tudo.

— Sua mãe e a magia da luz estelar. Temos que encontrar sua mãe — ele completou por Evie enquanto pegava as cartas destruídas. — Sage... você vai ficar bem? Eu sei que sua mãe...

— Vou ficar bem, senhor — Evie garantiu a ele, mas garantir a si mesma era outra história bem diferente. Já fazia muitos anos que a mãe tinha abandonado a família... será que ela realmente seria capaz de encará-la de novo? Limpando o nó na garganta e tentando conter o mau pressentimento, disse com curiosidade: — Mas, sem as cartas, a gente não tem um ponto de partida.

O Vilão parecia avaliá-la como se não tivesse certeza se poderia confiar na palavra dela. *Somos dois, senhor.*

— Leia a rima indecente que ela deixou para trás, Sage. Em voz alta, por favor. — Ele lhe entregou a pilha de cartas.

Ela lambeu os lábios e encarou o papel desbotado e as palavras sugestivas no topo.

— Lá onde os carvalhos começam a se beijar... — Evie parou, na esperança de que o sangue abandonasse suas bochechas. — Nas cavernas abaixo, que os deuses já chamaram de lar. Recupere a poeira que faz todo desejo se realizar...

— Se não quiser na barriga do monstro parar — o Vilão completou e imediatamente virou a cabeça para ela, parecendo bastante contrariado.

O coração de Evie começou a bater num ritmo que até os beija-flores considerariam desagradável.

— Você conhece essa rima?

Ele estava boquiaberto.

— Conheço. Por que raios você achou que era indecente?

Que maravilha. De repente, todo o sangue no corpo de Sage começou a subir às pressas. Seu rosto estava pegando fogo.

— Eu, hm... acho que a parte do beijo e a parte das... cavernas podem ter passado essa impressão.

— Sua mente é sempre tão imunda assim? — perguntou ele, sem nenhuma emoção na voz.

Ela balançou a cabeça e bateu um dedo nos lábios.

— Não, de vez em quando eu faço uma faxininha.

O sorriso que se abriu no rosto dele foi repentino, e a covinha fez uma breve aparição antes de desaparecer. *Volta aqui!*

— Deixando de lado as condições sanitárias dos seus pensamentos — disse ele —, essa rima nos diz exatamente como nós vamos começar nossa busca. Os carvalhos que se beijam não ficam muito longe daqui.

— Espera, o quê? Esse lugar existe?

Ele tirou o papel das mãos dela e releu as palavras.

— Certamente. É um caminho curto até lá. Arrume suas coisas, Sage; vamos partir amanhã cedo. — Ele manteve os olhos baixos e Evie torceu para que o chefe não notasse suas bochechas inflamadas. — Se não encontrarmos sua mãe lá, pelo menos vamos conseguir coletar um pouco da magia que ajuda a achar coisas perdidas. — Ele arqueou a sobrancelha escura e fixou os olhos na ansiedade que ela pensava ter escondido tão bem. O Vilão a observou de perto ao completar a frase. — Poeira estelar.

Ela só conseguiu assentir rigidamente com a cabeça, mal assimilando que aquele tipo de magia existia — estava ocupada demais se lembrando do rosto da mãe e ouvindo seus gritos no último dia em que a tinha visto.

Evie ouviu o Vilão chamá-la de longe e viu uma mão borrada se estender na direção dela.

— Sage? Evie?

O uso do primeiro nome a trouxe de volta das terríveis lembranças. Evie forçou um sorriso tão largo que quase rachou seu lábio e se afastou do toque do Vilão. Aquilo a faria desmoronar, ela sabia.

— Vou me preparar agorinha! Me avise se precisar de mais alguma coisa, senhor!

Ela saiu antes que ele pudesse dizer mais alguma coisa — seu corpo estava reagindo violentamente à ideia de ver a mãe novamente depois de tantos anos. Sem ar, Evie sentiu um impulso incontrolável de arrancar o corpete apertado para poder respirar direito. Cambaleando até a escrivaninha, ela fez menção de pegar o diário para anotar tudo aquilo, para se acalmar.

Mas o diário tinha sumido.

CAPÍTULO 14
Evie

O chefe tinha pedido que Evie o encontrasse na entrada da mansão na manhã seguinte.

Então, foi sem dúvidas curioso para Rebecka Erring ver Evie parada em frente à mesa da gerente de RH com as mãos entrelaçadas em gesto de súplica.

— Por favor, Becky, eu tenho que estar lá embaixo daqui a cinco minutos e não sei mais a quem recorrer. — A voz saiu praticamente chorosa, o que com certeza não deixaria Rebecka mais disposta a colaborar.

A mulher ergueu a cabeça e exibiu os olhos castanho-claros, ampliados pelas lentes redondas sobre o nariz arrebitado.

— Não vou te ajudar a procurar seu diário bobo... se você perdeu, é só comprar outro. — Becky fez uma pausa e apontou o dedo para Evie. — Com seu próprio dinheiro. Essa não é uma despesa empresarial.

Não havia quase ninguém no escritório para ouvir a censura de Becky; ainda estava cedo demais para a maioria dos funcionários ter chegado. Mas Rebecka Erring não era "a maioria dos funcionários". Ela era dedicada, organizada, estudiosa e extremamente observadora. Não poderia haver mulher mais oposta a Evie em todo o continente, e Evie estava começando a perceber que aquilo era muito, *muito* bom.

— Eu sei que posso ser meio cabeça de vento, mas estou te dizendo que estava na minha mesa! Alguém deve ter pegado. Procurei em tudo quanto é lugar! Becky, por favor, se você pudesse só ficar de olho enquanto eu estiver fora com o chefe hoje, eu faria *qualquer coisa* em troca.

Becky ergueu o olhar lentamente antes de se recostar na cadeira, segurando o elixir de caldeirão com uma das mãos e batendo o indicador no queixo com a outra. A cara que ela fez deu a entender que a ficha tinha caído, o que fez Evie sentir arrepios.

— Tá bom, desembucha. O que tem nesse diário?

Evie fingiu não entender a insinuação.

— É um diário de trabalho... então, sabe, só tem coisas de trabalho.

Becky arqueou a sobrancelha e contemplou Evie antes de responder secamente:

— É um desenho obsceno, né?

Evie olhou rapidamente à sua volta para conferir se alguém tinha ouvido a pergunta constrangedora, mas o escritório ainda estava silencioso. Os primeiros raios de sol começavam a entrar pelas janelas.

— Não é, não! — Evie mordeu o lábio e refletiu sobre quanta vergonha seria capaz de aguentar passar em uma só conversa. Verdade seja dita, sua tolerância era mais alta do que a da maioria das pessoas. Por isso, ela teve a confiança de admitir: — Não é um desenho *obsceno* propriamente dito.

A gerente de RH a avaliou rapidamente e pegou seu cálice de cerâmica agora vazio, indicando que Evie a seguisse até a cozinha. Ao longo da última semana, ela não tinha passado mais de um minuto ali. Quando tentara pela primeira vez, o cálice do chefe ainda estava na bancada, e a imagem era dolorosa demais.

Mas, naquele momento, o chefe já tinha voltado, Lyssa e Edwin pareciam ocupados com uma massa de chocolate, e sua janela favorita a acolheu — o único vitral visualmente agradável de todo o escritório. Um sol iluminando um livro antigo. Ela sorriu para a janela como se estivesse cumprimentando uma velha amiga.

Becky encheu o cálice de elixir de caldeirão e indicou que Evie continuasse. Parecia interessadíssima.

— E o tal desenho obsceno? O que tem nele?

Ela falou baixo o suficiente para Edwin não ouvir, mas a atenção de Lyssa parecia estar dividida entre a massa e a conversa das duas.

— É um, hm, desenho meu… e também do chefe, e a gente está… hm…

Becky fez uma careta tão repentina que quase deixou o cálice cair, e Evie entendeu na mesma hora a conclusão que a colega tinha tirado.

— Beijando! Só se beijando! Só isso! — Evie torceu para que o chão se abrisse e a levasse junto com sua boca de sacola.

Dessa vez, Edwin se virou de testa franzida. Depois, direcionou Lyssa gentilmente para acrescentar gotas de chocolate na tigela.

Becky gesticulou para que Evie se aproximasse, e ela chegou perto o suficiente para ver os pontinhos dourados nos olhos castanhos.

— Muito bem, sua tonta, eu vou te ajudar, mas não precisa se preocupar. Já vi seus rabiscos antes, e você é tão ruim nisso que eu duvido que alguém seja capaz de entender o que você estava tentando desenhar.

Não era um insulto; era sinceridade, nua e crua. E Evie achou aquilo estranhamente reconfortante. Ela suspirou de alívio e levantou os braços por instinto ao se aproximar de Becky.

— Obrigada.

Becky estendeu a mão para interrompê-la. As duas arregalaram os olhos, chocadas.

— Você estava prestes a me abraçar? — perguntou Becky, desconfiada.

Evie simplesmente a encarou e respondeu:

— Ah, eu, hm...

— Sai de perto de mim — disse Becky secamente.

— Tá bom! — respondeu Evie com a voz esganiçada, pronta para sair. Mas, naquele momento, Keeley, a líder da Guarda Malevolente, entrou na cozinha com um traje de couro vermelho. — Keeley? Como você está?

Por um milagre, a estratégia de saída que Evie havia bolado para a Guarda Malevolente tinha sido um sucesso. Alguns ferimentos leves, mas nada que Tatianna e Clare não pudessem consertar.

Graças aos deuses.

Keeley jogou a grossa trança cor de mel para trás e abriu um sorriso.

— Estou bem. Mas sugiro que você desça, srta. Sage. O chefe acabou de reparar no pequeno acréscimo que você fez ao hall de entrada e... não parece muito contente.

O Vilão não tinha visto antes: a mais nova cabeça pendurada. O sr. Warsen.

Eita.

CAPÍTULO 15
Vilão

Embasbacado, Trystan ficou encarando a cabeça de Otto Warsen.

— Ela me deu um baita susto quando trouxe essa coisa para cá, senhor. Mas fez um corte limpo e preciso, do jeito que você faz. Nossa Evie aprende rápido. — Marv, o guarda do portão da frente, assentiu ao lado de Trystan, agitando o cabelo espetado que apontava para todas as direções. O homem sempre parecia meio esgotado, como se tivesse acabado de ser eletrocutado.

Apropriado para o momento, já que Trystan também se sentia como se tivesse acabado de levar um choque doloroso.

— Sage... ela... a cabeça dele foi...? — Trystan nunca tinha tido tanta dificuldade de concatenar palavras e, além disso, sentia-se humilhado por estar tão sem jeito na frente dos Guardas Malevolentes que treinavam em volta dele no saguão. A sala de treinamento dos guardas estava passando por uma faxina pesada depois que um dos novos estagiários mais obstinados tinha decidido fazer uma pegadinha e se encarregado de dar ameixas a um corvo mensageiro e soltá-lo na área de treinamento. Depois de tudo que sua Guarda tinha feito por Trystan, ele estava mais do que disposto a permitir que eles treinassem onde bem entendessem, mas essa disposição diminuía um pouco quando se tratava de eles serem testemunhas de seu showzinho patético.

Ele já deveria ter ido embora, de qualquer forma. Blade estava no pátio dos fundos, colocando a sela no dragão com Tatianna e Clare. Sabe-se lá por que a irmã iria com eles, mas Trystan não ia reclamar da presença de mais uma usuária de magia em uma viagem tão perigosa. E o tempo estava passando: eles precisavam chegar lá antes do anoitecer, senão o perigo do destino final do grupo aumentaria dez vezes. Ele não tinha tempo para pensar sobre Sage e seu ato chocante de violência.

Mas ele ia pensar de qualquer maneira, porque não havia ninguém que Trystan gostasse mais de torturar do que a si mesmo.

— Keeley! Cadê. A. Sage? — perguntou Trystan entredentes, prestes a perder a paciência. Queria se concentrar apenas em Benedict, apenas na vingança, apenas em tomar o reino e destruir tudo que havia de bom nele. Mas, com aquele desconforto no lugar onde deveria estar seu coração, era impossível.

Keeley veio correndo, esbaforida.

— Está logo atrás de mim!

Sage desceu a escadaria aos tropeços, vestindo outra calça justa que o fazia querer agredir qualquer um que se atrevesse a encarar por muito tempo.

— Estamos prontos para ir? — perguntou ela alegremente, deslizando em direção à porta dos fundos e dando apenas uma rápida olhadela para a cabeça de Otto Warsen antes de praticamente voar até o pátio, agitando os cachos presos.

Ele a seguiu com passos decididos, dizendo em um murmúrio baixo:

— Ah, você pode até correr, furacãozinho, mas não pode se esconder.

Blade acenou para eles enquanto amarrava uma correia de couro abaixo da barriga do Fofucho. O dragão se mexia com movimentos nervosos. Assim como Sage.

Trystan a puxou pelo braço em direção ao recesso de pedra ao lado da entrada dos fundos e a encurralou em uma das pilastras. Sage parecia envergonhada enquanto ele pairava sobre ela, como um cachorro que tinha roído um sapato caro. Mas, no caso, o sapato em questão era a cabeça decepada de um homem pendurada na parede.

— O que exatamente você andou aprontando durante a minha ausência, Sage? Algo de interessante aconteceu?

— Eu tricotei umas luvas — disse Sage agradavelmente.

— Encantador. Mais alguma coisa? — insistiu ele. Trystan notou que ela estava deliberadamente escondendo coisas dele. A percepção o fez entrar em pânico.

— Aprendi a usar pesos de papel como armas.

Ele dançou conforme a música, concluindo que não adiantava forçar a resposta.

— Fascinante. Como?

Ela pôs as mãos na cintura.

— É só jogar... hm... bem forte.

Sem achar graça, ele respondeu friamente:

— Talvez eu teste a teoria.

Algumas fadinhas do escritório passaram flutuando por eles e murmurando sobre o trajeto até o trabalho enquanto uma delas puxava as pontas do cabelo de Sage.

— Ai!

Elas fugiram às gargalhadas.

— Vocês não têm nenhuma cópia para fazer? Relatórios de despesas para arquivar? — gritou Sage, e então suspirou enquanto elas se afastavam. Por fim, olhando diretamente para Trystan, ela o desarmou completamente ao perguntar: — Está bravo, senhor? Estava esperando que você fosse ficar impressionado.

Na verdade, uma infinidade de emoções o dominava naquele momento. Frustração, confusão e, sim, uma raiva fervente — mas só porque ele tinha notado que o cabelo preso de Sage deixava à mostra claramente resquícios de hematomas de dedos ao redor do pescoço dela. Impressionado? Ele imaginou que estivesse impressionado também — por mais que não devesse estar, por mais que fosse alarmante que ela quisesse a aprovação dele, para início de conversa.

— O que aconteceu depois que eles me levaram? O que aconteceu com o Warsen?

— Eu... eu cortei a cabeça dele — disse Sage sem rodeios, e depois cobriu a boca com a mão como se não acreditasse que tinha dito aquilo. Trystan também não conseguia acreditar.

— Sim, isso eu percebi. Minha pergunta é mais sobre quando e por quê.

Ela engoliu em seco, e o movimento nervoso fez cada músculo do corpo de Trystan se contrair.

— Depois que você foi levado, e-ele tentou me matar.

O poder de Trystan se espalhou em ondas ao redor dos próprios pés, procurando um lugar para pousar, alguém para machucar. Sage viu a cena e acenou discretamente para a magia mortal, como se fosse um bebê recém-nascido. O poder rodeou a mão dela em um cumprimento, e ela deu um gritinho de alegria.

— Ah, que coisa mais fofa!

Fofa? A mulher não tinha o menor senso de autopreservação.

— Pode voltar, sua desobediente! — vociferou Trystan, chamando a magia de volta, e ela voltou... bem devagarinho.

Sage devia ter se confundido e interpretado o olhar assassino de Trystan como decepção, porque gaguejou:

— Me desculpa se eu passei dos limites ao, sabe... ter, hm, ter pendurado a cabeça dele junto com as outras. Eu estava tentando provar que sou capaz. Não pensei que você fosse se incomodar.

Me incomodar? Eu quero tirar a cabeça de lá só para poder chutá-la e depois passá-la para todos os meus funcionários para que eles possam chutar também.

Provavelmente não era isso que a srta. Erring tinha em mente ao sugerir mais atividades para motivar os funcionários, mas ele se sentia mais entusiasmado só de pensar.

Trystan balançou a cabeça, voltando a se concentrar na ruguinha do nariz franzido de Sage.

— Eu me incomodo pelo homem ter te machucado e eu não ter estado lá para impedir.

Um brilho sombrio iluminou os olhos claros de Sage.

— Mas não foi ele que me machucou, senhor. — O lábio dela tremeu. — Eu que o machuquei.

Trystan sentiu os braços arrepiarem e agradeceu por estar de manga comprida. Não deveria se orgulhar da maldade que emanava dela como uma aura sombria; deveria, isso sim, tentar afastá-la para que ele não corrompesse ainda mais sua boa índole. E era o que ele ia fazer... precisava fazer.

Mas, naquele momento, ele ia permitir que ela celebrasse aquela vitória. Ao se inclinar na direção dela, até ficar a poucos centímetros do rosto de Sage, Trystan murmurou:

— Muito bem.

Então, Blade chamou todo mundo, quebrando o feitiço entre os dois.

— Hora de ir, gente! O Fofucho está ficando inquieto, e não podemos correr o risco de deixar outro coelhinho amedrontá-lo.

Tatianna fazia carinho na lateral do animal.

— Ele come cabras. Como é possível que tenha medo de uma bolinha de pelo?

Trystan limpou a garganta, pegou delicadamente o braço de Sage e a guiou de volta à área externa, onde o grupo os aguardava.

— Deixa eu ver se entendi direito — disse ele, observando-a pôr uma bala de baunilha na boca. — Você matou Otto Warsen, planejou e executou um esquema para entrar escondida no castelo do rei com todas as mulheres da minha Guarda Malevolente, fingiu a própria morte *e* me resgatou com uma fuga quase perfeita. Deixei passar alguma coisa?

Ela fez que sim, muito séria.

— O tricô.

Trystan a girou e a ergueu para que ela subisse na grande sela, na esperança de que Sage não visse o sorriso de orelha a orelha que ele abriu. Não duraria muito, de qualquer maneira.

Assim que aquele orgulho passasse, ele voltaria a se preocupar. Trystan estava corrompendo Evie.

Aquilo era inaceitável.

CAPÍTULO 16
Vilão

Eles voaram em silêncio por mais de duas horas e pousaram logo antes da fronteira do reino do norte, Roselia. O ar era mais frio ali no extremo norte, revigorante como água gelada em comparação ao calor às vezes úmido de Rennedawn. As árvores da Floresta das Nogueiras ficaram mais esparsas, dificultando a possibilidade de se esconder na área. Estranho, levando em conta que aquela parte de Rennedawn era uma das poucas que tinham sido tocadas pelos deuses, segundo os rumores. Os criadores do mundo tinham envolvido Rennedawn e colorido toda a terra cinza com tons vibrantes, mas havia pontos onde se dizia haver mais magia, lugares onde os deuses derramaram algo a mais, lugares nos quais chegaram até a morar. Aquele era um desses lugares.

Assim que pousaram, Trystan recebeu quatro olhares questionadores — cinco, se contasse também o dragão.

— Vamos continuar o resto do caminho a pé — explicou ele enquanto desmontava. — É só seguir essa trilha, e não quero correr o risco de sermos vistos pelos cavaleiros de Roselia. Nossa recepção não seria calorosa.

Clare desceu logo depois dele, ajeitando a faixa florida que afastava o cabelo escuro do rosto.

— Porque lá faz frio. — Como todo mundo se limitou a encará-la, ela explicou: — Foi uma piada.

Tatianna abriu um sorriso meloso.

— A gente sabe. Só não teve graça.

Clare levantou o dedo para a curandeira, mas havia um clima brincalhão entre elas que não existia antes de Trystan ter sido capturado. Pelo amor dos deuses, sua assistente estava decepando cabeças, sua irmã e a ex-noiva estavam flertando; o que viria a seguir?

— Cadê a Evie? — perguntou Blade enquanto levava Fofucho a um riacho próximo para beber água.

— O quê? — disse Trystan, furioso, e uma veia pulsou em seu pescoço quando ele viu a cabeça de Sage quase sumindo em meio às árvores esparsas. — Gushiken, você fica esperando aqui. Tatianna e Clare, vocês vêm comigo.

— Que maravilha — respondeu Clare, revirando os olhos, e depois tropeçou no pé estendido de Tatianna. — Você é uma criançona!

Trystan as ignorou e correu atrás de Sage. Ela se tornara uma pessoa completamente imprevisível, o que, sendo honesto, não era tão diferente de antes, só que a falta de transparência o estava distraindo de seus planos, de sua vingança. Sage estava fazendo Trystan *questionar*.

A curiosidade é algo absurdamente irritante.

Mas não tão irritante quanto o instinto de proteção que se manifestou assim que ele a encontrou parada diante de um dos seres mais perigosos de Rennedawn — e de todo o continente mágico.

Um sentinela. Seres imortais que pareciam humanos e protegiam alguns dos pontos mais mágicos da terra. E não "imortais" tipo aquelas pessoas que vendem poções do amor falsas nas ruas; "imortais" no sentido de *tire Sage dali antes que todos nós viremos poças de sangue.*

— Sage! — vociferou Trystan, aproximando-se de Evie enquanto ela acenava com a mão diante do olhar vazio do sentinela, que vestia uniforme roxo. — Para com isso, sua peste. Não tem amor à vida?

Ela começou a fazer caretas para a criatura, tentando arrancar algum tipo de reação, e grunhiu de frustração ao concluir que o sentinela não ia cooperar. Trystan a pegou pela cintura e a puxou para trás, ignorando o calor da pele dela e as sensações que acometiam seus braços ao segurá-la. Ela se debateu.

— Me solta!

Ele a soltou imediatamente. Que sensação era aquela no peito? Era... mágoa? Que nojo. Aquela mulher estava desfazendo Trystan como uma porcaria de um novelo de lã.

Tatianna e Clare pararam ao lado dos dois, boquiabertas diante da grandiosidade do ser à frente deles.

A clareira de árvores se abria para grandes faixas de grama verde brilhante — mais brilhante até do que a casa de Clare no Campo dos Jacarandás, onde cresciam plantas curativas. Os deuses haviam derramado pigmento ali. Provavelmente despejaram um balde inteiro. Do outro lado da clareira, os troncos de dois carvalhos grandes se encontravam logo acima da entrada de uma caverna e pareciam se beijar. A clareira inteira brilhava como a luz do fogo, como um arco-íris... como Sage.

Maldito novelo.

— Você não pode sair se aproximando de um sentinela — ele a repreendeu, fazendo de tudo para ignorar a ruguinha cativante que tinha surgido entre as sobrancelhas dela. — Eu tentei uma vez e quase morri.

Tinha acontecido anos antes, não na Caverna da Árvore do Beijo, mas mais ao sul, em direção a seu antigo lar, quando ele ainda tinha esperança de transformar Reinaldo de volta em humano. Ele conferiu os bolsos de novo para garantir que o animal não tinha se escondido ali outra vez.

— Você já esteve aqui antes? — O tom dela era acusatório, mas ele estava distraído demais com o brilho do cabelo de Sage ao sol, com o movimento da túnica branca na pele úmida, com o corpete azul-claro ajustado à cintura e ao busto.

Por fim, ele limpou a garganta e desviou o olhar.

— Não — disse —, mas já vi terras protegidas por sentinelas antes. Eles podem até parecer inofensivos, mas são assassinos mágicos implacáveis, não têm um pingo de emoção e são indestrutíveis.

— Ele parece só um homem — argumentou Tatianna.

Evie assentiu para si mesma, enrolando uma mecha solta de cabelo.

— Faz sentido.

Tatianna acenou com a mão diante do rosto impassível do homem, como Evie tinha feito.

— Ele sequer está... vivo? Não chega nem a piscar.

— Sentinelas parecem humanos, mas não são. São apenas receptáculos criados para manter as pessoas longe de objetos inestimáveis feitos pelos deuses. — Trystan demonstrou seu argumento tentando avançar e sendo prontamente bloqueado pela lança de madeira do sentinela, embora o ser não tenha virado o rosto nem esboçado reação. — Viram?

— Bem, como vamos fazer para passar por ele, então?

Sage se virou para o sentinela, agitou os braços e fez uma careta patética, ridiculamente obcecada em tentar fazê-lo piscar. Teria sido engraçado se... Não, droga, *era* engraçado. Irritante.

Tatianna tentou passar pelo sentinela e foi empurrada pela ponta cega da lança.

Clare correu com os braços estendidos para segurá-la.

— Então tá, Trystan — resmungou Tati, afastando-se de Clare e sacudindo a camisa. — Como você propõe que a gente passe? Com a sua magia?

— Minha magia não funciona contra um sentinela... nenhuma magia funciona. Para passar por eles, é necessário um truque bem-elaborado, domínio da mente e um intelecto superior, que supere até mesmo o dos deuses que criaram o nosso mundo...

Sem mais nem menos, Sage estalou a língua e passou por Trystan.

— Eu gostaria de entrar — disse ela, e então sorriu educadamente para o ser. — Por favor.

O sentinela levantou a lança e deu um passo largo para o lado.

Mas que raios...?

Sage seguiu em direção à caverna, andando de costas para encará-los com as palmas para cima, como se dissesse: "Ora, vejam só!". Mas ela diminuiu o passo e franziu a testa quando viu Trystan hesitar. Havia pequenas tochas alinhadas no início da caverna, mas o resto estava mergulhado na escuridão. Era tão escuro que as mãos dele tremiam nas laterais do corpo. Trystan tentou cerrar os punhos, mas Sage viu.

— Eu poderia ir sozinha, se você preferir? — ela sugeriu com jeitinho. O muro... ele precisava de um muro entre os dois, precisava imediatamente.

— Eu não deixaria você fazer isso sozinha, não confio. — Ela se encolheu. Ótimo. *Me odeie*, sua mente implorou. Isso facilitaria as coisas. Mas, no fim das contas, ele não resistiu e suavizou a crítica, acrescentando: — Os monstros lá dentro iam sair rastejando e implorando para serem salvos do seu falatório.

Ela deu uma risadinha e recuou mais um passo.

— Bem, então é melhor você vir salvá-los do...

Com um grito estridente, Sage caiu.

Um precipício na escuridão. Os gritos atravessaram o ar enquanto ela desaparecia. O sentinela avançou e empurrou Tatianna e Clare de volta.

Um truque. Era uma armadilha.

Ele não hesitou mais.

Foi com tudo atrás de Evie, contornando o sentinela imortal e mergulhando na escuridão, seguindo o eco dos gritos em meio ao vazio.

E então o silêncio reinou.

CAPÍTULO 17
Becky

Enquanto isso, na mansão...

Rebecka Erring não gostava de crianças, e elas, como descobriu, também não gostavam muito de Rebecka. Seu irmãozinho era a única exceção, mas a maioria das crianças não era como ele. Aquela criança em particular devia estar com defeito. Lyssa Sage tinha puxado uma cadeira para a mesa dela, insistindo em ajudá-la a organizar as coisas, e então a pestinha acabara descobrindo seu maior ponto fraco.

Colocar tudo em ordem alfabética.

— Isso vai naquela pilha ali, srta. Sage — disse Becky, apontando para o amontoado de papéis ao lado antes de alisar o coque apertado.

— Desculpa! — Lyssa pulava para lá e para cá enquanto corrigia o monte de papéis que estava segurando e o colocava na pilha oposta. — Devo guardá-los na gaveta da sua escrivaninha? — A garotinha abriu a gaveta de cima com um puxão e o molho de chaves de Becky caiu no chão. — Epa!

Ela as pegou e as entregou para Becky, depois deu tchauzinho para os funcionários que passavam. Um estagiário colocou a camisa para dentro da calça quando Becky olhou feio para ele.

— Por que você tem tantas chaves, srta. Erring?

Ela não tinha tantas assim; era apenas uma questão de organização e segurança.

— Uma das chaves é da minha casa, essa aqui é do armário de cartografia, essa de bronze é da sala de armas, essa é para trancar as janelas do escritório e essa de prata é dos calabouços no subsolo. — Ela pegou o chaveiro das mãos de Lyssa, mas a garotinha fixou os olhos na maior das chaves, revestida de ouro e com um pequeno F gravado na superfície.

— E esta aqui? — Lyssa piscou e apontou para a chave enquanto enfiava mais uma tortinha de limão na boca.

Becky não falava sobre aquela chave.

— É de um lugar aonde não vou mais.

Lyssa tirou a chave do chaveiro.

— Então devemos nos livrar dela?

Seu pulso acelerou ao arrancar a chave da mão de Lyssa.

— Não! — Assim que viu o semblante magoado da criança, o pânico foi logo substituído pela culpa... o que a irritou. — Peço desculpas. Eu não gosto que mexam nas minhas coisas.

Lyssa se inclinou para perto. Enquanto sussurrava, seu vestido laranja farfalhou sobre os pezinhos.

— A Evie também não gosta. Toda vez que mexo nas coisas dela, o rosto fica todo vermelho e ela parece um tomate zangado.

Becky resistiu ao impulso de sorrir e mordeu a língua para não rir.

— Bem que eu queria ver isso.

O sinal do almoço tocou e Becky se levantou, chamando os funcionários que andavam e os que saíam da sala às pressas.

— Quem não estiver de volta aos seus postos daqui a exatamente sessenta minutos vai ter desconto no contracheque da semana!

Aqueles que ainda estavam andando começaram a correr, e Becky sentiu uma onda de satisfação ao ver o brilho de admiração nos olhos de Lyssa. Ela não queria desenvolver o hábito de buscar validação de uma criança; mesmo assim, aquilo a fez se sentir uns dez centímetros mais alta.

— Muito bem, agora que esclarecemos isso... — Ela se afastou da cadeira e indicou que Lyssa a acompanhasse. — Vamos procurar o diário bobo da sua irmã?

Lyssa balançou a cabeça enquanto uma emoção indecifrável atravessava seu rosto.

— Ah, não é bobo, não. Nosso papai deu a ela! Provavelmente ela está muito preocupada achando que o diário se foi para sempre. — O sapato da garotinha bateu na mesa de Becky. — Às vezes tenho medo de que a mesma coisa tenha acontecido com meu papai.

Ah, não. Não. Becky não tinha o menor preparo para lidar com as mágoas de uma criança. Ela seria capaz de torcer o pescoço de Evie por tê-la colocado nessa posição.

— Seu pai não se foi, ele só está... hm...

— Na cadeia.

Maldição.

— Eu não chamaria os calabouços de cadeia. — Becky ajustou os óculos e franziu a testa ao ver Lyssa tirar um dragão de tricô de dentro do bolso do vestido. — Onde você arrumou isso?

— O Blade me deu! — Lyssa parecia quase sonhar acordada... ela estava com uma paixonite. Bem, tragicamente, nisso elas se assemelhavam.

Se Blade fosse menos charmoso, se não sorrisse tanto na direção de Becky, se fosse simplesmente menos *tudo*, talvez ela conseguisse aguentar. Se bem que ela poderia viver sem os pequenos furtos do treinador de dragões.

— Ele não tinha o direito de te dar isso... é meu. Achei que o tivesse perdido.

Lyssa o devolveu prontamente e Becky contemplou seu brinquedo de infância. Era um presente do pai, que havia alimentado sua obsessão pelas criaturas aladas quando ela era pequena. Becky abafou a memória para não começar a chorar; detestava chorar.

Ela entregou o brinquedo a Lyssa com um sorriso discreto.

— Pode ficar, na verdade. Agora não preciso mais dele.

Lyssa a encarou com aquela expressão sonhadora de volta.

— Você tem um sorriso lindo, srta. Erring! Deveria sorrir o tempo todo.

Ela sorria o tempo todo... *antes*. Mas Becky tinha aprendido uma lição nos últimos anos que carregaria consigo até o dia do seu descanso eterno. Abaixando-se para ficar da altura de Lyssa, disse:

— Eu não sorrio quando não sinto vontade.

Lyssa arregalou os olhos, surpresa.

— Por quê?

— Porque as pessoas sempre esperam que a gente estampe um sorriso no rosto, até mesmo quando nós não queremos. Eu fazia tanto isso que perdi a capacidade de distinguir quando eu estava sorrindo por mim ou por outra pessoa. Então, agora, eu só sorrio quando tenho cem por cento de certeza de que é algo que *eu mesma* quero fazer, não algo que os outros querem que eu faça. — Ela afastou uma mecha de cabelo do rosto de Lyssa Sage. — E você deveria fazer o mesmo.

Quase dava para ver as palavras sendo absorvidas pela mente de esponja de Lyssa, e a menina parecia meio triste ao processá-las.

— Eu acho... eu acho que a Evie sorri quando não quer. Acho que ela faz isso toda hora.

Ali estava: era isso. O motivo pelo qual Becky mal suportava a mulher: Evie vivia para satisfazer as necessidades alheias o tempo todo, e isso lembrava Becky de uma pessoa que ela não conhecia mais.

— Srta. Erring! Srta. Erring! — Marvin entrou correndo pelo escritório então vazio e as interrompeu, suado e sem fôlego. — Eu... — Ele arfou. — Desculpa... as escadas, elas... — Ele arfou novamente. Lyssa lhe entregou seu cantil e o guarda sorriu para ela. Lyssa parou por um segundo, pensativa, e depois retribuiu o sorriso.

Boa menina.

— O que foi, Marvin? — Becky juntou suas pilhas de papéis e as endireitou cuidadosamente.

Marvin agarrou a própria cintura e Becky gelou dos pés à cabeça ao perceber que o guarda não estava apenas fora de forma... ele estava transtornado de terror.

— A proteção — ele começou a dizer. — A proteção que cobre a mansão. Quebrou!

— O quê? — Becky largou os papéis e o tempo dilatou à sua volta, então ela os viu cair quase em câmera lenta. — Como assim *quebrou*?

— A Morada do Massacre — disse Marvin seriamente. — Está visível.

CAPÍTULO 18
Evie

Morta. *Eu devo estar morta.*

Evie não tinha parado de gritar. A garganta ficara seca durante a queda. Ela esperou o impacto no chão, só que, em vez disso, tinha caído em algo macio e úmido. Em seguida, a escuridão se dissipara e, quando finalmente teve coragem de abrir os olhos, Evie se viu cercada por um mar de luz azul-clara e brilhante, além de inúmeras nuvenzinhas.

O céu. Ela estava no céu, mas tinha ido para baixo. Como era possível?

Outro corpo caiu ao lado dela, fazendo-a quicar novamente. Dessa vez, ela não conseguiu evitar: começou a rir. Estava em cima de uma *nuvem* — era óbvio que não existia outra reação apropriada.

— Sage, você se machucou? — Aquela voz áspera a fez soltar um suspiro de alívio, e uma onda de conforto aqueceu seu coração. Se ela tivesse morrido, pelo menos os dois tinham morrido juntos. Assim que olhou para ele, voltou a rir: o cabelo dele estava completamente despenteado, apontando em todas as direções. Evie nunca o tinha visto tão bagunçado.

— Estou bem, mas o seu cabelo já viu dias melhores — respondeu ela casualmente, mordendo o lábio quando ele começou a arrumar os fios com movimentos frenéticos. Ao se inclinar de lado para ver o que havia embaixo da nuvem, Evie sentiu o rosto formigar de apreensão.

Um campo de dentes-de-leão.

Ela engoliu em seco e afastou as lembranças. Lembranças dos gritos de seu irmão, Gideon, do desaparecimento da mãe, do dia em que sua infância havia chegado ao fim — de forma abrupta, traumática e trágica. Esses eram os pequenos momentos da vida, quando a visão inocente do mundo era destruída, quando a cortina mágica era puxada e revelava algo feio ou sinistro. Um momento em que a pessoa parava de acreditar e passava a ver o mundo com outros olhos, mais cansados.

Era uma parte natural da vida, uma das regras do amadurecimento, mas Evie nunca tinha sido muito boa em seguir regras. Sim, ela havia amadurecido, mas ainda tinha fé na bondade, nas pessoas, na *magia*.

A grama macia lá embaixo era ainda mais verde do que o terreno do lado de fora da caverna — parecia uma almofada de musgo. Levantando-se com as pernas trêmulas, Evie seguiu até a beirada da nuvem, hipnotizada, ignorando os clamores do chefe.

— Sage, não se atreva...

Ela pulou.

A distância até o chão era maior do que Evie tinha previsto. Ela soltou um grito de pânico enquanto se preparava para rolar, só que o impacto foi suave, como se abaixo da grama só houvesse mais grama, sem nenhuma terra dura. Por fim, Evie deixou escapar um "Eita" nada elegante.

O chefe pousou graciosamente a alguns metros de distância — *porque é óbvio que ele o faria*, pensou ela, revirando os olhos. Ele fazia tudo à perfeição. Era por isso que ela gostara de vê-lo tão desarrumado. E, sério, ele estava caótico. Camisa para fora, cabelo desgrenhado, calça amarrotada e uma expressão amarga de descrença enquanto a encarava.

— Eu não posso deixar de me perguntar — disse ele, aproximando-se de Evie com passos firmes e ajudando-a a se levantar —, você não liga a mínima para o seu bem-estar? Ou é ingênua a ponto de acreditar que o mundo nunca vai te fazer mal?

Ela se encolheu e ele a soltou. Arrependimento brilhou nos olhos do chefe, mas era tarde demais. O Vilão a chamara de ingênua, e isso a inflamou como se o homem tivesse ateado fogo nela.

As palavras escapuliram da boca de Evie antes que ela pudesse detê-las:

— O mundo, as pessoas e os *homens* já me fizeram muito mal, sim. Só porque você soterra as suas experiências ruins com desprezo e esquemas de vingança não significa que eu deva me juntar a você na sua infelicidade. Ser cético não te faz ser sábio. Só faz de você um *covarde*.

Evie estendeu as mãos e o empurrou para longe. O chefe cambaleou, estupefato por um instante.

Então, ela viu uma sombra escurecer os olhos dele e sua fúria se igualar à dela.

Ah, agora você conseguiu.

Não se deixe encantar pela fúria assassina do chefe, Evie!

Ele avançou como um predador, e Evie recuou até bater em uma parede de céu azul. Era uma barreira suave ao toque. Ela não teve tempo de examiná-la mais de perto, porque o Vilão já estava ali.

— Não é ceticismo, seu desastre natural — vociferou ele. — É realismo. É conhecer as pessoas e as intempéries bem o suficiente para saber que elas estão sempre contra nós. Eu não quero que você se machuque! Não quero que você morra! O que é frustrante pra cacete, já que suas atitudes podem muito facilmente resultar nessas duas coisas!

Ah. Ele não está sendo condescendente... Está sendo... protetor? Mas que drama, hein? Eu só pulei de uma nuvem, caramba. Ela estaria correndo mais perigo se estivesse brincando de guerra de bolas de neve com lenços de papel.

Toda aquela discussão estava começando a soar meio boba.

— Que coisa mais fofa de se dizer. Obrigada por se importar.

Constrangida, ela ergueu a mão para dar um tapinha no ombro dele, mas se encolheu quando ele se aproximou. Verdade seja dita, ela também ficou levemente empolgada. Que patética.

— Você é a pessoa mais frustrante que eu já conheci na vida, e olha que eu trabalho com *criminosos de longa data.* — Ele estremeceu. — E *estagiários*!

Evie não achava que esses dois grupos fossem tão equivalentes assim, mas, a julgar pelas narinas dilatadas do chefe, provavelmente aquela não era a hora mais adequada para fazer essa observação.

Mesmo assim, meio que parecia um elogio. Ela lambeu os lábios e disse, com toda a sinceridade:

— Bom, eu não seria tão frustrante se você não me tirasse tanto do sério.

Ele arfava enquanto as pupilas escuras dilatavam.

— Eu tiro *você* do sério? E o que você acha que faz *comigo*? — As palavras vieram do fundo da garganta.

Ela entreabriu os lábios ao sentir a tensão que de repente surgiu entre os dois. O ar parecia denso demais, era difícil de respirar.

— Eu irrito você — disse Evie, tentando desesperadamente desviar a pressão.

Ela o viu balançar a cabeça e mechas grossas cobrirem os olhos dele. O Vilão ergueu a mão devagarinho, devagarinho até demais, para fazer carinho na bochecha de Evie com os nós dos dedos — bem de leve, como um sussurro em forma de toque. O gesto desencadeou uma vaga lembrança de quando ela estava entorpecida depois de ter comido a fruta do sono da morte. Em meio à confusão mental, Evie ouvira uma voz aconchegante e outro sussurro em forma de toque nos nós dos dedos dela.

"Como seu empregador, ordeno que você acorde."

Ele balançou a cabeça de novo, envolvendo a nuca de Evie com a mão e puxando-a bem de leve para mais perto. Os lábios estavam a pouquíssimos centímetros de distância dos dela; praticamente dava para sentir o gosto de açúcar do elixir de caldeirão.

Ela deveria se afastar, ou ele deveria.

Mas nenhum dos dois fez isso.

— Eu te tiro do sério — sussurrou Evie, e quase desabou ao ouvir um som baixinho saindo da garganta dele, como se fosse um gemido.

— Completamente.

Os lábios dele estavam quase nos dela...

Quando a barreira azul ao redor deles começou a tremer.

E a se mexer.

Eles se separaram com um sobressalto. Vermelha e ofegante, ela se agarrou ao braço tenso do Vilão enquanto os dois cambaleavam para trás.

— O que está acontecendo?

O céu azul ao redor deles começou a se mexer enquanto algo que estava camuflado se revelava pouco a pouco. Era uma criatura tão alta que as nuvens flutuavam perto de sua boca agora visível, exibindo duas fileiras de dentes afiados feito navalhas.

— O fim da rima. Sobre ir parar na barriga do monstro — comentou o Vilão ao lado dela, ainda ofegante. A fera da história tinha se revelado no momento mais inoportuno.

Evie engoliu em seco e perguntou:

— Você acha que ele está comprometido com esse final?

CAPÍTULO 19
Vilão

No que dizia respeito a interrupções, aquela foi bem oportuna. Se o monstro que surgiu do céu azul tivesse se revelado um segundo depois, Trystan teria perdido o controle... e não havia como prever que tipo de atrocidade ele teria cometido em seguida.

Parte dele *ainda* queria descobrir.

BUM!

A fera se materializou por completo diante dos dois. Um uivo estridente saiu de sua boca enorme, tão alto que eles perderam o equilíbrio. A pele do monstro parecia ser feita metade de nuvens e metade de mármore, o rosto era grotesco, mas *quase* humano, não fosse pelos chifres que despontavam da cabeça gigantesca. Nuvens nebulosas rodeavam as têmporas, quase como uma coroa, e ficavam direitinho no lugar, como normalmente acontecia com a coroa de Reinaldo.

Quando o monstro golpeou o chão com o punho, todo o oásis escondido estremeceu.

— Quem me perturba? — rugiu a fera.

Bom... aquilo era bom, na verdade.

Lidar com um perigo mortal era muito melhor do que pensar no que ele quase tinha feito.

Em vez disso, ele se concentraria nos chifres do monstro, naquele olhar mortal. Não no suspiro que tinha saído dos lábios de Sage segundos antes, um som que com certeza o assombraria nos seus sonhos, seus pesadelos — caso ele conseguisse escapar da situação em que se encontrava no momento, é claro. Já fazia tempo demais que não se deitava com uma mulher; era a única explicação razoável para ter perdido totalmente o autocontrole. Tinham sido seis meses excruciantes de abstinência.

E, naquele momento, lhe parecia uma abstinência sem motivo específico.

O monstro socou o chão mais uma vez puxando Trystan de volta à realidade, a tudo aquilo que realmente importava para ele. Vingança, vilania, assassinato... sobrevivência.

Ele respirou fundo, sentindo-se concentrado. *Bem melhor*.

— *Eu perguntei quem!* — gritou o monstro.

Era uma pergunta retórica — com certeza os dois sabiam —, mas isso não impediu sua assistente de juntar as mãos em volta da boca, como se estivesse falando com um avô bem idoso, e gritar:

— EVIE SAGE!

Estupefato, Trystan a encarou e esfregou a bochecha.

— Você se esqueceu de fazer uma reverência — disse, incrédulo. Ela deu de ombros e começou a se inclinar, mas parou quando ele segurou sua cintura. — Você pirou de vez? — Ele precisava de uma poção para enxaqueca e um banho bem frio e bem demorado.

A criatura ainda estava reagindo à resposta de Sage, franzindo as... bem, o monstro não tinha *sobrancelhas*, mas Trystan imaginou que estariam franzidas, caso existissem.

— Afaste-se — advertiu Trystan, rezando para que o monstro não percebesse que a ameaça era totalmente vazia. A julgar pela quietude dentro de si, ele sabia que sua magia não funcionaria ali; ele não tinha condições de protegê-los, de protegê-la. De todo modo, Trystan não precisaria, porque, em vez de ficar escondida em segurança atrás dele, Sage deu a volta e se apresentou ao monstro, fazendo uma reverência profunda e sorrindo de orelha a orelha antes de gritar bem alto:

— Olá!

... Por acaso ela estava tentando se apresentar educadamente para uma criatura que provavelmente tentaria devorá-los?

— Sage! — sibilou ele. — O que você está fazendo, pelo amor dos deuses?

— Qual é o seu nome? — Ela sorriu para a fera.

Sim, claro que estava.

Só que, em vez de devorá-la, a criatura caiu de joelhos, espalhando cerdas de dente-de-leão pelo ar como confetes festivos e estendendo uma das mãos cinzentas e compridas, cheias de marcas roxas que pareciam vinhas. Trystan avançou, pronto para a batalha, mas acabou congelando, admirado.

O monstro estendeu um dos dedos, bem devagar. Em comparação com o tamanho da mão de Sage, era enorme, mas ele o estendeu mesmo assim. Ela deu um pulinho, encantada, envolveu o dedo com ambas as mãos e o cumprimentou.

— Eu não tenho nome — disse a criatura, recolhendo o dedo lentamente enquanto a raiva sumia do tom de voz. — Faço parte deste mundo e, pela lei natural, não posso ter nenhum.

Sage franziu a testa.

— Mas que regra boba! Quem foi que inventou isso?

O monstro franziu a testa para ela em resposta, e então... caiu na gargalhada.

— Sage — sussurrou Trystan. — Lembra aquela vez que eu confisquei os cogumelos dos estagiários? Essa situação está começando a se parecer com aquela.

Ela franziu o nariz e coçou a cabeça enquanto olhava para ele.

— Aqueles cogumelos eram alucinógenos.

— Exatamente.

A criatura voltou a falar com a voz retumbante.

— As regras foram feitas pelos arquitetos deste mundo, os criadores... os deuses, como vocês os chamam — disse o monstro. Sage prestava atenção total. — Eles fizeram cada canto deste mundo do jeito que é. Cada pessoa e cada ser vivo existe por causa dos sacrifícios deles.

— Ah. Eles fizeram um ótimo trabalho! — Sage assentiu em tom encorajador; praticamente dava para ver o turbilhão de pensamentos se desenvolvendo na cabeça dela. — Sou muito fã das, hm... ah, das árvores! — Ela parecia calma, mas estava nervosa. Dava para perceber pela forma como torcia as mãos.

Mas não havia necessidade de ficar nervosa, porque, depois daquele elogio, a criatura pareceu... *acanhada*?

— Acho que estou *mesmo* alucinando — sussurrou Trystan.

Sage bateu no ombro dele.

— Shhh!

— As árvores foram ideia minha, na verdade. — A fera começou a desenhar círculos na grama com um daqueles dedos enormes, totalmente concentrada na assistente de Trystan. Sage estava hipnotizando o monstro com seu charme.

Trystan entendia bem como era passar por aquilo.

Sage se animou.

— E que ideia incrível! — Ela fez outra reverência, inclinando a cabeça em respeito. — Nós lhe devemos nossos mais sinceros agradecimentos — prosseguiu, dando uma bela cotovelada em Trystan.

Ele esfregou o ponto de dor e fechou a cara. Por fim, disse:
— Ah, sim... obrigado.

Mas Trystan não parecia agradecido. Parecia perplexo e irritado.

A criatura voltou a atenção para ele e lhe lançou um olhar frio.
— Não gostei dele.

Sage acenou com a mão e deu um tapinha no dedo do monstro.
— Não tem problema. — E, em um falso sussurro, completou: — Muita gente não gosta.

— Chega de conversa fiada. — Trystan não ia ficar ali parado enquanto Sage conspirava com um monstro lendário. Pelo amor dos deuses, ele era o Vilão. — Estamos aqui para conseguir um frasco de poeira estelar. Precisamos disso para encontrar uma pessoa desaparecida. Uma pessoa que pode nos ajudar a completar *A história de Rennedawn*.

A criatura fixou os grandes olhos em Trystan.
— Você quer completar *A história de Rennedawn*, Trystan Maverine?

Trystan sentiu um frio na barriga ao ouvir seu nome nos lábios da criatura.

Antes que ele pudesse perguntar como a fera sabia quem ele era, ela abriu um sorriso, exibindo os dentes brilhantes de mármore ao dizer algo que o abalou até a alma.

— Até que enfim.

CAPÍTULO 20
Evie

Evie alternou o olhar entre o chefe e seu novo amigo imenso.

— Vocês se conhecem?

— Sim, a gente toma um chá quinta sim, quinta não — disse o chefe, inexpressivo.

— Sério? — perguntou ela, franzindo a testa.

Ele beliscou o dorso do nariz.

— Não, Sage.

Balançando nos calcanhares, ela cruzou as mãos nas costas, sem perder o ritmo.

— Como é que você sabe o nome do meu chefe?

A criatura mudou de posição, espalhando mais cerdas de dente-de-leão pelo espaço. As penugens dançavam no ar e faziam cosquinha no nariz de Evie.

— Eu conheço todos os nomes. Conheço tudo, assim como a natureza conhece.

Ela deixou escapar sem pensar:

— Você conhece minha mãe, então? Nura Sage? O paradeiro dela?

Era uma pergunta perigosa por vários motivos. Primeiro: ela não tinha certeza absoluta de que estava pronta para rever a mulher que a havia abandonado em um lugar parecido com aquele. Um campo de desejos. Um campo de esperanças esquecidas. Segundo: aquela criatura divina provavelmente poderia esmagá-la por tamanha impertinência... Terceiro: seu bom senso ainda estava abalado pela onda de paixão que ela tentava afastar da mente nos últimos minutos.

"Completamente", ele tinha dito.

Ninguém teria condições de estar em sã consciência com as sensações que a voz do chefe tinha espalhado por seu corpo todo. Nunca tinha sido tão sensual irritar alguém, tão atraente, tão...

Aquilo precisava parar, senão ela ia prendê-lo na mesa dele quando eles voltassem e faria algo de que os dois acabariam se arrependendo. Quer dizer... alguma coisa de que *ele* provavelmente acabaria se arrependendo. Ela não tinha força de vontade e nem autocontrole quando se tratava das coisas que queria, das coisas que amava.

Porque Evie o amava. A ponto de fazer perguntas desmioladas — sem saber se queria as respostas.

De qualquer maneira, foi inútil. A criatura franziu a testa e olhou para ela com uma expressão solidária.

— Sinto muito, Evangelina Sage. Eu não posso interferir nos assuntos humanos. — A criatura bufou e desfez a coroa de nuvens, que imediatamente voltou a se formar. — Por mais que possam precisar de intervenção, é proibido.

O Vilão viu a decepção no rosto dela.

— Que bobajada — disse ele revoltado, olhando para a criatura.

A criatura deu de ombros.

— Estamos de acordo nesse ponto, mas não posso arriscar a magia já enfraquecida, por mais que eu queira. Esta caverna aqui não é um encantamento, e sim um pedaço do mundo e do céu que eu roubei e guardei para mim. Os outros criadores foram pintar outro reino, mas eu permaneci aqui.

O chefe franziu a testa.

— A magia enfraquecida. Você consegue sentir daqui?

A criatura estava desolada.

— A mudança já começou. Você, Trystan Maverine, com todo o seu poder, também deve sentir. Sua magia está escapando, não? Começando a desaparecer? Tornando-se rebelde? Algo está acontecendo a Rennedawn. Como previsto há muito tempo, os seres humanos foram ficando gananciosos, manipulando a magia como se fosse algo a ser controlado, em vez de uma aliada.

Então, a criatura apontou para uma fenda no céu de seu esconderijo; ao que parecia, estava faltando um pedaço enorme, com um vazio sombrio do outro lado.

— Ah, não. O que aconteceu? — perguntou Evie, observando com uma sensação de mal-estar.

— Ganância. Os seres humanos desejam tomar; raramente procuram doar. A magia deste mundo sabe disso e está começando a se esconder a fim de se proteger. O livro foi escrito para salvá-la, quando esse momento chegar.

Ela olhou para as mãos do chefe, sabendo que a magia dele estava à espreita sob a superfície. Mas a magia do Vilão não se escondia mais — não dela. O que aquilo poderia significar?

O Vilão pareceu ler os pensamentos de Evie e fez uma careta ao enfiar as mãos nos bolsos. Por fim, voltou a atenção para a criatura.

— Você poderia ter ido embora com os outros deuses, então por que ficou?

As nuvens se agitaram acima deles, quase como se fossem conscientes, e rodearam a criatura.

— Não posso abandonar meu pedaço de mundo, meu pedaço de céu. Minha caverna de estrelas quando a noite escurece. Não posso deixá-lo nas mãos de quem vai destruí-lo ou machucá-lo. Coisas preciosas devem ser protegidas.

Evie sabia daquilo melhor do que muita gente.

— Eu entendo.

A criatura olhou diretamente para ela. Seus olhos eram um turbilhão de lilás, grandes e redondos, dando-lhe um toque quase inocente.

— Eu sei que você entende, Evangelina Sage. — A criatura pegou um frasco do ar e jogou a substância brilhante no chão à frente deles. — Uma lembrança, pela gentileza que muitas vezes falta ao homem. Um presente raro. Colhido das próprias estrelas.

Evie pegou o frasco e viu um pó cintilante ali dentro. Seu coração disparou.

— Poeira estelar, para ajudar a guiar seu caminho em direção ao que você procura. Para a filha das estrelas dos pedidos.

Ela arregalou os olhos.

— A filha das...

A criatura não deu nenhuma explicação, simplesmente invocou uma nuvem de cima e soprou uma rajada de vento como se soprasse um beijo. A força do vento fez Evie sentir um frio na barriga até os saltos das botas tocarem a superfície surpreendentemente firme da nuvem.

— Desejo-lhe sorte, Evie Sage. Esta caverna é um espetáculo de estrelas à noite. Espero que você volte para vê-las.

Evie segurou o frasco com força na palma da mão úmida e usou o outro braço para se apoiar no chefe, que se dirigiu à criatura, claramente confuso.

— Por que a canção de ninar pinta você como um monstro carnívoro quando você só está protegendo a caverna? Por que você permite que as lendas te retratem desse jeito?

A nuvem começou a subir até os dois ficarem cara a cara com a criatura. Então, ela começou a se dissolver em meio ao céu, enquanto sua pele se misturava ao azul.

— Você sabe tão bem quanto eu, Trystan Maverine, que os humanos demonizam o que são incapazes de entender. Não é nosso papel instruí-los, e sim viver da maneira que devemos, com a noção de que não somos monstros só porque somos chamados assim.

O Vilão fez que sim com a cabeça e disfarçou a emoção que não queria que nenhum dos dois visse — Evie sabia disso.

— Se quer saber minha opinião... Eu não te acho um monstro.

A criatura já tinha quase desaparecido no céu oculto e a nuvem subia cada vez mais rápido, mas Evie ainda ouviu o eco das palavras deixadas para trás.

— Vindo de você, Trystan Maverine, significa muito.

— Já faz um tempão. Eles não vão sair!

— Você é tão negativa o tempo todo! Não é exaustivo? Você não se cansa?

— Estou me preparando para o pior! Eles claramente morreram com a queda!

— Clare, cala a boca! Eles *não* morreram!

Quando a nuvem lançou Evie e seu chefe para fora da abertura, ela se perguntou se os dois estavam prestes a morrer. Mas eles logo se viram caindo ao ar livre. Ela soltou um palavrão nada elegante ao atingir o chão.

— Estamos bem! — disse Evie, arfando. Ao se levantar, sentiu as mãos de Tatianna nas bochechas enquanto a curandeira examinava seu rosto.

— O que foi que aconteceu? — quis saber Tatianna. Em seguida, olhou para o Vilão, que já estava de pé, tirando a grama do corpo.

O sentinela estava de volta ao seu posto em frente à caverna, mas Evie já não o via mais como adversário — simplesmente estava grata por saber que a criatura ali embaixo tinha alguém, imortal ou não, cuidando do seu bem-estar. Todo mundo deveria ter alguém assim.

— Conheci o inventor das árvores. — Ela soou tão perplexa quanto se sentia.

Tatianna contraiu os lábios e a olhou com pena.

— Conheceu, sim, meu bem. Vem, deixa eu examinar sua cabeça.

De repente, eles ouviram um grito baixo vindo das árvores. Blade.

— Outro rato? — chutou Clare, cruzando os braços. Mas Evie viu um brilho prateado.

Seu coração acelerou e suas palmas voltaram a suar.

— Não. Blade! — ela gritou e se levantou, correndo em direção à trilha. Dava para ouvir os passos do restante do grupo logo atrás.

E, ao atravessar a trilha em meio às árvores até o riacho, ela viu seu querido amigo preso no chão com uma espada no pescoço.

A Guarda Valente os encontrara.

CAPÍTULO 21
Evie

— **Se você pretende** me furar com isso, será que poderia andar logo? — gritou Evie para o cavaleiro que apontava uma lâmina nas suas costas.

— Sage, não se mexe! — ordenou o Vilão, de mãos erguidas, pronto para usar a sua magia.

— Não preciso me mexer, senhor. Está vendo a tremedeira dele? — Ela inclinou a cabeça para olhar a espada pressionada às costas. A lâmina tremia junto com seu portador. — Pelo andar da carruagem, ele vai acabar me perfurando por acidente.

A espada escorregou, cortando-a. Ela fez uma careta de dor e o guarda arregalou os olhos, em pânico.

— Primeiro dia? — perguntou ela, solidária.

— Sage — disse o Vilão entredentes.

— Pior que é — murmurou o guarda.

O Vilão grunhiu.

— Ah, pelo amor dos…

Evie acenou com a mão.

— Pode ignorá-lo. Você está indo bem.

— Obrigado, milady — respondeu o cavaleiro com sinceridade. Ele quase abaixou a espada, mas foi repreendido por seu capitão, o mesmo que imobilizava Blade com uma faca no pescoço enquanto Fofucho uivava debaixo de uma rede pesada. O pobrezinho do dragão soprava rajadas de fumaça em tentativas inúteis de produzir chamas.

— Simon! — gritou o capitão. — Pare de flertar com o inimigo e pegue a poeira estelar.

— Sim, senhor — disse Simon nervosamente, abaixando a cabeça.

Ela segurou firme o frasco no bolso, torcendo para que não a revistassem primeiro. No entanto, como de costume, seus medos foram em vão. Sombras escuras foram se formando a seus pés: a magia do chefe. Aquele era o poder conhecido por ser forte o suficiente para destruir casas, destroçar *corpos*. Evie engoliu em seco, observando a sombra... brincar com os cadarços de suas botas como se fosse um gato.

Caramba.

— Senhor? — disse ela, sacudindo o pé para tentar espantar a sombra, só que aquilo só a fez se agarrar a Evie com mais força.

O Vilão fechou a cara, furioso, enquanto tentava atrair a névoa para perto de si.

— Obedeça! — gritou ele, mas era tarde demais.

Um cavaleiro de elmo afastou-se da multidão com a mão estendida — o mesmo que havia oprimido o poder do Vilão momentos antes de ele ter sido levado para longe de Evie da última vez.

Ela não ia deixar aquilo acontecer de novo.

A névoa ao redor de seus pés desapareceu quando o Vilão caiu no chão, gritando de agonia.

A espada apontada nas suas costas escorregou novamente.

— Ai! — Evie choramingou exageradamente.

— Sinto muito, senhorita! — gritou Simon atrás dela. Por um segundinho, a espada se afastou, mas foi suficiente. Evie se virou e lhe deu um chutão na canela antes de puxar a própria adaga e bater a ponta cega na cabeça desprotegida do homem. Ele caiu na mesma hora.

— Não, *eu* que sinto muito! — Ela se contraiu e passou por cima dele, depois correu em direção a Trystan. Outro cavaleiro disparou atrás dela, mas parou bruscamente quando a adaga de Evie ganhou vida própria. A cicatriz no ombro pulsava enquanto sua mão fazia movimentos defensivos e a adaga perfurava o peito do homem. Ela arregalou os olhos.

Ela não tinha feito aquilo. Não de verdade. Né?

— Como foi que você fez isso? — perguntou Tatianna. As mãos dela começaram a brilhar enquanto ela segurava um dos cavaleiros pelo braço. Seja lá que efeito aquilo tivesse, fez com que o homem caísse duro no chão.

— Não sei, mas... acho que não fui eu. — Ela expirou profundamente e se viu cara a cara com Clare, que estava em frente ao Vilão, protegendo-o. Clare assentiu para Evie e tirou um frasco de tinta laranja do bolso. Ela jogou o líquido brilhante no ar, em seguida manipulou e direcionou a tinta como uma arma antes de atirá-la nos três cavaleiros que partiam para cima deles.

Os homens caíram e gritaram enquanto a tinta queimava a pele deles. O cheiro de carne queimada permeou o ar.

— Eca. — Evie tampou o nariz.

Restavam três cavaleiros. Um deles avançou em direção ao Vilão com algemas mágicas, mas foi interrompido por uma grande mancha verde que surgiu do nada, cobrindo a frente do elmo do cavaleiro.

— Sai! — gritou o homem. — O que é isso?

Todos eles sorriram.

— Reinaldo, você é um clandestino sem-vergonha! — gritou Evie, mas acabou sorrindo também, enquanto o sapo se agarrava ao elmo como se sua vida dependesse daquilo e o cavaleiro se debatia, tentando afastar o anfíbio para poder enxergar. Por fim, o homem tropeçou, bateu a cabeça em um tronco próximo e ficou imóvel.

O cavaleiro que imobilizava Blade soltou-o ao se dar conta de que estava em grande desvantagem numérica. O treinador de dragões não desperdiçou a oportunidade — correu em direção ao Fofucho, cortou a rede com cuidado e murmurou palavras tranquilizadoras para o animal assustado.

Eles estavam vencendo, mas o chefe ainda estava rendido no chão, enquanto o cavaleiro com a mão estendida avançava.

— Acabe com o Vilão! — ordenou o capitão ferido de onde estava, encostado numa árvore, fervilhando de raiva. Ele tinha retirado o elmo, revelando um rosto abatido e olhos furiosos. — Agora!

— Não — disse o cavaleiro restante. — Acho que não vou fazer isso, não.

O cavaleiro abaixou as mãos, libertando o Vilão de suas garras fortes, e se virou em direção ao capitão, atravessando-o com sua espada. Ultrajado, o capitão congelou, sangue escorrendo pelo canto da boca, e caiu morto na grama ensanguentada.

O cavaleiro traidor tirou o elmo, revelando olhos verdes tão familiares que ela quase chorou ao vê-los.

O cavaleiro abriu um sorriso discreto e hesitante.

— Que bagunça, hein?

Seu informante finalmente tinha chegado.

CAPÍTULO 22
Vilão

— **Espera. Conheço você** — disse Trystan, perplexo com o homem diante dele. Ele raramente esquecia fisionomias e, embora aquele rosto houvesse perdido os últimos resquícios da adolescência e agora tivesse traços de um homem de vinte e poucos anos, Trystan ainda o reconhecia.

— Que honra você se lembrar! Eu estava na minha primeira semana como cavaleiro quando nos encontramos naquele corredor. Logo antes de você ser, hm...

— Encarcerado? — sugeriu Trystan sarcasticamente.

— Eu não ia mencionar essa parte — murmurou o cavaleiro. Ele tinha sido recruta quando Trystan estava servindo como aprendiz do rei dez anos antes. Eles tinham batido papo por um tempo, só amenidades. Trystan nunca nem soubera o nome do rapaz. No entanto, tinha sido a primeira vez em semanas que alguém não fugira dele, com medo de algo que Trystan não compreendia. Ele tinha gostado do garoto.

O cavaleiro encarou Sage com olhos suaves e risonhos.

Não gostava mais.

— E quem é você? — quis saber Tatianna, lançando um olhar de desconfiança para o recém-chegado.

Assim que bateu os olhos verdes na curandeira do escritório, o interesse ficou bem claro nos olhos do cavaleiro.

— Alguém que gostaria de te conhecer — respondeu ele.

Tatianna bufou, revirando os olhos e balançando a cabeça.

— Eu poderia te quebrar ao meio.

O cavaleiro lhe deu um sorriso maroto.

— Promete?

Trystan viu Clare contrair a sobrancelha antes de perceber que ela enfiava a mão no bolso para pegar o resto de tinta laranja. Ele a segurou pelo pulso.

— Não — advertiu.

Quer dizer, isso até Sage quase derrubar Trystan para passar e abraçar o cavaleiro, afundando a cabeça no pescoço dele.

— Ok, Clare, pode ir em frente — disse Trystan, incentivando-a.

Tatianna pegou a mão de Clare para impedi-la de alcançar o cinto. Parecia até que a curandeira estava tentando controlar dois guaxinins raivosos.

— Parem com isso, vocês dois! Pelo amor dos deuses.

Reinaldo pousou na bota de Trystan, encarando o par que se abraçava.

Trystan olhou para o amigo sapo. O amigo sapo olhou para ele.

Uma plaquinha foi subindo lentamente: VIXE.

— Muito útil — sibilou Trystan, revirando os olhos antes de pegar o pestinha e colocá-lo no ombro.

Sage se separou do homem — *finalmente*. Mas Trystan ficou ainda mais enfurecido quando ela começou a papariscar o cavaleiro, arrumando as mechas castanho-douradas e limpando uma mancha de sujeira da bochecha dele.

Era aquilo que Trystan queria: que ela se afeiçoasse a outra pessoa; seria mais fácil não se importar com ela, seria mais fácil não pensar nela como dele. Mas havia uma parte primitiva de sua mente — e de sua magia — que não estava nem aí para nada disso. Que só queria pegar o elmo que o cavaleiro havia retirado e golpeá-lo na cabeça com ele até amassar.

O pensamento reconfortante acalmou seus batimentos cardíacos.

— Era para você ter nos encontrado logo depois da revelação! O que aconteceu? — gritou Sage, empurrando o ombro do cavaleiro. A cabeça de Trystan girou. Ela havia conseguido; tinha convencido um herói a passar para o lado deles.

A seguir, ela ia pedir ao sol e à lua para organizarem um jantar juntos... e provavelmente teria sucesso.

— Eu estava esperando o momento certo para sair de fininho sem levantar nenhuma suspeita. Aí, quando ouvi o rei mandar os homens roubarem a poeira estelar de vocês, vi a oportunidade perfeita para fazer uma entrada triunfal. — O cavaleiro estendeu as mãos com um floreio.

Sage revirou os olhos, mas de um jeito afetuoso.

— Você e suas teatralidades.

A veia na testa de Trystan estava prestes a romper a pele quando ela puxou o cavaleiro na direção dele — imprudente da parte dela, mas Trystan manteve o rosto impassível. Sage não ia ficar sabendo que ele estava planejando a morte do homem, que o odiava com a força de mil sóis, que achava o cavaleiro um ingrato inconsequente que precisava ser eliminado e...

Sage apresentou o cavaleiro, cheia de orgulho.

— Senhor, gostaria de apresentar meu irmão mais velho, Gideon Sage.

O quê? Ah.

A máscara impassível se quebrou em meio ao choque.

— N-não é possível. Seu irmão morreu.

Mas então ele os viu direito, as semelhanças entre os dois: o mesmo tique nos lábios de Gideon, as mesmas maçãs do rosto altas, a mesma travessura no olhar. O cara era *irmão* dela.

Eu sou patético.

CAPÍTULO 23
Evie

Duas semanas antes...

Haviam se passado apenas poucas horas desde que Trystan foi levado. Lyssa estava alegremente instalada em uma suíte na ala oeste da mansão, um lugar onde Evie não conseguia ficar por muito tempo, não sem ele. Com uma satisfação mórbida, ela observava a cabeça de Otto Warsen balançar suavemente com a corrente de ar que entrava pela porta da frente. Não sabia quanto tempo fazia que estava ali, encarando-a. Evie deveria estar enojada com o que tinha feito. Deveria estar horrorizada e assustada com suas ações brutais. Só que...

Ela sorriu.

Um plano ia ganhando forma na mente dela, como produtos químicos se misturando para criar algo letal, um veneno tão tóxico e pungente que poderia matar alguém em questão de segundos. No entanto, a malevolência estava encobrindo alguma coisa e, assim que Evie olhou para o anel de tinta dourada no dedo mindinho, sentiu um nó na garganta.

Era a perda.

Trystan vivia em cada centímetro daquelas paredes, na cozinha, nos escritórios, nas cabeças penduradas em decomposição, em tudo. A mansão era ele. Mas ele se foi, e Evie estava com falta de ar. Saindo pela porta da frente aos tropeços, ela correu e ultrapassou as barreiras da mansão, ultrapassou a segurança e a proteção, ultrapassou toda e qualquer lembrança dele e caiu de joelhos com um grito agudo. Em seguida, agarrou a grama molhada nas mãos e encarou uma flor que queria arrancar do chão. Em vez disso, fechou os olhos com força.

Eram muitas perdas, muito desgosto, muita dor.

— Por favor, não, por favor, não — ela repetia. A cicatriz nas costas não doía mais, mas formigava como se sentisse sua aflição. A adaga na coxa esquentava em resposta. — Eu vou trazê-lo de volta. Eu vou.

— Eu gostaria de ajudar com isso, se for possível.

A voz desconhecida misturou-se com a dor em seu coração, e a combinação se mostrou letal quando ela ergueu os olhos e viu o brilho prateado. Viu a insígnia do rei. O que restava de sua razão se desfez como um galho podre.

— Aaaah! — ela gritou, desembainhando a adaga, e correu em direção ao cavaleiro, cortando o ar como se estivesse fatiando vegetais voadores.

— Espera! — exclamou o cavaleiro, cambaleando para trás. — Me deixa explicar.

Mas Evie não deixou. Seguiu em frente e, quando enfim chegou perto o suficiente, deu um chute muito bem dado entre as pernas dele. O cavaleiro caiu com um berro, deixando o elmo rolar da cabeça até uma poça de lama. Evie arregalou os olhos.

Porque ela conhecia aquela cabeleira. Conhecia aquele queixo, aquele nariz, aqueles olhos verdes. Tão parecidos com os do pai...

O cavaleiro diante dela era Gideon.

Seu irmão mais velho, que ela acreditava estar morto havia uma década, estava deitado diante dela, segurando a virilha e grunhindo na grama.

— Acho que mereci isso — disse ele com a voz esganiçada, respirando fundo pela boca. A pele do irmão estava vermelha e bronzeada e... nada parecida com a de um cadáver.

Ela arregalou os olhos.

— Você morreu.

— Evie — respondeu Gideon, tentando ficar de pé... porque ele tinha pés. Pés que se mexiam e tudo o mais, não podres ou em decomposição. Pés que se moviam com eficiência, e ele se aproximava lentamente.

— Não! — Ela ergueu a adaga. — Fica aí.

Gideon parou e engoliu em seco enquanto contraía os lábios e balançava nos calcanhares.

— Eu, hm. Eu sei que isso deve estar sendo bem confuso, mas será que você poderia me dar um minutinho?

— Você é um demônio? — Evie deixou escapar, depois quase escondeu a boca para conter a vergonha. Mas que motivo ela tinha para se envergonhar? Não era ela que havia voltado dos mortos. Se bem que... seus planos não estavam tão longe disso, por enquanto.

Às vezes, a ironia era engraçada. Outras, era como se alguém tivesse lhe dado acertado com um guarda-chuva.

— Eu sou um Guarda Valente, então... quase isso! — disse Gideon com um sorriso, e uma onda de reconhecimento a invadiu enquanto o choque começava a passar.

Ela deu um passo à frente, levou a mão ao rosto dele e passou o dedo por uma cicatriz branca bem fraquinha na bochecha. O corte tinha surgido quando ele caiu enquanto subia em uma árvore para resgatar a pipa favorita de Evie. Assim que ela sentiu a cicatriz, seus olhos se encheram de lágrimas.

— Gideon?

De olhos marejados, ele confirmou, e Evie levantou a outra mão.

Para acertá-lo no meio do queixo.

— Que. Droga. É. Essa? — disse ela aos berros, pegando impulso para acertá-lo de novo, mas ele já estava de pé.

Seu irmão se afastou aos tropeços, embrenhando-se nas árvores, e ela foi atrás dele ridiculamente.

— Passamos dez anos achando que você tinha morrido! *Dez anos!*

Gideon seguiu cambaleando e tentando manter os olhos fixos nela enquanto desviava dos punhos voadores.

— Eu sei, Eve, eu sei! Por favor, me deixa explicar! Você acabou de jogar uma pedra? O trabalho vilanesco realmente te endureceu, hein?

Ela pegou outra pedra.

— Desculpa! — gritou ele. — Pratiquei esse discurso um milhão de vezes e já estou estragando tudo. Só me deixa dizer o que eu tenho a dizer, aí depois você pode me bater com o que quiser.

— Que tal uma bigorna? — resmungou Evie.

O sol estava se pondo entre as árvores em um espetáculo de verdes e dourados suaves, aproximando-se do horizonte — era como se não quisesse ficar por perto para presenciar aquela cena horrível.

APRENDIZ DO VILÃO

— Anos atrás, lá no campo, quando a luz me atingiu, ela não me... atingiu de verdade.

Evie arqueou as sobrancelhas e estava pronta para protestar, mas ele continuou falando — provavelmente sabia que seu tempo para isso era limitado.

— Lembra aquela febre que eu peguei na escola? Que me deixou de cama por uma semana?

Ela lembrava. Tivera que consolar a mãe e bancar a babá, mas Evie não reclamara. Eles precisavam dela, e ela precisava daquilo.

— Lembro.

— O trauma da doença despertou minha magia. O pai não queria alarmar vocês até sabermos que tipo de magia era, então chamou um especialista enquanto você estava na escola. É uma magia que meio que, hm... suprime outros tipos de magia.

As peças estavam se encaixando de um jeito horrível.

— Você é o cavaleiro que mexeu com a magia dele, né? — Os dois sabiam de quem ela estava falando.

— Eu tive que fazer isso, Eve. Eu estava seguindo ordens. Vários daqueles cavaleiros têm magia. Se eu tivesse reagido, por mais que quisesse, estaríamos em desvantagem. Ele teria sido levado de qualquer maneira. — Gideon limpou a garganta e puxou a armadura prateada, que estava coberta de sangue. Sangue do cavaleiro que ele havia derrubado para salvá-la depois que ela matara Otto. — Eu ia intervir de qualquer jeito, juro. Eu sabia que o sr. Warsen era um nojento... pelo amor dos deuses, eu adoraria ter tido uma chance de matá-lo com minhas próprias mãos, mas você chegou primeiro.

Não era que seus joelhos estivessem fracos; seu corpo simplesmente estava cansado de carregar o peso de todas as revelações. O choque da traição do pai, a captura do chefe e o retorno do irmão, tudo em um período de 24 horas. Evie sabia que era caótica, mas aquilo era um pouco demais, até para ela.

Ela caiu de joelhos na grama, depois suspirou quando Gideon se sentou ao seu lado, mantendo uma distância cuidadosa.

— Eu quero ajudar você. Eu não sabia sobre o pai, senão eu teria...

— Não. — Ela o interrompeu com um olhar tão cheio de ódio que ele se encolheu.

— Sinto muito. Sinto muito mesmo. De qualquer forma, o detalhe mais importante é que consegui me salvar naquele dia no campo, mas a magia da mãe era instável e forte. Por um segundo, eu fui jogado praticamente em outra dimensão, de verdade. Mas, depois, fui parar em algum lugar perto do Palácio de Luz com as roupas quase todas queimadas e sem nenhuma lembrança de quem eu era ou o que estava fazendo lá. Alguém me indicou os recrutadores da Guarda Valente e, daí em diante, tudo meio que desandou.

— Perda de memória? Você espera que eu acredite que ninguém da Guarda Valente te reconheceu? Com nosso pai trabalhando diretamente para o rei?

— O rei reconheceu.

Aquilo a fez ficar em silêncio.

— Ele me chamou de Gideon na primeira vez que me viu. Minha memória começou a voltar uns cinco anos depois, em pedaços fragmentados. Mesmo depois que tudo voltou, eu nunca revelei que tinha recuperado a memória, e o rei também não me contou nada sobre meu passado.

Evie olhou feio para ele, tentando afastar a compaixão. Ele não merecia.

— Eu deveria sentir pena de você? — ela perguntou enquanto puxava pedaços macios de grama entre os dedos.

— Você nunca mais voltou! A gente ficou de luto por você! Essa é a atitude mais atroz que eu já presenciei, e olha que já vi o meu chefe cortar a língua de alguém por ter comido todas as balas de baunilha.

O chefe dela. *Trystan*.

— Ele se foi por sua causa — sussurrou ela. Uma lágrima escorreu pela bochecha.

Gideon assentiu e os olhos foram ficando vermelhos enquanto ele os esfregava.

— Eu sei. Mas vim para consertar isso. Vim para ajudar você a trazê-lo de volta.

Ela bufou.

— Por que é que eu deveria confiar em qualquer coisa que você diz? Você trabalha para o rei há *dez anos*.

— Eu matei um dos meus para salvar você. Acha mesmo que eu não trairia o homem que roubou tantos anos da minha vida sem se importar com a vida que eu tinha antes? — Ele parecia tão sincero, tão sério... Bem diferente do Gideon do qual ela se lembrava. — Só peço um refúgio quando o resgatarmos. Quando a missão estiver cumprida, eu só peço um lugar seguro para onde ir.

Ela balançou a cabeça e passou a mão pelo cabelo antes de olhar para ele, chorando ainda mais.

— Por que eu deveria te oferecer um lugar seguro se você roubou o meu?

E, assim, Evie viu o coração do irmão se partir.

Ela queria trancá-lo com o pai, queria que ele sofresse ao lado dele. Os dois homens da vida de Evie destruíram sua confiança e descartaram seus sentimentos como se fossem coisas frágeis e inconsequentes. Mas existia uma diferença entre os olhos de Gideon e os do pai, e não era a cor. Era a esperança.

Pura, sincera e suplicante. Aquilo a estabilizava.

E, apesar de toda a raiva e a mágoa, ela se sentiu levemente grata pelo reaparecimento do irmão que havia abandonado a família. Precisava de uma maneira de entrar no Palácio de Luz — alguém de dentro — e, se ele disse que podia... ela permitiria que ele ajudasse, sabendo que, a qualquer momento, poderia mandar a Guarda Malevolente despedaçá-lo.

Gideon estava recostado no tronco de uma árvore, de ombros encolhidos.

— Acho que não tem nada que eu possa dizer para consertar isso. Mas espero mostrar a você...

— Você consegue me levar para dentro do Palácio de Luz sem ninguém perceber?

O fogo da esperança nos olhos de Gideon passou de tocha a fogueira.

— Consigo, sim. Faço o que você precisar. Mas devo dizer que o rei me instruiu a recuperar as cartas da mãe e o seu, hm... cadáver.

Ela sorriu. *Perfeito*.

Gideon franziu a testa.

— Eu não me lembro de você ser tão assustadora... Por que isso te faz sorrir?

— Porque eu planejo dar exatamente isso ao rei. E muito mais.

CAPÍTULO 24
Evie

Duas semanas e uma conversa bem constrangedora depois...

A volta para a mansão tinha sido tensa e desconfortável. A grande maioria das interações de Evie era assim, mas era um pouco mais difícil de lidar quando tantas pessoas de quem ela gostava estavam no mesmo lugar.

E todas elas se *odiavam*.

Além de ter sido contrário à ideia de Gideon voltar com eles para a mansão, Trystan ainda queria matar o irmão de Evie por tê-lo capturado e reprimido seus poderes enquanto estava preso. Durante a maior parte do tempo do voo nas costas do Fofucho, Evie sussurrara sucintamente para ele todos os motivos pelos quais confiava em Gideon e como esses motivos eram justificados.

— Não entra na minha cabeça o que te levou a se aliar aos *meus* inimigos.

O rosto dela ficara vermelho de raiva e um lampejo de curiosidade dominara o rosto do chefe antes de voltar à irritação.

— Eu quis prendê-lo! — sibilara Evie. — Quis nunca mais ver a cara dele depois de como ele traiu nossa família.

De como ele me traiu! Mas deixei meus sentimentos pessoais de lado... por você!

O Vilão fechara a boca e a encarara sem expressão antes de soltar uma palavra irritante.

— Ah.

— "Ah"? — dissera ela, fervilhando de raiva e cerrando os punhos.

— Eles sempre brigam assim? — sussurrara Gideon, alto o suficiente para que todo mundo ouvisse.

— Sempre. — Tatianna assentira solenemente com a cabeça.

— Mentira! — gritara Evie no mesmo instante em que Trystan protestara, dizendo: — Quase nunca!

Gideon também assentira.

— Excelente. Vocês me convenceram.

Claramente não tinham convencido nada.

— E devo lembrar — prosseguira Evie aos sussurros — que ele me ajudou a salvar a *sua* vida! Além do mais, se ele fizer besteira, você pode simplesmente matá-lo. — Afinal de contas, ela mesma quase tinha feito aquilo, não fazia muito tempo.

— "Ele" está sentado bem aqui — dissera Gideon, curto e grosso.

O Vilão e Evie se voltaram para Gideon, que levantara as mãos como quem se rendia.

— Olha, se querem saber, não foi uma decisão leviana da minha parte. Passei anos planejando abandonar a Guarda. — Gideon abrira um sorriso para ela, mantendo as mãos erguidas. — E eu jamais machucaria minha irmã.

O chefe semicerrara os olhos para o irmão de Evie.

— Pelos meus parâmetros, você já a machucou.

Então, de volta à mansão, Evie deixou Gideon em um quarto protegido para tirar a armadura da Guarda Valente antes que mais algum dos Guardas Malevolentes o visse. Já fora um milagre Keeley não tê-lo pendurado pelas unhas dos pés lá no pátio. Em vez disso, a capitã tinha se oferecido para vigiar a porta com outra guarda, Nesma, que avisara para Evie com um sussurro que impediria Keeley de matar Gideon.

O sorriso agradecido de Evie a seguiu até o escritório, onde Guardas Malevolentes e funcionários estavam em polvorosa.

— O que está acontecendo? — Evie perguntou a Becky enquanto uma fadinha passava voando pelo cabelo dela e três estagiários corriam com pilhas de papel e livros antigos. O expediente estava quase chegando ao fim e o sol poente lançava um brilho alaranjado pela sala. Aquele normalmente era o momento mais calmo do escritório.

Becky suspirou e cruzou os braços.

— Estamos cuidando disso — começou a dizer. — Mas é a barreira da mansão. Ela está meio... defeituosa.

Evie mordeu nervosamente o lábio. Aquilo com certeza não parecia nada bom.

— Devo chamar a manutenção?

Se bem que a equipe de manutenção ainda estava consertando uma parede pela qual o chefe tinha jogado um estagiário algumas semanas antes — uma ocorrência que não era lá tão incomum — e, além do mais, se Evie tinha entendido Becky direito, aquilo não era algo que os reparadores mágicos poderiam consertar.

— No momento, só tem uma porta visível — esclareceu Becky. — Nada muito preocupante, tenho certeza, mas mandei chamar uma feiticeira por precaução. Vamos ver se algum dos corvos consegue encontrar uma. — Becky suspirou de novo quando Lyssa apareceu, segurando a saia parda da mulher. — Lyssa Sage, você tem mesmo que perambular por aí às escondidas? Achei que estivesse procurando o diário da sua irmã — repreendeu Becky, só que havia mais afeto naquela interação do que Evie jamais tinha visto a colega demonstrar. Aquilo a deixou meio zonza.

— Não estou conseguindo encontrar, srta. Erring. Procurei em tudo quanto é canto!

Becky olhou para o teto.

— Acho dificílimo acreditar que você inspecionou cada cantinho do escritório em tão pouco tempo.

Lyssa tirou docinhos do bolso e deu um para Evie e outro para Becky — que segurou a bola de massa açucarada como se fosse uma meia suja. Lyssa deu uma risadinha ao ver a cara dela e Evie começou a rir também. Ela esconderia a verdade de Lyssa só mais um pouquinho antes de soltar a bomba sobre Gideon para a irmã. Lyssa era um bebê quando Gideon morreu — quer dizer, *foi embora* —, então Evie não sabia ao certo como ela reagiria. Por outro lado, a irmã raramente tinha momentos de pura alegria, e Evie queria muito proporcionar isso a ela — isso e muito mais.

— Tem um lugar em que eu não conferi, srta. Erring — admitiu Lyssa enquanto as três mulheres andavam pelo escritório, em direção às portas pretas fechadas da sala do chefe.

— Que lugar? — perguntou Becky, arqueando a sobrancelha.

As portas pretas já não estavam mais fechadas. Abriram-se com um estrondo, sacudindo as paredes, sacudindo os funcionários e sacudindo Evie quando o Vilão saiu com o diário dourado nas mãos. Aberto bem na página que ela menos queria que ele visse.

O desenho. Os rabiscos. O beijo. O *HORROR*.

— Sage? — O Vilão ergueu o caderno, segurando-o bem firme. — O que raios é isso? E por que estava na minha mesa?

Ela levou as duas mãos à boca, depois segurou o braço de Becky para se equilibrar.

— Está com ele.

Becky não disse nada, só encarou o diário com olhos arregalados, e a boca normalmente rígida formou um "O".

— Becky, está com ele! — Evie sibilou outra vez.

Becky afastou a mão de Evie.

— Eu tenho olhos, sua tonta!

O chefe apontou para a representação mal desenhada de Evie. Os cachos espiralados entregavam sua identidade.

— Essa daqui é para ser você, certo?

Muda de assunto! Muda de assunto!

— Hm, senhor, o frasco de poeira estelar está aqui no meu bolso... vamos começar a usá-lo para encontrar minha mãe? O tempo está passando e o filhote de guvre está, hm... crescendo.

Becky se animou, o que deveria ter feito Evie desconfiar imediatamente.

— Excelente argumento, Evangelina! Vou pegar as cartas da sua mãe agora mesmo! Vamos, Lyssa. Eu deixei lá na cozinha.

A gerente de RH deu meia-volta para ir embora, levando Lyssa junto — mas, antes disso, lançou um sorriso astuto para Evie.

Evie quase caiu de bunda tentando correr atrás delas.

— Rebecka, não me deixa sozinha com o... — Ao se virar, deu de cara com o chefe bem à sua frente, olhos ardentes cravados nos dela. A barba por fazer ao longo da mandíbula estava mais escura e densa do que de costume e não havia mudanças sutis no rosto dele. Apenas uma intensidade acusatória enquanto apontava para o desenho.

— É você?

Depois de uma pausa, ela fez que sim. Era inútil negar, de qualquer maneira. Melhor cortar o mal pela raiz.

— Então quem é esse que você está beijando? — O chefe arqueou a sobrancelha.

Evie quase caiu dura no chão. Ele não sabia? Pelo amor dos deuses, estava na cara! Das duas, uma: ou o desenho realmente estava um lixo ou o chefe era muito cabeça-dura. Ou as duas coisas. Ela *deveria* admitir, expor seus sentimentos e ver no que ia dar. Mas, em vez disso, a única resposta que saiu foi:

— Você não... não o conhece.

Ela queria dar um tapa na própria testa.

Parecia que ele estava prestes a dobrar o diário ao meio, mas o rosto do chefe estava sinistramente calmo.

— Ah, não? Vamos ver, então. Me diz o nome dele.

Evie teve a estranha sensação de que quem quer que ela nomeasse acabaria desaparecendo misteriosamente até o fim do dia. O que não deveria empolgá-la, mas acabou empolgando, sim. Evie tinha alguns parafusos a menos na cabeça, mas todos os que lhe restavam sumiram quando ela se deu conta de que o chefe estava com ciúmes.

Não faça ciúmes no chefe, Evie!
Por mais que seja divertidíssimo!

— Não, obrigada — retrucou ela, rolando o frasco de poeira estelar nas palmas das mãos antes de deixá-lo cair no bolso.

— Acho que parece o Terrence McChalice. — Evie quase morreu de susto quando Gideon apareceu atrás dela.

— Gideon! — disse ela, arfando. — Como foi que você saiu do seu quarto?

O irmão estava usando uma túnica verde discreta que realçava o verde dos olhos, e ostentava um véu de travessura como se fosse a última moda.

Gideon deu de ombros. Certamente tinha notado a veia pulsante do chefe.

— Não esquenta, sr. Vilão. O Terrence é o colírio das mulheres da nossa aldeia. Se bem que, pelo que eu me lembro, ele só tinha olhos para a Evie.

Foi uma coisa ridícula de se dizer, já que não existia nenhum Terrence McChalice.

O chefe lhe devolveu o diário com uma gentileza que Evie sabia ser falsa. Ele estava com sua cara de tortura, por causa dela e dos desenhos ridículos que tinha feito. Que emocionante.

— Senhor? Está tudo bem?

Ele estava pensando em como deveria agir a seguir; dava para perceber pela forma como engoliu em seco e ergueu o queixo.

— É, acho que não temos tempo a perder. Os guvres nos deram um prazo apertado.

Evie assentiu, pronta para ir à cozinha repreender as duas traíras que a jogaram aos lobos, mas um dos Guardas Malevolentes entrou às pressas — um novo recruta. Brutal e cruel. Damien.

— Ei! Puxa-saco do rei! Volte para o quarto arrumadinho que prepararam para você, senão sua próxima estadia vai ser nos calabouços, com seu pai imundo! — Damien pegou Gideon pelo braço e Evie congelou ao ouvir a menção a Griffin Sage.

Ela vinha conscientemente evitando falar dele. Nem sequer tinha pronunciado o nome do pai desde aquela noite. Dizer o nome ou até mesmo pensar nele doía demais. Era como se seu peito tivesse se aberto e toda a dor contida jorrasse no chão diante de todo mundo. Evie respirou fundo uma vez, depois mais uma, fazendo de tudo para se acalmar, fazendo de tudo para conter as lágrimas que queimavam seus olhos, mas não conseguiu. As lágrimas se acumularam nos cantos dos olhos e escorreram pelo rosto.

Os funcionários passavam por ela, encarando-a fixamente. Ela se sentia nua enquanto as lágrimas rolavam pelas bochechas.

Caramba, se continuasse daquele jeito, seria melhor criar um quadro para contabilizar suas lágrimas.

Evie está há zero dias sem chorar.

— Eve? — disse Gideon, preocupado, e então se aproximou dela, mas seu caminho foi barrado. Trystan surgiu na frente dela, protegendo-a do resto da sala antes de tirar um lenço azul-claro do bolso para lhe oferecer.

A voz alta do Vilão ecoou pelas paredes e, por mais que Evie estivesse olhando para baixo, dava para sentir os olhos dele como se fossem um dedo acariciando sua bochecha.

— Todo mundo pra fora!

Os funcionários congelaram, e ela também. Ninguém se mexeu... até o chefe gritar de novo:

— JÁ!

Em poucos segundos, a sala ficou vazia. Sabe-se lá para onde todo mundo foi.

Os únicos que permaneceram ali foram ela, Trystan, Gideon e Damien, que parecia furioso.

O lábio de Evie tremeu e ela fechou os olhos ao pegar o pedaço de pano da mão de Trystan. O toque dos dedos na pele dele a acalmou.

— Senhor, por que fez isso?

— O Edwin está quase terminando uma fornada de biscoitos e eu não queria dividir.

Evie arregalou os olhos, surpresa. Não havia raiva nem censura nos olhos escuros do chefe; havia muito bom humor. Ele estava tentando fazê-la rir, aliviar o coração dela. Do mesmo jeito que Evie sempre tentava fazer por ele e por todo mundo. Ninguém nunca tinha feito aquilo, ninguém nunca tinha tentado aliviar as coisas para *ela*.

Ela nem pensou. Pôs uma mão de cada lado da cabeça de Trystan, como tinha feito da primeira vez, no primeiro dia, e deu um beijo delicado na bochecha quentinha dele. A barba por fazer espetou seus lábios e os olhos se encheram de lágrimas de novo. Saindo da ponta dos pés, sem soltar o rosto dele, Evie disse:

— Obrigada.

Havia uma sombra nos olhos dele e a testa estava franzida, como se não acreditasse no que Evie tinha acabado de fazer. Excelente — ela também não acreditava. Evie esperou que o chefe a repreendesse por aquela cena nem um pouco profissional.

Mas ele não a repreendeu e não desviou o olhar do rosto dela.

— Aqui — disse ela, devolvendo cuidadosamente o pano azul.

— Pode ficar — respondeu ele, ríspido.

Gideon se encolheu quando Keeley entrou e praticamente o arrastou dali.

Em sua defesa, ele saiu de boa vontade.

— Estou indo, Capitã! Estou indo! — exclamou Gideon, arrastando-se infeliz atrás ela.

Apesar das mentiras, seu irmão era alguém que ela sempre amaria, e se era alguém que Evie amava, era alguém que ela protegeria.

— Damien? — O tom de Evie não era brincalhão, provocador nem malicioso. Ela proferiu a frase seguinte de forma calma e equilibrada. — Se você ameaçar meu irmão outra vez, eu vou pegar minha adaga e usá-la para arrancar seu coração, por menor que ele seja.

Damien já estava a meio caminho da porta quando murmurou:

— *Vadia falsa*.

Ela se encolheu, mas não tirou os olhos do lenço que segurava nas mãos.

Quando voltou a olhar para o chefe, ele estava olhando feio para o guarda que saía.

— Sage, se você não quiser continuar...

Ela interrompeu a dispensa dele. Precisava de qualquer coisa, menos ser mimada.

— O que eu quero é fazer meu trabalho, senhor.

Havia um brilho estranho nos olhos de Trystan quando ele a observou por um breve segundo.

— Muito bem — disse ele. A julgar pelo semblante, talvez ainda quisesse ir atrás de Damien. Parecia estar fincando raízes no chão ao lado dela para lutar contra o impulso.

— Siga-me, Sage. Tive uma ideia.

CAPÍTULO 25
Evie

Alguém estava pingando água no rosto dela.

Era gelada e escorria pela bochecha, contornando a base do couro cabeludo e a gola da camisa na nuca. Ela acordou assustada e lembrou que tinha capotado no quarto de hóspedes que ocupava junto com Lyssa na ala oeste, planejando se deitar rapidinho após uma exaustiva sessão de planejamento com o chefe, onde os dois tiveram a ideia de usar um pouco da poeira estelar nas cartas da mãe dela. Eles pretendiam colocar o plano em prática na mesma hora, mas, depois de Evie quase ter batido a cabeça na mesa de madeira da cozinha de tanto cansaço, o chefe insistira para que ela descansasse, prometendo que não usaria a poeira estelar sem ela. Chegara até a deixar o frasco com Evie, guardado com segurança no bolso.

Ela olhou ao redor do quarto reparou na escuridão. Provavelmente o descanso não tinha sido tão rapidinho assim.

— Oops. — Ela se encolheu e passou a mão no rosto. Em seguida, viu Lyssa em pé ao seu lado com um pano encharcado.

— Você diz coisas engraçadas quando está dormindo.

Evie inclinou a cabeça e massageou o pescoço.

— Que indelicado da sua parte. — Ela deu um tapinha com o dedo no nariz da irmã. — Eu também digo coisas engraçadas quando estou acordada. — Lyssa se enfiou ao lado dela na cama enquanto Evie observava o quarto todo e assobiava baixinho. — Esse quarto é absurdamente grande. Quem precisa de um dormitório desse tamanho?

— Será que é para os nobres terem espaço para dar cambalhotas? — indagou Lyssa.

— Obviamente — zombou Evie.

Lyssa foi a primeira a ceder e começou a rir. Em seguida, ajeitou-se nos travesseiros ao lado de Evie.

— Você dormiu um bom tempo.

A irmã tinha trocado de roupa e estava de camisola. O relógio que ficava no cantinho do quarto marcava dez e meia.

— Desculpa por ter dormido tanto, Lyss. — Evie pôs o braço em volta da irmã, que se aconchegou mais. — Você se divertiu com a srta. Erring hoje? Ela é inteligente como ninguém. Eu sei que você está perdendo aula na escola, mas andei pensando em contratar alguém tipo a Rebecka para te dar aulas. A pessoa pode vir até a mansão e você pode escolher quais assuntos quer aprender! Não é uma ideia legal?

— Evie, o papai estava doente mesmo?

As palavras atingiram Evie como um balde de água fria, mas as bochechas pegaram fogo.

— Por que está me perguntando isso? — Ela tentou manter um tom leve. — Alguém te disse alguma coisa?

O corpete azul que de manhã parecia flexível e confortável passou a apertar as suas costelas, dificultando a respiração. Ela se levantou e pegou a camisola, de repente precisando de um segundo longe do olhar questionador da irmã.

Lyssa começou a cutucar a borda do lençol e fixou os olhos no tecido.

— Não. Mas ele fez alguma coisa ruim, né? Na noite em que a gente saiu de casa. Ele tentou te machucar... não foi?

Como Evie deveria responder? Como poderia manchar a imagem inocente que sua irmã ainda tinha do homem que havia sido uma constante na vida dela desde o dia em que nascera?

Atrás do biombo, Evie deixou cair a máscara. *O que eu posso dizer para não partir o coração dela? Como posso ser suficiente para ela? Para qualquer um?* Ela quase pulou de susto quando se viu no espelho de corpo inteiro. A garota que a olhava de volta estava arrasada, com olhos que pareciam gritar por socorro. Evie desviou o olhar.

Mas a irmã tinha feito uma pergunta muito sincera e direta, e Evie sabia que preferia guiá-la gentilmente pelas verdades do mundo a deixá-la cair no fundo do poço para aprender sozinha, como tinha acontecido com ela.

Então, ela trocou de roupa rapidamente, esvaziou os bolsos e penteou o cabelo. Em seguida, voltou a se sentar delicadamente na beira da cama e pôs a mão na de Lyssa.

— Sim, ele tentou. E não. — Ela parou quando Lyssa levantou a cabeça com olhos avermelhados. — Não, ele não estava doente.

Lyssa mordeu o lábio. Parecia angustiada.

— Eu sabia. Eu deveria ter te contado.

— Contado o quê?

— Ele vivia saindo quando você estava no trabalho. Ele achava que eu não percebia, mas eu percebia, sim. Ele melhorava quando você não estava em casa, tossia um minuto e parava quase no segundo em que você ia embora. Ele tinha pó de arroz.

— Pó de arroz?

— Eu o vi passar no rosto para parecer mais pálido. — *Para parecer mais doente*, era isso que Lyssa queria dizer, mas era nova demais para entender até onde Griffin Sage tinha ido para enganar aqueles que ele jurava amar. — Eu deveria ter te contado. Ele não teria conseguido te machucar se eu tivesse contado! — Lyssa chorou.

Com um aperto no peito, Evie pôs as mãos nas bochechas da irmã, virando o rosto dela para que olhasse diretamente nos seus olhos.

— Lyssa, não. O que aconteceu com o papai não foi culpa sua. Ele é adulto; sabia o que estava fazendo. Você é uma criança. Sua única responsabilidade é ser só isso, uma criança, e me deixar cuidar de você. — Lyssa se jogou nos braços dela e Evie envolveu a cabeça da irmã com as mãos, passando os dedos suavemente pelos cabelos.

— Mas... — Lyssa fungou, molhando a camisola de Evie com suas lágrimas. — E quem vai cuidar de *você*?

Ah, Lyssa, eu mesma. Eu sempre cuidei de mim mesma com um sorriso falso e uma força instável.

Evie prometeu a si mesma que Lyssa não carregaria seus fardos.

— Não se preocupe comigo, meu amor. Tem muita gente aqui que cuida de mim. É tipo uma pequena família!

A irmã se afastou com o rosto pegajoso de lágrimas.

— Mas a gente não é parente de ninguém aqui.

Evie teve que se segurar para não soltar: "Bom, o Gideon está trancado num quarto a duas portas daqui, e nosso pai também está aqui, mas lá embaixo, no calabouço, espero que comendo pão velho e desviando de aranhas como se fossem balas de canhão".

Ela tossiu na mão. Provavelmente não era a melhor maneira de dar a notícia.

Lyssa mexia na fita da camisola de Evie e a observava.

— Às vezes — disse Evie — nossa família não é aquela em que nascemos, e sim a que escolhemos. Às vezes, as pessoas que mais nos amam são aquelas que nos escolhem. — Ela sorriu.

Foi ao dizer aquilo em voz alta que Evie percebeu o quanto acreditava naquela afirmação. A família em que tinha nascido estava destruída de um jeito que ela seria incapaz de consertar. Nunca mais seria o que já tinha sido, mas não estava totalmente acabada. E, mesmo que estivesse, ela não estava sozinha. Tinha uma família. Era repleta de vilania e travessuras, mas era sincera, e essa era a única verdade a que Evie podia se agarrar. Uma verdade que podia passar para a irmã.

Então, elas se deitaram lado a lado e passaram horas conversando. Sobre a mansão, sobre o trabalho de Evie — tirando alguns detalhes mais sutis e violentos sobre o Vilão, sobre Trystan.

— Não foi difícil de descobrir, sabe? Todo mundo vive chamando ele de Vilão, Evie — disse a irmã, apoiando a cabeça nas mãos e rindo.

— E isso não te incomoda? — perguntou ela, hesitante.

Lyssa deu de ombros.

— Ele é legal comigo.

Evie grunhiu por dentro. Estava passando sua lógica distorcida para a próxima geração — salve-se quem puder!

As pálpebras de Lyssa pareciam pesar enquanto os olhos se fechavam.

— Evie?

As pálpebras de Evie também começavam a pesar. A única vela na mesinha de cabeceira estava se apagando.

— Hmm? — murmurou ela, aconchegando-se mais nos lençóis de seda e deixando-se embalar pelo crepitar da lareira.

— Estou nervosa com a ideia de você encontrar a mamãe. — Lyssa falou baixinho, quase como se tivesse vergonha de admitir a verdade para ela. — Tenho medo de conhecê-la.

Evie abriu os olhos, surpresa.

— Por quê, meu amor?

O rostinho de Lyssa parecia resoluto, mesmo prestes a adormecer.

— Porque você é a única mãe que eu já tive na vida. — A declaração veio acompanhada de respirações suaves e regulares. A irmã tinha caído em sono profundo.

Evie se inclinou e lhe deu um beijo na testa, afastando as mechas soltas. A confissão de Lyssa havia consertado uma fissura aberta dentro dela — uma fissura que ela nem tinha percebido que existia. Evie ainda tinha muito a proteger, muito com que se importar. Perder alguém não significava o fim; era apenas o início da vida que levaríamos sem a pessoa que se foi, uma porta de entrada para as pessoas que ganharíamos no lugar dela.

Evie protegeria essas pessoas a qualquer custo.

Esse pensamento perverso e malévolo — a noção de que não existia preço alto demais para proteger as pessoas que amava — se instalou. Isso a fez se sentir segura, poderosa.

A cicatriz no ombro pulsava, um calor se espalhando pelos membros.

Aquilo a embalou ao sono.

No entanto, segundos depois, Evie abriu os olhos de repente e se levantou aos tropeços para revirar freneticamente os bolsos da calça que tinha usado durante o dia. Depois fez o mesmo com os objetos que havia deixado na bancada ao lado do biombo. Não estava ali.

O frasco de poeira estelar.

Evie tinha perdido.

CAPÍTULO 26
Evie

A mente de Evie girava em um turbilhão de inúmeros cenários desastrosos, e ela os vivia do início ao fim na própria imaginação. Entre a catastrofização e a dor de estômago por ter dormido sem jantar, quando o relógio bateu meia-noite, ela sabia que já tinha chegado ao seu limite.

Não posso mergulhar no meu poço de ansiedades sem estar bem alimentada!

Ela saiu de fininho da cama, usando a luz das estrelas que entrava pela janela como guia, encontrou a maçaneta da porta e a abriu. O corredor estava consideravelmente mais frio do que o quarto aconchegante, embora estivesse bem iluminado pelas tochas nas paredes. Os roncos suaves de Lyssa ressoavam atrás de Evie enquanto ela fechava a porta e atravessava o longo corredor na ponta dos pés, esfregando os braços arrepiados de frio.

Um tinido mais à frente no longo e sinuoso corredor fez Evie levar um susto e tropeçar, batendo o dedo do pé em uma pedra saliente no chão.

— Cacete! — ela praguejou baixinho, segurando o pé e pulando com o outro para manter o equilíbrio.

Outro xingamento baixinho ecoou pelo corredor, tão parecido com o dela que Evie achou que sua voz tinha reverberado pelas paredes. Em seguida, ela ouviu mais uma série de estrondos, seguidos por mais xingamentos e um resmungo baixo.

O frasco de poeira estelar, que quase brilhava, rolou pelo corredor até parar aos pés dela, quase como se a cumprimentasse.

— Hm... — foi o único som que ela conseguiu emitir ao notar que o frasco estava basicamente andando sozinho e guiando a pessoa atrás dele em uma espécie de perseguição inútil.

— Onde você pensa que vai, seu demônio sem-vergonha? — disse o Vilão, furioso, de uma porta no fim do corredor, se assustando ao vê-la. — Sage? — Os olhos dele percorreram seus cabelos bagunçados e desceram até a fina camisola antes de se fixarem no rosto. Ele parecia bastante determinado a mantê-los naquela região.

— Eu ia procurar alguma coisa para lanchar — disse ela, sem rodeios.

O chefe beliscou o dorso do nariz.

— Eu não estava me referindo a você.

O frasco seguiu rolando, como se soubesse que era o assunto em questão, até parar em cima do pé de Evie. Ela se abaixou para pegá-lo e a massa de cachos caiu para a frente, escondendo seu rosto. Por fim, girou o frasco na palma da mão e observou seu conteúdo praticamente dançando.

— Que bom ver você. — Ela franziu o nariz de alegria. — Que magia curiosa você é, hein?

— Não é curiosa, é amaldiçoada — vociferou o chefe enquanto tirava o frasco das mãos dela. — Ele entrou rolando no meu quarto mais cedo, como se tivesse hora marcada. Depois, essa porcaria começou a brilhar tanto que eu mal conseguia enxergar. E, por fim, saiu do meu quarto como se fosse um criminoso fugitivo.

Pela primeira vez em um bom tempo, Evie sentiu felicidade, felicidade pura, ao imaginar aquele homem temível e intimidador zanzando pelos corredores atrás da poeira estelar como quem corre atrás de um cachorro sem coleira. Ao perceber que ela estava achando graça, o chefe inflou as narinas. A camisa preta estava para fora da calça e exibia boa parte do peito num V solto — era evidente que estava deitado para dormir ou se preparando para isso.

Não imagine o chefe na cama, Evie! Mas essa batalha ela já tinha perdido, e perdido tão feio que era como se o adversário ainda estivesse lhe dando o dedo do meio.

Quando ele pigarreou, ela se deu conta de que estava olhando fixamente para a parte descoberta do peito de Trystan e imaginando como seria dar um beijo ali. Suas bochechas arderam de vergonha enquanto o sangue subia ao rosto.

Numa tentativa de redirecionar a conversa, ela soltou:

— Perdi o jantar. — Bom, além disso, ela achou que tivesse perdido a poeira também. Como o frasco tinha ido parar no quarto do chefe?

— Ah, é claro. — Ele lambeu os lábios e relaxou o punho fechado. — Espera aqui. Já volto. — O chefe deixou o frasco nas mãos dela e a magia contida ali dentro começou a vibrar como se estivesse a ponto de explodir. Evie juntou as palmas ao redor do vidro e observou o chefe desaparecer pelo corredor iluminado por tochas. Passaram alguns momentos de tensão, com ela trocando o peso de um pé para o outro enquanto tentava manter a magia no lugar.

— Eu entendo mais do que muita gente a vontade de não ficar parado, mas será que você poderia pelo menos tentar? Meus dedos estão ficando cansados — Evie pediu educadamente ao frasco e, por um milagre, ele parou. Quer dizer, até o chefe voltar ao corredor, mais rápido do que ela imaginava, segurando um prato coberto e encarando-a com um olhar acusatório e cansado.

— Está falando com objetos inanimados de novo?

Ela revirou os olhos e segurou o frasco com força, mas ele saltou das suas mãos.

— Por acaso esse objeto parece inanimado?

O chefe empurrou o prato quentinho e coberto para as mãos de Evie e se jogou no chão para tentar pegar o frasco. No fim das contas, bateu de cabeça na parede ao segurá-lo com os dedos. Ela levou a mão à boca assim que ouviu o grito de dor.

— Doeu? — perguntou Evie, encolhendo-se.

— Não, foi tão gostoso quanto minha máquina de tortura — disse ele em tom seco, esfregando a cabeça e segurando firme o frasco. — Essa poeira quer ser usada e não tenho como passar a noite inteira tentando contê-la. Vou acabar enlouquecendo.

O que quer que estivesse naquele prato tinha um cheiro divino. Ela chegou a salivar e a lamber os lábios.

— Talvez a gente devesse usar a poeira nas cartas agora em vez de esperar amanhecer. Resolver isso logo. — Ela ponderou a ideia e fez uma careta. — Se bem que eu acho que as cartas estão com a Becky, e eu não teria coragem de mexer na mesa dela sem pedir permissão.

Ele se enrijeceu.

— Ela me entregou as cartas mais cedo. Estão... no meu quarto.

Ah. Ai, meus deuses.

O melhor a se fazer seria esperar no corredor enquanto ele pegava as cartas. Depois, os dois poderiam ir para um lugar mais neutro. No entanto, seus pensamentos desconexos não ligaram a mínima para a lógica, e as palavras seguintes saíram dos lábios de Evie como uma represa prestes a romper.

— Então vamos para a sua cama!

Ele a encarou sem expressão, mas ela viu a boca do chefe se contrair. Nunca era um bom sinal. Evie continuou falando, infelizmente.

— Quis dizer seu *quarto*. Seus *aposentos*. Não sua *cama* especificamente. Eu *nunca* iria para a sua cama, senhor. Eu te garanto! — Ela riu, tentando aliviar o constrangimento, mas falhou miseravelmente. O climão pairava no ar como se fosse uma fumaça tóxica.

Ele contraiu de leve a sobrancelha, mas, fora isso, o rosto não se mexeu.

— Prefere dividir a cama com Terrence McChalice, né? — Aquelas palavras baixinhas arrepiaram o couro cabeludo de Evie, como se alguém estivesse passando as unhas por ali.

— Ah, hm... não? — A resposta não pareceu convincente, então ela tentou de novo. — Quer dizer, não tenho interesse em dividir uma cama com ninguém em um futuro próximo. Toda vez que eu estava com o Rick... — Ela fez uma pausa. — Lembra dele? A gente namorava.

— Lembro, sim.

Evie não sabia que cara ele estava fazendo — estava ocupada demais encarando os próprios dedos. Mas o tom de voz era sério. Firme.

APRENDIZ DO VILÃO 187

— Bom, ele era sempre tão... Sei lá, toda vez que ficávamos juntos, eu sempre me sentia solitária e insatisfeita no final. Acho que só quero ficar com alguém desse jeito outra vez quando eu tiver certeza de que a pessoa é capaz de me dar tudo o que eu quero.

Pronto! Evie tinha superado o constrangimento com bastante eloquência, modéstia à parte.

Mas ela mudou de opinião ao ver o chefe tão rígido à sua frente que parecia até que ia se partir ao meio.

— Senhor?

Ele seguiu em frente no corredor.

— Vem logo — resmungou. — E traz seu prato.

Ela correu atrás do chefe até ficar ao lado dele, segurando firme a comida.

— Senhor, eu deixei a situação muito constrangedora?

O Vilão seguiu andando com o corpo inteiro rígido, como se fosse feito de estanho.

— Não.

— Então por que está com cara de quem vai chorar?

Por fim, eles chegaram a uma porta preta no fim do corredor, cercada por um monte de tochas. Era o ponto mais iluminado por ali. O chefe abriu a porta e, com um gesto, indicou que ela entrasse.

— Já pra dentro — ordenou.

Ela não hesitou, só enfiou a cabeça primeiro antes de entrar.

Estava no quarto do Vilão.

Ah, mundo cruel.

CAPÍTULO 27
Vilão

MERDA. MERDA. MERDA.

— Então, esse aqui é o seu quarto. — A voz de Sage flutuava pelo santuário isolado e organizado de Trystan. À medida que ela avançava, os cabelos acompanhavam o movimento. As mechas estavam bagunçadas pelo sono e pareciam tão macias à luz fraca das velas que a mão dele chegou a tremer na lateral do corpo.

Aquilo era desaconselhável — e, verdade seja dita, imprudente.

Ela examinou cada centímetro do espaço, e ele se sentiu invadido. Mas não era uma invasão indesejada. O quarto era grande, mas simples. Havia uma cama de dossel enorme adornada com cortinas pretas e sua coleção de almofadas. Ele também tinha uma mesinha em um canto com uma cadeira confortável, um armário encostado na parede e uma lareira com um tronco que nunca se apagava... Além disso, havia...

— A luzinha! — disse Sage com um gritinho, correndo até o canto e encontrando o pequeno abajur que iluminava o quarto. — Você realmente dorme com uma luzinha acesa! — Ela virou a lâmpada e ele alongou os ombros para aliviar a tensão. — Mas que formato é esse? É tipo um cone?

Trystan tentou inventar uma desculpa às pressas, mas Reinaldo já tinha despertado de seu sono na caminha dourada na mesa ao lado da cama de Trystan.

"*Não*", avisou ele em tom de ameaça ao sapo, sem emitir nenhum som.

Mas, é claro, ele não deu ouvidos. Simplesmente levantou uma plaquinha que dizia: FURACÃO.

Edwin ia servir perninhas de sapo no dia seguinte.

Sage semicerrou os olhos para ler a plaquinha e voltou a olhar para a lâmpada antes de abrir um sorriso radiante.

— É um furacãozinho, senhor?

Ele arrancou a lâmpada das mãos dela.

— Era a única que tinha sobrado na loja — resmungou, devolvendo-a suavemente ao lugar.

Trystan finalmente estava se recompondo e voltando ao seu único e verdadeiro propósito: vingança. O caminho para roubar o reino de Benedict estava sendo bem diferente do que ele tinha planejado uma década antes. Era melhor; era pior. Era perfeito, e eles estavam chegando perto. Ele só precisava de Nura Sage, e então poderia cumprir a profecia. Trystan ia achar um pedacinho de terra com borboletas e muito sol e mandaria Sage para o lugar onde ela deveria ficar — longe dele.

Ele só precisava dar um jeito de seguir os próximos passos, que os levariam a Nura. Só precisava manter a indiferença, como sempre tinha feito.

Indiferença, enquanto Evangelina Sage estava no quarto dele.

Era como fazer cara de paisagem no meio de uma avalanche.

Ele ajeitou a camisa e alisou a calça. Em seguida, pegou a cadeira e a puxou para o lado da escrivaninha.

— As cartas estão na minha mesa, bem ali. Se tudo der certo, só vamos precisar de uma pitada para revelar algumas das palavras ocultas, e depois podemos guardar o resto para... — Ele soltou a cadeira e arregalou os olhos para a mulher à sua frente. Por acaso Trystan tinha comparado a uma avalanche? Quis dizer inferno.

Sage pôs o prato delicadamente na escrivaninha antes de procurar as cartas na mesinha. Em seguida, distribuiu-as na superfície de madeira. Estava de costas para o fogo, e a luz a iluminava por trás.

Naquele ângulo, a camisola inteira estava transparente.

— Hm, Sage? — Ele tentou estabilizar a voz, mas acabou gaguejando. O frasco de poeira estelar começou a pular na mão dele, aparentemente sentindo seu desconforto. Ele mal percebeu, de tão concentrado que estava nas curvas suaves dos quadris dela, no contorno delicado da barriga, nas coxas volumosas que pareciam feitas para serem agarradas.

Ele começou a repetir mantras na cabeça, para se acalmar e manter os pés no chão.

Eu sou cruel. Eu sou do mal. Eu sou temido!

Quando Sage se virou, Trystan viu a lateral do seio dela.

Eu vou morrer.

Ele deixou escapar um som esganiçado ao voar em direção ao armário do outro lado do quarto, puxando um cobertor com tanta força que quase deixou cair tudo que havia ali dentro. Só voltou a respirar depois que Sage já estava devidamente coberta.

Ela segurou as pontas do cobertor e desviou o olhar das cartas e do prato de comida com um sorriso.

— Obrigada, senhor. Isso foi... Você está bem?

— Estou pensando na morte.

Ela arqueou as sobrancelhas.

— Caramba.

— Sai da frente, Sage, e vai comer sua comida. — Ele fez uma pausa, ponderando as palavras seguintes. — O Edwin montou esse prato especialmente para você. — Trystan a empurrou de leve com o quadril e Sage se sentou na poltrona. O cheiro de baunilha pairava onde ela havia estado. A mulher comia tanto aquele doce que estava começando a sair pelos poros. Destampando o frasco, que agora se agitava furiosamente, ele pingou várias gotas de poeira nas páginas.

A poeira estelar brilhou sobre as cartas, cobrindo lentamente toda a superfície com uma luz branca cintilante. Ambos observaram a cena e esperaram para ver o que ia acontecer. Alguns segundos depois, Sage pegou uma colherada de purê de batata com molho madeira e a levou à boca com um gemido baixinho.

— Que delícia.

Os joelhos de Trystan quase pediram arrego.

Ele nunca tinha reagido daquela maneira a nenhuma mulher, a ninguém. Tinha que haver uma explicação lógica.

— Sage, existe algum histórico de feiticeiras ou de sereias na sua família?

Ela lançou um olhar aborrecido para ele.

— Não sei se quero saber o que motivou essa pergunta.

Ele beliscou o dorso do nariz outra vez.

— Certamente não.

Àquela altura, a poeira estelar já estava quase acabando e a mesa começou a tremer, assim como o resto do quarto, inclusive a cadeira dele. Sage se levantou em um salto e se segurou no braço de Trystan.

— O que está acontecendo?

Sinais de alerta dispararam na cabeça dele, algo lhe dizia para se proteger.

— Abaixa! — Os dois se jogaram no chão. Trystan segurou a cabeça de Sage e pôs o corpo em cima dela. Uma faísca enorme e um leve estrondo derrubaram completamente as pernas da mesa, que desabou na frente deles, revelando o que Trystan imaginou serem cartas destruídas e queimadas. Mas, em vez disso...

— Um mapa. A poeira transformou as cartas em um mapa de vidro? — Sage esticou a mão e passou os dedos pela superfície cintilante da representação de Rennedawn. Picos, vales, aldeias e a Floresta das Nogueiras estavam presentes na placa. Lugares que Trystan nem sabia que existiam foram destacados pelo brilho celestial, mas só uma área do mapa estava marcada com uma estrela de cinco pontas.

— Aqui. O que a gente procura deve estar aqui — disse ele, passando o dedo pela estrela. A luz piscava com o toque. Sage respirava com dificuldade, semicerrando os olhos por causa da luz, confusa e assustada.

De repente, a porta do quarto se abriu. Blade entrou aos tropeços e se apoiou nos joelhos, ofegante.

— Chefe! Tudo bem com você? Eu estava acordado com um dos guvres e ouvi um estrondo. — Blade parou de falar ao ver Evie, e então reparou no estado do quarto: a mesa quebrada no chão, um cobertor jogado, os dois meio despidos. Ele abriu um sorriso.

— Evie! — Blade ergueu a mão e se apoiou no batente da porta, provocando Trystan como se não tivesse medo da morte. — O chefe precisava de *assistência* com alguma coisa no quarto dele?

Trystan pegou um lápis do chão e o apertou com força no punho.

— Que história é essa de sair entrando no meu quarto assim? Não existe nenhuma desculpa possível para uma invasão dessas. Não me importo se você achou que tinha um assassino aqui dentro — disse Trystan com a voz grave.

Blade estalou a língua.

— Quer dizer, além de você?

— Sai daqui — resmungou Trystan.

— Para vocês dois poderem continuar? — perguntou Blade atrevidamente antes de se esquivar do lápis que Trystan jogou. Sage arrancou um segundo lápis de sua mão antes que ele pudesse jogá-lo, e ele a olhou feio.

— Blade, querido, o que você está fazendo acordado? — perguntou Sage delicadamente.

— Eu estava dando uma olhada na guvre fêmea, mas é difícil chegar perto sem que o macho surte e fique agressivo. — O treinador de dragões hesitou e sorriu para Trystan. Por fim, disse: — Sabe como é, né, chefe?

Trystan já ia para cima de Blade, mas Sage o segurou pela parte de trás da camisa e fincou os calcanhares no chão.

— Não faz isso — avisou ela. — Você já está mais perto de conseguir alguma previsão da data estimada do parto? — perguntou a Blade.

O treinador de dragões se recompôs quase imediatamente.

— A julgar pelo tamanho da barriga dela e pelo nível de cuidado do macho, o nascimento do inho pode acontecer em qualquer momento entre duas semanas e seis meses. Sério mesmo, o macho não deixa a fêmea sair de vista nem por um segundo, é bem fofo.

Trystan massageou as têmporas.

— Isso não ajuda em nada.

Blade assentiu com cara de quem tinha acabado de levar uma bronca.

— Sinto muito, senhor. De verdade. Vou continuar pesquisando. Pode contar comigo.

Trystan umedeceu os lábios e suspirou. Estava desenvolvendo um nível irritante de compaixão pelas pessoas à sua volta, e Blade não era exceção. Sentiu pena do homem ao perceber a sinceridade do treinador de dragões. Antigamente, ele odiava sinceridade, porque nunca parecia real, mas Blade sempre se mostrava muito determinado a provar o seu valor, a agradar. Aquilo fazia Trystan se lembrar um pouco de si mesmo, em um passado distante, e a pontada de compaixão se transformou em uma lança.

— Não se preocupe, Gushiken. Não é como se eu tivesse tempo para contratar outra pessoa no seu lugar. Continue pesquisando e me procure assim que encontrar algo de útil.

Blade lhe lançou um olhar desconfiado e olhou à sua volta, como se conferindo se não havia nenhuma emboscada.

— Ah, obrigado, senhor. Pode deixar. — Ele deu meia--volta e acenou. — Boa noite! Divirtam-se.

O Vilão pegou outro lápis, mas Sage se jogou na frente dele.

— Para com isso.

Ele suspirou e pôs o lápis na palma estendida de Sage.

— Ele é impertinente.

— Eu também sou — disse ela seriamente.

— Ah, disso eu sei bem — respondeu Trystan, e não pôde conter o sorriso. Ele observou os olhos de Sage se fixando na covinha. — A Aldeia do Coração é acessível a cavalo. Vamos partir no final da semana.

— Por que não amanhã? — Ela franziu a testa. — Nosso tempo não é curto?

Ele girou Sage em direção à porta e a abriu para que ela passasse.

— Preciso resolver umas coisas amanhã.

Ela bufou.

— Tipo descobrir por que você precisa de mil almofadas na sua cama?

— Fora!

Sage saiu às pressas do quarto, mas ainda dava para ouvir a risadinha ecoando pelo corredor. Um corredor pelo qual ele já tinha passado várias vezes, antes frio e solitário.

Trystan fechou a porta, deixou o frio do lado de fora e foi até o armário para guardar o cobertor. Assim que o abriu, outro tecido caiu nas mãos dele. Um cachecol. Uma peça feita de lã que tinha sido cuidadosamente limpa de qualquer resquício de sangue e guardada com segurança.

"Para limpar o sangue, Vossa Malvadeza."

Apertando o cachecol com força no punho, ele afastou a lembrança de seu primeiro encontro com Sage e qualquer outro sentimento associado àquele dia. Seu único objetivo no momento era destruir Benedict — e ele derrubaria qualquer coisa ou pessoa que atrapalhasse seu caminho.

CAPÍTULO 28
Gideon

Gideon Sage já tinha percebido várias coisas em seu curto tempo na Morada do Massacre. A primeira foi que o escritório do Vilão era administrado de forma completamente diferente do da Guarda Valente. O Vilão em pessoa parecia conhecer todo mundo pelo nome e sabia qual era a atribuição de cada funcionário — quase como se ele *se importasse*. E, ao contrário de Benedict, ele não perambulava por aí com um sorriso de político; pelo contrário, vivia carrancudo.

A menos, claro, que a irmã de Gideon estivesse por perto. Essa foi a segunda coisa que ele percebeu.

Gideon se virou para falar com as duas Guardas Malevolentes que o seguiam.

— Será que eu poderia vagar pelo escritório sem vocês duas na minha cola?

— Não, senhor cavaleiro. — Keeley tinha uma pele bronzeada que combinava com o cabelo loiro-mel. Parecia até o sol... que tinha descido à terra só para fritá-lo. Ela e Min vinham sendo suas companhias quase que constantes desde sua chegada, impedindo-o de fazer qualquer coisa heroica. O que provavelmente não era bem visto por ali.

Min era mais baixinha, com cabelos pretos cortados rente à cabeça, o que enfatizava suas feições suaves. Era óbvio que ela era letal, mas também era gentil — algo pelo qual Gideon era grato, já que Keeley parecia estar pronta para enfiar uma faca nele a qualquer momento.

A menos que Evie fizesse isso primeiro.

Sua irmã saiu apressada da mesa de madeira branca assim que o avistou. Estava de olhos arregalados e cachos presos, visivelmente irritada.

— Gideon! O que raios você está fazendo fora do seu quarto de novo? A Lyssa está aqui!

Gideon lhe lançou um olhar questionador.

— E deveria estar?

— Palhaço — sibilou Keeley atrás dele.

— Por acaso você está questionando a forma como eu cuido da nossa irmã? — Evie estreitou os olhos e, de repente, ele se sentiu um ratinho encurralado, cercado por felinos famintos.

— Não, é claro que não! — garantiu Gideon, procurando um jeito de sair da enrascada em que tinha se metido.

Naquele momento, uma garotinha apareceu no escritório e tirou o fôlego de Gideon. Era como olhar diretamente para a mãe deles.

— Você... eu... Olá.

— Você é o Gideon — afirmou Lyssa com uma voz fina e melódica, e então estendeu a mão para ele. — Eu sou a Lyssa.

Evie lançou um olhar incisivo para a mão estendida de Lyssa. "Aperta", disse para Gideon, sem emitir som. E foi o que ele fez.

— Sim, eu sei. Já nos conhecemos. — Ele curvou os lábios em um sorriso enquanto segurava a mãozinha dela.

Lyssa deu um tapinha no queixo.

— Verdade, mas eu era só um bebê naquela época, então não vale.

Gideon se agachou até ficar na altura dos olhos da irmãzinha.

— Bom ponto. Acho que esse é o nosso primeiro encontro de verdade.

Lyssa o observou cuidadosamente.

— A Evie falou que você perdeu a memória e é por isso que não voltou para casa.

Gideon confirmou e reparou no treinador de dragões pairando atrás deles, junto com a curandeira, Tatianna, e outra mulher que ele não reconhecia, que usava óculos enormes. Só faltava... ah, não mais. O Vilão saiu da própria sala e se apoiou no batente da porta, cruzando os braços e olhando atentamente para ela. Suas irmãs tinham um bando de protetores, e todos eles o aterrorizavam.

Lyssa voltou a falar.

— Quando foi que você recuperou a memória?

Gideon ficou em silêncio. Não esperava uma pergunta tão direta. Uma vez superado o choque inicial, respondeu:

— Acho que foi há mais ou menos... cinco anos?

A garotinha franziu o nariz e puxou a ponta da trança.

— Então por que você não voltou?

Agora ele estava entendendo por que finalmente o deixaram sair do quarto. Aquilo estava começando a parecer uma emboscada, e era merecida.

— Penso bastante nisso, e acho que não existe um bom motivo. Na época, senti que não podia ir embora, e depois acho que tive muito medo de enfrentar tudo o que eu tinha deixado para trás.

A curiosidade de Lyssa deu lugar a um olhar fulminante.

— A Evie também teve medo. Ela teve que fazer tudo sozinha. — As palavras dela doeram mais do que uma facada na barriga.

— Lyssa — sussurrou Evie, acariciando a trança da irmã. — Está tudo bem.

Lyssa balançou a cabeça, e então Gideon entendeu tudo: a traição do pai, o sufoco que Evie tinha passado para cuidar da família... era *mesmo* tudo culpa dele. Nossa, no momento em que encontrara Evie na floresta, cercada por cavaleiros, imaginara que era sua chance de se redimir, de finalmente se reunir à família. Tinha sido bem egoísta de sua parte achar que todos aqueles anos poderiam ser esquecidos simplesmente porque ele queria que fossem. Gideon desprezava Benedict, mas não tanto quanto desprezava a si mesmo naquele momento.

— Sage, precisamos ir — disse o Vilão friamente. — Tatianna e Clare irão conosco para investigar uma pista sobre uma feiticeira que possa dar um jeito na defesa da mansão. Além da porta, agora também tem uma janela no segundo andar que pode ser vista claramente da floresta. — O homem seguiu em frente, passando por onde Gideon estava ajoelhado diante de Lyssa. — Os cavalos estão selados e quero chegar à trilha antes das dez.

Evie fez que sim, parecendo sentir um pouco de pena de Gideon, e se inclinou para falar com Lyssa.

— Pega leve com ele, Lyss. Você é uma adversária que bota medo.

— Espera — chamou Gideon, sentindo o coração acelerar de desespero. — Aonde vocês vão? Posso ir junto?

— Não — Evie e o Vilão disseram ao mesmo tempo. Eles se entreolharam e, logo em seguida, desviaram o olhar.

— Você vai ficar aqui — declarou o Vilão.

Lyssa puxou a calça de Gideon e ele lhe deu toda a sua atenção.

— Você pode brincar comigo enquanto eles estão fora.

Gideon engoliu em seco, dominado por uma onda de emoção.

— É muito generoso da sua parte, Lyssa. Do que vamos brincar?

— De Guarda Voador — disse ela sucintamente.

Gideon franziu a testa, assim como Evie, e o Vilão se retesou.

— Como se brinca disso? — perguntou Gideon.

— É só voar do telhado! Eu vi um dos guardas fazer isso hoje de manhã! — Lyssa respondeu, animada. Gideon não sabia se ria ou se saía correndo da noção de que aquele guarda provavelmente tinha morrido na queda.

Mas Evie não teve dúvidas ao se virar e dar um tapa no ombro do Vilão.

— O que você fez? — sussurrou ela, furiosa.

O Vilão parecia realmente... envergonhado? O que sua irmã tinha feito com aquele pobre-coitado?

— Ele estava incomodando os outros guardas. Eu não me importo com a crueldade, a não ser quando é sem propósito.

— Quem foi? — sibilou Evie.

— Damien — disse Keeley atrás deles, interrompendo a conversa. — Eu te garanto, srta. Sage, não foi uma grande perda. Na verdade, foi até bom.

Evie suspirou e fechou bem os olhos.

— Luna! — chamou ela, e uma fadinha de asas roxas parou onde estava. — Pode zerar o quadro de contagem de dias sem incidentes?

Eles tinham um quadro de incidentes para registrar as mortes causadas pelo chefe? *Mortes de membros de sua própria equipe?*

— Não é justo — resmungou o Vilão. — O Damien não era estagiário.

— Shhh! — repreendeu Evie. — Tati, Clare! Estão prontas?

Tatianna piscou para Gideon e lhe deu um tapinha no ombro ao passar, o que o fez gelar até os ossos.

— Trabalho com segredos, senhor cavaleiro, e sinto que você guarda vários. Sugiro que não espere muito para revelá-los.

Ele tentou engolir o nó na garganta que se formou com a verdade daquelas palavras. Poderia ter contado a Lyssa e a Evie sobre a manipulação do pai. Poderia ter contado que Griffin e o rei tinham abusado da magia de Gideon para machucar a mãe deles.

Foi essa ignorância e essa confiança ingênua nos adultos de sua vida que destruíram sua família. Ele se virou e olhou para Lyssa. Tatianna tinha razão; havia muitos segredos na mente dele, como armadilhas que esperavam ser acionadas.

Segredos que poderiam derrubar um império, se ele escolhesse usá-los dessa forma. E talvez fosse o caso.

Mas ainda não.

O Vilão voltou a falar, despertando Gideon de suas reflexões.

— Gushiken e a srta. Erring estão no comando. Estaremos de volta no fim do dia!

A srta. Erring era a moça dos óculos redondos, a julgar pela reação de Blade, que a cutucou com o ombro e sorriu.

— Você não tem a menor qualificação para supervisionar nada, seu palhaço. *Eu* que estou no comando.

Blade deu uma risadinha, mas a atenção de Gideon se voltou para um grande sapo verde que saiu pulando atrás do grupo... com uma coroa na cabeça.

— Que lugar esquisito — comentou Gideon, chocado.

A srta. Erring cruzou os braços e resmungou:

— Você ainda não viu nada.

CAPÍTULO 29
Evie

Não foi difícil determinar que Evie tinha superestimado muito suas habilidades de montaria. O primeiro indício foi que ela tinha a resistência de um peixinho dourado.

— Será. Que. Podemos. Descansar. — Ela arfou cada palavra entre um trote e outro. Tinha imaginado que andar a cavalo seria uma experiência tranquila, mas seu corpo todo doía só de tentar se equilibrar na sela *e* se manter ereta.

— Use a força do seu abdômen — disse Clare ao lado dela.

Já fazia mais de uma hora que estavam percorrendo a trilha sinuosa da Floresta das Nogueiras e, pelos cálculos de Evie, não estavam nem na metade do caminho.

Ela jogou a mão para cima, exasperada.

— Que força do abdômen?

O Vilão diminuiu o ritmo assim que ouviu a resposta dela, esperando Evie alcançá-lo. O cavalo dela tinha sido incrivelmente paciente durante todo o percurso.

Ele a olhou de um jeito estranho, que a fez sentir um calor por dentro. Quando abriu a boca, Evie prendeu a respiração.

— Você está com uma cara péssima.

Tatianna, que montava o cavalo com a postura impecável, lado a lado com o Vilão, lançou a ele um olhar exasperado.

— Quem foi que te ensinou etiqueta? Uma matilha de lobos?

Em cima do cavalo de Tati, Reinaldo balançou a cabecinha em sincronia com Clare.

Todos eles começaram a galopar lentamente e o Vilão se aproximou de Evie.

— Só quis dizer que você está com cara de quem não dormiu noite passada.

— Não dormi mesmo.

O chefe virou a cabeça para ela num piscar de olhos, segurou as rédeas de sua égua e parou os dois. Clare e Tati se entreolharam, trotando lentamente à frente deles enquanto viravam o pescoço para ouvir.

— Por quê? — perguntou o chefe.

Um pássaro vermelho passou voando por cima deles e Evie o acompanhou com os olhos enquanto ele sobrevoava as árvores, mirando o sol antes de mergulhar de volta em direção à terra. A floresta ficava mais densa perto da fronteira leste e o sol brilhava entre as folhas, criando padrões imprevisíveis. Parecia com cada sonho bom que ela já tivera.

— Fiquei inquieta com a quantidade de almofadas na sua cama. Passei horas acordada pensando nisso — disse ela, inexpressiva, olhando nos olhos dele.

O Vilão fechou a cara e soltou as rédeas dos cavalos.

— Eu não tenho tantas almofadas assim.

Mais à frente, Clare ria de sacudir os ombros.

— Ainda, Tryst? Achei que quando você se tornasse uma figura sombria e assassina acabaria se livrando da coleção.

Evie teve a sensação de que borboletinhas alegres batiam asas no peito dela. O sol que batia nas costas a aquecia.

— Ele já era assim quando vocês eram crianças?

— Clare, não — resmungou o Vilão.

Ela não precisou fazer nada; Tatianna já tinha começado a falar, movendo depressa os lábios pintados de fúcsia.

— Lembra quando a gente escondeu as almofadas, Clare? Ele ficou uma fera.

— Porque vocês eram ladras! Comprei as almofadas com meu próprio dinheiro — reclamou o chefe, e seu cavalo preto bufou como se concordasse com ele.

Clare dirigiu a ele um sorriso malicioso.

— Achei que você curtisse roubos.

Ele respirou fundo, sem paciência.

— Não quando é de alguma coisa minha.

Reinaldo levantou uma plaquinha que dizia: SOLITÁRIO.

Evie fez beicinho e olhou para o chefe, sentindo um aperto no coração com aquela possibilidade.

— É por isso que você tem tantas? Você se sente sozinho na sua cama?

O Vilão arrancou a plaquinha de Reinaldo antes de jogá-la na mão de Tatianna, que usava luvas cor-de-rosa.

— Não viaja.

— Nossa, era um hábito tão esquisito que a gente não conseguia entender. Ele tinha cinco ou seis almofadas na cama o tempo todo. O Malcolm achava que ele recebia visitas noturnas. Nós quatro chegamos até a passar a noite espionando uma vez, mas não, era tudo para ele mesmo.

Clare passou a mão na de Tatianna, provavelmente para chamar a atenção dela, mas deixou-a ali. Evie observou aquele toque com um sorrisinho triunfante, mas não demorou a perceber as implicações das palavras de Clare.

— Eram quatro pessoas o espionando? Clare, Tati e Malcolm... são três. Quem é a quarta pessoa?

Na mesma hora, o Vilão virou a cabeça para Clare, que encarava as próprias rédeas e as segurava tão firme que os nós dos dedos foram ficando brancos.

— Eu... eu quis dizer três! Éramos só três.

Mas Evie percebeu o olhar que Clare lançou para Reinaldo. Virando o pescoço, ela foi misericordiosa e mudou de assunto.

— Minha prima Helena já foi à Aldeia do Coração várias vezes. Quando escreveu para mim falando sobre lá, ela disse que era um lugar de inovação e progresso. É verdade, senhor? Eu nunca estive lá.

Verdade seja dita, havia muitas áreas da Floresta das Nogueiras que Evie não tinha explorado, pois isso significaria sair do conforto do lar, e ela nunca fora boa em se afastar de onde se sentia mais segura. Ela adorava os destinos; era a jornada que sempre parecia sufocá-la. E ter um lugar confortável para voltar também ajudava — se bem que a casinha que dividia com os pais não era mais seu lar. Pensar nisso encheu seu peito de tristeza.

Você não pode ficar triste quando está tentando ser profissional, Evie!

Mas ser profissional é bem triste, sua mente argumentou.

A cicatriz no ombro formigou por um instante e a adaga debaixo da saia respondeu, como se as duas estivessem tendo uma conversa da qual Evie não tinha conhecimento.

— Que falta de educação — murmurou.

— Sage, está ouvindo? — perguntou o chefe.

Evie franziu a testa... Caramba, ele estava falando alguma coisa? Ela detestava quando sua mente ficava tão imersa em um pensamento que ela perdia completamente a noção do que acontecia à sua volta. Fazia com que ela se sentisse boba e confusa.

Foi por isso que mentiu:

— Estava ouvindo, sim — disse, com o olhar mais inocente possível.

— Então você topa ser a isca?

Peraí!

— Isca?

Plantas e flores mágicas brilhavam ao sol do meio da manhã. Para disfarçar a pouca atenção que tinha dado à conversa, Evie levou a mão ao galho mais próximo e pegou uma flor. Por fim, girou o caule entre os dedos, levou-a ao nariz e inspirou profundamente.

— Vou ser isca do quê, exatamente?

Uma grande ponte de pedra apareceu à frente deles: a entrada para a Aldeia do Coração. Evie já tinha ouvido falar desse lugar, e não apenas por Helena; ficava na fronteira entre Rennedawn e o reino oriental de Kaliora. Por causa disso, muitas vezes era considerado o coração de Myrtalia, uma aldeia sem reino — perfeitamente neutra, além de ser um centro vibrante de atividade, onde seres humanos e criaturas mágicas conviviam. Só que, para entrar, era necessário passar pela ponte.

De repente, Evie entendeu direitinho para o que tinha se voluntariado, e seu coração começou a bater descontroladamente. Por acaso o chão estava ficando meio turvo no horizonte?

— Você quer que eu sirva de isca para as criaturas da ponte?

O Vilão se aproximou dela.

— Você é esperta o suficiente para resolver o enigma de entrada que eles nos darão para cruzar a ponte, e é charmosa o suficiente para convencê-los a ignorar nossas diferenças em favor de encontrar sua mãe. — Ele se virou para ela, abriu um sorriso que deixou a covinha em evidência, depois desceu do cavalo e a ajudou a fazer o mesmo.

Com a flor mágica ainda em uma das mãos, ela usou a outra para se equilibrar no ombro dele, que obviamente era tão firme quanto uma rocha.

— É uma comparação adequada, eu acho — disse o Vilão com alegria, estufando o peito quase sem querer. Será que Evie tinha dito aquilo em voz alta? De repente, sentiu-se fraca, o coração começou a bater mais devagar do que o normal.

Tati e Clare desceram do cavalo facilmente, com movimentos graciosos, e começaram a conversar sobre alguma coisa. *Peraí... tem quatro pessoas ali?*

O Vilão se virou, sem perceber como ela balançava quando ele a soltou. Em seguida, caminhou até o sino dourado pendurado em um arco florido na entrada da ponte.

— As criaturas da ponte me odeiam. Tivemos um leve desentendimento um tempo atrás, e elas têm boa memória.

A visão de Evie foi ficando turva, mas ela se sentia confortável, quase meio alegre. A flor em sua mão brilhava mais, mas a cicatriz nas costas voltou a formigar.

Ela deu uma risadinha e então, estranhamente, soluçou.

— Sempre fazendo inimigos por onde passa, né, Trystan?

Ele parou na mesma hora e deu meia-volta com um olhar alarmado. Depois, ao ver a flor na mão de Evie e seu olhar desfocado, o rosto do chefe passou por três expressões diferentes que ela sabia que significavam o seguinte:

Alerta, preocupação e, por fim, raiva.

— Sage! O que você fez? — Em questão de segundos, o Vilão estava frente a frente com ela e arrancou a flor de sua mão.

— Ih, caramba, não sei. — Ela deu de ombros desajeitadamente e voltou a rir. Em seguida, ao perceber como as palavras tinham saído arrastadas, deu outra risadinha.

Clare se aproximou, com Reinaldo a tiracolo, e arrancou a flor das mãos do irmão.

— É uma peônia. O cheiro é inebriante. — A irmã do chefe o encarou de testa franzida. — Ela está bêbada, Tryst.

— Ah, isso é ruim, né? — disse Evie, franzindo o nariz. Em seguida, tentou dar um passo à frente, mas tropeçou e caiu no ombro de Trystan; ele a segurou no mesmo instante. Ela estendeu a mão e tocou a barba por fazer no queixo dele. — Espeta. Curti.

Ele parecia uma coruja assustada, e Evie riu de novo.

— Precisamos sair daqui antes que eles nos vejam — disse o chefe. Então, virou-a e a guiou de volta para os cavalos. — Você não vai ter nenhuma utilidade nesse estado.

Já estavam se afastando da ponte quando uma voz áspera surgiu de trás:

— Já está indo embora, Vilão?

Tarde demais.

CAPÍTULO 30
Vilão

— **Aja naturalmente** — sibilou Trystan.

Sage soluçou e, logo depois, deu uma risadinha por causa do soluço.

— Ela está tão natural quanto uma galinha mugindo. — Tatianna fez uma careta e levou a mão brilhante aos olhos de Sage. Sage franziu o nariz e se afastou, piscando várias vezes.

— Não tem como você desfazer isso? — ele perguntou a Clare, nervoso, enquanto as criaturas da ponte subiam das águas profundas que percorriam toda a Aldeia do Coração. — Existe alguma planta para isso?

Clare jogou em direção à floresta a flor vermelha que Sage estava segurando.

— Não para embriaguez mágica, Tryst. A única saída é esperar, e pode durar horas.

— Horas! —Ele encarou Sage, que, no momento, cantarolava uma música alegre e pulava em círculos. *Não vou sobreviver a horas disso.* De repente, a cantoria parou, e ele percebeu que Sage estava olhando fixamente para o seu rosto. — Está olhando o quê?

— Sua boca.

Correção: não vou sobreviver nem a poucos minutos.

— Vilão. Por que voltou? Quer destruir mais uma ponte? —perguntou uma criatura. Quando Trystan se virou, deu de cara com ninguém menos que Reming. Ele estava mais alto do que Trystan se lembrava do último encontro fatídico, com a pele cor de areia em grande parte escondida por uma túnica comprida e uma calça justa. No lugar dos cabelos humanos, havia vidros marinhos em uma explosão vibrante de cores.

— Ele destruiu uma ponte? — Sage praticamente berrou, e Trystan cobriu sua boca com a mão, puxando-a contra o peito.

— Por favor, ignore-a, ela não está se sentindo bem. Reming, espero que possamos deixar aquele mal-entendido bobo no passado. Temos um assunto importante para resolver na Aldeia do Coração, então, por favor, nos desafie com um enigma para garantirmos passagem segura pela ponte.

Em teoria, era permitido atravessar a ponte sem a permissão de Reming e sua família, mas a magia deles estava ligada à estrutura arquitetônica. Então, na prática, caso eles não quisessem que alguém completasse a travessia em segurança, esse alguém não completaria.

Reming olhou para Clare e Tatianna enquanto os pais se juntavam a ele.

— O que acha, mãe?

Ellia era considerada linda entre as criaturas da ponte — na verdade, era considerada linda em qualquer contexto. Era alta, tinha um corpo cheio e generoso e os longos cílios coloridos brilhavam ao sol.

— Eu acho que...

A matriarca foi interrompida pelo grito de Trystan. Sage o mordera para se desvencilhar. Sim, ela o *mordera*.

— Você acabou de me *morder*? — vociferou ele. Ela se afastou dele aos tropeços e parecia tão alegre que ele quase se esqueceu da raiva por um segundo.

— *Simmmmm*. — Ela prolongou o "m" por muito mais tempo do que o necessário, depois inclinou a cabeça e perguntou, com uma sinceridade distraída: — Por quê? *Quer que eu faça de novo?* — A última pergunta, dita num falso sussurro, foi ouvida por todos os humanos, sapos e criaturas da ponte em um raio de quinhentos metros.

O segundo sem raiva tinha passado.

Markeith, o patriarca da família de Reming, cruzou os braços. A coroa de vidro marinho que ele usava na cabeça formava um ângulo que lembrava a ponta de uma lâmina de aço — uma lâmina que provavelmente o esfaquearia se Trystan não fizesse Sage parar de falar.

— Ela cheirou peônia? — perguntou Markeith.

— Ah, pode ter certeza — disse Tatianna, e então segurou a saia de Sage antes que ela caísse, como um gato segurando um filhote pelo cangote.

Markeith passou pelo filho e pela companheira.

— Muito bem. Vocês todos podem atravessar a ponte para a aldeia — informou ele, apontando um dedo cor de areia para Sage, que arrancava as flores da própria saia como se fossem de verdade —, mas ela deve resolver o enigma. *Sem* nenhuma ajuda.

— Ah, fala sério! — reclamou Clare, e então apontou para Sage, que parecia perigosamente perto de tirar a saia para poder ver melhor as pétalas bordadas. — Ela mal sabe o próprio nome!

Reming abriu um sorrisinho malicioso.

— É ela ou ninguém.

— Evangelina.

Ellia inclinou a cabeça, e o sol bateu nos vidros marinhos criando um caleidoscópio de cores.

— O que foi, menina?

—A Clare falou que eu não sabia meu nome. É Evangelina.

Ellia abriu um sorriso discreto e estendeu a mão. Sem titubear, Sage segurou a mão de Ellia e, com o olhar mais puro do mundo, comentou:

— Suas mãos são adoráveis.

Eles estavam ferrados.

Mas, para a surpresa de Trystan, Ellia pareceu lisonjeada com o elogio.

— As nossas mãos guardam muitas experiências da nossa vida. Foi uma observação bem perspicaz.

Os olhos de Ellia começaram a emitir um brilho lilás enquanto uma voz diferente, uma voz antiga, saía de sua boca.

— *Sou um terror que tentam esconder.*

Um segredo que não podem ver.

Para me usar é preciso coragem.

Se o fazem direito, trago vantagem.

Sou a origem de todas as brigas.

Quando mal conduzida, abro feridas.

O que eu sou?

— Não poderia ter dado alguma charada mais fácil para ela? — perguntou Trystan, só que foi interrompido quando Sage tropeçou para trás e saiu do alcance de Ellia. Ele quase distendeu um músculo do ombro tentando segurá-la antes que ela caísse no chão. E, como sempre, seu ato de bravura saiu pela culatra. Ao segurá-la, ela acabou nos braços dele, parecendo uma noiva. Antes que Trystan pudesse se recompor, Sage começou a esfregar o nariz no pescoço dele, destruindo seu senso de direção como os bodes mágicos que eles usavam no escritório para destruir documentos indesejados. O perfume de rosas no cabelo dela inundou seus sentidos, e ele fechou os olhos para tentar conter a enxurrada de sensações.

— O enigma é que escolhe a pessoa. Não podemos simplesmente facilitá-lo porque sua parceira não sabe que não deve mexer em plantas que não reconhece. — Reming abriu um sorriso desdenhoso.

Parceira. Trystan engasgou com a palavra, mas Sage logo os corrigiu, tão rápido que ele quase se ofendeu.

Ela se afastou de Trystan e agitou os braços como uma hélice de ventilador.

— Não, não, não, não. Nós *não* somos um casal! — Ela sussurrou por trás da mão, como se estivesse contando um segredo às criaturas da ponte. — Sou só a assistente dele.

Ela não era "só" nada, mas ele guardou aquela confissão para si mesmo.

— Pois bem, assistente do Vilão — disse Markeith em voz alta. — Sabe a resposta?

— Deem um momento para ela pensar. Vocês estão armando para ela falhar — disse Trystan.

— Achei que você tivesse me dito — ela ainda falava arrastado, desviando o olhar para uma borboleta azul que voava para além da ponte — que nunca cometeria o erro de me subestimar.

— Sage, você está bêbada que nem um gambá; tenho certeza de que você sente que é capaz de fazer muitas coisas no momento. Voar, talvez.

Ela se animou.

APRENDIZ DO VILÃO 215

— *Não.*
Ela curvou os lábios vermelhos em um beicinho.
— Você é sem graça demais.
Markeith limpou a garganta.
— A resposta. Agora.
Trystan segurou Sage pelo braço enquanto ela endireitava a postura, mas ela o fulminou com um olhar tão penetrante que parecia até uma lâmina roçando seu esterno. Ela pôs a mão no meio do peito dele e sentiu o coração bater.
— Eu sei qual é a resposta.
Trystan engoliu em seco.
Reming fez cara de deboche.
— Sabe mesmo?
Ela cambaleou, mas conseguiu se endireitar, e disse com uma firmeza que sua linguagem corporal não refletia:
— A resposta é *a verdade*.
Trystan se colocou na frente de Sage e a segurou pelos ombros para ver a cara dela, porque aquilo estava...
— Correto. Muito bem, Evangelina. — Ellia abriu um sorriso afetuoso.
Tatianna balançou a cabeça, incrédula.
— Como é que você sabia?
Sage deu de ombros despreocupadamente.
— Quando a gente é enganada tantas vezes, fica mais fácil discernir a verdade.
Markeith indicou a ponte atrás dele.
— Você é bem-vinda na Aldeia do Coração, assim como seus amigos.
Uma luz brilhou acima do arco. Tatianna arfou baixinho e, depois, seguiu Clare até a superfície curva de pedra em direção ao outro lado.

Sage desfez a trança, arrumou o cabelo e jogou a fita no ar.

— Obrigada. — Em seguida, parou bem ao lado de Markeith, uma criatura mágica, com um olhar audacioso e destemido. E completamente bêbada.

— Você tem uma família linda.

Não era um comentário aleatório; era um elogio genuíno. Esse era um dos mistérios mais incríveis a respeito de Sage — ela distribuía elogios prontamente, mas eram sempre bem *específicos*. Como se ela detectasse sua parte favorita de cada pessoa que encontrava e, em seguida, fizesse questão de declará-la. Trystan sentiu vontade de perguntar do que ela gostava nele.

Markeith arregalou os olhos verdes, surpreso, e suavizou o semblante como se questionasse a admiração aleatória. Sage apertou o ombro dele.

— É a verdade — murmurou ela, passando por Markeith e pelas outras criaturas.

Sage seguiu em frente e Trystan apertou o passo para acompanhá-la — só os deuses sabiam que tipo de perigos ela encontraria por conta própria. Tatianna e Clare já estavam à frente dela, mas o dever de protegê-la parecia incumbido a ele. Um baita problema.

Mas Ellia o deteve.

— Você pode entrar na Aldeia do Coração, Vilão. Mas sua magia não pode acompanhá-lo.

Ele se revoltou na mesma hora.

— De jeito nenhum.

Ellia balançou a cabeça calmamente.

— A magia vai voltar assim que você sair do território da aldeia, mas não antes. Eu não vou permitir esse tipo de destruição perto dos nossos cidadãos.

Poderia muito bem ser uma armadilha. Ele queria rir na cara dela e dar meia-volta. Eles poderiam dar outro jeito de entrar, ultrapassando a barreira mágica que circundava a aldeia. Mas então Sage tropeçou. Ele estava de olho nela quando Sage riu e cambaleou de novo, dessa vez olhando para o céu e balançando a cabeça com um sorriso leve, radiante. Sem medo de rir de si, sem medo de olhar para os próprios erros com uma alegria corajosa. Ela encarava cada momento da vida com um bom humor natural, independentemente de serem momentos dolorosos ou trágicos. Seguia em frente movida pela pura força de vontade. Sem magia para protegê-la. Somente fé, otimismo e crença na própria sobrevivência.

"Ser cético não te faz ser sábio. Só faz de você um *covarde*."

Ele sentiu um aperto no peito ao se lembrar da acusação de Sage.

— Tudo bem — disse Trystan entredentes. Sua magia tinha estado meio rebelde ultimamente, de qualquer maneira. Uma preocupação a menos.

Ellia abriu caminho e gesticulou com o braço cor de areia, mas não antes de apontar um dedo para ele e dizer, em tom de ameaça:

— Não faça nenhum mal.

Ele subiu na ponte e juntou-se a Sage no meio do caminho. Sua assistente estava pulando como um coelho que tinha acabado de aprender a saltitar.

Não fazer nenhum mal?

Impossível.

E Trystan provou isso assim que pisou na Aldeia do Coração.

CAPÍTULO 31
Evie

Evie queria cheirar flores todo dia.

Ela estava extasiada, sentia que nada poderia afetá-la, que não havia nada de errado no mundo. Ao descer da ponte, não conseguia parar de sorrir, maravilhada com o esplendor da Aldeia do Coração. As histórias que já tinha ouvido não faziam jus à paisagem que estava vendo ao vivo e a cores.

Havia fileiras de lojinhas nas ruas de paralelepípedo, repletas de crianças e adultos felizes. Um grupo de artistas tocava uma música animada, e Evie sincronizou seus passos com o ritmo alegre enquanto se juntava à multidão. A aldeia inteira era cercada por canais de água azul reluzente e alguns funcionavam como, com barquinhos para se locomover de um ponto a outro. Ela nunca tinha visto nada parecido.

Evie tinha calçado sapatos baixos, pois os arcos dos pés precisavam de um descanso do uso de salto alto. Com aquele tipo de sapato, ela conseguia andar mais rápido, o que era ótimo para Evie e exaustivo para o chefe. Ele surgiu ao lado dela em um piscar de olhos, segurando delicadamente seu braço.

— Sage, não vai sair vagando por aí no estado em que você se encontra.

— A gente está aqui com ela — argumentou Clare. Reinaldo pulou do ombro dela em direção a uma vitória-régia que boiava no canal, alongando as perninhas. — Alexander, não vai se perder — repreendeu Clare.

Alexander? Será que Evie tinha ouvido direito?

— Quem é Alexander?

Clare e Tatianna se entreolharam e as duas morderam os lábios. Ela estava deixando passar algum detalhe, com toda certeza... Mas o chefe começou a assobiar e se virou para o outro lado.

— Vamos nos separar. Vocês duas vão ver o que conseguem descobrir a respeito da barreira e consultar uma feiticeira. Eu e Sage vamos investigar o paradeiro de Nura Sage.

Tatianna abriu um sorriso.

— Ou a Clare pode ir com você e eu fico com a Evie, que tal?

Evie estava ficando tonta de alternar o olhar entre os dois. O chefe fechou a cara de raiva e ela tentou imitá-lo.

— Você acha que eu posso deixá-la sozinha nesse estado? Da última vez que estive aqui, eu destruí uma ponte. Provavelmente ela derrubaria a aldeia *inteira*.

— Ei! — Evie bateu o pé. Mas esqueceu o insulto rapidinho assim que o cheiro de manteiga quente e massa fresca invadiu seu nariz... segundos antes de avistar um vendedor de pães doces de vários formatos. — Ah, pão! Eu amo pão. — Ela correu até lá.

— Ah, sim, ela é perigosíssima — murmurou Clare.

— Sage! Evie! Espera! — gritou o chefe atrás dela, sem sucesso. Ela mal conseguiu ouvir o que ele falou em seguida para Tatianna e Clare: — A gente se encontra aqui em uma hora. Descubram o que for possível nesse tempo e, pelo amor dos deuses, fiquem de olho no Reinaldo.

Evie já tinha chegado ao carrinho quando Reinaldo ergueu uma plaquinha que dizia: RELAXA.

Ela deu uma risadinha quando o chefe se aproximou. O vendedor era um senhor de idade com pele enrugada e cabelos grisalhos que ficavam prateados à luz do sol. Ele sorriu quando Evie pediu ao chefe com jeitinho:

— Senhor, compra um pão doce pra mim?

O olhar do Vilão tinha um peso — diferente, de algum jeito, do que era antes de ele ter sido capturado. Era intenso, de tirar o fôlego; ela se arrepiou dos pés à cabeça.

E seu corpo inteiro pareceu pegar fogo quando ele disse baixinho, com a voz suave:

— Como quiser.

Antes que Evie pudesse piscar outra vez, um pão doce e quentinho foi colocado nas mãos dela. O pão tinha forma de nuvem.

Havia um toque de alegria nos olhos do Vilão naquele momento.

— Achei apropriado, uma homenagem ao nosso amigo da caverna.

Ela riu alto, sem se conter. Isso, por si só, não era incomum da parte dela. Evie vivia se divertindo e tentando encontrar alegria na vida onde pudesse. Era isso que a motivava e a mantinha de pé quando ela sentia o impulso de se entregar. Mas, muitas vezes, ela só encontrava essa alegria quando usava uma máscara de humor e leveza. Naquele momento, estava sendo ótimo sentir felicidade sem se esforçar. Ela riu até roncar pelo nariz — bem alto. Depois, soluçou.

— Tô toda ferrada.

Mas a leveza já tinha desaparecido do semblante do Vilão.

— Em algum momento você vai ter que dormir para ver se passa o efeito da flor — disse ele, guiando-a pelo caminho depois de pagar pelo pão doce. O Vilão tinha feito uma compra lícita só para ela. Evie quase desmaiou. — Vamos arrumar um tônico para tratar a dor de cabeça horrível que certamente vai dar as caras assim que você acordar.

— Eu... ando tendo insônia. — Ela suspirou, estendeu os braços e girou, deixando a saia flutuar em um círculo. Evie gostava da liberdade de usar calças, mas provavelmente nunca superaria a euforia de rodopiar com um vestido bonito. Agora, com a liberdade de escolha, ela podia ter as duas coisas.

— Vamos arrumar um tônico para isso também — o chefe a tranquilizou com a voz firme.

— A Tatianna disse que o antídoto para a fruta do sono da morte não tinha nenhum efeito colateral de longo prazo, mas estou começando a ter minhas dúvidas.

Ela parou para sacudir o sapato e tirar uma pedrinha.

— Como é que é? — disse o Vilão ao lado dela, sombrio e ameaçador.

Antes que pudesse protestar, ela já estava sendo arrastada para um beco bem estreito entre as lojas. Ele a segurou pelos ombros e a pressionou contra a parede.

Ah, não era... Eita, aquilo era segredo.

Não era a melhor maneira de provar para ele que ela podia ser mais vilanesca, que era um trunfo, que era necessária. Mas seu plano de resgate tinha dado certo, de qualquer maneira, e Evie sabia que ele acreditava nas habilidades dela. Provavelmente o Vilão estava com raiva por conta da lembrança de ter sido preso... ou quem sabe pela lembrança de tê-la visto "morta".

— Então quer dizer que você fingiu sua própria morte comendo uma fruta do sono da morte? — O Vilão estava tão enfurecido que a veia na testa dele pulsava. Evie sentiu vontade de cutucá-la.

— Será que a gente pode falar disso mais tarde, quando não tiverem três de você me encurralando?

A figura do chefe girava em várias direções diferentes, e todas pareciam pê da vida.

Ele ignorou o pedido.

— Por acaso você sabe o perigo disso? Tem noção de que o antídoto precisa entrar em ação no momento exato? Só existe uma cura! De todas as tolices...

— Duas — Evie o interrompeu e deu uma bela mordida no pão. A crosta folhada derreteu debaixo da língua.

— O quê?

Antes de responder, ela mastigou um pouco a comida, o que pareceu tirá-lo do sério, então Evie começou a mastigar mais devagar só para se divertir.

— Existem *duas* curas para a fruta do sono da morte; todo mundo sabe disso.

Ele balançou a cabeça.

— A outra é um mito, uma mentira que contamos nas histórias infantis. É extremamente maligna, até para mim.

Ela bufou. De repente, sentiu-se estranhamente decepcionada.

— Minha nossa, avisem ao arauto! Encontrei um homem que não acredita no amor.

Ele arqueou a sobrancelha e inclinou a cabeça para baixo ao responder, desprovido de emoção:

— Eu acredito no amor, sim.

Ela ficou na ponta dos pés para se aproximar do rosto dele. Seu coração disparou.

— Acredita, é? Então por que...

— Só não acredito no amor para mim. Eu sou o Vilão. Qualquer mulher disposta a me amar estaria fora de si. — Ele estremeceu ao dizer aquelas palavras, como se a ideia de existir alguém tão desmiolado fosse terrível até de imaginar.

Evie teve que se segurar para não levantar a mão e dizer: "CULPADA!".

Ela se abaixou e resmungou:

— Sim, uma verdadeira paspalhona. — Em seguida, arrancou um pedaço de pão e o mastigou lentamente, a fim de mudar de assunto. — A Becky tinha um contato que arrumou a fruta, e eu esperei para comê-la depois que o Gideon entrou escondido comigo no castelo. Ele me deu o antídoto antes de eu ser levada para o salão de baile. Não estava correndo perigo nenhum.

— Mas agora você está tendo insônia.

Ela deu de ombros.

— Não durmo direito desde que levaram você. Não é novidade.

Aquilo pareceu silenciá-lo. Ele abriu a boca para voltar a falar, mas Evie aproveitou a oportunidade para arrancar mais um pedaço de pão e enfiar na boca dele.

— Eu comi a fruta e sobrevivi. O plano funcionou, e agora estamos orquestrando a sua vingança final: impedir a profecia do rei e roubar Rennedawn dele. Tudo está em seu devido lugar, Vossa Malvadeza.

O chefe mastigou o pão, e nem ele conseguiu resistir àquela delícia crocante. Chegou até a fechar os olhos para saborear. Enquanto Evie observava o rosto dele, memorizando cada ângulo, cada curva e declive, um pensamento a atormentava.

— O Gideon... era para ele ter sinalizado para você que eu não tinha morrido, que o resgate já estava chegando. Ele... ele *conseguiu* avisar, né?

O chefe abriu os olhos de repente e engoliu em seco. Então, esperou um instante.

— Sim, conseguiu. Não se preocupe. Eu sabia que não era real.

Evie expirou de alívio. Não sabia como o Vilão reagiria à sua possível morte, mas não era cabeça-dura o suficiente para presumir que ele não se importaria. Ele se importaria, sim — provavelmente de um jeito discreto e reservado.

Ela arregalou os olhos. A cabeça estava mais leve, os efeitos da flor estavam começando a diminuir um pouco.

— E aí, por onde a gente começa? Havia algum ponto específico da aldeia marcado no mapa?

O chefe estendeu a mão para pedir mais pão. Ela abriu um sorrisinho de satisfação, arrancando outro pedaço para ele. Assim que terminou de mastigar, Trystan disse:

— Não, seria fácil demais. Pensei em começar por uma das lojas, fazer algumas perguntas. Citar o nome da sua mãe como quem não quer nada, para não levantarmos suspeitas.

Ela começou a argumentar enquanto se virava para sair do beco.

— Você sempre levanta susp...

De repente, Evie ouviu um "Ai" vindo de trás. Ela se virou para investigar.

— Senhor?

Só que ele não pôde responder, pois vários homens vestindo uma variedade de fantasias — de trajes de bobo da corte e um grande chapéu de pena até uma capa de pele com bolinhas cor-de-rosa — tinham imobilizado o Vilão no chão.

O que usava uma coroa de lata apontou uma espada direto nas costas do chefe, com um cartaz de PROCURA-SE na mão rechonchuda. Só que, naquele cartaz, a foto estampada não era uma daquelas caricaturas bobas de sempre do chefe. Na verdade...

Era o verdadeiro rosto do Vilão, quase exatamente. E o pior... com seu verdadeiro *nome*.

PROCURA-SE VILÃO REVELADO:
TRYSTAN MAVERINE
RECOMPENSA: MIL MOEDAS DE OURO.

— Pegamos o Vilão!

CAPÍTULO 32
Evie

— Eu nunca fui amarrada antes — comentou Evie —, mas tenho quase certeza de que vocês poderiam estar fazendo isso com mais gentileza. Vou acabar com queimaduras por causa da corda.

— Theodore, amordaça ela como fizemos com o Vilão! Não aguento mais ouvir ela tagarelando.

Evie sentiu uma onda de raiva quando foi empurrada para perto do chefe, que, sabe-se lá por quê, não tinha feito absolutamente nada para se libertar das próprias amarras.

Por que ele não estava usando a magia?

Em defesa dele, o Vilão não hesitou em usar a força bruta.

Assim que o homem mais corpulento — Theodore, achava ela — puxou-a para trás e enfiou um pano enrolado na boca de Evie, o Vilão perdeu as estribeiras. Aproveitou que seus pés não estavam amarrados e deu um chutão no nariz do brutamontes. Os outros três homens partiram para cima do Vilão em questão de segundos e o imobilizaram enquanto ele gritava com a mordaça na boca, emitindo um som furioso e abafado.

Evie engasgou com o pano enquanto Theodore o empurrava ainda mais fundo e, em seguida, o cobria com outro pano amarrado ao redor da boca. Ela não ia poder sair daquela na base da conversa. Só lhe restou ouvir em silêncio os ruídos do barco que os levava por um canal desconhecido para um destino desconhecido. Ela estava passando mal.

Cric, cric, cric.

Ela começou a respirar com dificuldade ao sentir a bile subindo a garganta. O líder do grupo, que era chamado de Fritz pelos companheiros, tinha cabelo grisalho, mas, fora isso, parecia jovem, talvez só uma década mais velho do que Evie. Ele sorriu para ela, mas foi um sorriso nem um pouco amigável.

— Você me parece bem familiar — comentou Fritz, aproximando-se ainda mais. O Vilão começou a se debater de novo, mas Evie não se mexeu. Estava cansada de se deixar intimidar pelos homens. — Por acaso eu te levei para a cama mês passado?

Evie franziu a testa e deu de ombros, indicando com o olhar a mordaça que ainda tapava sua boca. A curiosidade nos olhos de Fritz só cresceu enquanto ele desamarrava o pano, e ela cuspiu o lenço de gosto horrível. Por fim, abriu um sorrisinho malicioso.

— Não, acho que eu me lembraria de uma decepção tão grande assim.

Fritz parou e levantou a mão como se fosse bater nela, mas o golpe nunca veio. Em vez disso, ele bateu a mão na própria coxa e depois disse aos gritos:

— Essa foi boa, mocinha! Decepcionante na cama! — Ele apontou para um homem loiro e quieto de óculos que estava no cantinho. — Anota isso aí, Douglas. Quero usar na próxima apresentação.

Apresentação?

Douglas lançou um olhar consideravelmente desagradável para Evie e se virou para escrever no seu caderninho preto.

O barco balançou de novo e o Vilão finalmente se recostou no assento.

Usa a sua magia!, ela o encorajava com os olhos. Mas ele não usou. Simplesmente ficou sentado onde estava, quieto e furioso.

Ela não tinha magia. Não tinha habilidades de luta. Mas tinha sua mente e seu otimismo. E teria que ser suficiente.

Evie endireitou os ombros.

— Se é ouro que vocês querem, o Vilão pode dobrar o valor do resgate do rei.

Fritz riu de novo e apontou para ela como se os dois fossem amigos compartilhando uma cerveja durante um jogo de cartas animado.

— Ah, mas será que ele pode pagar pela recompensa dele e pela *sua*, Evie Sage?

Evie abriu a boca e o coração disparou quando o homem tirou outro cartaz de PROCURA-SE do bolso. Esse era uma representação fiel... dela mesma.

A MULHER PERVERSA
EVIE SAGE
PROCURADA POR TRAIÇÃO
ALIADA DO VILÃO
ARMADA
PERIGOSA
RECOMPENSA: 300 MOEDAS DE OURO

O desenho era uma representação quase perfeita do rosto de Evie, mas os olhos estavam inclinados de um jeito ameaçador e os cachos voavam desenfreadamente ao redor da cabeça, como se um vendaval os jogasse para trás.

— Senhor! — disse ela, sentindo-se mais sóbria, mas ainda meio tonta por conta da flor. — Eu tenho meu próprio cartaz de procurada!

O Vilão parecia preocupado. Olhou feio para o papel e depois voltou a encarar Evie como se temesse que ela estivesse prestes a chorar.

— Isso não é... *emocionante*? — Ela abriu um sorriso, mais lisonjeada pela palavra "perigosa" do que deveria. — Com certeza podemos pagar as duas recompensas, senhores. O Vilão rouba dos nobres há mais de uma década e acumulou uma fortuna fazendo... uns bicos, digamos assim. — Eram missões mercenárias por encomenda, mas esse bando de brutamontes não precisava saber disso.

Fritz se inclinou para a frente e apoiou os cotovelos nos joelhos.

— Eu não vou levar vocês ao rei. Vou levar vocês à nossa chefia. Vejam bem... — O homem fez uma pausa. Evie e o Vilão se entreolharam e esperaram ansiosamente para ouvir o que o líder dos brutamontes tinha a dizer. — Estou treinando para meu papel principal na nossa produção teatral de outono no teatro local. Meu personagem é um sequestrador e eu sou bem dedicado fazendo laboratório para os papéis.

Evie arqueou as sobrancelhas em choque e olhou para o chefe.

— Eu não cheguei nem perto de imaginar isso — comentou.

Se o chefe pudesse ter beliscado o dorso do nariz naquele momento, Evie acreditava piamente que era isso que ele teria feito. Aquilo era legal, na verdade — era reconfortante conhecer tão bem uma pessoa a ponto de dar para prever o que ela diria ou faria a seguir. Evie tinha aquele tipo de familiaridade com pouquíssimas pessoas.

O barco parou com um solavanco. Fritz se levantou de um salto e quase bateu com a cabeça no teto.

— Levem-nos para dentro e tomem cuidado para não serem vistos. A chefia vai ficar uma fera se algum dos convidados reparar no que está rolando aqui.

Braços firmes a levantaram e a arrastaram do barco para a luz do sol escaldante. O ar estava bem úmido, molhando sua pele e fazendo o vestido grudar desconfortavelmente no corpo. Ela ouviu gritos ruidosos e a movimentação de pessoas atrás da porta bem antes de serem empurrados para a área interna e, uma vez dentro, Evie foi invadida pelo cheiro de suor e de sapatos velhos. Uma parede os separava do que ela imaginava ser o teatro do outro lado.

O Vilão se debatia para se desvencilhar das amarras e dos três homens que o carregavam para dentro. Parecia até o início de uma piada ruim. *Quantos atores de teatro são necessários para derrubar o Vilão?*

Ela deu uma risadinha e murmurou:

— Douglas, anota isso.

O Vilão revirou os olhos para Evie, mas, antes que ela pudesse piscar de novo, eles já estavam descendo uma escadinha lateral, passando por um painel de madeira e entrando em uma cela pequena, mas surpreendentemente limpa.

— A gente deixava os clientes arruaceiros aqui no porão aquático até eles se recuperarem da bebedeira — explicou Fritz. O porão aquático fazia jus ao nome. Havia janelas compridas e retangulares nas paredes superiores e, por trás delas, só se via a água dos canais. Eles estavam abaixo do nível do rio. — Deve acomodar bem vocês dois até de manhã.

Os dois se retesaram. O Vilão soltou um grunhido baixo por trás da mordaça e Evie ficou boquiaberta.

— Você disse *de manhã*?

O resto dos homens saiu, mas Fritz ficou apenas por tempo suficiente para lhes dar uma breve saudação. Aquele sorriso perverso de antes, o que ele tinha exibido quando ela parecia desconfortável, estava de volta.

— Aguentem firme, pombinhos.

CAPÍTULO 33
Becky

Enquanto isso, na mansão...

Gideon Sage a estava encarando.

Becky semicerrou os olhos antes de voltar a se concentrar nos contracheques que estava assinando. Era um trabalho meticuloso e automático — seu tipo preferido.

Pelo menos quando não estava sendo observada tão de perto pelo cavaleiro no canto do escritório.

Keeley e Min tinham levado um grupo de guardas para a floresta a fim de reforçar a segurança contra qualquer um que pudesse encontrar a mansão por acaso — além da porta da frente, agora também dava para ver duas janelas no alto das árvores. A situação ficava mais preocupante a cada dia. Outro fato preocupante era o de Becky estar tendo que bancar a babá daquele cavaleiro.

— Posso ajudar com alguma coisa, sr. Sage? — Ela cruzou os braços e olhou diretamente para ele. Se Becky se escondesse, o homem só ficaria ainda mais desconfiado, e ela não podia ser alvo de suspeitas. Era perigoso demais.

— Não, desculpa. É que você me lembra uma pessoa que eu vi uma vez nos meus tempos de Guarda Valente. — Gideon balançou a cabeça e os cabelos castanhos caíram em direção ao queixo com furinho. Os olhos eram joviais... exatamente como ela se lembrava. — Quando o rei viajou para o sul para um encontro diplomático com uma família poderosa.

Ela escondeu a ansiedade por trás de uma fachada de indiferença.

— Eu não confabulo com a Guarda Valente, e não tenho nenhuma experiência com famílias poderosas.

Lyssa a interrompeu, entrando no escritório com uma bandeja de biscoitos na mão e a bochecha suja de açúcar de confeiteiro.

— Ajudei o Edwin a fazer outra fornada de doces! Mas a gente usou caramelo e pó de fadinha! Ele disse que eu sou uma confeiteira nata. — Seus lábios manchados de chocolate se abriram em um sorriso de orelha a orelha. — Quer um, srta. Erring?

Becky deu de ombros para a garotinha, embora estivesse salivando com o cheiro de açúcar e manteiga assados.

— Você quer ficar com cárie? Pare de comer doce o dia inteiro.

Lyssa Sage não se abalou com o fora que levou. Na verdade, parecia até motivada pela censura ao dar mais uma mordida generosa no biscoito.

— Eu quero um, Lyssa, se tiver sobrando — disse Gideon. Lyssa hesitou um pouco, mas pegou um doce da bandejinha e o entregou ao irmão mais velho.

Gideon deu uma mordida e fingiu quase desmaiar, segurando-se na mesa de Becky para se equilibrar.

— Meus deuses! Esse é o melhor biscoito que eu já comi na vida.

Lyssa pareceu ficar envergonhada, mas abriu um sorrisão. *Bela jogada, senhor cavaleiro.*

— Sério?

Gideon fez que sim e deu uma piscadinha para Becky justo quando Blade surgiu na entrada do pátio, sem camisa, coberto de suor e terra, o abdômen bronzeado e musculoso brilhando — e ela salivou de novo, mas por outros motivos, muito mais constrangedores. Becky deveria sentir nojo dele, mas não sentia. Nunca tinha sentido, para dizer a verdade.

Mas, é claro, ela jamais admitiria. Becky não acreditava em socialização no trabalho, amizades no trabalho ou em qualquer outra coisa além de distância profissional.

— Você está nojento, sr. Gushiken... vá tomar um banho imediatamente.

Outra voz ecoou pelo escritório.

— Srta. Erring, os estagiários vão acabar se matando!

Ela grunhiu. *E é por isso que eu não acredito em nenhuma dessas coisas.*

— O que foi dessa vez, Marvin? — perguntou Becky enquanto o guarda do portão da frente entrava às pressas, apontando para a escada.

— Eles estão brigando lá no refeitório! Um deles descobriu um jeito de consertar a barreira, e agora estão brigando para ver quem vai apresentar a solução a você e ao chefe!

Ela cerrou os dentes.

— E não tem ninguém tentando apartar? — Becky se levantou, contornou a mesa e foi até o pé da escada para observar. Só se ouviam gritos estridentes. — Por acaso eles estão... torcendo?

APRENDIZ DO VILÃO

Marvin se encolheu.

— Eles fizeram apostas de quem vai ganhar.

O grupo de estagiários era formado quase inteiramente por filhos de nobres desonrados. Todos mimados, todos insuportáveis. Em outros tempos, Becky deixaria que todos se destruíssem. Mas ela levava muito a sério seu papel como chefe de recursos humanos. Estava ali para ser um recurso para todos os seres humanos e criaturas mágicas, irritantes ou não.

Ela abriu a gaveta da mesa, pegou o abridor de cartas dourado e seguiu em direção à escada.

— Srta. Erring? Devo chamar a Guarda Malevolente?

— Não precisa, Marvin — disse ela, passando por Blade e seu olhar cético. — Vou dar um jeito nisso.

De repente, Becky sentiu uma mão quente segurá-la pelo braço; ao se virar, viu os olhos cor de uísque de Blade, o cabelo castanho preso em um meio-coque.

— Para com isso, encantadora Rebecka. Eu vou. O que você vai fazer? Colocá-los em ordem alfabética?

Ela abriu um sorrisinho malicioso, soltou o braço das mãos dele e começou a subir a escada.

—Algo do tipo.

CAPÍTULO 34
Vilão

— **Você acha que consegue** pôr a mão debaixo da minha saia?

O som que Trystan deixou escapar por trás da mordaça era para ter sido um "hein?", mas sua resposta perplexa estava mais para um "hêrg"?

— Para pegar a adaga presa na minha coxa — esclareceu ela, lambendo os lábios e empinando os ombros, o que realçou seu peito em um ângulo provocante.

Trystan decidiu que seria mais fácil pôr a culpa do som na garganta seca do que na lembrança dos seios de Sage, gravada no cérebro dele para sempre. Seu coração acelerou e ele fechou os olhos para clarear a visão que começava a ficar turva. Quando os reabriu, deu de cara com Sage encarando-o com preocupação, franzindo as sobrancelhas escuras. Com um movimento de cabeça, Trystan indicou que ela se aproximasse, fazendo manobras constrangedoras para levantar a barra da saia. Quando ela arfou, ele fingiu não ouvir. Tentou ignorar também a respiração pesada que saía de suas próprias narinas infladas.

O som do tecido subindo pela perna de Sage foi muito mais sensual do que deveria ter sido, e o farfalhar do algodão na pele nua era algo que ele já sabia que o atormentaria mais tarde. Seus dedos calejados foram subindo pela pele macia da coxa até encontrarem a tira de couro, e Trystan manteve os olhos bem fechados o tempo todo.

Dessa forma, era menos provável que ela percebesse o desejo.

Ele deixou escapar um grito vitorioso quando conseguiu soltar a adaga, mas quase a deixou cair quando a lâmina queimou sua mão. Com uma careta de dor, Trystan cortou suas amarras rapidamente e cuspiu a mordaça. Por fim, jogou a adaga demoníaca no chão.

— Cacete! — Ele segurou firme a palma da mão. Havia uma queimadura ali, como se tivesse encostado em um fogão quente. — Ela queima toda vez que você encosta nela?

Sage lhe lançou um olhar intrigado e examinou a queimadura com a testa franzida.

— Não, é gostosa a sensação quando eu seguro a adaga. É como se ela me aquecesse por dentro.

Trystan se preparou, segurou o cabo e cortou as amarras de Sage, largando a adaga assim que Evie ficou livre.

— Seja qual for a magia com que ela foi imbuída, deve repelir a minha.

A outra possibilidade era de que até mesmo as armas estavam começando a se voltar contra ele.

Sage esfregou os pulsos para aliviar a queimadura da corda e, em seguida, estendeu as palmas. A adaga aceitou o convite e pulou nas mãos dela como um cachorro saudando seu dono. *Absurdo.*

Ela virou a lâmina de um lado para o outro e fez beicinho.

— Isso não é legal.

— É uma ferramenta feita para machucar, Sage; não é para ser *legal*.

— Shhh, ela vai te ouvir — retrucou, abrindo um sorriso. Ele suspirou.

Trystan foi até as barras da cela, que estavam velhas e enferrujadas. Daria para quebrá-las facilmente, se eles tivessem sorte. Ele olhou ao redor do espaço em busca de uma ferramenta, mas os únicos móveis eram uma cadeira fina de madeira e uma mesa do outro lado das grades, então a força bruta teria que servir. Enquanto sacudia as grades, um pensamento lhe ocorreu e ele não conseguiu ignorar.

— Quando foi que a cicatriz parou de doer? — perguntou ele casualmente.

— Quando eu cortei a garganta de Otto Warsen. — Sage disse aquilo em tom neutro, e ele sentiu um aperto no estômago ao se dar conta de que nem tinha perguntado ainda se ela estava bem. — A cicatriz parou de doer depois disso, mas eu a sinto vibrar e formigar, como se o pedaço de mim que a adaga absorveu reagisse à marca que ela deixou no meu corpo.

— Hmm — disse Trystan, soando evasivo... um dos seus muitos talentos. Ele sentiu o frio das grades de metal nas mãos enquanto curvava o pescoço para trás. — Você não deveria ter tido que matá-lo.

A resposta dela foi imediata e sucinta.

— Ah, pode acreditar, foi um prazer.

Um arrepio percorreu a espinha dele como uma chuva gelada, e a sensação era tão intensa que Trystan não sabia dizer se era refrescante ou desagradável.

O cheiro de baunilha e rosas abafou seus pensamentos quando ela parou ao lado dele. Os cabelos de Sage fizeram cócegas no braço de Trystan.

— Não se preocupe — disse ela baixinho, abrindo um sorriso que ele estava começando a reconhecer como falso, tanto quanto a rigidez de sua própria boca. — Eu sobrevivi. Agora, sai da frente. Me deixa tentar. — Ela levantou o braço e desceu com a adaga.

Os dois metais se chocaram, mas não se quebraram, só fizeram um som desagradável — e as grades ficaram quentes como a adaga.

Trystan as soltou com um grito e sacudiu as mãos.

Sage se encolheu e largou a adaga para segurar a mão dele, mas, ao dar um passo à frente, prendeu o salto na corda que antes amarrava os pulsos dele. O pé dela escorregou e acertou a parte mais frágil do tornozelo de Trystan, torcendo-o. Eles tentaram se equilibrar, mas foi inútil.

A queda de Sage veio primeiro, e a de Trystan logo depois. *Em cima* dela.

Trystan sentia o corpo quente e curvado sob o dele, os músculos rígidos em contato direto com a maciez da pele dela. Ele se apoiou nos cotovelos, ofegante.

— Esmaguei você?

Os olhos de Sage estavam semiabertos, fixos na boca dele. Ele deveria sair dali — provavelmente ela ainda estava sob o efeito da flor, e a vilania de Trystan não incluía, de forma alguma, se aproveitar de mulheres inebriadas demais para saberem o que estavam fazendo. Ele preferiria arrancar as próprias mãos.

Mas Trystan demorou demais.

A porta do porão se abriu e bateu na parede, fazendo com que ele curvasse o corpo sobre o dela para protegê-la.

— Fiquei sabendo que pegamos o Vilão! E... Ah, estou interrompendo?

Ao contrário das vozes graves de antes, essa era mais leve, ligeiramente rouca, e as palavras seguintes fizeram Sage se contrair embaixo dele.

— Evie, é você?

Havia uma jovem na entrada. Ela arqueou as sobrancelhas escuras no rosto marrom-claro, que brilhou enquanto ela saía da sombra da porta e entrava no espaço mal iluminado. Os olhos, da cor de ouro polido, tinham um delineado preto que lhes dava um aspecto felino. O cabelo castanho e comprido — mais comprido que o de Sage — era liso e brilhante, e ela o levou para atrás da orelha.

Sage o empurrou e ele saiu da frente na mesma hora, ajudando-a a se levantar.

Boquiaberta, sua assistente encarou a mulher.

— Helena?

Helena, a mulher em questão, abriu um sorriso ameaçador.

— Quanto tempo... priminha.

CAPÍTULO 35
Evie

— **O que você está** fazendo aqui? — perguntou Evie, incrédula.

Fazia anos que não via ou ouvia falar da prima. Lembrava-se muito bem dos tempos em que ficava plantada ao lado da caixa de correio todos os dias, só para o caso de chegar uma nova resposta às suas cartas. Mas, após dois anos, tinha se visto obrigada a abandonar as esperanças.

Helena caminhou suavemente em direção às grades, e o lindo vestido cor de safira flutuou atrás dela enquanto se sentava na cadeira velha e frágil da sala, a única que havia ali. Ela bateu o dedo no queixo, pensativa.

— Trabalho aqui. — A prima olhou para Evie e, logo em seguida, para o chefe, com um interesse evidente. — E o que *você* está fazendo aqui? — Ela parou de dar batidinhas no queixo e apontou para a cela como um todo.

De repente, Evie sentiu raiva — *muita* raiva. Não fazia a menor ideia de que Helena tinha ido parar na Aldeia do Coração, não fazia a menor ideia de que ela trabalhava em um teatro, não sabia *nada* do que a prima estava fazendo. Porque Helena simplesmente tinha desaparecido, assim como todo mundo na vida de Evie.

— Não ficou sabendo? — perguntou Evie, revirando os olhos. — Eu bebi demais e tentei fazer um striptease no seu palco.

O chefe engasgou atrás dela e deu um soquinho no peito. Ele andava fazendo muito aquilo... talvez fosse bom pedir para Tatianna preparar alguma coisa para azia.

Helena riu; era um som lindo e melodioso que combinava com sua aparência. Evie se perguntou se o chefe notou aquela beleza. Sua cabeça latejou só de pensar.

— Você ainda é divertidíssima, prima.

— O encarceramento inspira o meu senso de humor mesmo — disse Evie incisivamente, olhando para as grades e para as chaves penduradas em um gancho perto da porta.

Helena seguiu o olhar dela, acenou com a cabeça e pegou as chaves na parede. Evie e o Vilão ficaram em alerta, esperando a abertura da cela.

— Antes que eu faça qualquer favor, que tal me contar o que está fazendo na Aldeia do Coração — disse ela, abrindo um sorrisinho malicioso —, hein, *mulher perversa*?

O Vilão fez uma careta, mas Evie pulou e bateu palmas.

— Ah, os cartazes de procurada com a minha foto estão se espalhando, senhor! Que emocionante.

— Nossas definições para essa palavra são bem distintas — resmungou ele, esfregando as têmporas.

Evie deu de ombros e decidiu que a melhor forma de lidar com a situação era sendo direta.

— Estamos procurando minha mãe, Helena, e chuto que você a tenha visto recentemente, a julgar pelo seu olhar assombrado.

Helena se encolheu. *Na mosca.*

— Sim — disse ela, sem tentar esconder. — A tia Nura passou um tempo aqui.

"Mas já foi embora", eram as palavras implícitas. O silêncio acabou com a pouca paciência que Evie ainda tinha.

— Helena, por mais que eu sinta falta da nossa troca de cartas, já estou cansada de ser educada. Me fala.

— Ela passou alguns meses aqui. Talvez dois ou três anos atrás. — Helena parecia apreensiva. — Eu tinha acabado de me mudar para a aldeia quando ela chegou, depois do meu pai ter se casado de novo.

Evie nem sabia que o tio Vale tinha se casado de novo.

— E a nova esposa dele?

— Ah, minha madrasta é um amor, por mais que seja meio tediosa. Acho que era disso que meu pai precisava. Eu só não queria ser um estorvo enquanto eles começavam a nova vida, e ouvi dizer que a Aldeia do Coração era um centro agitado de negócios e oportunidades. — Helena riu como se aquelas palavras fossem uma piada.

O Vilão, que até então tinha deixado Evie conduzir a conversa, interveio, com calma e firmeza.

— Imagino que você não concorde mais com esses rumores.

Os olhos de Helena faiscaram.

— Eu trabalho com atores que fazem laboratório como sequestradores. O que você acha?

Ele estalou a língua, como quem diz "saquei", e então recuou, permitindo que Evie continuasse.

— Minha mãe disse para onde ia? Ou por que veio até você? — indagou Evie, cada vez mais desesperada.

Helena fez que não, demonstrando uma espécie de compaixão por trás da aparente apatia.

— Imagino que ela tenha achado que seria mais seguro vir até mim do que até meu pai. Ele ama a irmã, mas você sabe tão bem quanto eu que ele a mandaria imediatamente de volta para o tio Griffin. — Seu olhar afetuoso se perdeu e ela franziu as sobrancelhas, como se tentasse refrescar a memória. — Ela queria saber mais sobre as estrelas, eu acho? Sobre o que meu pai me ensinou. Era a única hora em que ela falava. Na maior parte do tempo, ela parecia um fantasma, Evie. Não foi nada agradável. E, quando falava, eram murmúrios sem sentido sobre querer desaparecer. Sobre querer ser ninguém. Ela queria ser engolida pela meia-noite. Achei que ela tivesse enlouquecido.

Evie vinha mantendo um certo nível de desprendimento durante a busca pela mãe. Mas ela era capaz de ver, de lembrar — o olhar perdido de Nura. Aquela imagem estava gravada no cérebro de Evie desde quando era pequena demais para entender o que aquilo significava. Tinha visto a mãe, uma mulher linda e vibrante que era o centro de sua infância, se transformar em uma sombra do que já havia sido, até se reduzir a nada.

Evie tinha herdado várias coisas da mãe — o comprimento dos dedos, os cachos, o formato dos lábios —, mas jamais poderia ter previsto que ia herdar também a capacidade que a mãe tinha de varrer a angústia para baixo do tapete. E, assim como tinha acontecido com ela, Evie temia que um dia... também pudesse explodir. Era uma herança trágica, ser capaz de sentir os defeitos da mãe surgirem dentro de si mesma e não fazer a menor ideia de como impedir.

— Imagino que ela tenha chegado a esse ponto pela culpa por ter matado o Gideon — comentou Helena, trazendo Evie de volta à realidade.

Seus olhos arderam.

— Ele não morreu.

A informação surpreendeu a prima, mas não pareceu chocá-la.

— Ah, que maravilha! Ele me deve um dinheiro.

— Não se preocupe — disse o Vilão para Helena, mas olhava para Evie; dava para sentir.

Helena riu e girou o chaveiro no dedo.

— Eu me pergunto se os boatos sobre a magia brutal e destrutiva do Vilão não são um exagero, já que bastam umas barras de metal enferrujadas para prendê-lo.

O Vilão não respondeu, simplesmente olhou feio para ela e aproximou-se sutilmente de Evie.

— Se você nos soltar, posso demonstrar para você com muito prazer.

Helena esboçou um sorriso antes de jogar as chaves, que caíram em cima da mesinha do outro lado da sala, perto da porta.

— Infelizmente, não posso fazer isso.

Evie apertou as grades, furiosa.

— Helena, nós somos família. Você não vai permitir que seu chefe nos entregue ao rei, vai?

Helena estalou a língua e a barra do vestido esvoaçou enquanto ela ia em direção à porta.

— Ah, bobinha. Acha mesmo que algum daqueles palhaços lá em cima poderia liderar qualquer coisa? Além da carreira fracassada deles para o fundo do poço.

Helena concluiu o assunto com um floreio e pôs o último prego no caixão metafórico de Evie e do Vilão.

— O Teatro das Terras Mortas é o meu teatro, e *eu* sou a chefe.

CAPÍTULO 36
Evie

— **Seus parentes fazem os meus** parecerem um passeio no parque — resmungou o Vilão depois que Helena foi embora batendo a porta.

Evie o encarou sem expressão.

— Como está o Malcolm? Já faz um tempinho que não temos notícias dele — perguntou ela, curiosa.

— Ele enviou uma carta para a mansão enquanto eu estava preso, dizendo que torcia para que eu não fosse executado.

Ela arqueou as sobrancelhas.

— Ah, bem, isso é um bom sinal — comentou. — E o Arthur? Teve alguma notícia desde que ele voltou para casa? — perguntou com jeitinho.

— Ele também me mandou uma carta. Parece que tanto os seus parentes quanto os meus não são muito bons de encontrar os momentos mais oportunos para trocar correspondências.

Normalmente, Evie fazia de tudo para não se intrometer, mas ele meio que parecia querer que ela se intrometesse. *Me deixa sonhar.*

— O que dizia a carta, Trystan? — perguntou, tocando de leve o braço dele.

O Vilão realmente pareceu baixar um pouco a guarda ao ouvir o próprio nome.

— Não sei. Eu a amassei e a joguei numa gaveta. Provavelmente nunca vou abrir.

Seria fácil repreendê-lo por isso. Mas ele não precisava da opinião de Evie sobre como lidar com sentimentos complexos. Ela mal sabia lidar com os próprios.

— Se um dia você quiser abrir, eu fico do seu lado. Não precisa ler em voz alta nem nada disso. Mas, caso queira companhia... pode contar comigo.

Ele se afastou e girou o braço como se o leve toque de Evie tivesse distendido seus músculos.

— Eu vou, hm, vou levar isso em consideração.

Ela olhou para as chaves, inalcançáveis na mesinha, e depois se virou para o Vilão.

— Muito bem. — Evie assentiu com a cabeça, mudando rapidamente de assunto, e gesticulou na direção dele. — Tira a camisa.

— C-como é que é? — ele gaguejou. — Pra quê?

Ela revirou os olhos.

— Relaxa, Soberano do Mal. Não estou querendo ferir sua dignidade. Eu vou fazer uma corda para puxar as chaves para cá.

Mesmo com o tom casual daquelas palavras, ela sentiu o rosto pegar fogo.

Ele puxou a camisa branca de dentro da calça e a tirou.

Péssimo plano. Péssimo, terrível, HORROROSO.

Se já não estivesse bem claro que o efeito da flor tinha passado por conta da dor de cabeça que começava a se insinuar, aquilo a teria deixado completamente sóbria. Evie já o tinha visto sem camisa antes, de passagem, quando ele treinava com a Guarda Malevolente ou se acontecesse de sentir calor demais durante uma corrida no Dia da Debandada. Mas ela sempre tinha evitado ficar olhando demais, ainda mais tão de perto.

Cala a boca! Ela apertou tanto os lábios que eles ficaram sem cor debaixo do batom. Ele parecia mais ameaçador sem camisa, como se tivesse crescido dois metros nos últimos segundos. O peito era largo e musculoso, os ombros, rígidos, e... Ele estava se exibindo?

— Pronto, furacãozinho — disse o chefe baixinho, deixando a peça de roupa quente nas mãos dela.

Evie olhou para a faixa de tinta dourada que circundava o braço dele, como vinhas e folhas gravadas na pele. Era quase igual ao pacto de trabalho no mindinho dela — o pacto que, segundo o chefe, tinha sido firmado para fins de confiança, para que ela nunca o traísse.

— Parece a minha — declarou, estendendo a mão e passando o dedo pela marca dele para comparar. Quando ele prendeu a respiração, ela o encarou. O Vilão estava inexpressivo, mas não aparentava o desinteresse normal com o qual se dirigia a todos do escritório. Não, era um desinteresse forçado. Ele estava *tentando* não demonstrar nenhuma emoção.

Interessante.

— É uma... coincidência. — Para ouvidos inexperientes, ele parecia confiante, mas Evie tinha passado tempo de sobra observando as mínimas bandeiras que o chefe dava.

Ele estava *nervoso.*

Ela semicerrou os olhos e cruzou os braços.

— Tem certeza de que não é porque você usou a tinta dourada para nos ligar magicamente e sempre saber quando eu estivesse correndo perigo?

Ele arregalou tanto os olhos que parecia até uma caricatura. Exatamente como Evie esperava. Melhor, até.

— Você sabe?

Ela bufou e deu um leve toque com os nós dos dedos debaixo do queixo dele de um jeito brincalhão.

— Sinto informar que já faz um tempinho que eu sei, Vossa Malvadeza.

O Vilão pôs uma das mãos na cintura e passou a outra pelos cabelos até quase ficarem em pé sozinhos.

— Você... você... Como?

Ela deu de ombros.

— Eu chutei. A Clare confirmou.

Ele já tinha dificuldade com as palavras normalmente, mas, naquele momento, elas pareciam totalmente inalcançáveis. Evie acabou com o sofrimento dele.

— Eu achei que você fosse me contar mais cedo ou mais tarde, então não comentei nada, mas perdi a paciência. Desculpa.

Ironicamente, o pedido de desculpas foi o que o fez perder a cabeça. Num piscar de olhos, ele a segurou com ambas as mãos.

— Você está me pedindo desculpas em vez de estar com raiva? Você não me odeia por ter escondido isso de você?

Cuidadosamente, Evie afastou as mãos dele, uma de cada vez, e lhe deu um sorriso dúbio.

— Está me perguntando se eu te odeio por me proteger em vez de colocar uma tinta no meu corpo que poderia me matar? Ah, sim. Você merece ir para a forca, seu monstro perverso. — O sarcasmo não pareceu ter sido bem recebido. O chefe ainda estava embasbacado demais, confuso demais, então ela acrescentou um toque de humildade: — Senhor, é claro que eu não guardaria rancor por você guardar segredos. Eu também tenho os meus.

Ele inclinou a cabeça na direção dela e o espanto deu lugar a um olhar mais incisivo.

— Tipo o quê?

Ignorando a pergunta, ela franziu a testa ao analisar a camisa nas mãos.

— Não é comprida o bastante.

Ela largou a peça e, sem mais nem menos, começou a tirar o vestido pela cabeça.

— Sage! — vociferou o chefe, agitando as mãos como se estivesse tentando apagar um incêndio incontrolável.

— Ah, relaxa aí, Soberano do Mal. Eu uso menos roupa que isso para nadar no lago da minha aldeia e os homens de lá não se assustam — retrucou Evie, revirando os olhos e percebendo o olhar selvagem do chefe enquanto ela amarrava as roupas uma na outra e tirava prontamente um dos sapatos para dar peso.

— Como eles se chamam? — Evie ouvia a voz dele ao longe enquanto se concentrava na tarefa de enrolar a ponta do tecido em volta do sapato.

— Quem? — Ela bufou, finalmente terminando.

— Os homens da sua aldeia que viram você de roupa íntima.

— Não lembro. Por quê?

— Só pra saber. — A voz dele saiu grave.

— Consegui! — Evie sorriu para ele, mas franziu a testa assim que viu o rosto dele. — Você está com cara de quem engoliu alguma coisa amarga.

— Engoli mesmo — disse o chefe entredentes.

Ela mal ouviu a resposta dele, simplesmente pegou o sapato, segurou firme a ponta das roupas amarradas e mirou nas chaves — só que acabou derrubando um vaso lascado a cerca de um metro e meio de distância.

Evie mordeu o lábio e lançou um olhar envergonhado para o chefe.

— Eu estava tão animada para amarrar o sapato que me esqueci da minha péssima pontaria.

Ele estendeu a mão para pegá-lo.

— Se você estava mirando no vaso, é uma excelente atiradora. — A covinha deu as caras. Todas as barreiras que Evie tinha começado a construir ao redor do próprio coração para manter o chefe do lado de fora, para tentar se proteger, ruíram. Ela sabia lidar com o Vilão rabugento, o Vilão assassino, o Vilão torturador, mas com o Vilão charmoso? Sem a menor condição.

Ele se preparou para tentar mirar no sapato e assumiu a mesma postura que adotava no Dia da Debandada com os estagiários. Concentração total, como se não existisse mais nada no mundo, exceto ele mesmo e as chaves. O Vilão atirou o sapato e Evie prendeu a respiração enquanto observava o calçado voar pelo espaço e... ultrapassar as chaves por cerca de um metro, atingindo com força uma das janelas. O vidro rachou e a água começou a vazar lentamente.

Evie inclinou a cabeça e ficou em silêncio, simplesmente deixando o olhar presunçoso falar por ela. O Vilão arrastou o sapato de volta e fechou a cara, como se o calçado tivesse cometido uma ofensa pessoal contra ele.

— É mais leve do que eu imaginava.

— Aí você achou de bom tom descontar na janela? — retrucou ela.

Ele se preparou para mirar o sapato nas chaves outra vez, onde a água agora formava poças preocupantes ao redor da mesa.

— Vou acertar dessa vez, agora que já posso calcular melhor a força.

— Senhor... a água — disse ela, nervosa.

— É só um vazamento de nada, Sage. Deixa o drama para o Fritz e a trupe dele. — Ele lançou o sapato de novo e acertou a janela pela segunda vez. A rachadura aumentou. — Droga.

Ela olhou feio para o chefe.

— Você acertou a janela de propósito dessa vez!

— Meu arremesso é forte demais — murmurou ele, seríssimo.

— Sim, sua força é um estorvo... como você aguenta? — retrucou Evie sarcasticamente, mas o efeito das palavras foi ofuscado pelo aumento da frequência cardíaca ao ver a água se acumulando aos seus pés, encharcando os tornozelos e gelando os dedos.

Ela respirou fundo, tentando se convencer de que alguém ia acabar ouvindo aquela barulheira, que o vazamento de água seria lento o suficiente para que eles tivessem tempo de sobra.

Até que um som agudo e terrível dominou o lugar. O vidro da janela estava se quebrando com rachaduras que cobriam toda a superfície transparente, e então acabou estourando. A água começou a entrar desenfreada, jorrando em ondas, e eles estavam encurralados ali.

Sem poder sair.

CAPÍTULO 37
Becky

Enquanto isso, na mansão...

Eram dois homens brigando. Claro.

Eles estavam se atracando e derrubando mesas e cadeiras no caminho. Quem teria que fazer os relatórios de danos dos móveis quebrados seria Becky, e isso levaria *uma eternidade*. Se antes ela já estava irritada, no momento estava *furiosa*.

Ela entrou na sala ao som de passos a seguindo.

— Rebecka, você pode acabar se machucando!

A voz de Blade ecoou pela escada, mas ela estava com tanta raiva que nem ligou.

Ratos miseráveis.

— Parem imediatamente! — Ela não gritou; simplesmente comandou em um tom mais alto do que seu volume habitual. *Elegante e imponente*, como a avó sempre se referia a ela.

Os dois estagiários estavam socando a barriga um do outro, com sangue escorrendo pelo rosto, enquanto os outros estagiários enfileirados nas paredes jogavam comida e berravam obscenidades. Alguns ouviram a ordem dela e pararam, mas outros estavam absortos demais no motim para se importarem. Se alguém não os parasse logo, os dois briguentos iam acabar se matando.

Muito bem. Becky tinha tentado do jeito elegante.

Então era hora de ser imponente.

Ela rasgou a saia no meio para ter mais movimento e se lançou na briga, ignorando os gritos de Blade e de Gideon, que tinha acabado de chegar. Segurou o primeiro estagiário pelo cabelo e usou a surpresa dele a seu próprio favor, dando-lhe uma cotovelada na cara antes de derrubá-lo no chão com uma rasteira e ouvir o barulho oco da queda. O segundo estagiário, que era mais baixo, ainda estava cheio de adrenalina e partiu para cima dela, mas ele usava a força bruta e ela, agilidade e inteligência. Becky desviou com tranquilidade do ataque e o acertou nas costas, pressionando um nervo que o fez gritar de dor e desabar ao lado do outro.

Ela recuou um passo e endireitou os óculos.

— Se este refeitório não estiver um brinco até o fim do expediente, vou contar ao chefe tintim por tintim quem foram os responsáveis e que tipo de punição eu acho adequada... a começar pela troca do elixir de caldeirão para a versão sem energizante. — Becky ouviu alguns murmúrios de pânico, mas ninguém se mexeu. — Agora!

Um turbilhão de corpos correu freneticamente em direção à saída. Assentindo com satisfação, Becky deu meia-volta, exibindo a coxa parcialmente exposta ao ar frio de um dos pontos mais altos de toda a mansão. Ela ajeitou o que restava da saia para esconder a perna e levantou a cabeça, dando de cara com Blade.

Ele a observava boquiaberto, os dentes perfeitos à mostra.

— Que raios foi *aquilo*?

Becky estaria mentindo se dissesse que não curtiu o espanto no rosto normalmente confiante de Blade.

— Aquilo fui eu fazendo meu trabalho.

— Não, não, não. Peraí, soldado. Onde foi que você aprendeu a lutar desse jeito?

Ela sorriu de canto de boca e foi ao espelho mais próximo para endireitar o cabelo. Ao tirar os grampos soltos, os cabelos castanhos, grossos e sedosos, caíram em ondas nas costas. Em seguida, passando os dedos pelas mechas, ela começou a refazer o penteado.

— Você ficaria surpreso ao descobrir o quanto as tarefas administrativas fortalecem os músculos. — Ela deixou cair um grampo, que foi rapidamente resgatado por uma de suas fadinhas favoritas. — Obrigada, Nalia. — Ela deu um sorriso discreto para a fadinha e seguiu com o penteado, puxando o cabelo até esticar a pele do rosto.

Blade riu e balançou o dedo para ela.

— Ah, não. Você não vai escapar assim tão fácil, encantadora Rebecka. Eu não vou desistir até você...

Mas ele foi interrompido quando um dos estagiários envolvidos na briga, Caden, se levantou e a agarrou pelo ombro com força o suficiente para fazê-la gritar de dor.

— Eu ia ganhar! Essa era a minha chance de ser promovido, sua bruxa mal-amada! — ele gritou na cara dela.

Em questão de segundos, Blade já estava arrancando o homem da frente de Becky e o prendendo na parede de tijolo, sem nenhum sinal de esforço. Quando o estagiário tentou se soltar e atacá-la de novo, Blade enfiou o braço no peito do homem, imobilizando-o.

— Peça desculpas — vociferou Blade. — Agora!

O estagiário abriu um sorrisinho desdenhoso enquanto o sangue ainda escorria pelo nariz. Becky observava a cena, imóvel, e se esqueceu completamente dos grampos.

— Desculpa — murmurou o estagiário, ainda se contorcendo, mas parou assim que Blade pressionou mais o peito dele.

— Mais alto. — O treinador de dragões sorriu, mas não lembrava em nada o homem jovial que encantava todo mundo e flertava no escritório dia sim e dia também. Era aquilo que havia por baixo da superfície. Aquilo era só para Becky. — Para que ela possa ouvir.

—Desculpa, srta. Erring — disse Caden em voz alta, humildemente. Blade o soltou, mas se manteve entre Caden e ela, e depois deu um tapa nas costas do homem.

— Pronto. Bem melhor, né? Está vendo como é importante ter educação? — Blade puxou o estagiário pelo colarinho. — Se você falar com ela assim outra vez, vou te jogar para o meu dragão e deixar ele usar seus ossos como palitinhos de dente.

O estagiário choramingou e saiu correndo assim que foi solto.

Becky só conseguiu encará-lo, boquiaberta.

Mas Blade já tinha seguido em frente, como se aquele confronto nunca tivesse acontecido, e ajeitou o colete azul-claro.

— E aí? Onde foi que você aprendeu a lutar assim?

— Eu, hm… preciso voltar ao trabalho — disse ela enquanto se afastava, hesitante.

Blade franziu a testa e coçou a cabeça.

— Claro. Quem sabe mais tarde?

Becky engoliu em seco.

— Quem sabe!

Mas ela já estava correndo em direção à escada, onde Gideon Sage se recostava na parede, com um olhar sabichão.

— Então eu estava certo — disse Gideon, balançando a cabeça. — É você mesmo.

— Se você abrir a boca, eu vou negar — sibilou ela, com raiva de si mesma por ter sido tão descuidada. É óbvio que ele ia reconhecê-la; Becky tinha acabado de deixar tudo mais do que claro com seu showzinho.

Gideon contraiu os lábios.

— Entendo de segredos, srta. *Erring*. — Ele enfatizou o nome, sabendo então que era falso. — Não vou dizer nada. Não se preocupe.

Becky se virou e notou a testa franzida de Blade, a forma como olhava para o pouco espaço entre ela e Gideon. Ele estava interpretando errado a cena, mas ela tinha que deixar por isso mesmo. Seu segredo precisava permanecer intacto.

Caso contrário, seu mundo inteiro desmoronaria.

Junto com a vida que ela havia construído para si mesma.

CAPÍTULO 38
Vilão

— **Já ouvi falar que a morte** mais dolorosa é por afogamento — disse Sage, de maneira nem um pouco útil, enquanto a água se acumulava ao redor das panturrilhas dos dois.

Ele ainda estava tentando pegar as chaves, mas só tinha conseguido empurrá-las um pouco mais para a beirada da mesa.

— Falando por experiência própria, é?

Sage chutou a água; o aguaceiro vindo do teto a havia encharcado, havia encharcado os dois. As roupas íntimas grudaram no corpo dela como se fossem uma segunda pele, e Trystan pensou em silêncio que havia um monte de coisas muito mais dolorosas do que se afogar. Tipo morrer sem segurar aqueles dois perfeitos...

— Está tendo ansiedade de desempenho?

O sapato escorregou das mãos de Trystan e caiu na água com um *plop*.

— O quê? — Não era possível que ele tivesse ouvido mesmo o que tinha acabado de escutar. Mas, quando se virou para encará-la, ela estava lhe dirigindo um sorriso solidário.

— Não tem problema, senhor. — Não havia nenhum indício de humor no tom dela que indicasse que ela estava brincando, mas Trystan raramente entendia o senso de humor dos outros. — A Tatianna me disse que acontece com todo mundo.

Ela estava falando sério? *Pelo amor dos deuses, caramba.*

A irritação o fez contrair a mandíbula e ir até ela com passos determinados. O fator intimidação talvez tenha perdido um pouco da força por conta do esguicho das botas molhadas. Mas ele ficou satisfeito ao notar que Sage admirava seu peito com as bochechas vermelhas. O olhar dela estava bem mais sóbrio e focado do que quando eles entraram na aldeia.

— Posso afirmar com a mais absoluta certeza — disse ele, percorrendo o corpo de Sage com os olhos, o que a fez parar de respirar — que, quando tenho o privilégio, o meu *desempenho* nunca é um problema.

A água escorria do cabelo até os lábios dela. A bochecha estava ligeiramente manchada de vermelho.

Sage começou a arfar, o tórax subia e descia lentamente enquanto ela erguia a mão e a colocava no peito nu de Trystan, bem na altura do coração. Um brilho — ele relutava em chamar assim, mas não havia outro nome — iluminou os olhos dela e um sorrisinho bem-humorado se insinuou nos lábios.

— Eu estava falando da sua magia, senhor.

Bom pra você. Eu não.

Limpando a garganta e percebendo que a água já passava dos joelhos, Trystan disse, muito exasperado:

— Eu deixei meu poder para trás para poder entrar na aldeia.

Ela o empurrou sem muita força, apenas com um olhar de censura.

— Mas que estupidez!

Ele não olhou para ela, só pegou o sapato de novo e mirou mais uma vez nas chaves.

— Foi a única condição que eles impuseram para a minha entrada, e eu não queria que você ficasse sozinha.

Trystan mirou de novo, errou. Mirou de novo, errou. Mirou de novo... e, dessa vez, acertou as chaves em cheio... direto na água, onde afundaram feito uma pedra. Junto com o coração dele.

Alguém do teatro lá em cima apareceria ali. Ele precisava acreditar naquilo. Os dois não iam morrer ali, certo? Sage não ia morrer ali. Mas o pânico que percorria sua espinha contava outra história.

— Queria que você parasse com isso — disse ela em voz baixa.

A água já estava batendo na cintura dele e quase engolindo Sage até o peito. Trystan correu até ela e segurou seus quadris, levantando-a acima da água para que pudesse respirar melhor. Mas, com isso, eles ficaram cara a cara, a poucos centímetros de distância, enquanto ela apoiava as mãos nos ombros dele.

— Parar com o quê? — perguntou Trystan, constrangedoramente sem fôlego, mas torceu para que ela achasse que fosse por conta do esforço.

— De ser tão legal — disse Sage, calma e casual, como se os dois estivessem tendo uma conversa normal na sala dele, e não presos num porão debaixo de um aguaceiro que logo os afogaria.

Ele fechou a cara, enojado. *Legal?*

— Bom, agora você está tentando me ofender de propósito.

Foi o leve espasmo nos lábios vermelhos que provocou a sensação de formigamento no rosto e pescoço de Trystan. Depois, o aperto dos dedos de Sage nos ombros dele, congelando-o no lugar enquanto ele encarava as sardas delicadamente salpicadas pelo nariz elegante. Ela fixou os olhos na boca dele e, em seguida, ergueu o olhar com um toque de desespero.

— A gente vai se afogar — sussurrou ela.

Ele fechou bem os olhos e a viu deitada no caixão. Em seguida, a viu de pé no alto da escadaria do palácio do rei, com a cor de volta às bochechas. Sentiu um formigamento nos lábios, e Sage afastou uma das mãos para mexer os nós dos dedos, como se aliviasse uma sensação indesejada ali.

Ele soterrou as emoções e tentou matar todos os sentimentos que havia dentro de si para não ter que lidar com a derrota. Estava entorpecido. Até que Sage — até que *Evie* — pôs a mão que estava sacudindo na bochecha dele e disse com uma voz trêmula que fissurou sua alma:

— Por favor, me beija.

Não havia nada que aliviasse a agonia enquanto ela aproximava a cabeça da dele, e todos os músculos de Trystan congelaram por necessidade, pois, se relaxassem, seria impossível se segurar. E por que deveria? Se ela queria alívio naqueles momentos finais, por que ele não deveria dar? Não tinha como ela saber o que aquele pedido tão simples estava fazendo com ele, o quanto ele queria aquilo.

O quanto sempre quis.

O hálito doce acariciou a boca dele e Trystan foi tomado por uma sensação de embriaguez... E essa palavra destruiu tudo. *Embriaguez.* O efeito da flor. Aquela poderia ser a única explicação para o pedido de Sage. O desespero que ele sentia não podia ultrapassar o último mísero resquício de honra que lhe restava — uma honra que parecia se estender apenas à única pessoa que ele queria acima de tudo.

Trystan se perguntou se dava para ver a tristeza nos seus olhos ao dizer:

— Eu... eu não posso fazer isso.

A dor nos olhos dela quase o fez mudar de ideia, mas então, sem mais nem menos, outra janela lá no alto, no cantinho, se quebrou. Sage gritou e Trystan puxou a cabeça dela para o peito, usando o corpo para protegê-la dos cacos de vidro que caíam — até que algo pequeno e pegajoso pousou na cabeça dele.

— Pelos deuses...

— Reinaldo!

CAPÍTULO 39
Evie

— **Meu herói!** — exclamou Evie alegremente, pegando o anfíbio.

Ela estava prestes a dar um beijo na bochecha do sapo quando ele foi arrancado das suas mãos. O chefe fechou a cara para ela.

— Não devemos recompensar a desobediência, Sage. — Embora as palavras tivessem saído com hesitação, ele ainda conseguiu lançar um olhar fulminante para o sapo. — Você não deveria nem ter vindo, seu pestinha.

Tatianna surgiu do outro lado da janela quebrada. Aquele belo rosto era uma visão muito bem-vinda após o momento de desespero. E a vergonha extrema que Evie carregaria por um bom tempo. E as palavras que ela ouviria toda vez que se sentisse minimamente insegura.

"Eu... eu não posso fazer isso."

Tinha sido seu único rompante de confiança, tudo para acabar enterrado debaixo de uma rejeição dolorosa.

— Ah, graças aos deuses vocês dois não morreram — disse Tatianna, acalmando os pensamentos desenfreados que dominavam a cabeça de Evie.

O Vilão franziu a testa.

— Isso estava em discussão?

Reinaldo pulou na água e nadou em direção ao canto onde as chaves tinham afundado.

— Garoto esperto! — exclamou Evie carinhosamente, esforçando-se para manter a cabeça fora d'água, já que não dava mais para pisar no chão sem afundar. O chefe grunhiu e torceu o lábio de desgosto, depois a segurou pelo quadril e a levantou.

Tatianna sumiu e foi substituída por Clare, que analisava o ambiente com um olhar impressionado.

— Caramba, vocês dois são absurdamente destrutivos.

Evie abriu um sorriso.

— Já virou rotina.

Clare revirou os olhos.

— E isso não explica por que vocês estão praticamente pelados.

Antes que Evie pudesse inventar uma explicação plausível, Reinaldo voltou com as chaves na boquinha. O chefe destrancou a porta da cela, empurrando-a com toda sua força para vencer a pressão da água. Os músculos das costas se agitavam com o esforço que ele fazia, de um jeito que fez Evie querer mergulhar a cabeça na água fria para apagar o fogo. Não dava para acreditar que, poucos segundos antes, estava encostando naquele corpo...

Quando Evie enfim conseguiu reunir forças para desviar o olhar, Tatianna e Clare estavam olhando para ela... e dando risadinhas. Ela mostrou o dedo para as duas — o não tão amigável.

Depois de ter conseguido abrir a porta da cela, o Vilão se virou para onde ela estava — atrás dele, tentando não afundar — aparentemente alheio à interação dela com a irmã e a curandeira.

— Você primeiro, Sage.

O chefe a ajudou a passar pelas grades e a ergueu em direção à janela quebrada no canto. Ela sentiu duas mãos a puxando e a levando para a calçada de madeira. Ofegante, ela se jogou de costas, cuspindo e tossindo. O sol quente lá no alto aquecia a pele enquanto ela recuperava o fôlego.

Suas mãos ainda estavam entrelaçadas nas de Tati e Clare. Todas respiravam pesadamente até que Clare disse, quebrando o silêncio:

— Realmente não sei como chegamos a esse ponto. Tivemos uma infância tão normal...

Elas começaram a rir sem parar, e Evie apertou a mão das duas. Aquecida pelo afeto por suas salvadoras, ela as soltou rapidamente para buscar Trystan.

Mas ele não estava lá.

E, é claro, como ditavam os deuses, Evie sabia que, quando as coisas estavam boas demais, era o momento em que tudo desandava.

— Trystan? — Clare se inclinou ao lado dela e mergulhou a mão na água. — Cadê ele?

— Será que ele conseguiu abrir a porta do outro lado? Talvez tenha subido a escada do porão e passado pela saída normal? — perguntou Evie, em pânico, inclinando a cabeça para olhar e batendo-a prontamente na borda superior da janela.

Foi então que uma voz ecoou atrás delas.

— Foi exatamente isso.

Era Helena e seus atores segurando o Vilão, que estava molhado e sem camisa, com o rosto fervendo de raiva.

E a adaga de Evie no pescoço.

CAPÍTULO 40
Evie

— É meu, Helena — disse Evie suavemente.

Certamente Clare e Tati achariam que ela estava falando da adaga, mas não era para a adaga que Evie estava olhando... Trystan estava preso entre os dois capangas maiores, lutando para se soltar.

Por favor, me beija.

Agora não, ela implorou a si mesma. Aquela vergonha que não ia embora nunca ia ter que esperar até que Evie estivesse sozinha e pudesse gritar com a cara enfiada em um travesseiro.

Clare deu um passo à frente.

— Soltem meu irmão imediatamente, seus bandidos.

— Atores — corrigiu Fritz, e seus companheiros assentiram com a cabeça.

Isso fez todo mundo ficar em silêncio. Helena escondeu o rosto nas mãos e grunhiu.

— Fritz, agora não!

O homem pareceu magoado e afrouxou a mão, e essa brecha pareceu acender algo dentro dela. A cicatriz formigou, mas, em vez de uma simples sensação, seu ombro inteiro brilhou, como tinha acontecido antes de ela matar Otto Warsen — mas, dessa vez, o brilho era um arco-íris de tons. Seus ombros estavam despidos, só o corpete segurava a chemise, então não só estava visível como brilhava *intensamente*.

— Caramba, Evie! — disse Tati, cobrindo os olhos.

— Meu — repetiu Evie, ainda sem olhar para a adaga, mas a arma respondeu a seu chamado, brilhando com as mesmas cores do arco-íris e voando da mão de Fritz de volta para a dela. O Vilão aproveitou a deixa criada pela surpresa dos homens e se desvencilhou, disparando para o lado dela. Evie posicionou o corpo na frente do dele e segurou firme a adaga.

— Acabou, Helena. Nós vamos embora. — Evie apontou a adaga na direção dos capangas, que cobriram a cabeça e se afastaram da lâmina mágica brilhante que atendia ao chamado dela. Estava preparada para lutar, caso fosse necessário. Ninguém ia machucá-la de novo. Ninguém ia machucar Trystan de novo. Ela sabia usar a adaga e estava disposta a abandonar seus princípios para…

Amuada, Helena curvou os lábios carnudos, olhou para baixo e cutucou as unhas.

— Tudo bem.

A mente acelerada de Evie parou de repente.

— Espera, só isso? "Tudo bem"?

Helena deu de ombros e passou a mão pelo cabelo com cara de quem já tinha superado toda aquela história.

— Eu ia soltar vocês, de qualquer maneira. Só queria ver como vocês dois iam se sair trancafiados juntos por um tempo. — Sua prima abriu um sorrisinho ao olhar para as roupas de baixo ensopadas. — Eu tinha apostado dez moedas que vocês iam tirar a roupa.

Ela estendeu a mão para Douglas, que estava de lado, com o caderno ainda na mão. Ele olhou feio para Evie enquanto esvaziava os bolsos e entregava um punhado de moedas para Helena.

O Vilão emanava raiva.

— Você planejou nos entregar ao rei... e ainda fez apostas sobre a gente?

Helena deu uma risadinha pelo nariz.

— Era uma aposta segura. E eu não ia entregar vocês. É por causa do rei que nosso teatro está quase falido.

Evie franziu a testa.

— Como assim?

Helena manteve a postura arrogante, mas Evie percebeu o tormento nos olhos dela.

— Esse teatro aqui já foi abençoado pela magia dos deuses. Objetos ganhavam vida, animais faziam parte da equipe, os cenários praticamente se construíam sozinhos. Só que, ultimamente, é como se a magia estivesse...

— Desaparecendo — concluiu Evie.

Dessa vez, Helena não disfarçou a dor no olhar.

— Exatamente. — Ela passou a mão pela lateral do prédio. — O Teatro das Terras Mortas está morrendo.

— E você culpa o rei? — perguntou Clare, pegando Reinaldo antes que ele corresse atrás de uma mosca.

— É culpa dele — disse Helena, mexendo na ponta do cabelo. — Existem rumores de que ele vem forçando os limites da magia há anos...os rumores claramente são verdadeiros. E agora todos nós temos que pagar o preço.

Evie se aproximou da prima e segurou uma das mãos dela. Mais tarde, se daria uma bronca por perdoar tão rápido, mas ela quase já não tinha mais parentes e, por mais negligente que Helena fosse, ainda fazia parte de sua família.

— Como assim? O rei diz que está tentando cumprir a profecia para *salvar* Rennedawn.

Helena suspirou e os ombros tombaram, mas ela não soltou a mão de Evie.

— Correm boatos sobre o Benedict na Aldeia do Coração. Nem todos são tão leais quanto você imagina. O rei destruiu famílias mexendo com a magia e, se quer saber minha opinião, acho que ele planeja roubar toda ela.

O coração de Evie acelerou e vários pensamentos a invadiram de uma vez. Será que o desespero de Benedict para cumprir a *História de Rennedawn* era uma artimanha para mascarar suas verdadeiras intenções? Será que o Vilão não passava de um bode expiatório para esconder suas próprias maldades? Mas os pensamentos foram interrompidos quando Helena tirou uma bolsinha do bolso da saia e a colocou nas mãos trêmulas de Evie.

— A tia Nura deixou isso aqui. Era para eu enviar para você, só que ela pediu para esperar o momento certo. Imagino que seja agora.

A bolsinha de veludo parecia pesar pelo menos cinco quilos.

— Acho que ela sabia que você viria procurá-la, bobinha. Um dia antes de desaparecer outra vez, ela me entregou isso com um bilhete. — Havia um rolo de pergaminho preso à bolsinha, do tamanho do dedo indicador de Evie, amarrado com uma fita vermelha. — Não cheguei a ler — acrescentou Helena.

— Ela não disse para onde ia? — perguntou Evie, bem mais gentil do que momentos antes. Parecia que havia duas versões de si mesma em guerra. Uma que gritava a plenos pulmões, com raiva e revolta, e outra que estava sentada em silêncio, sofrendo profundamente e esperando alguém perceber. Alguém se importar.

Helena balançou a cabeça, finalmente demonstrando um pouco de compaixão.

— Não. Só disse para eu me certificar de que você receberia isso.

Evie franziu a testa, mas decidiu agir com maturidade.

— Obrigada, Helena. — E estava sendo sincera.

Helena assentiu e fez uma reverência exagerada.

— Melhor vocês irem. Eu posso até não estar disposta a entregar vocês, mas tem muita gente aqui que estaria.

Ela estava certa; eles precisavam ir embora, mas Evie não resistiu ao impulso de se despedir.

— Helena? — A prima parou e seus cabelos brilhosos reluziram à luz do sol. Evie continuou: — Eu sinto muito que o enfraquecimento da magia... esteja te prejudicando.

— Está prejudicando todo mundo, Evie — disse Helena, a voz sem emoção.

Ela segurou firme a bolsinha na mão, junto com o pergaminho, enquanto Helena e seus atores seguiam em direção à porta dos fundos para entrarem no teatro novamente.

De repente, Helena parou e se virou para a prima.

— Você deveria dar uma olhada na casa. Sempre tive a sensação de que ela tentaria voltar lá.

Evie fechou bem os olhos e segurou a adaga junto ao peito.

— Ela nunca voltou, Helena.

A prima deu de ombros.

— Só porque você não a viu, não significa que ela não esteve lá.

A adaga vibrou na mão dela e a cicatriz respondia, como se ambas a avisassem para não se aproximar demais da escuridão que guerreava em seu coração. Como se insistissem para que ela se mantivesse firme, para que não perdesse a esperança.

Mas, enquanto eles caminhavam em silêncio de volta para a ponte, sem Nura e com a feiura do mundo cada vez mais exposta, Evie não pôde deixar de se perguntar se deveria mesmo lutar contra o impulso, no fim das contas.

CAPÍTULO 41
Evie

Mais uma vez, eles estavam sem nenhuma pista.

A viagem para casa foi solene, silenciosa. Evie ignorou a dor ardente na barriga por se manter ereta no cavalo e a coceira incômoda nas coxas. Era estranho como o desconforto podia ser ignorado quando surgia um problema maior. Sua mente estava longe, e as más notícias de Tatianna e Clare não ajudavam.

— O dono da pousada disse que faz onze anos que a feiticeira que morava na aldeia não é vista — avisou Tatianna, jogando uma trança por cima do ombro, quase sem suar.

O chefe segurava as rédeas de seu cavalo preto com força, mantendo a compostura, quase como se estivesse fazendo um esforço para não olhar para Evie. Não tinha problema — provavelmente ela nunca mais faria contato visual com ele, de qualquer maneira.

— Bem, isso não ajuda em nada — resmungou o Vilão. — Vocês não conseguiram mais nenhuma informação?

Assustadoramente parecida com o irmão, Clare evitou fazer contato visual com Tatianna enquanto falava, mantendo a coluna rígida.

— A feiticeira agora mora no reino do sul, Trystan. Foi presa pelo rei e pela rainha por ter matado o príncipe herdeiro.

Os três trocaram olhares intensos e inquietantes. Até Reinaldo, cujo semblante normalmente era doce e inocente, parecia... mais sério. Tinha alguma coisa ali que Evie não conseguia entender, e vê-los se comunicando silenciosamente com os olhos a fez se sentir ainda mais excluída.

Tatianna pareceu perceber os lábios franzidos de Evie, porque continuou a falar de onde Clare tinha parado, olhando para Evie para incluí-la na conversa. Um gesto de gentileza.

— De qualquer forma, o dono da pousada chegou a mencionar a filha da feiticeira como outra opção viável. Ela era criança quando morava com a mãe na Aldeia do Coração, mas hoje em dia já deve ter uns vinte e poucos anos. Filhos de gente poderosa geralmente herdam os dons.

Reinaldo se animou e olhou para Tatianna.

Trystan balançou a cabeça.

— Não temos tempo para perambular pelo reino do sul por impulso. Deve ter uma solução melhor.

Tatianna assentiu com a cabeça sem muito entusiasmo.

— Sim, senhor. Vamos continuar procurando.

O grupo seguiu em frente em silêncio, mas Evie não conseguia parar de olhar para Reinaldo, que, se ela não estivesse enganada, parecia bem triste.

*

A noite caiu enquanto eles se aproximavam da mansão. Quando chegaram, Tatianna e Clare decidiram investigar o problema crescente da proteção da mansão no dia seguinte, e o restante do grupo se reuniu na cozinha para planejar os próximos da busca por Nura. O chefe tinha vestido uma camisa, tragicamente, e Evie tinha escolhido um par de sapatos de salto confortáveis para ajudá-la a parecer mais alta e um vestido de lã vermelho e quentinho, já que ainda sentia o frio da água e das revelações do dia.

O cheirinho de massa de torta fresca melhorou seu humor assim que ela entrou no aconchegante ambiente da cozinha, sorrindo para sua janela favorita. Blade levantou uma caneca de elixir de caldeirão para cumprimentá-la de onde estava, ao lado de Gideon, que tomava a bebida em pequenos goles e fazia careta com o gosto.

— Você acaba se acostumando — Becky o tranquilizou, bebendo o elixir com vontade. Gideon olhou para ela como se a mulher tivesse várias cabeças. E Blade olhou feio para Gideon como se quisesse arrancar a dele. Aquilo era... novidade.

— Vocês voltaram! Maravilha! Bem a tempo da torta — exclamou Edwin, virando-se para eles. Na cabeça azul havia um chapéu branco de chef meio torto, e seus oclinhos estavam ligeiramente embaçados por causa do calor do forno. As bochechas ficaram roxas à medida que ele servia prato após prato na mesa de madeira, cada um com uma fatia de torta de maçã pegajosa.

— Bem-vindos de volta, heróis conquistadores! — Gideon sorriu. Parecia muito à vontade em um escritório no qual tinha chegado havia menos de uma semana, mas encolheu-se ao ver o olhar fulminante do chefe. — Ou... vilões conquistadores? Vou parar de falar.

— Graças aos deuses — murmurou o Vilão, puxando uma cadeira e apontando para Evie. — Sage? Quer sentar?

Ela ficou vermelha da cor do vestido enquanto se sentava, ciente de que todo mundo ali presente estava observando o gesto. Eles não tinham como saber o que tinha acontecido entre Evie e o chefe enquanto a água os inundava... tinham?

Por favor, me beija.

Ela quase tapou os ouvidos e gritou.

Lyssa se afastou do fogão, encantada.

— Ele é tão cavalheiro!

Blade deu uma risadinha no canto, tomou um gole do elixir de caldeirão e, por fim, murmurou:

— Ah, claro, quando ele não está cortando cabeças ou arrancando olhos.

Mas é claro que Lyssa ouviu, porque crianças de dez anos pareciam ouvir tudo que não deveriam e nada do que deveriam.

— Eu vi um olho lá no corredor! Era enorme! — exclamou com um pulinho, justo quando Edwin pôs um chapéu de chef minúsculo na cabeça dela.

Blade se encolheu.

— Ah, não.

— Lyssa! Nós temos rolinhos de canela para preparar — disse Edwin alegremente, dando uma piscadinha para Evie, que sussurrou um agradecimento pela distração.

— Alguma mudança no mapa, senhor? — perguntou Evie, puxando suavemente a bolsinha de veludo guardada no bolso e enfiando dois dedos dentro.

O Vilão fez uma careta antes de ir ao corredor e arrastar o grande mapa — que um dia já tinha sido a escrivaninha dele

— para a mesa. Não brilhava mais, não havia mais nenhum tipo de marcação.

— Creio que o efeito da poeira estelar tenha se esvaído.

Os dedos de Evie pararam em algo frio e duro dentro da bolsa. Ela franziu a testa e levantou a cabeça.

— O efeito da poeira estelar se esvai?

O Vilão pôs a placa grande e inútil em um canto.

— Parece que sim. Ainda temos um pouquinho de poeira. Podemos arriscar e usá-la para ver se acende outra pista.

O objeto dentro da bolsinha era pontudo em um dos lados, com uma superfície texturizada, e o coração de Evie disparou enquanto ela despejava o conteúdo na palma da mão.

Becky se aproximou e olhou para o objeto sem entender nada.

— O que é isso?

— É da minha mãe.

Na palma da mão de Evie estava um grande pedaço de canto de uma moldura de ouro que havia sido quebrada. Era luxuosa, com detalhes incrustados em espiral que Evie se lembrava de ter traçado com os dedos quando pequena... Ela virou o objeto na mesma hora e se retesou ao ler o que estava gravado na parte de trás.

Propriedade da Família Sage

Gideon quase derrubou a xícara ao se aproximar.

— Eu sei o que isso é.

O Vilão aguçou os ouvidos.

— Sabe?

Gideon estendeu a mão para Evie.

— Posso pegar, Evie?

Ela lambeu os lábios e depositou o pedaço de ouro na palma da mão dele. Enquanto Gideon o inspecionava, Evie abriu o pergaminho amarrado com fita e levou os dedos aos lábios ao ler as palavras gravadas ali. "Encontre-me aqui, hasibsi. Estarei segura. Estarei com meu amigo."

Ela franziu a testa enquanto esfregava a mão na bochecha.

— Amigo dela? — Ela olhou para o irmão. — Gideon?

— Isso é de uma pintura na nossa casa, Eve. O pai tinha um monte dessas molduras, lembra? Mandou fazer todas elas sob encomenda com um vendedor da aldeia para o aniversário da mamãe, para a coleção de arte dela.

Aquelas palavras resgataram uma lembrança das profundezas de seu cérebro, como se estivesse arquivada até aquele momento. A mãe dela amava arte, amava retratos e paisagens de pessoas e lugares que tinham significado para ela, mas o pai resolvera guardar tudo depois do desaparecimento dela. Ele disse que não aguentava olhar para os quadros, mas agora Evie se perguntava se as motivações dele eram menos românticas e mais nefastas. Era sempre assim, ela refletiu. Quando alguém se revelava ser pior do que imaginávamos, avaliar éramos jogados à árdua tarifa de adivinhar quais partes boas da pessoa eram reais, se é que alguma era.

— Você está insinuando que ela poderia estar na nossa aldeia o tempo todo? Com o vendedor? Eles eram amigos?

Gideon deu de ombros e devolveu o pedaço de moldura para ela.

— Se é isso que o bilhete diz, é possível.

— Então precisamos encontrar o vendedor imediatamente! A gente vai à aldeia e aí pergunta... — Ela se levantou, mas foi interrompida pela mão pesada do chefe no ombro, empurrando-a de volta à cadeira.

— Sage, você não vai a lugar nenhum. Você é uma mulher procurada, como você mesma comemorou alegremente. Se chegar na sua aldeia fazendo perguntas, vai ser presa e levada sob custódia.

Ela sentiu uma pontada de rebeldia em reação ao comando sobre o que podia ou não fazer. Por mais que fizesse sentido, por mais que ele tivesse razão.

— Eu sei muito bem ser discreta — argumentou Evie, erguendo o queixo teimosamente, levantando-se e tirando a mão dele do ombro.

— Você é tão discreta quanto um aríete — retrucou o Vilão, curto e grosso, cerrando a mandíbula.

Gideon se contraiu e Blade deu um passo para trás. Lyssa e Edwin pareciam ignorá-los de propósito, empurrando a massa de um lado para o outro.

Evie não ia permitir que ele a impedisse de continuar essa investigação, afastando-a justo agora que estavam tão perto. Ele podia até tê-la rejeitado categoricamente na cela, mas ela não ia deixar que ele a rejeitasse ali, no âmbito profissional.

— Senhor, eu imploro para que seja razoável. Não me deixe de fora disso.

Havia um tom de alerta nas palavras dela, na elevação da sobrancelha, na contração dos lábios vermelhos. Todos esses sinais refletiam a raiva que se acumulava no estômago dela como um veneno.

O Vilão abriu um sorrisinho leve que fez Evie sentir vontade de dar um soco naquele rosto presunçoso.

— Faça-me o favor, Sage. Implorar não combina com você.

Ela recuou, chocada.

Gideon bateu a mão na cabeça e Blade se afastou como se tivesse chegado perto demais de um incêndio.

Reinaldo subiu na mesa e levantou uma placa. PERIGO.

A princípio, o choque com a ofensa era tanto que Evie não conseguiu dizer nada, só abriu a boca, sufocada pela dor de vê-lo zombar tão prontamente de seu pedido vulnerável quando os dois estavam à beira da morte. E ele ainda teve a audácia de franzir as sobrancelhas, confuso, quando percebeu a mágoa no rosto dela — pior ainda, de agir como se estivesse *surpreso*, arregalando os olhos enquanto levantava a mão.

— Sage, não, não foi nada disso que eu...

— Não estou nem aí para o que você diz. Suas escolhas quase nos mataram naquele porão; não vou entrar na sua onda agora. Eu também vou.

Uma veia pulsava na testa dela, junto com uma dor latejante nas têmporas. As bochechas coraram e os olhos se estreitaram.

O Vilão se recuperou rapidamente e soltou uma risada incrédula.

— Não vai, não. Eu vou *sozinho* e vou trazer todas as informações que encontrar.

Ela soltou um grunhido de frustração.

— Você também é procurado! *Você* vai ser preso na hora!

— Não vou, Sage. — Ele cruzou os braços. — Eu tenho magia fatal. Qualquer um que me reconhecer debaixo do capuz vai dar de cara no chão.

— Eu vou! — gritou Evie, desistindo de se controlar.

Ele olhou feio para ela e começou a tremer também.

— Não vai, não! É perigoso demais!

— Você não manda em mim! — berrou ela.

Ele ergueu as mãos num gesto de frustração.

— Eu sou seu chefe! É claro que mando! — Ele se virou para Becky. — Certo, srta. Erring?

Becky já estava na porta, dando tchauzinho enquanto gritava:

— Nem pensar, não vou me envolver nisso. Tchau!

O chefe franziu a testa e perdeu um pouco do ímpeto ao se voltar para Evie.

— Você vai ficar aqui. Você... você não é necessária nessa tarefa. Está decidido.

Levar um tapa na cara teria doído menos. Ser necessária era a vida dela — era seu valor; era seu frágil lugar no mundo. Evie era assistente dele. Não ser necessária para ele a privava de seu propósito. Era cruel, e ele sabia disso.

Ele é o Vilão, Evie.

O lembrete não acalmou nem um pouco sua raiva. Ela só conseguiu parar de tremer e abrir um sorriso perigoso. O chefe engoliu em seco e Reinaldo levantou uma plaquinha que dizia: CORRA.

— Muito bem. Como quiser, sr. Maverine. — Ela fez uma reverência exagerada. — Se eu puder auxiliá-lo de outra maneira, por favor, me avise.

O chefe pareceu receoso com o uso formal do sobrenome dele.

— Evie... por favor, entenda...

Ela o encarou com um brilho perigoso nos olhos.

— Ah, como sua *assistente*, entendo perfeitamente, senhor. Não se preocupe mais com isso.

Enquanto se virava e ia embora da cozinha, ela ouviu a voz de Blade a chamando.

— Evie, espera!

Ela se virou e explodiu:

— O que você quer? — Mas se arrependeu no mesmo segundo. Sua raiva não tinha nada a ver com ele. Ela suspirou profundamente. — Desculpa, Blade. Não sou uma boa companhia quando estou chateada. Estou me sentindo tão... E ele simplesmente...

Blade sorriu e a pegou gentilmente pelo braço.

— Tem dois animais lá embaixo com um problema parecido. Por que não vamos lá dar um oi? Você vai se sentir melhor.

Improvável, mas, mesmo assim, ela permitiu que ele a guiasse até o porão.

Os dois guvres pareciam contentes. Blade tinha acabado de alimentá-los, e o macho aninhou o lindo corpo colorido sobre a fêmea de forma protetora enquanto Evie chegava perto das grades, sorrindo para o casal. E se perguntando por que presenciar uma devoção tão profunda fazia seu peito doer tanto.

— Fico imaginando qual deve ser a sensação de ser feliz assim. De ser tão contente, junto de quem se ama — sussurrou Evie, mas, com o silêncio do porão, daria no mesmo se tivesse gritado. Ela olhou de relance para Blade, mas ele olhava para a frente com um meio sorriso que não combinava com a expressão nos olhos.

— É. Eu também fico imaginando. Imagino o tempo todo.

Evie encostou a cabeça no braço de Blade e ele olhou para ela.

— O chefe foi insensato de não deixar você ir, Evie. Eu sinto muito.

Ela não respondeu, apenas deu de ombros antes de dar um tapinha de despedida no braço dele e subir a escada.

A dor no peito não tinha diminuído, mas ela a deixaria ali onde estava: era um combustível. Seus saltos ressoavam pelo corredor de pedra enquanto ela seguia em frente com passos decididos, consolada pela certeza de que Trystan Maverine estava prestes a descobrir exatamente o quão insensato tinha sido.

CAPÍTULO 42
Vilão

As fadinhas estavam olhando feio para ele.

Nas últimas três horas, a cada dez minutos, ele ouvia o som cintilante das asas delas passando pela fresta da porta, que Trystan tinha deixado ligeiramente entreaberta só para ouvir o que acontecia no escritório. Com certeza não era porque Sage não falava com ele havia três dias e ele estava desesperado para ouvir a voz dela. Todas as manhãs dos dias anteriores, ela entrara na sala sem expressão no rosto e colocara o elixir de caldeirão do jeito que ele gostava na mesa, com seu caderno velho e surrado nas mãos. Aquele com os desenhos de beijo. Desenhos que o faziam arder de curiosidade, só que Trystan não podia perguntar a Sage sobre eles. Ela andava dolorosamente calada — algo nada típico.

Era uma mudança bem-vinda. Agradável, até. Ele estava gostando, apesar dos dentes cerrados.

Ela não cantarolava, não ria. Ele nem a tinha visto colocar uma bala de baunilha na boca, e olha que Trystan a observava a ponto de sentir uma vergonha absoluta. Ele notava tudo. Quando ela se levantava, quando sua mesa se mexia, quando ela brincava com uma mecha de cabelo, quando ela simplesmente *respirava*, cacete.

E só lhe restava relembrar o pedido dela, repetidas vezes. "Por favor, me beija."

O cavalheirismo não estava morto, mas deveria estar, levando em conta as situações terríveis em que ele o metia.

A lembrança do pedido sussurrado de Sage estava enlouquecendo Trystan. Será que ela queria mesmo aquilo? Será que tinha sido só por conta do estresse do momento e nada mais...? Ela realmente o queria? Era por isso que estava tão zangada no momento?

Ou talvez a raiva fosse só por ele tê-la forçado a ficar na mansão.

— Não importa — resmungou Trystan, tentando se controlar.

Era por isso que o envolvimento romântico era sempre um erro. Era o tipo de coisa que resultava em toda aquela confusão ou, pior ainda... em *sentimentos*. Ele a magoando quando só queria a segurança dela.

Como sua assistente. Nada mais.

Um corvo tinha entregado uma mensagem para Trystan naquela manhã — um aviso de que iria acontecer um festival na aldeia de Sage. Era o momento perfeito para entrar sem ninguém perceber, só que ele não conseguia nem se alegrar com a vitória. Não tinha ninguém com quem comemorar. Tudo mundo estava bravo com ele. *Todo mundo.* Seus próprios funcionários, sua própria família. Até Rebecka Erring lhe lançava olhares de desdém toda vez que passava por ele no corredor.

Reinaldo, o único aliado que lhe restava, estava sentado na mesa de Trystan, um retrato perfeito de tudo o que ele não era. Gentil, bom, galante.

O sapo levantou uma plaquinha que dizia: CUIDADO.

— Não tenho tempo para decifrar seus códigos, Reinaldo. Cuidado com o quê?

Trystan passou a mão pelo cabelo desgrenhado. Mal tinha dormido nas últimas três noites, e estava na cara. Estava com olheiras e barba por fazer no queixo. Ele esfregou os olhos cansados com as mãos e as deixou ali para bloquear a luz.

— Senhor? — A voz melódica de Sage entrou flutuando pela porta entreaberta. Ele tirou as mãos do rosto e se levantou tão rápido que derrubou a cadeira. Achava que a falta de jeito fosse uma característica exclusiva de sua assistente, mas, aparentemente, era contagiosa.

Trystan pegou sua cadeira preta e olhou feio para ela. Limpando a garganta, ele se endireitou, tentando aparentar tranquilidade. E falhando.

— Eu estava aqui pensando se você precisa da minha ajuda de alguma maneira para se preparar para a viagem à *minha* aldeia.

Ela parecia alegre, o que, por algum motivo, lhe deu uma sensação horrível. Trystan contornou a mesa e fixou o olhar no rosto dela. Os cachos pretos estavam presos por duas presilhas douradas em forma de borboleta, e a túnica branca caía por cima de uma calça folgada. As presilhas combinavam com a estampa de borboletas do corpete. Ela parecia bem-cuidada e descansada.

De repente, Trystan foi invadido por um impulso de tirar as presilhas e bagunçar o cabelo dela, só para virá-la do avesso como ela fazia com ele.

— Não, Sage. Acho que está tudo sob controle.

Reinaldo levantou duas plaquinhas atrás dela.

QUE e BAGUNÇA.

Traíra.

Sage arqueou a sobrancelha e cruzou os braços sobre o peito, atraindo a atenção de Trystan para a área antes que ele se forçasse a olhar de volta para o rosto dela.

— Muito bem — disse ela bruscamente —, acho que você não precisa de mim para nada.

O corpo de Trystan gritava o contrário.

Mas era bom. Eles precisavam daquela distância cuidadosa se quisessem ter algum tipo de futuro profissional. Se ele quisesse ter alguma esperança de esquecer que quase a havia beijado no porão aquático — e de concretizar sua conquista de Rennedawn sem interferências —, era melhor assim.

A dor no seu peito ia passar.

— Eu vou levar minha carruagem; Keeley e Nesma vão seguir atrás de mim, só por precaução. Vou percorrer o resto do caminho sozinho — concluiu ele, mas se sentia sendo testado em uma prova para a qual não estava nada preparado. E, a julgar pelo olhar de sua assistente...

Ele tinha errado todas as respostas.

Mas Sage só refletia aquilo nos olhos. O resto do rosto mantinha aquele semblante quase perfeitamente agradável, como se ela tivesse enfiado um cabide atrás dos dentes.

— Excelente. Bom, espero que tenha uma viagem agradável e desejo todo o sucesso do mundo.

Ela se apressou para sair e, ao que tudo indicava, ele estava a salvo.

Mas nada explicava por que ele avançou, quase por instinto, para pegar a mão dela. Aquele toque desencadeou uma corrente elétrica que percorreu a mão e o braço de Trystan e seguiu direto para o coração... e para outras partes menos respeitosas.

Ela engoliu em seco.

— Precisava... precisa de mais alguma coisa, senhor?

De você.

No momento, os pensamentos de Trystan estavam cometendo traição, rebelando-se contra ele e tudo o que ele pretendia conquistar. Seus sentimentos, seu corpo, seu coração, suas *memórias* — estavam todos em guerra, e o objeto de sua ira e desejo estava tão perto que dava para contar os pontinhos cinzentos nas íris dela, enterrados sob o azul.

Ela é sua funcionária, ele pensou, desesperado.

Mas seu coração encurtou a frase.

Ela é sua.

— Não! — ele gritou. *Droga.*

Sage puxou a mão de volta, provavelmente porque Trystan estava agindo como se tivesse acabado de ser atingido por um raio. Ela interpretou o grito como uma resposta à pergunta que tinha feito, ainda bem. Ou talvez nem tanto, a julgar pela fúria silenciosa no semblante agora magoado.

— Muito bem. Tenha uma agradável noite.

Ele teria uma noite mais agradável arrancando as próprias unhas, uma por uma. Mas respondeu:

— Eu vou voltar com a missão bem-sucedida.

Ela suavizou o olhar antes de balançar a cabeça.

— Tenho certeza que sim.

— E como você vai passar a noite? — ele não pôde deixar de perguntar.

Ela juntou as mãos nas costas e inclinou a cabeça.

— Uns guardas me convidaram para ir beber com eles.

Ele não gostou da leveza no tom de voz.

— Guardas? Quais?

— Dante, Amar, Daniel...

— O Daniel é um mulherengo — alertou ele.

Sage lhe deu uma piscadela brincalhona.

— Vamos torcer para que seja.

Ela fechou a porta ao sair e ele se recostou na cadeira, apertando o braço de madeira com tanta força que chegou a rachá-lo.

Reinaldo levantou mais duas plaquinhas: SE ARREPENDER.

— Já estou arrependido, meu velho amigo. Já estou arrependido.

CAPÍTULO 43
Vilão

Trystan não suportava o som das risadas.

Risadas eram um sinal de alegria e, infelizmente para qualquer pessoa que cruzasse seu caminho aquela noite, ele estava determinado a esmagar a alegria como se fosse um inseto. Com o capuz cobrindo o rosto, ele entrou no fervo da aldeia. Havia lanternas espalhadas por toda esquina; casais dançavam ao som da música. Crianças assistiam a shows de marionetes e havia até um palco em um canto com uma espécie de encenação sobre amor perdido e tragédia.

Que pieguice. Que coisa mais ridícula.

Havia uma fileira de vendedores ao longo da rua, provavelmente mais de vinte lojinhas. Enquanto passava por ali, Trystan ouviu um nome que lhe tirou o fôlego.

— Coitado do Otto Warsen. Ouvi dizer que o Vilão o serviu de comida aos lobos!

— O Vilão tem lobos? — perguntou a outra voz.

— Descanse em paz, Otto! Isso só mostra que nenhuma boa ação acaba impune. Eu disse ao Otto para não contratar aquela garota estranha, a tal de Sage, mas ele ficou com pena da criatura, e foi assim que ela retribuiu! Vadiazinha traiçoeira. Eu sempre soube que tinha alguma coisa estranha nela. Trabalhar para o Vilão, vê se pode! E, enquanto isso, o pai acamado está desaparecido!

Passe direto, Trystan ordenou a si mesmo. *Não chame atenção para si.*

Ele deu um passo firme à frente e puxou o capuz escuro mais para baixo. Sua magia já estava se espalhando e uma névoa cinza o cercava, pronta para atacar. *Não*, comandou ele. *Ainda não.*

— Ela sempre foi bonitinha. Mas como fala, viu? Se eu pudesse ter calado aquela boca, teria aproveitado muito mais.

Espera. Ele conhecia aquela voz.

Ok, disse ele à sua magia. *Vá em frente.*

A magia seguiu em direção aos homens ali perto, que bebiam encostados na vitrine de uma loja. O joelho do homem que estava falando se acendeu em um vermelho vibrante — era Rick, o desgraçado do ex-amante de Sage. A névoa de Trystan acertou em cheio o joelho do homem, que gritou e caiu no chão com um baque satisfatório.

— Minha perna! — disse aos berros. — Tem alguma coisa errada com minha perna! — Os homens o cercaram, murmurando preocupados. Trystan abriu um sorrisinho malicioso e seguiu em frente até uma senhora idosa o puxar pela manga.

— Com licença, senhor? Gostaria de uma pintura facial? — A idosa tinha um sorriso cansado e longos cabelos grisalhos. Em comparação com as lojinhas dos outros vendedores, que tinham barracas grandes e placas opulentas, a dela era de dar pena... ela só tinha uma mesinha com tintas e pincéis antigos, sem nenhum cliente à vista.

Certamente seria insensato expor o rosto para aquela mulher. A chance de ela gritar ou chamar os guardas, destruindo qualquer possibilidade de Trystan encontrar Nura Sage, era enorme. Mas o rosto dela estava cheio de esperança, e as mãos tremiam enquanto aguardava a resposta.

— Por favor, senhor? Eu juro que sou boa! E custa apenas uma moeda de cobre.

Com uma moeda de cobre mal dava para comprar um pedacinho de pão. *Droga*. Ele tinha se transformado num frouxo sem discernimento. Mas, por fim, acabou se sentando no banquinho da senhora.

— Pode me transformar num lobo? — perguntou ele, com a voz baixa e tensa.

A mulher parecia tão feliz que Trystan quase sorriu para ela... quase. Ele ainda tinha algum autocontrole.

— Com certeza, senhor! — Ela começou a mergulhar os pincéis nas tintas. As mãos tremiam e ela semicerrava tanto os olhos que Trystan relaxou. Não havia a menor chance de aquela senhorinha reconhecê-lo; ela mal conseguia enxergar. — Você vai virar um lobo bem bonito!

Enquanto ela pintava, ele deu uma olhada nas ruas, tentando encontrar uma barraca que vendesse molduras de qualquer tipo. Não achou nenhuma, mas só estava vendo um lado da rua. Para alguém que tremia tanto nas mãos, a mulher trabalhava rápido, e, quando ela pôs o espelho na frente de Trystan, ele ficou boquiaberto. Ela não era uma simples pintora de rostos; era uma artista. Seu rosto inteiro estava decorado em tons escuros de cinza, preto e branco. Ele estava transformado. Nada a ver com ele mesmo.

Perfeito.

— O que achou, senhor? — perguntou a mulher nervosamente, abrindo um sorriso discreto. — Posso refazer, se quiser.

— Qual é seu nome? — perguntou ele, tentando suavizar a voz.

— Edna, senhor — disse ela, devolvendo os pincéis aos copos.

Trystan tirou uma bolsinha da cintura da calça — com trinta moedas de ouro — e a pôs nas mãos dela.

— Você fez do meu rosto uma obra-prima.

— Mas, senhor! — disse Edna, abrindo a bolsinha com um olhar intenso. — Isso é coisa demais.

Ele contraiu os lábios.

— Na minha opinião, a arte é o bem mais valioso do mundo. Por favor, aceite. Não consigo pensar em nada que valha mais.

Os olhos de Edna se encheram de lágrimas, o que o deixou tão desconfortável que ele desviou o olhar, mas era tarde demais. Ela já estava segurando a mão dele.

— Obrigada, senhor! Eu lhe desejo todas as bênçãos! Toda a felicidade!

Trystan soltou a mão dela com delicadeza e, por fim, reuniu coragem para olhar nos olhos encantadores da mulher. Ela era linda. E ele concluiu que tinha feito uma boa ação pela primeira vez.

— Obrigado, Edna. Desejo o mesmo a você.

Edna voltou para a mesa, contornou a cadeira e arrancou um cartaz da parede atrás dela. Assim que o papel foi iluminado pela luz das lanternas, ele viu que era seu cartaz de procurado. Ela deu uma piscadela para Trystan antes de rasgá-lo e jogá-lo ao vento.

Cacete.

Com uma reverência galante e um sorriso torto, ele se despediu da mulher e continuou sua busca. Graças à pintura facial, estava com menos medo de ser descoberto.

— Com licença — disse Trystan a um rapaz desengonçado que passava por ele com um grande cone de algodão-doce. — Por acaso você sabe de alguém por aqui que venda molduras de retratos?

— Você deve estar pensando no sr. Gully. Ele está bem ali, naquela passagem! Gosta de ter boa parte da rua só para ele — respondeu o rapaz com a boca cheia de açúcar.

Sr. Gully.

— Obrigado. — Trystan seguiu na direção que o rapaz tinha apontado, tentando se preparar para fazer perguntas do jeito mais discreto possível.

Mas, quando chegou à lojinha, já havia alguém ali.

De costas para Trystan, uma moça fazia perguntas ao sr. Gully. Seus longos cabelos prateados caíam em ondas nas costas. O vestido era justo o suficiente para que ele tivesse uma visão perfeita das curvas das costas. Um recorte na cintura revelava um pedacinho de pele que o fez engolir em seco e, quando ela se virou, ele as viu.

Duas presilhas douradas de borboleta que puxavam os cabelos para trás e um rosto pintado de coelho.

Surpreso, Trystan pigarreou. O som fez a mulher dar meia-volta.

— Ah, desculpe, senhor. Gostaria de entrar na conversa?

Seus lábios vermelhos estavam cheios de confiança enquanto ela apoiava a mão na cintura exposta.

Um homem passou por eles e, com uma camaradagem jovial, sussurrou para Trystan:

— É, ela é um espetáculo, né? Vai fundo, cara.

Claro que ela era um espetáculo.

Era Evie Sage.

CAPÍTULO 44
Evie

Evie Sage já tinha ouvido várias vezes na vida que era teimosa. E, embora estivesse ciente desse defeito, sabia que não era seu maior — nem de longe. Não, o maior problema de Evie Sage na vida era o despeito.

Ela havia aprendido a costurar perfeitamente por despeito, quando o irmão lhe dissera que seus remendos eram *um caso perdido*; tinha pulado de cabeça na parte funda do lago quando os garotos da turma dela a chamaram de medrosa e conseguido um emprego como funcionária de um vilão quando o mercado de trabalho lhe dissera que seria impossível ser contratada. Evie já tinha percebido várias vezes que "impossível" era apenas uma palavra usada para descrever as limitações que as pessoas queriam que a gente aceitasse, só para não desequilibrar as coisas.

Foi por isso que, em um golpe cuidadosamente planejado, ela havia pedido a ajuda de Tatianna para conseguir um vestido e uma peruca — itens que essencialmente disfarçariam qualquer resquício da mulher que Evie tinha sido quando morava naquela aldeia. Mas, por mais estranho que parecesse, ela sentia que não precisava do disfarce, pois *não era* mais a mesma mulher.

Ela era uma pessoa pior — e, por isso, muito melhor.

— O sr. Gully estava me contando sobre suas peças mais interessantes, senhor. Quer saber também?

O Vilão estava imóvel, escondido da vista da cidade graças à pintura facial, provavelmente feita por Edna. A vizinha idosa sempre tinha feito a gentileza de cuidar de Lyssa enquanto Evie trabalhava. Edna gostava da companhia e Evie gostava bastante de Edna. Gostou ainda mais quando Evie chegara aquela noite pedindo para que ela disfarçasse seu rosto. Edna a reconhecera na mesma hora e garantira que Evie estaria amplamente protegida.

— Quero, sim — respondeu o chefe, falando com uma voz tão baixa e áspera que os instintos de Evie entraram em estado de alerta. — Por gentileza.

Aparentemente sentindo a tensão no ar, o sr. Gully puxou o colarinho da camisa e se afastou da lojinha.

— Preciso ir ao banheiro, mas fiquem à vontade para ver o que quiserem. Volto já para receber qualquer pagamento.

Assim que o sr. Gully saiu do campo de visão, Evie se viu suspensa no ar. Ela gritou e se debateu nos braços do chefe, mas parou por um milésimo de segundo para admirar a visão daquele traseiro irritantemente perfeito enquanto era jogada por cima do ombro dele feito um saco de batatas.

— Tá maluco? Me solta! — gritou ela, batendo nas costas dele enquanto o chefe a carregava por uma pequena trilha de pedra que passava no meio de dois prédios.

— Silêncio! — ordenou Trystan, segurando-a firme pela cintura. Assim que ficaram sozinhos e fora de vista, ele a soltou sem a menor gentileza no chão. Ela perdeu o equilíbrio, endireitou-se e ajustou a peruca, aborrecida. — Mas que raios é isso? — Ele gesticulou para o disfarce de Evie, para a pintura no rosto, para ela em geral.

— Uma peruca — resmungou Evie.

— Uma peruca! — repetiu ele, passando a mão pelo rosto e puxando as pontas do cabelo. — Por que fez isso? Por que se arriscou de um jeito tão teimoso e inconsequente? Por favor, me explique exatamente *o que* se passou pela sua cabeça!

Ela cruzou os braços e disse a coisa mais perigosa em que conseguiu pensar.

— Faça-me o favor, senhor. Implorar não combina com você.

Pela experiência de Evie, havia diferentes níveis de raiva. Aborrecimento, irritação e, por fim, vinha a barra pesada. Ela finalmente tinha alcançado o ponto máximo da raiva do chefe: a raiva silenciosa.

Havia uma frieza tão intensa no semblante dele que Evie quase abraçou a si mesma para se livrar dos arrepios.

— Você está insinuando que eu sou hipócrita? — perguntou ele aos sussurros.

Ela não sabia de onde tinha vindo sua ousadia. Sim, Evie sempre tinha sido do tipo que falava exatamente o que pensava, mas normalmente dava uma floreada, se segurava ou analisava os comentários à exaustão. Morria de medo de ofender, ficava apavorada de dizer a coisa errada. Mas nunca se preocupava com como Trystan interpretaria suas palavras; de alguma forma, ele sempre sabia exatamente o que ela queria dizer.

Mas a frieza do chefe depois de Evie quase tê-lo beijado mudou tudo. Por isso, ela teve mais facilidade de dizer:

— "Insinuando" significaria que estou fazendo uma mera alusão à sua hipocrisia. Não, senhor. Eu estou afirmando que você *é* hipócrita.

— Eu poderia te demitir por insubordinação.

As palavras deveriam tê-la assustado, só que a ameaça era tão claramente vazia que ela olhou para os lados, fingindo confusão, e deu de ombros.

— Demite — respondeu.

Ele começou a gaguejar.

— E-eu não vou... demitir você de verdade! Só não consigo acreditar que possa agir de modo tão insolente.

Ela lhe lançou um olhar desconfiado.

— Sério?

O chefe grunhiu e encostou a cabeça na parede de tijolos acima dela, aproximando o corpo muito mais do que deveria.

— Não, eu acredito. Acho até que eu esperava por isso.

Evie balançou nos saltos adornados com pedras preciosas, tão apertados nos dedos que ela acordaria com bolhas do tamanho de cristais na manhã seguinte.

— Bem, agora que já terminamos com as amenidades, siga-me.

Apesar da dor, os saltos faziam um barulhinho satisfatório no paralelepípedo conforme ela caminhava, fazendo-a andar com uma postura mais altiva.

— O propósito de toda essa excursão era interrogar o sr. Gully a respeito do paradeiro da sua mãe. Para onde você está indo? — perguntou o chefe, mas a seguiu na mesma hora.

— Para a minha casa... ou o lugar onde eu cresci, pelo menos — ela disse com uma firmeza da qual se orgulhava. Sua relação com a casa da família tinha mudado tão drasticamente que Evie não sabia direito como se sentir em relação a isso. Era difícil odiar um lugar cuja porta ainda continha as marcações da altura dela ano após ano. — E eu já interroguei o sr. Gully.

Eles atravessaram a praça principal da aldeia e o chefe pôs a mão na base das costas dela quando passaram por uma parte mais tumultuada.

— Bem, não me deixe na expectativa, Sage. O que você descobriu? — disse ele em tom sarcástico no ouvido dela, causando-lhe um arrepio.

— O sr. Gully nem chegou a conhecer minha mãe.

— Espero que você não tenha perguntado assim na lata e levantado todas as suspeitas possíveis. — Bem, agora ele estava simplesmente insultando Evie de propósito.

Ela revirou os olhos e arqueou as sobrancelhas ao passar por uma multidão em volta de Rick, que segurava o joelho com força e gritava.

— Caramba! O que aconteceu com ele?

— Como é que eu vou saber? — Ele respondeu rápido demais para parecer convincente, mas Evie deixou para lá, porque, na verdade, era bem agradável ver aquele canalha sofrendo. Ela queria que ele sentisse ainda mais dor. Como se tivesse adivinhado, a névoa cinza do chefe, que só eles dois conseguiam enxergar, pairou sobre Rick, pressionando seu joelho com mais força. Rick gritou ainda mais alto, e ela se virou para encarar o chefe, que tinha parado de repente, parecendo confuso ao ver a névoa voltando para ele.

— Senhor, por que você fez isso? — perguntou ela, sentindo uma vibração estranha na adaga e, depois, na cicatriz.

Ele limpou a garganta, pôs a mão na base das costas de Evie e a incentivou a seguir em frente.

— Eu não… Deixa pra lá, Sage. Vamos.

Eles saíram da trilha principal, a grama amortecendo os passos. Ela tirou os sapatos de salto para não afundarem na terra — e porque seus dedos não aguentavam mais tamanho sofrimento.

— Eu simplesmente disse que sempre admirei a coleção de Nura Sage — informou Evie — e que era uma tragédia o que tinha acontecido com a pobre mulher. Depois disso, ele não calou mais a boca. É fácil incentivar as pessoas a fofocarem sobre a minha família aqui nessa aldeia. Somos alvo de críticas há anos.

O Vilão não pareceu gostar daquilo.

— Isso é o que acontece quando as pessoas ficam de saco cheio de existências mundanas. Elas precisam implicar com as extraordinárias.

Ela parou de andar e passou a mão pelo vestido.

— Eu não chamaria a história da minha família de extraordinária.

— Eu estava falando de você.

Ela não fazia ideia de como deveria resistir à tentação de agarrá-lo — de novo. Era tipo balançar uma barra de chocolate na cara dela e dizer que era só para olhar. Mas Evie sabia que precisava respeitar os limites profissionais que ele estava escolhendo impor.

— É muita gentileza da sua parte.

— Não é gentileza — insistiu ele, felizmente distraindo-a da casinha que ia surgindo à distância. — É a mais pura verdade. Se bem que não sei como você foi capaz de revelar o nome da sua mãe para aquele homem sem ter medo de que ele a reconhecesse na hora. Essa aldeia é um ovo.

Evie balançou a cabeça enquanto subia a trilha de pedrinhas pela qual costumava passar todos os dias.

— O disfarce era só por precaução. A verdade é que eu provavelmente poderia perambular despercebida pela aldeia com minhas roupas normais.

— Não consigo imaginar isso.

— O quê? — perguntou ela quando os dois chegaram à porta.

— Você passando despercebida.

Que coisa deliciosamente horrível de se dizer. Por acaso aquele homem estava tentando matá-la?

Ela abriu a porta e entrou sem olhar para o chefe. Estava destrancada, mas a cabana parecia basicamente intacta. Edna tinha ficado de olho em tudo.

— De qualquer maneira, lembrei que minha mãe tinha uma pintura de duas garotinhas brincando. Desconfio que esse canto de moldura seja desse retrato, e espero que, se o encontrarmos, tenhamos uma pista de onde mora essa pessoa que é amiga dela.

O chefe grunhiu e, quando Evie virou o pescoço para olhar para ele, notou um brilho estranho nos olhos dele.

— Muito bem. Vamos ter que vasculhar a casa.

Ela lhe lançou um olhar desconfiado, largou os sapatos na porta e tirou a peruca da cabeça.

— É, acho que sim…

Evie arregalou os olhos, pois de repente o Vilão pareceu verdadeiramente cheio de maldade ao dizer:

— Vamos dar uma olhada no seu quarto de infância primeiro?

Ah, ele estava tentando se vingar de todas as piadinhas com as almofadas dele.

— Não! Pode deixar que eu olho lá; não tem necessidade de... Senhor! Trystan! — ela gritou enquanto ele disparava escada acima.

— É mais do que justo, Sage — disse ele enquanto corria. — Não precisa ficar com vergonha.

— Eu só tenho uma almofada! Por que eu sentiria vergonha? — perguntou ela com a voz esganiçada, correndo atrás dele.

Ele fez a curva e, de alguma maneira, adivinhou direitinho que era a primeira porta — claro que adivinhou.

Ela bufou atrás dele, sem fôlego, e tirou os grampos apertados para soltar o cabelo. As mechas deslizaram pelas costas, uma a uma. Assim que Evie ergueu os olhos, o chefe não estava mais com um ar descontraído, e sim perigoso.

E os dois estavam no quarto dela.

CAPÍTULO 45
Vilão

Merda. Merda. Merda.

Era como um jingle que tocava em looping na cabeça dele. Esse era seu castigo por tentar ser brincalhão — de alguma maneira, causou um clima tenso. Depois de tudo que tinha acontecido, ele deveria saber que não era uma boa ideia se permitir ficar sozinho com Sage em um quarto com uma cama. Precisava sair dali. Mas, assim que se virou, deu de cara com um desenho em cima da mesa: era um homem de gola alta e olhos grandes e escuros. Estava mal desenhado, mas até Trystan conseguia decifrar era.

— Você me desenhou? — Ele arqueou a sobrancelha e abriu um meio sorriso satisfeito.

Sage lhe lançou um olhar de desdém e o rosto ficou da cor favorita de Trystan enquanto ela arrancava o papel das mãos dele.

— Sim, mas esqueci de acrescentar os chifres.

Ele fez uma careta.

— Boa. — Então, deu uma boa olhada no espaço pequeno… e não muito arrumado. Se bem que era absurdamente difícil enxergar alguma coisa só com a luz do luar. — Está meio escuro... tem alguma vela?

Ela deu um pulo e correu até a gaveta enquanto tirava o último grampo do cabelo.

— Sim, claro! Desculpa, que falta de atenção da minha parte. Você está bem?

Ela se atrapalhou com um fósforo e acendeu rapidamente várias velas posicionadas no parapeito da janela e na mesinha lateral.

Trystan abriu a boca para perguntar por que Sage estava se desculpando, mas então entendeu. Estava escuro ali dentro, praticamente um breu, e ele nem tinha notado. Nem por um segundo. Quando foi a última vez que aquilo tinha acontecido? *Há dez anos.* O que havia de diferente nele agora?

— Estou bem — disse Trystan, mesmo não estando. Ele tirou um lenço dourado do bolso, passou-o no rosto e o guardou novamente. — Por onde começamos a procurar? — perguntou, abrindo uma gaveta do armário no canto.

— Não! — gritou ela.

Mas era tarde demais. Trystan já tinha aberto a gaveta e encontrado... alguma peça de seda, com renda marfim. Em pânico, ele a jogou pela janela aberta.

Ela fechou a gaveta com o quadril e olhou feio para Trystan.

— Minhas roupas íntimas não vão explodir.

— Todo cuidado é pouco. — Ele se abaixou com uma risadinha quando Sage jogou um travesseiro nele.

Diversão. Ele estava se divertindo com ela. Era isso que aquela euforia no peito significava.

Ele meio que odiava aquilo quase tanto quanto gostava, porque sabia que teria que acabar, mais cedo ou mais tarde.

— Por que você não queria que eu viesse, de verdade? — perguntou ela. E parecia que o fim já tinha chegado.

Não era pertinente responder de maneira sincera. Uma resposta calculada e vilanesca a afastaria e colocaria os dois no caminho certo.

— Era arriscado demais. — Ele optou pela segurança.

— O que era arriscado? — questionou Sage. — A minha vinda? Ou simplesmente admitir que você me acha um estorvo? *Peraí*.

— Não sei que cenários você está pintando aí na sua mente, Sage, mas posso garantir que eu não acho você um estorvo. Simplesmente me senti... cauteloso em relação à sua segurança.

Mas Sage cruzou os braços, nem um pouco satisfeita com a resposta. O vestido dela praticamente o impedia de se concentrar; havia muita pele reluzente à mostra, e o brilho preto do tecido a fazia parecer o céu da meia-noite.

— Você nunca pensou duas vezes antes de me mandar para missões antes.

— Você não era uma mulher procurada antes — retrucou ele.

Ela bufou e apontou para as linhas brancas da pintura facial.

— Claramente um problema resolvido com muita facilidade.

Ele não respondeu, já que não tinha mais desculpas para desconversar. O que poderia dizer? Que não suportava a ideia de colocá-la em perigo? Que ela era um desastre para sua concentração e seu autocontrole? Não, aqueles pensamentos precisavam permanecer contidos. Mas eles estavam vindo à tona a cada passo que Sage dava na direção dele.

— Eu não estou entendendo por que de repente você está tão preocupado com meu bem-estar quando nada de ruim vai acontecer.

Mas algo de ruim *tinha* acontecido.

— Sage, esquece esse assunto — avisou ele, sentindo seu autocontrole prestes a ir por água abaixo.

— Não, eu não vou esquecer. Minha segurança não estava nem um pouco em risco. Não existia nenhum motivo para você insistir tanto que eu ficasse para trás.

— Eu não podia arriscar — argumentou Trystan, implorando a quaisquer que fossem os deuses presentes para que ela parasse antes que fosse tarde demais.

— Não existia nenhum risco. Não existia nenhum perigo! Eu estava bem!

E, por mais que Trystan fechasse os olhos com força para afastar a lembrança, como vinha tentando desesperadamente fazer desde o ocorrido, naquele momento, ele não conseguiu mais. A confissão lhe escapou antes que ele pudesse impedi-la.

— VOCÊ ESTAVA MORTA! — vociferou ele, arfando como se tivesse acabado de sair de uma batalha... e tinha mesmo. Com sua mente e sua boca ridícula. E Trystan tinha perdido.

Ao abrir os olhos, viu Sage boquiaberta, retraindo os ombros de tão chocada.

— O quê? Como assim?

— Você estava morta. — Ele franziu os lábios. — Eu achei que você tivesse morrido. Entrei em uma sala no Palácio de Luz e vi seu corpo.

— Mas era para o Gideon ter... Você disse que ele tinha te avisado que eu não estava morta. Por que mentiu?

Ele deu um passo largo à frente. Aquele quarto inteiro tinha o cheiro dela... era um ataque a todos os sentidos de Trystan.

APRENDIZ DO VILÃO 307

— Eu não queria falar disso. Não importa.

Ele não conseguia reviver aquele momento. Ela soltou um suspiro de frustração enquanto passava a mão pelos cachos e empurrava a cadeira da escrivaninha para chegar mais perto dele.

— Esse é o problema! Uma hora você insinua que eu sou um obstáculo. Em seguida, fala que sou extraordinária! Me carrega pelo ombro, agindo como se eu fosse importante para você, depois de ter me rejeitado abertamente e ainda por cima zombado de mim por isso!

— Ter te rejeitado? — Ele ia explodir. — Eu não podia te beijar quando o pedido foi feito sob coação!

Ela bufou cinicamente.

— Coação? Faça-me o favor! Admite... toda vez que a gente chega perto do clímax, você dá pra trás! Está tentando me confundir? Esse tipo de jogo faz parte da sua vilania? Fingir que se importa comigo e depois jogar um balde de água fria em mim?

Ele ficou imóvel feito uma estátua.

— Você acha que eu *finjo* me importar com você?

Sage percebeu o erro tarde demais. Arregalou os olhos como se sentisse o perigo, e então recuou um passo.

Ele correu atrás dela.

— Você acha que eu não me importo? Como se você e seu bem-estar não infestassem meus pensamentos constantemente. Dia e noite. Em cada segundo que passamos separados! Eu te vi *morrer*. Achei que nunca mais fosse ver você outra vez! Eu nunca passei por um momento tão sombrio e nunca mais quero passar de novo. Se você acha que isso me torna um cara controlador, que seja. Mas nunca, jamais diga que eu não me importo com você. Você é mais sensata que isso, Evie. Não se faz de idiota.

Ele estava sendo grosseiro para intimidá-la, mas não deu certo. Ela simplesmente o encarou, quieta e confusa, como se estivesse olhando para uma pintura desfocada.

Por fim, ela pôs a mão no peito, arregalou os olhos e disse:

— Infestar? Está me comparando a uma doença?

O autocontrole finalmente foi por água abaixo.

— Droga! — vociferou ele.

Trystan avançou e, antes que Sage pudesse entender o que estava acontecendo...

Ele a beijou.

CAPÍTULO 46
Vilão

Trystan acreditava que tudo que era forçado ao extremo um dia acabava quebrando, e ele estava quebrado, despedaçado, quando seus lábios encontraram a boca de Evie. Ele pôs uma das mãos de cada lado do rosto dela, segurando gentilmente sua cabeça num contraste marcante com o beijo ardente.

Ele ia se arrepender daquilo — de ter perdido o controle, de ter se rendido à tentação, se rendido *a ela*. Ele tinha resistido. Tinha tentado afastar o desejo de estar perto dela, a vontade de tê-la. Mas Evie era inevitável, desde o momento em que ele a vira pela primeira vez e em todos os momentos desde então.

Ele a amava. Era um eco interminável que Trystan tinha jurado nunca dizer em voz alta. E certamente mais tarde, quando o beijo terminasse, quando ele se afastasse e inventasse desculpas desajeitadas, atrapalhando-se com as palavras para evitar a verdade, Trystan se odiaria por ter se permitido ter esse gostinho dela.

Mas não naquele momento.

Naquele momento, ele simplesmente ia aproveitar, despejar cada gota de amor que não podia expressar em voz alta naquele momento, naquela mulher, naquele beijo. Evie não tinha se mexido, não tinha se afastado... mas, pensando bem, também não tinha retribuído o beijo, e isso o fez parar tão abruptamente que ele arrancou os lábios dos dela.

Como ele pôde fazer aquilo? Provavelmente ela estava apavorada. Nem se mexia sob as mãos de Trystan. Ele deu um passo grande para trás, afastando-se dela.

— Sage — sussurrou ele. — Sinto muito...

— Virou realidade — disse ela, olhando fascinada para Trystan. — Eu nunca pensei que fosse realmente acontecer.

Ele foi pego de surpresa por aquelas palavras, mas não conseguia entender por quê.

— Como assim?

Ela olhou para a janela, em direção às estrelas, e então Trystan se lembrou.

Aquela primeira semana. O escritório dele, tarde da noite. O pedido dela.

"Eu te aviso quando se realizar."

Ele não conseguia entender o que ela estava dizendo, o que aquelas palavras significavam. Seu cérebro, normalmente eficiente e organizado, estava em parafuso.

— Você pediu... Seu pedido foi...

Ela se atirou nele e o beijou. Trystan arregalou os olhos por um instante e a observou se agarrando aos ombros dele como se precisasse de alguma coisa para se segurar. Como se *ela* precisasse *dele*.

E, dessa vez, foi ele quem congelou.

Essa é, sinceramente, a pior partida de pique-pega de todos os tempos.

Mas, quando ela murmurou com os lábios colados nos dele, todo o gelo derreteu.

Só restou calor.

"Eu te aviso quando se realizar."

Ele deixou escapar um som baixinho enquanto a envolvia com os braços e a puxava para perto. O que tinha começado como uma paixão suave foi se intensificando cada vez mais à medida que o desejo crescia. Trystan sempre tinha prezado pelo controle, e aquela mulher parecia ter sido feita para desarmá-lo.

E ele deixou.

Ela o agarrou pela nuca e começou a brincar com os cabelos na base do pescoço. A sensação era gostosa. Pra. Cacete.

Em resposta, Trystan a segurou pelo cabelo e o puxou rápido, mas com cuidado, até o pescoço ficar exposto. Quando abriu os olhos, viu que os dela estavam cheios de desejo, as pálpebras entreabertas.

Ele levou os lábios ao pulso de Evie e o encheu de beijinhos. Não deixava de prestar atenção aos sinais dela, para garantir que estava tudo bem — que ela estava bem.

Trystan mordeu de leve sua pele e ela arfou, depois suspirou novamente quando ele acalmou o local com a língua.

Longe demais, a mente dele o alertou. *Você está passando dos limites.*

Ele não estava nem aí. Estava se afogando nela. Evie o entorpecia. Ele queria viver ali, beijando-a pelo resto de seus dias, pelo resto da vida — e, de repente, aquilo não era suficiente. Precisava de mais. Sua boca procurou a dela e ele quase gemeu de alívio com o encontro dos lábios. Em seguida, Trystan se abaixou, pegou Evie pela parte de trás dos joelhos e a levantou, posicionando-a suavemente em cima da mesa e se encaixando entre as coxas dela.

O vestido preto foi subindo até passar dos joelhos. Ele agarrou as coxas dela, sentindo-as por trás do tecido macio e memorizando seu formato. Quando já estivesse enterrado, quando já não reinasse como o vilão daquela terra, ele teria aquela única lembrança para lhe fazer companhia.

Sem interromper o beijo, Trystan começou a explorar o corpo dela a partir do pescoço, onde a acariciou com o dedo até sentir que estava se torturando. Em seguida, ele foi descendo e, delicadamente, pôs a mão em um dos seios. Quando ela arfou, ele intensificou o beijo.

Mas a urgência dentro dele diminuiu e ele voltou a acariciar o rosto dela. Trystan a beijou com ternura, como sonhava todas as noites, como sempre quisera, como imaginara fazer desde que a viu pela primeira vez na Floresta das Nogueiras. Com aquelas mãos suaves e o sorriso bem-humorado. Com sua delicada rebeldia.

Foi naquele momento, é claro, enquanto ele a saboreava — quando não estava preparado para parar e refletir sobre o que tinha acabado de fazer, o limite que tinha acabado de ultrapassar —, que eles ouviram uma voz gritar defensivamente do outro lado da porta entreaberta do quarto dela:

— Quem está aí? Eu estou armado!

Eles foram pegos.

CAPÍTULO 47
Evie

Evie não era do tipo melodramática (era, sim), mas se assustava facilmente. Então, quando uma voz interrompeu o momento mais erótico e apaixonado de toda a sua jovem vida, ela gritou. Bem alto.

A porta foi aberta com força e um homem apareceu na entrada. Era impossível distinguir suas feições no corredor escuro, mas não importava. Trystan já tinha partido para cima dele, embora o homem tenha desaparecido antes que ele chegasse à porta.

— Fica aqui, Sage! — gritou ele.

Ela bufou.

— Ah, até parece.

Ela pulou da mesa e pousou cambaleante no chão. Estava com as pernas bambas — ele a tinha deixado assim com um mísero beijo.

A verdadeira questão era que não havia nada de mísero naquele beijo.

Enquanto ainda tentava recuperar o fôlego, ela pegou uma das velas da mesa lateral e correu atrás deles. O intruso tinha se escondido no escritório do pai de Evie, mas o chefe não recuou — foi atrás do homem e o derrubou no chão, imobilizando-o com as mãos firmes no pescoço.

A lareira estava acesa, o que era bem estranho, já que Evie tinha presumido que sua antiga casa fora abandonada. O escritório estava quentinho, apesar dos terríveis acontecimentos que tinham se desenrolado ali. Ela lutou contra o frio em seu coração, por mais que sentisse as bochechas esquentando.

— Senhor, você está... Ei! — Ela conhecia o homem abaixo de Trystan... reconheceu-o na mesma hora.

— Seu paspalhão! — gritou Trystan na cara do homem, soltando seu pescoço com um suspiro exausto. — Eu poderia ter te matado.

O homem se ajoelhou, tossindo e esfregando o pescoço.

— Bom, isso não é tão incomum para nós dois, né, irmão?

Malcolm Maverine não tinha mudado muito, a não ser pelo cabelo castanho, antes comprido e brilhante, que no momento estava curtinho. Ainda tinha ombros largos, ainda tinha cara de quem se divertia com muita facilidade e ainda parecia irritar profundamente o irmão mais velho.

— Malcolm, sem querer ser mal-educada ou uma péssima anfitriã — Evie começou a dizer, estendendo a palma para ele —, mas o que você está fazendo na minha casa?

Malcolm esfregou a cabeça e pegou a mão dela para se levantar.

— Posso servir uma bebida para a gente antes de contar? Acho que é uma revelação dolorosa demais sem um pouco de coragem líquida. — Ele seguiu em direção a um aparador que Evie não se lembrava de existir ali antes e encheu três copos.

Uma bebida era exatamente o que Evie precisava. Beber permitiria que seu corpo e sua mente voltassem a entrar em sintonia, embora ambas as partes parecessem concordar que ainda estavam no andar de cima, beijando Trystan, o Vilão, o *chefe*. O beijo tinha sido totalmente mútuo, por mais que ele tivesse sido o primeiro a se afastar, e aí ela imediatamente... o atacara. Mas ele parecia ter gostado do ataque. Parecia ter gostado *dela* — mas o semblante dele estava tão distante que Evie já tinha começado a duvidar de tudo.

Sim, uma bebida.

Ela pegou o copo com líquido cor de âmbar de Malcolm e o esvaziou em um gole só, depois não conseguiu deixar de tossir.

— Ah, que gosto nojento!

Malcolm franziu a testa.

— Infelizmente, só sobrou isso da Taverna Redbloom.

Ela se encolheu, sentindo-se levemente culpada ao pensar que, se só restava aquilo daquela bebida horrível, então era uma boa notícia. Trystan continuou no canto do escritório, de braços cruzados e rosto impassível. Estava em silêncio e mal olhava para ela.

Terrível.

Mas ela finalmente assimilou as palavras de Malcolm.

— Espera, como assim? O que aconteceu com a Taverna Redbloom?

Trystan pegou cuidadosamente a bebida da mão de Malcolm e a bebeu em três goles generosos. O rosto permaneceu impassível. Inacreditável.

— Perdeu a taverna em um jogo de cartas, Malcolm?

Malcolm fechou a cara ao ouvir a acusação, terminou seu próprio copo e reabasteceu o de Evie, algo que ela não tinha pedido e, se fosse em qualquer outra circunstância, teria recusado — aquele treco tinha gosto de remédio tingido de cobre —, mas o líquido estava aquecendo sua barriga e amenizando os pensamentos obsessivos sobre o beijo. Ela tomou mais um belo gole.

— Perdi por sua causa, Tryst — disse Malcolm em voz baixa.

O chefe se retesou.

— Como assim?

— Quando descobriram que o Vilão era meu irmão, as pessoas pararam de aparecer. Mesmo eu não tendo nenhuma associação com você ou com seus negócios. O nome Maverine já era o suficiente para todo mundo me *odiar*. Algumas noites atrás, eu estava na rua, e um grupo de Guardas Valentes aposentados se juntou e botou fogo na taverna. Ela está... destruída.

Evie sentiu um aperto no peito ao ouvir a dor na voz de Malcolm.

— Ah, eu sinto muito, Malcolm. Que maldade.

O chefe fez uma careta como se tivesse sido atingido, e Evie se arrependeu de suas palavras quase instantaneamente, pois sabia como ele as interpretaria. Ela tomou mais um gole da bebida tenebrosa; a cabeça estava mais leve, aérea. Seria prudente parar de beber.

Mas ela não parou.

— Eu vou pagar pela reconstrução. Onde você quiser — disse Trystan em voz baixa. Fez a oferta prontamente, de forma humilde e de cabeça baixa, como se estivesse se rendendo completamente às próprias transgressões. — Vou te ajudar a reabastecer o estoque com os melhores licores, o melhor hidromel, os vinhos mais finos. O que você quiser, é seu.

Malcolm riu sem humor e sem paciência.

— Por mais que a oferta seja tentadora, não tenho interesse em reconstruir um estabelecimento que o público só vai desprezar ou usar como lenha. Está tudo bem, Tryst, sério. Eu já sabia que não ia durar. Não precisa se redimir por isso.

Trystan não aceitou bem aquilo. Dava para perceber pela maneira como os ombros caíram, como se ele tivesse derrotado um demônio só para ser atacado por outro.

— Permita-me pedir desculpas, então, pelo fardo de me ter como irmão.

Malcolm deu um passo à frente e pôs a mão no ombro de Trystan. A arrogância foi embora e deu lugar à sinceridade familiar.

— Garanto que não precisa se desculpar por isso também.

Ela quase morreu com a ternura do sentimento, observando a cena do cantinho como uma espectadora meio inconveniente. Então, ouviu:

— Sage, pelo amor dos deuses! Você está chorando?

A bebida balançou no copo enquanto ela agitava os braços.

— O que você quer de mim? Achei fofo!

Malcolm riu, e depois o chefe riu também — uma risada mais discreta do que a de Malcolm, mas ela viu a covinha, então não tinha do que reclamar.

— Ah — disse Malcolm, estalando os dedos. — Em relação à minha entrada pouco ortodoxa, Evie, eu estava procurando um lugar para me instalar por um tempinho. Fiquei sabendo pelas fofocas locais que sua casa estava desocupada, então achei que seria seguro me esconder por aqui até decidir meu próximo passo. Eu esperava que você não fosse se importar. Na verdade, eu meio que tinha esperanças de você nunca descobrir.

Ela sorriu e deu um tapinha carinhoso na bochecha de Malcolm.

— Eu não me importo. Pode ficar aqui o tempo que precisar, mas você é bem-vindo para se juntar a nós na mansão, é claro. A Clare está morando lá também; com certeza ela ia gostar da sua companhia.

Malcolm arregalou os olhos castanho-claros.

— A Clare está morando com você? Nossa *irmã* Clare? Daqui a pouco, unicórnios vão estar dando à luz a coelhos.

Trystan lançou um olhar incisivo para Malcolm antes de dizer uma só palavra:

— Tatianna.

Malcolm digeriu a informação imediatamente com uma risada contida e decisiva.

— Eu deveria ter adivinhado.

Lambendo os lábios ainda inchados, Evie tirou o pedaço de moldura do bolso.

— Viemos aqui atrás de um quadro da minha mãe. Por acaso você o viu por aqui? É uma paisagem ao ar livre com duas garotinhas brincando.

Malcolm arfou.

— Ah, sim! Tem alguns quadros no armário pequeno ao lado da cozinha. Vou pegar para você.

Ele saiu voando pela porta e, por um momento, ela e Trystan voltaram a ficar a sós.

O ar ficou carregado, os olhos de Trystan percorreram cada centímetro do rosto dela até pararem nos lábios. Ele fez que ia avançar e parou o movimento como se tivesse que se segurar fisicamente, como se a quisesse tanto que se sentia paralisado. Evie nunca tinha se sentido tão arrebatada em toda a sua vida.

Mas Trystan se jogou contra a parede quando Malcolm entrou às pressas, segurando o retrato. Estava em uma moldura dourada com um canto faltando.

— Essa mesmo! — exclamou ela, concentrando-se completamente na pintura.

Evie passou o dedo pela tela áspera e recuou um passo para ver melhor a imagem. Duas meninas, talvez mais ou menos da mesma idade de Lyssa, brincavam em um campo cercado de plantas grandes e estranhas. Havia vinhas espalhadas por todo o espaço aberto, e as cores eram tão vibrantes que quase ofuscavam as pessoas retratadas ali. Estava bem claro que sua mãe era uma das meninas — ela era igualzinha a Lyssa. Parecia que a irmã de Evie tinha sido colocada diretamente na arte.

Tranças presas para trás; olhos redondos e escuros; pele bronzeada de sol; de mãos dadas com a garotinha ao lado. A outra também estava de trança, mas a dela era de um ruivo-escuro da cor do fogo. Os olhos eram de um castanho-claro que lembravam caramelo, a pele pálida era salpicada de sardas apenas no nariz e ela segurava uma chave dourada na mão. Evie procurou uma assinatura, uma inscrição, qualquer pista sobre quem era a menina ruiva ou onde o retrato tinha sido pintado. Mas só havia dois Fs desbotados na parte inferior.

Ela presumiu que os Fs não eram as iniciais de "fodidamente ferrada", mas parecia bem apropriado, de qualquer maneira.

— Você sabe onde é isso, senhor?

Ela tirou o retrato das mãos de Malcolm e o mostrou ao chefe.

Ele semicerrou os olhos e coçou o queixo.

— Acho que não, Sage. Não reconheço mesmo. Mas talvez alguém na cidade saiba. Vamos perguntar por aí.

Ela fechou bem os olhos. Sabia exatamente o que precisava ser feito, mas não tinha coragem suficiente, seu coração ainda não estava recuperado da dor que havia sentido da última vez que o desafiara daquela maneira. Mas, às vezes, era preciso reabrir as cicatrizes emocionais — para liberar o resto da dor e se libertar dela.

— Não, não podemos perder mais tempo — disse Evie, sentindo um frio na barriga de tanto medo. — Estamos correndo contra o tempo com os guvres e a proteção da mansão está falhando, e só existe uma pessoa que eu tenho certeza de que vai saber exatamente onde esse retrato foi pintado e quem é essa garotinha.

Trystan inclinou a cabeça em direção à obra de arte e, em seguida, lançou um olhar de dúvida para ela.

— Quem?

— Meu pai.

CAPÍTULO 48
Evie

— **Não consigo** — sussurrou Evie, encarando a porta do porão.

O chefe estava de um lado dela e Tatianna do outro, sorrindo e segurando sua mão. O toque lhe transmitia um calor, como se a curandeira estivesse enviando sua magia para cada pedacinho do coração partido de Evie.

— Fala sério, amiguinha. Você já fez coisas bem mais difíceis do que isso.

Evie queria argumentar, mas Tatianna sempre tendia a falar com muita determinação, como se as crenças dela fossem fatos inquestionáveis — e, para o aborrecimento de Evie, geralmente a curandeira estava certa.

Evie e o chefe tinham voltado para a mansão em meio a um silêncio desconcertante, ambos evitando o assunto óbvio como se a vida deles dependesse daquilo. Os dois tinham se despedido de Malcolm na casa de Evie depois de ele ter recusado a oferta de se juntar a eles na mansão.

"Provavelmente é melhor eu ficar por aqui. Eu e o Tryst tendemos a brigar quando passamos muito tempo no mesmo espaço."

"A mansão é enorme", argumentara ela.

"Não o suficiente", resmungara o chefe.

Então, eles voltaram sozinhos, e todo aquele desejo ardente que deixara o ar carregado de tensão havia se transformado em algo frio e confuso. Os dois tinham concordado em ir dormir e começar a interrogar o pai de Evie pela manhã, e ela estava certa de que, ao amanhecer, o assunto do beijo voltaria à tona com força. Mas ele não a procurara, não puxara o assunto, só evitava fazer contato visual com ela e, estranhamente, pressionara o dorso da mão nos lábios de vez em quando. Como se estivessem ardendo.

Agora que o expediente já estava em pleno andamento, as coisas pareciam ter voltado ao normal, e Evie concluiu que talvez o melhor para os dois fosse ela parar de pensar nele de uma vez por todas.

O único problema era que Evie *ainda* estava pensando nele, e de um jeito que provavelmente faria o chefe e seus bons modos entrarem em colapso.

Ela voltou a olhar para a porta diante de si — as marcas na madeira a provocavam enquanto Evie tentava se concentrar na tarefa que tinha em mãos. Foi tolice da parte dela achar que poderia evitar aquilo para sempre, evitar falar com o pai de novo. Também tinha sido tolice acreditar que poderia virar a página com a dignidade que ele tentara lhe roubar. Era impossível enterrar certas coisas, e não era possível seguir com a busca sem ele. Tinha que acontecer naquele dia e tinha que ser ela.

— Quais seriam os riscos para minhas partes mais vulneráveis se eu me oferecesse para fazer isso no seu lugar? — sussurrou o chefe no ouvido dela.

— Depende. — Evie não se virou para olhá-lo, mas sentiu o calor que irradiava do corpo dele, o cheiro da camisa recém-lavada. Queria enterrar o nariz ali. — De que partes vulneráveis estamos falando?

Ele se inclinou e pôs a mão ao redor da boca como se fosse dizer algo escandaloso, mas a resposta saiu seca e sem emoção.

— Meu ouvido.

Ah, não. Ela deixou escapar uma risada *alta*. O som ecoou pelo corredor vazio. Os únicos que estavam lá para ouvir eram Tatianna, o Vilão e, então, Blade, que vinha dobrando a esquina com um semblante jovial.

— A gestação da guvre está progredindo bem, pessoal. E, pelo tamanho do abdômen dela, eu diria que falta pelo menos um mês para termos um bebê. O macho também parece estar preparando um ninho — disse Blade com um sorriso indulgente —, se a quantidade de escamas e folhas amontoadas ao redor da gaiola servir de indício. — O colete amarelo do treinador de dragões brilhava com rosas vermelhas bordadas, e a paleta de cores combinava com a luz do dia. Ele parou de falar e franziu a testa. — Perdi alguma piada?

Tati se apoiou na parede e uma de suas mangas cor-de-rosa transparentes subiu enquanto ela levantava o antebraço.

— O chefe fez uma.

Blade fingiu desmaiar.

— Você pode ir embora? — resmungou o Vilão antes de olhar para Evie em busca de qualquer sinal de que a alegria estivesse desmoronando, esperando a tristeza voltar.

Mas ela se sentia mais leve com a presença dos amigos ali.

— Eu vou. Sozinha. — Ela disse de forma enfática para todos eles enquanto levava a mão ao trinco da porta, mas os dedos pararam na maçaneta.

Vai, disse Evie a si mesma, tentando criar coragem.

Mas ela continuou onde estava, de braços travados, enquanto o medo percorria seu corpo diante da possibilidade de perder a pouca doçura que ainda lhe restava. Não queria que suas experiências a endurecessem — queria desafiá-las continuando a ser exatamente do jeito que era. Gentil, carinhosa, complacente. Como poderia existir uma forma de seguir em frente? Como ela poderia fazer aquilo sem perder essas partes de si mesma?

Dois estagiários passaram pela porta do calabouço, rindo dela.

Era uma baita ousadia fazer aquilo na frente do chefe, mas não foi Trystan quem os repreendeu, e sim Rebecka Erring, que tinha acabado de surgir na outra esquina, correndo diretamente até eles.

O coque apertado realçava a expressão severa, como sempre, mas Evie estranhou a sensação de conforto que a invadiu ao vê-la.

Becky se virou para os estagiários e disse:

— Eu estava esperando mesmo encontrar vocês dois; vocês estão encarregados do banho do dragão hoje. O sr. Gushiken está ocupado com os guvres, e a higiene do Fofucho é de extrema importância.

Os dois estagiários começaram a gaguejar.

— Srta. Erring, não podemos assumir uma tarefa desse tamanho — um deles reclamou. — Aquele bicho é caótico.

Becky revirou os olhos, inclinou-se na direção deles e disse num falso sussurro:

— Então sugiro que comecem logo.

— Mas...

— Ela deu uma ordem — disse Blade, com uma severidade incomum no tom e no semblante. — Sugiro que obedeçam.

Eles bateram em retirada. Becky esboçou um leve sorriso na direção de Blade, que foi correspondido pelo treinador de dragões.

Evie teve que se forçar a fechar a boca, mas Tatianna estava com a mesma expressão eufórica ao lado dela. Não havia nada tão inspirador quanto ver um romance nascendo.

Os saltos de Becky ecoavam pelo chão de pedra à medida que ela se aproximava de Evie, determinada.

— Você se lembra do que eu te disse no seu primeiro dia?

Evie fez um esforço para lembrar, mas estava confusa. Não estava acostumada com aquele tipo de abordagem direta vindo dela, sem nenhum comentário sarcástico.

A única resposta que conseguiu dar foi:

— Acho que você disse "Você vai fracassar"?

Os olhos de Becky brilharam.

— Mas não fracassou.

E, naquele instante, Evie teve certeza de que Becky enxergava o que havia por trás dos seus sorrisos forçados. Becky enxergava o que havia no fundo da alma de Evie e não desviou o olhar. Naquele momento, Evie se sentiu segura para ser ela mesma.

Becky indicou a porta com a cabeça e sorriu para ela — um sorriso sincero, possivelmente pela primeira vez.

— Você também não vai fracassar nisso. Eu garanto que você consegue.

Evie segurou a maçaneta e a girou, abrindo a porta.

Você consegue.

E então, ela conseguiu.

CAPÍTULO 49
Evie

Estava escuro.

Um cenário apropriado para confrontar o que talvez fosse a parte mais feia de toda a humanidade: a traição.

Na primeira noite após seu pai ter sido preso nos calabouços abaixo da mansão, ela estava devastada pela captura do chefe, e o desespero era tão grande e doía tanto que Evie não tinha conseguido dormir bem desde então. Ficava imaginando o que estariam fazendo com ele, de que forma estavam machucando Trystan, e aquilo quase a havia matado. Ela se jogara de cabeça no planejamento do resgate dele só para sobreviver a tudo aquilo, sem perder tempo com mais nada. Tinha se certificado de que o plano fosse executado nos mínimos detalhes.

Mas Trystan já estava de volta, Evie tinha conseguido, e aquela era a hora de encarar a realidade.

A dor partiu seu coração em dois pedaços estraçalhados enquanto Evie seguia pelo corredor mal iluminado do outro lado da porta. Era sujo, escuro e frio — como era adequado para o pai —, mas, mesmo assim, ela lutava contra a pontada de pena que estava sentindo. O amor murchava e desaparecia de formas diferentes, às vezes devagar, às vezes depressa, mas Evie se deu conta de que era mais brutal e doloroso quando deixado para trás.

Seu amor era grande demais e tinha sido distribuído com muita facilidade para pessoas que não o mereciam.

Evie engoliu em seco ao se aproximar da cela do pai, que ficava isolado dos outros Guardas Valentes sob custódia do Vilão. Os Guardas Malevolentes tinham se retirado para o revezamento, e o chefe estava segurando o próximo grupo lá fora até que ela terminasse.

Ao passar pela única tocha pendurada na parede, Evie viu a silhueta de um homem sentado no chão, com os joelhos junto ao peito. Ela estava envolta em sombras, então ele não a viu se aproximar — não até ela tropeçar em uma placa irregular de cimento e bater em uma mesa onde havia uma bandeja de metal. Os restos da refeição mais recente dele.

Griffin levantou a cabeça na mesma hora, mas o corpo permaneceu imóvel até perceber que não era outro Guarda Malevolente. Evie cravou as unhas nas mãos e as escondeu rapidamente nas costas para que ele não percebesse seu desconforto e o usasse contra ela.

— Olá, papai. — A voz soou mais forte do que Evie se sentia, e ela manteve o queixo erguido para que ele visse que ela olhava de cima para além dele.

O rosto do pai foi a primeira coisa a surgir na luz quando ele se aproximou da tocha. Aquela visão, que antes trazia conforto, no momento só causava dor. As rugas de sorriso eram tão profundas que alguém poderia até pensar que ele tinha passado a vida toda em constante estado de alegria.

Ninguém poderia adivinhar que aquele bom humor todo não passava de um disfarce para esconder a crueldade dele. Ele parecia surpreso, mas estranhamente saudável. A pele tinha mais cor do que nos últimos anos, quando o pai fazia de tudo para convencer Evie de que estava com a Doença Mística só para esconder seu envolvimento com o rei.

Ele parecia uma farsa, uma mentira. Aquilo a fez se perguntar o que ele via quando a olhava — se Evie também lhe parecia outra pessoa, com o cabelo solto e preso atrás das orelhas, a calça folgada afunilada nas botas, o rubor da mãe nas bochechas e na boca.

Se ele tinha percebido as mudanças, não comentou nada.

— Ah. Então minha filha finalmente deu o ar da graça.

Evie sentiu um frio na barriga — não por finalmente estar cara a cara com o pai ou por ele ter causado tanto sofrimento, mas porque ele não parecia nem um pouco arrependido. Pior ainda, parecia satisfeito com si mesmo.

Ela não conseguiu fingir. Seu rosto refletiu a raiva que estava sentindo. O gelo percorria suas veias, acabando com os cacos de coração até não sobrar mais nada. De queixo erguido e batimentos estáveis no peito, Evie deu um passo na direção dele e respondeu:

— E você não merece nem um pouco.

Com uma risada desdenhosa, o pai balançou a cabeça.

— E, mesmo assim, aqui está você. Pensei que estivesse decidida a me deixar aqui apodrecendo.

Evie manteve os lábios contraídos.

— Acho que nós dois sabemos que você já estava podre bem antes de chegar aqui.

Ele revirou os olhos verdes, o que a enfureceu. O gelo derretido se transformou em raiva fervente.

APRENDIZ DO VILÃO 329

— Faça-me o favor, Evangelina. Quanto drama. Eu realmente achei que, arrumando um emprego pela família, você fosse amadurecer, mas a imaturidade não passa.

Não, ela se advertiu. *É isso que ele quer*. Alguém na posição dele não queria ouvir razão, só emoção. Ele queria saber que a afetara. Mas o pai não a controlava. Não conseguia. Não mais.

— Tenho perguntas a fazer a você e vou conseguir as respostas — disse Evie. — Mas vou ser generosa e lhe dar opções. — Ao se aproximar da cela, ela relaxou uma das mãos na lateral do corpo e manteve a outra nas costas. — Você pode me dizer aqui e agora...

A mão escondida entrou em ação enquanto a outra agarrava a camisa encardida do pai, e ela lhe deu um puxão com força o bastante para que a lâmina afiada da adaga tocasse o pescoço dele. A pele ao redor pulsava com a pressão do metal duro.

Aquele momento lhe trouxe uma satisfação que a fez se sentir poderosa.

— Ou você pode fazer uma visitinha às nossas adoráveis câmaras de tortura. Faz parte, é claro, da sua estadia conosco. Somos conhecidos por nossas... *comodidades*.

Griffin esboçou um sorriso sarcástico, mas havia um toque de medo nos olhos dele. Evie estava conseguindo afetá-lo. Ponto para ela.

— O que você quer saber? — perguntou ele.

Ela pressionou mais a adaga e tentou não sentir satisfação quando uma gota de sangue escorreu pela lateral do pescoço dele. Aquele sentimento — assim como a dificuldade de ignorá-lo — a alarmou.

— O quadro das duas garotinhas que a mamãe tinha antes de desaparecer. Uma das meninas era claramente ela. Quem era a outra menina? Onde o retrato foi pintado?

O choque atravessou o rosto de Griffin e ele se sobressaltou com a lâmina no pescoço.

— Como você...

— Me fala — ordenou Evie. A adaga começou a vibrar na sua mão e a cicatriz no ombro reagiu com uma sensação de formigamento.

Ele semicerrou os olhos.

— Sua mãe não tinha muitas amigas. Não me lembro de quadro nenhum.

Ela pressionou a adaga mais uma vez.

— Com certeza era difícil manter boas companhias com um marido tão desprezível.

— Tal mãe, tal filha, né? — Griffin Sage abriu um sorrisinho malicioso, de olho na adaga no pescoço. — Apesar de todos os meus esforços, você acabou ficando praticamente igual a ela.

A acusação tocou seus medos mais profundos — o medo de também entrar em colapso, de também destruir a vida das pessoas que amava. E ser acusada justo pela pessoa que mais a havia machucado, que havia deixado cicatrizes em sua alma que jamais cicatrizariam... Evie fez exatamente o que o pai tinha acabado de acusá-la de fazer.

Ela explodiu.

A adaga vibrou na sua mão e ela a enterrou na coxa dele.

— Desgraçada! — gritou ele, apertando o ferimento ensanguentado enquanto Evie removia a arma rapidamente.

Ela se sentiu dividida entre a empatia e a satisfação ao ver o homem que lhe causara tanta dor sofrendo também, caindo no chão enquanto segurava a perna com as duas mãos para tentar estancar o sangramento.

Ela tirou as chaves da cela do bolso, abriu a porta e entrou. Ele começou a se arrastar para longe dela. Evie tinha passado anos da própria vida cuidando da saúde dele, tomando conta do pai como só uma filha seria capaz; aquele sentimento não desaparecia assim tão fácil, mas sua raiva crescente e a dor profunda também não.

— Ah, já vai embora? Fica mais um pouquinho.

Ela afundou o salto na mão dele e ouviu, satisfeita, o grito que ele soltou. Aquilo a fez se lembrar do som dos animais que ele abatia para o açougue nos tempos de infância de Evie. Então, uma lembrança do pai naquela época veio à tona. Ela se lembrou de como ele a segurava enquanto ela chorava pelos animais, como a carregava pelos ombros durante todo o caminho para casa.

Ela afastou o salto tão rápido que quase caiu. Então, segurou o peito e respirou com dificuldade por conta do choque com a própria crueldade repentina. Ele merecia, mas... não merecia o poder de transformá-la desse jeito.

Griffin se sentou e ela o ajudou, levantando os ombros do pai até ele se encostar na parede e manchando as próprias roupas.

— O que você quer? — perguntou ele, cautelosamente.

Evie endureceu o tom de voz.

— Quero que você me diga o que estava fazendo com a minha mãe. Quero que me conte o que você e o rei fizeram com a magia dela e, acima de tudo, quero saber por que os deuses me amaldiçoaram com alguém que nem *você* como pai. — Ela tirou a mão do ombro dele e observou com cautela Griffin se arrastar para a parede oposta, longe de Evie, enquanto levava as mãos de volta ao ferimento.

Ele fechou bem os olhos e, ao abri-los novamente, havia uma determinação cansada lá no fundo.

— A garotinha no retrato era a melhor amiga de infância da sua mãe, Renna Fortis.

Aquilo a surpreendeu.

— Renna Fortis? Da família Fortis?

A família Fortis era bem conhecida em todo o reino como guerreiros valorosos, com uma linhagem que datava dos primórdios de Rennedawn. Dizia-se que a terra onde ficava a fortaleza da família tinha tanta magia que até as plantas ganhavam vida. Evie não tinha muita escolaridade, mas até ela os conhecia bem; eles eram lendários.

Griffin estava pálido, como se sua doença de mentira tivesse se tornado verdadeira — provavelmente por conta da perda de sangue. Ela pediria a Tatianna para fazer o possível para reparar o estrago que tinha causado no pai, mas Evie não estava com pressa. Já tinha a informação que queria, uma pista sólida e uma grande chance de encontrar a mãe com a família mais nobre de Rennedawn — não por sangue, mas por honra.

Só que Evie ainda não tinha terminado. Havia mais coisas a saber sobre o que tinha acontecido com a mãe anos antes, mais coisas a saber sobre o poder que quase a dominara, e uma das únicas pessoas que tinha as respostas de que ela precisava estava sangrando na sua frente.

Ele parecia muito fraco.

— Tenha piedade de mim, Evie. Eu sou seu pai. Isso ainda deveria significar alguma coisa para você.

Aparentemente, ele achava que poderia manipular Evie, mas ela não ia mais permitir.

— O que você e o rei fizeram com a minha mãe?

Ela se aproximou e parou diante dele. A adaga ensanguentada pingava ao lado dela.

Griffin olhou fixamente para as mãos e não desviou o olhar ao responder:

— Eu fiz o que achei certo.

Era verdade. Evie não tinha certeza de como sabia aquilo, mas dava para sentir pela vergonha que se insinuava no semblante dele.

— Você a destruiu — retrucou ela, sentindo-se vazia.

Ele olhou para Evie. Ela não achava que o pai pudesse cair ainda mais no seu conceito, mas então ele sussurrou:

— Não foi minha intenção.

As palavras afundaram seu coração, pois aquilo também não era mentira; ela sabia que ele estava sendo sincero, por mais inútil que fosse àquela altura.

De repente, Evie se viu farta daquela conversa, farta do pai e desconfortável com o quanto queria machucá-lo do mesmo jeito que ele a havia machucado. Mas aquilo não a levaria a nada. Não havia nada que o pai pudesse lhe dar naquele momento além de tristeza.

— Você nunca mais vai me ver — disse ela friamente. — Eu vou esquecer que você existe. Eu vou seguir em frente e ser feliz, e você vai continuar aqui. Apodrecendo, fraco e sozinho, e sua única companhia vai ser sua honra valente. — Ela balançou a cabeça. O homem que Evie já havia considerado uma montanha agora parecia minúsculo. — Espero que tenha valido a pena.

O sangue acumulado na ponta da adaga pingava na bota dela. A porta da cela rangeu quando ela a abriu novamente. Já estava quase indo embora dali, quase se afastando dele, quase escapando do tormento. Mas as palavras seguintes do pai a pararam, esfriaram sua ira e a transformaram em algo novo — uma sensação quase irreconhecível, como se Evie estivesse observando uma atrocidade sendo cometida a seu coração aberto sem ter como impedir.

Ela só abaixara a guarda por um momento, mas já era tarde demais.

— Se quiser saber o que o rei e eu fizemos com a magia da sua mãe... — O pai de Evie fez uma pausa, como um punho que recuava lentamente para dar um golpe violento.

Ela arregalou os olhos, indefesa, e Griffin Sage parecia ansioso para continuar, com um sorrisinho repugnante:

— Talvez você devesse perguntar ao seu irmão.

CAPÍTULO 50
Vilão

Trystan ficou esperando do lado de fora da porta do porão por vinte minutos.

Só os deuses sabiam por quê. Havia um monte de outras coisas que ele poderia estar fazendo: gerenciando pedidos de mercenários, torturando os novos funcionários com algo realmente cruel — como uma dinâmica de grupo. Mas, em vez disso, ficou perambulando nervosamente de um lado para o outro, esperando a porta do porão se abrir.

Aquele beijo tinha mexido com a cabeça dele.

Ele tinha tentado esquecer — do mesmo jeito que alguém tenta desviar de um tijolo voando em direção ao próprio rosto. Era inevitável, doloroso e impossível de escapar.

Ele precisava de uma distração. Uma interrupção. Precisava de...

Reinaldo! O sapo entrou no seu campo de visão, seguido de perto por Gideon Sage, que corria suado e desarrumado atrás do sapo, mas acabou caindo de barriga no chão. O anfíbio pousou aos pés de Trystan e o encarou com olhos dourados e satisfeitos.

— Está brincando de quê, Reinaldo? — Trystan descruzou os braços e se agachou, aguardando pacientemente o sapo escrever com o pé livre e levantar a plaquinha que ele guardava sabe-se lá onde.

— PIQUE-PEGA.

Trystan deu uma risada pelo nariz e Gideon fechou a cara ao se levantar, apontando um dedo acusador para Reinaldo.

— Muito bacana, sua tartaruga maluca.

Trystan olhou para o irmão de Sage com cara de paisagem antes de erguer a sobrancelha.

— Ele é um sapo.

Um raio de sol entrou pelo vitral e iluminou Reinaldo e sua coroa minúscula.

Gideon estalou a língua.

— Você sempre leva as coisas tão ao pé da letra assim, Maverine?

Trystan franziu a testa e olhou para Gideon ao dizer:

— Sim.

Gideon deu uma risadinha.

— Estou entendendo por que ela gosta de você.

Trystan fungou e se pôs a inspecionar uma das instalações de mangueiras que Sage tinha implementado meses antes como medida de segurança. Só para garantir que estava funcionando, claro, com certeza *não* era para esconder o rubor que dominava suas bochechas.

Ele não precisava que ninguém — especialmente o irmão de Sage, um homem que já havia trabalhado para o inimigo — percebesse o… apego que Trystan tinha desenvolvido por sua assistente. Quando outra pessoa ficava sabendo de um sentimento, ele se tornava real, não dava mais para fugir. Era capaz de persegui-lo como um monstro em caça.

Tipo o Dia da Debandada, só que bem menos divertido.

— Sage gosta de todo mundo — murmurou Trystan.

Gideon coçou a nuca, sem deixar de sorrir.

— A Evie não gosta de *todo mundo*.

Ele abriu a boca para argumentar, mas Gideon o atropelou.

— Quando éramos pequenos, ela sempre concordava com tudo, sempre fazia o que mandavam. Ela se desdobrava para garantir que nossos pais estivessem sempre satisfeitos. Nunca me pareceu certo, mas eles eram mais críticos com ela, acho. Tinham mais expectativa.

Depois de balançar a cabeça e tossir de leve na mão, Gideon seguiu em frente, com um brilho opaco nos olhos verdes.

— Ela sempre odiou fazer alarde, ao ponto de sacrificar o próprio conforto por isso. Certa vez, uma vizinha fez um xale para ela. O tecido pinicava tanto que ela ficou toda assada, mas se recusou a tirá-lo porque "foi um presente".

O irmão de Sage revirou os olhos como se a história fosse bonitinha e não estivesse machucando o coração minúsculo e inutilizado de Trystan.

— Mas não se engane — disse Gideon. — Amabilidade nem sempre significa afeição verdadeira, ainda mais para a Evie. Ela manteve o coração fechado todos esses anos.

Trystan olhou para os pés.

— Acho que você não a conhece mais o suficiente para fazer esse tipo de avaliação.

— Talvez não — disse Gideon —, mas eu percebo que ela não tem medo de discordar de você, de discutir com você, de dizer o que realmente sente. Ela tem a confiança de que você não vai traí-la.

Ela confia em você.

Bom, por que raios ele me diria isso?

Trystan engoliu em seco e voltou a andar de um lado para o outro em frente à porta, e Reinaldo se agarrou à bota dele.

— Bom, isso só indica prudência. Eu sou o empregador dela, e precisa haver um certo nível de confiança e sinceridade para que a gente tenha algum sucesso.

Gideon o olhou quase com pena.

— Você não entendeu nada, né?

Naquele momento, Rebecka virou a esquina, tentando fingir casualidade enquanto olhava para a porta ainda fechada.

— Ela já saiu?

Trystan abriu um sorriso de sabe-tudo em reação àquela pergunta, e Rebecka bufou.

— Eu *não* estou perguntando por mim! Ninguém está trabalhando! A notícia de que ela está confrontando o pai se espalhou por todo o escritório e está causando um alvoroço. Ela precisa dar uma acelerada lá embaixo. — Rebecka pôs as mãos na cintura. — Se mais algum guarda me perguntar onde está o queijo provolone, vou quebrar meus óculos no cimento só para não ter mais que olhar na cara deles!

Outra cabeça surgiu na esquina, interrompendo a revolta de Rebecka.

— Ela ainda está lá dentro, então? — Gushiken se remexeu nervosamente.

Trystan beliscou o dorso do nariz.

— Eu dei uma ordem direta para todo mundo voltar ao trabalho.

APRENDIZ DO VILÃO 339

Tatianna não surgiu de fininho na esquina como Blade e Rebecka; ela avançou com uma autoridade que Trystan parecia não ter mais.

— Achei que fosse só uma sugestão.

Trystan grunhiu.

— Pelo visto, foi!

Tatianna abriu um sorrisinho e indicou a porta com um gesto de cabeça.

— Como ela está?

A compostura inabalável da curandeira se desfez por um instante quando Clare passou raspando por ela.

Teria sido uma cena mais nauseante se ele não amolecesse de modo parecido, em um nível que o enojava, a cada toque sutil de Sage.

Também o intrigava... mas principalmente o enojava.

— Nenhuma notícia ainda — disse Rebecka. — Mas, se ela não sair de lá nos próximos sessenta segundos, vou mandar todos vocês de volta às mesas.

Naquele momento, a porta se abriu. Evie entrou às pressas no corredor, quase como se a fúria de Rebecka tivesse sido poderosa a ponto de manifestá-la. O sangue escorria pelo rosto e pelo pescoço.

— Sage, pelo amor dos deuses! — gritou Trystan, imediatamente analisando-a a procura de ferimentos.

— Ah, graças aos deuses — disse Rebecka. — Você pode, por favor, dizer a todos que está bem para que eles possam voltar às... Evangelina! — gritou Rebecka, claramente percebendo só naquele momento o sangue espalhado pelo corpo e pelo rosto de Sage. No entanto, Sage parecia só ter olhos para Gideon, que a esperava encostado na parede.

Enfurecida, ela levantou a adaga e avançou em direção ao próprio irmão, empurrando-o com força até ele bater de costas na parede.

— Eve! O que você está fazendo? — gritou Gideon.

— Acabei de ver nosso pai.

Os olhos de Gideon se agitaram e, em seguida, ele se preparou para sair, dando uma ombrada tão forte em Sage que ela cambaleou para trás, tropeçou no chão irregular e caiu com um grito de dor.

Em qualquer outra situação antes de conhecê-la, Trystan teria ido atrás do cavaleiro que avançava corredor afora, fugindo por motivos que certamente não eram promissores. Mas a única coisa que seu corpo reconheceu foi Sage caindo no chão — e, imediatamente depois disso, a sensação desconfortável no peito ao vê-la sentir nem que fosse um pingo de dor. Em pânico, ele se ajoelhou ao lado dela no chão.

No entanto, quando Trystan terminou de afastar os cachos pretos dos olhos de Sage e viu a fúria neles, ela já estava se levantando às pressas, sem soltar a adaga.

— Sage, o sangue... — ele começou a dizer, tentando soar indiferente.

Mas não importava — ela claramente não estava interessada na preocupação dele, só no caminho que a separava do irmão no corredor. Antes de desaparecer, gritou por cima do ombro:

— Não é meu.

Foi como ser atingido de repente por um raio que queimou sua pele. Trystan ficou encarando Sage em meio a uma miscelânea de sentimentos difíceis de compreender. Espanto, orgulho, preocupação. Mas foi a preocupação que se destacou com mais clareza.

As palavras de Ellia antes de Trystan atravessar a ponte para a Aldeia do Coração o atingiram como um balde de água fria. "Não faça nenhum mal."

Sage estava se aproximando cada vez mais da escuridão e, por mais que ele gostasse de sua merecida crueldade, por mais que admirasse sua força e perseverança, aquela voz na mente dele — a que o lembrava todos os dias que ele só servia para um propósito...

Aquela voz passou a questionar se o pior mal que ele cometeria seria contra a única pessoa que queria salvar.

CAPÍTULO 51
Evie

Evie perseguiu o irmão até o espaço aberto do escritório. Fadinhas e estagiários saíram do caminho às pressas para não serem atropelados pelos dois. Ela esbarrou em uma mesa e os papéis voaram; um deles grudou teimosamente no seu rosto.

— Gideon, para! — gritou ela.

Graças aos deuses, ele foi interrompido por Marv, que por acaso estava entrando ali justo quando Gideon estava prestes a escapar. Por um segundo, os dois ficaram desviando um do outro em uma dança constrangedora.

— Com licença, senhor — disse Marv, educadamente.

— Marv, não deixa ele sair! — gritou Evie, avançando em direção a eles. Os funcionários presentes olharam para o sangue grudado na pele dela e assistiram à cena boquiabertos. Por mais que sangue não fosse uma ocorrência incomum na Morada do Massacre (ainda mais em época de orientação dos estagiários), não dava para culpá-los totalmente. Provavelmente ela parecia um pesadelo ambulante.

Marv, abençoado seja, não precisou ouvir duas vezes. Deu um empurrão em Gideon com seu corpo parrudo e o derrubou no chão.

— Peguei ele, srta. Sage!

Evie relaxou um pouco ao caminhar na direção de Marv, agradecida por ele não ter se incomodado com o sangue ou com seu estado deplorável.

— Obrigada, Marv.

— E quem temos aqui? — perguntou Marv.

— Gideon Sage. Prazer — respondeu o irmão com dificuldade, já que Marv ainda estava em cima dele.

Marvin sorriu como se os dois estivessem apertando as mãos, e não se conhecendo intimamente no chão do escritório.

— Um prazer conhecê-lo oficialmente, sr. Sage. Todos nós gostamos muito da sua irmã aqui no escritório.

Gideon sorriu.

— Nossa mãe vai ficar orgulhosa. Funcionária do mês, é?

Por mais que Evie soubesse que era brincadeira, foi de mau gosto, dadas as circunstâncias.

Ela bufou ao se sentar no chão ao lado deles.

— Se ele deixar você se levantar, você me conta a verdade?

Gideon fez que sim, olhou para Marv e sorriu.

— Pois bem, meu bom senhor, acho que essa é a sua deixa.

Marv ficou vermelho, mas rapidamente saiu de cima do irmão dela.

— Srta. Sage, eu tinha vindo aqui para contar a você e ao chefe: a Keeley e os outros guardas disseram que havia Guardas Valentes se aproximando dos limites da mansão. Por enquanto, os Malevolentes conseguiram desviar a atenção deles e conduzi-los para outra direção, mas outras partes da mansão estão voltando a ficar visíveis.

O coração de Evie acelerou. Clare e Tatianna ainda não tinham conseguido encontrar uma feiticeira para restabelecer a barreira e, embora pessoas sem magia ainda pudessem lançar feitiços de invisibilidade, o efeito não parecia durar muito. Era óbvio que eles só estavam ganhando um pouquinho de tempo.

— Obrigada, Marv. — Evie abriu um sorriso gentil, pois não queria deixar o guarda mais alarmado do que ele já estava.

Marv voltou a ficar vermelho enquanto saía correndo da sala e voltava ao seu posto.

Evie permaneceu no chão e observou Gideon a analisando.

— Bom, a gente pode continuar se encarando desse jeito estranho ou você pode me contar tudo que está escondendo de mim — disse ela.

Gideon contraiu os lábios.

— Ficar se encarando desse jeito estranho me parece ótimo.

Ela girou o cabo da adaga na palma da mão e franziu o nariz.

— Mesmo se eu arrancar um dos seus olhos?

Seu irmão franziu a testa.

— Eu não me lembro de você ser tão sanguinária.

— Ossos do ofício.

Ele endireitou os ombros e estufou o peito.

— Eu sempre quis ser cavaleiro, Eve. Com certeza você se lembra disso.

Ela se lembrava vagamente daquilo, junto com suas próprias aspirações de ser rainha ou pastora de ovelhas. Lembrava-se também do verão antes do seu décimo aniversário, quando ela tentara a sorte como trapezista que manipulava fogo e caíra do telhado. Além de ter aberto um buraco no gramado que nunca mais cresceu de novo. Mas não passavam de sonhos infantis. Evie sempre tinha achado que Gideon ia se estabelecer na aldeia deles, que talvez assumisse o açougue do pai quando crescesse. Ela nunca tinha imaginado que suas divagações juvenis pudessem se transformar em um emprego real.

Se fosse assim, Evie deveria andar por aí com um rebanho de ovelhas e uma coroa na cabeça, o que, verdade seja dita, não seria a cena mais estranha que o escritório já tinha visto, mas já estava perto demais do fim de semana para provocar um piripaque no chefe. Se bem que provavelmente era tarde demais para evitar isso, já que Evie tinha acabado de sair correndo do porão para perseguir o irmão pelo corredor, coberta de sangue que não era dela — o piripaque aconteceria por Evie estar sujando o chão, não por causa do sangue em si. O chefe odiava sujeira.

— Antes de eu continuar... — Gideon franziu a testa. — Uma pergunta: você matou nosso pai?

— Gideon, que pergunta terrivelmente grosseira.

— Peço desculpas. Devemos primeiro nos sentar e pedir um chá?

Ela deu um tapa no ombro dele e limpou um pouco do sangue no queixo.

— Eu não o matei. Só o apunhalei na coxa.

Gideon arregalou os olhos.

— E depois decidiu usar o sangue dele para pintar o rosto?

Ela revirou os olhos, exasperada.

— Eu escorreguei na saída da cela e esse foi o resultado. Gostou?

Ele levou a mão à boca.

— Você escorregou? — Embora o irmão estivesse tentando esconder, ela sabia que ele estava rindo por trás da mão trêmula. — No sangue da sua vítima?

Ela revirou os olhos e cruzou os braços.

— Não estou vendo qual é a graça. Sangue é escorregadio. Não é verdade, senhor? — perguntou ela, sentindo a presença dele se aproximando.

O Vilão pigarreou, provavelmente achando todo aquele espetáculo desagradável.

— Imagino que possa ser descrito assim.

Gideon arqueou a sobrancelha e apoiou o braço no joelho dobrado.

— Mas você já tropeçou no sangue alguma vez?

O Vilão bufou, indignado.

— Não, isso seria ridículo. — Mas, assim que viu a reação de Evie, o rosto dele se encheu de um pânico incomum. — Não que você seja... Eu não quis dizer... — O chefe suspirou e passou a mão pelo rosto. — Quer que eu mate seu irmão para você?

— Não. — Ela abriu um sorriso simpático e o Vilão deu um passo para trás. — Isso seria *ridículo*.

Mas Gideon interrompeu a conversa ao se levantar e estender a mão para ela. Evie a pegou com certa hesitação, tentando não tropeçar no salto da bota.

— Depois de me recuperar do atropelamento, posso continuar? — perguntou ele.

Os demais funcionários voltaram a trabalhar normalmente, ou pelo menos fingiram. Evie pegou mais de um colega simulando movimentos de escrita, com a pena pairando a mais ou menos um centímetro do papel. Aquele intervalo sem dúvida daria pano pra manga para os funcionários, que iam fofocar bastante ao lado do bebedouro mágico no canto dos fundos do escritório. Todos os melhores boatos começavam ali.

— Eu estava fazendo dever de casa no meu quarto quando o pai veio falar comigo sobre o rei pela primeira vez. Eu devia ter uns doze ou treze anos. — Gideon se remexeu nervosamente. — Meu sonho era ser um dos Guardas Valentes: nobres, corajosos, amados por todos. Eu me lembro de vê-los passar pela nossa aldeia e mal conseguir acreditar que homens daquele tipo existiam fora das histórias que a gente ouvia na hora de dormir. Eu queria muito, Evie.

Seu irmão se afastou e caminhou em direção à janela mais próxima; claramente não queria encará-la durante o que estava prestes a dizer.

— Toda magia desperta a partir de um trauma, e a minha despertou depois que eu peguei aquela febre de um dos meus professores.

Evie sabia daquilo, assim como conhecia o mito de que a mais pura alegria também era capaz de despertar a magia. Mas não era verdade, era só uma fábula. A verdadeira magia daquele mundo surgia sempre da dor.

De acordo com o curandeiro que tinha ido avaliá-lo, não se tratava da Doença Mística. Mas Evie se lembrava de como tinha se preocupado com o irmão — e com a mãe, que já estava quase no final da gravidez de Lyssa. Gideon havia sobrevivido à febre, mas se afastara dela depois disso; Evie achava que a culpa tinha sido dela. Tinha desenvolvido o hábito de achar que tudo era culpa dela.

— Depois disso, o pai me fez começar a treinar com um especialista em magia sem ninguém saber. Ele disse que a aldeia era pequena demais para que alguém descobrisse o poder da minha magia. Era uma espécie de magia de bloqueio... eu conseguia suprimir a magia dos outros, por mais poderosa ou forte que fosse, e isso deixava o pai com um pé atrás. Ele não me deixou nem contar para a mãe, disse que isso a estressaria e acabaria fazendo mal ao bebê.

— Gideon estava virado para o outro lado, mas deu para ver o corpo estremecer, como se o arrependimento fosse um tormento físico.

— E aí eu conheci o rei — disse Gideon. O chefe se retesou ao lado dela, cerrando os punhos. — Ele ficou animado com a minha magia e ainda mais com o desenvolvimento da magia da mãe. Ela tinha acabado de ter a Lyssa e a magia da luz estelar estava florescendo. Ele disse que era magia de salvadores...e que seria poderosa demais para ela controlar sozinha.

A mente de Evie entrou em estado de alerta. Ela sabia onde aquela história ia parar, sabia que o fim era trágico. Porque, ao contrário da beleza dos contos de fada, a vida real não tinha um final feliz e redondinho.

— Eles me pediram para usar minha magia para suprimir a força total do poder da mãe, para que não a sobrecarregasse. Disseram que era seguro e que eu estava cumprindo meu dever para com o reino. Então, toda noite, depois que ela adormecia, eu usava minha magia nela. Ela estava retraída por causa da Lyssa e, quando a magia dela se estabilizou, com a minha ajuda, pensei que tudo voltaria a ficar bem. Mas fui dormir cedo certa noite e, quando ela acordou, o poder saiu com força total.

Aquele início de manhã, quando tudo mudou — os campos de dente-de-leão, o dia em que a infância de Evie tinha chegado ao fim. Gideon se virou e ignorou todos os demais. Com lágrimas sinceras nos olhos, concentrou-se somente em Evie, e aquilo despedaçou algo dentro dela. Ela imaginou o irmão aos quinze anos, depois aos doze, depois aos sete, até a lembrança mais antiga do irmão vir à tona.

— É culpa minha. O que aconteceu com a mãe — disse ele. — A perda do controle. Eu mexi na magia dela em nome do reino, em nome da cavalaria... E então a destruí.

CAPÍTULO 52
Evie

Evie não bateu antes de entrar no quarto do Vilão, a não ser que o impacto do ombro na madeira ao abrir a porta contasse.

— Senhor, você foi embora antes que eu pudesse contar sobre minha pista! E agora, pra piorar, não consigo encontrar a Lyssa.

Evie *definitivamente* deveria ter batido na porta, ou assobiado, ou pelo menos enviado uma mensagem por um dos corvos, porque a cena que ela estava presenciando era... realmente impressionante. O Vilão estava estendido em posição de prancha no chão, sem camisa, e os músculos das costas se contraíam até a base enquanto ele fazia o corpo subir e descer. Ele congelou ao ouvir a voz dela, o que fez seus braços tremerem pelo esforço de manter a posição.

— Sage, espero que eu não tenha te dado a falsa impressão de que gosto de companhia nos meus aposentos.

— Senhor, você está fazendo flexões sozinho às quatro da tarde. Ninguém teria essa impressão — respondeu ela, provocando-o em um tom divertido.

Ele fechou a cara ao se levantar, desenrolou as faixas brancas das mãos e enxugou o suor do pescoço. Em seguida, observou as roupas limpas de Evie, recém-trocadas, e a pele livre de sangue.

— E seu pai? O que ele disse? Seu irmão desviou meus planos com a confissãozinha dele.

Meus. Não *nossos.* Era uma distinção intencional. Dava para perceber pela mudança sutil no semblante dele.

Ela queria culpar o irmão pelo desaparecimento da mãe e todos os acontecimentos que se seguiram, pela revelação que parecia aumentar a distância entre ela e o chefe, mas não era justo. Gideon tinha apenas quinze anos e, assim como ela, também era vítima das maquinações do pai deles e do rei. E, de qualquer maneira, Gideon não era o irmão que mais a preocupava naquele momento.

— Depois. Não posso fazer nada até saber onde a Lyssa está. Já perguntei ao Edwin, à Becky, ao Blade e aos guardas. O Edwin disse que ela costuma sumir por volta do meio-dia para escrever as histórias dela no nosso quarto... ela leva a hora de escrever muito a sério. Mas o quarto está vazio.

Ele franziu a testa e atravessou o cômodo para abrir o armário e pegar uma camisa, mas fechou a porta rapidamente como se não quisesse que ela visse o que havia ali dentro. Por fim, vestiu a peça escura pela cabeça e sugeriu:

— Será que ela não está com a Tatianna?

— Também não a encontrei. — Ela lhe lançou um olhar sugestivo. — Nem ela nem a Clare.

— Mentira — disse ele com um sorrisinho. Então, de repente, era como se fossem dois velhos amigos fofocando enquanto tomavam um chá.

Ela juntou as mãos e abriu um sorriso.

— Verdade! — O sorriso desapareceu. — Espera. Concentra. Lyssa. A Lyssa sumiu.

Trystan assentiu, solene, antes de tirar uma ametista do bolso e ordenar para a pedra:

— Preciso que todos procurem Lyssa Sage e me avisem assim que a avistarem. — Ele pôs a mão no ombro de Evie para tranquilizá-la. — Ela está aqui em algum lugar. Não precisa se preocupar.

— Não estou preocupada. Estou com instintos assassinos.

— Deixe isso de lado também — aconselhou ele, contemplando-a. — A Tati disse que você apunhalou seu pai na perna.

Ela não negou, simplesmente deu de ombros.

— Você está bem?

— Não! — disse Evie alegremente. Em seguida, olhou desesperadamente ao redor do quarto em busca de algo para mudar de assunto enquanto esperavam alguma resposta.

O quarto dele parecia diferente durante o dia. Dava para ver mais detalhes no edredom, os milhões de travesseiros em cima da cama. Ela se virou e se jogou no colchão — era brutalmente desconfortável. Seu chefe era um sociopata.

— Que coisa bizarra — resmungou ela.

— Eu ia dizer exatamente isso sobre você deitada na *minha* cama — disse ele com a voz esganiçada, levando uma das mãos à cintura e apertando os olhos com a outra, como se não suportasse ver aquilo.

A irmã dela tinha sumido, provavelmente para aprontar alguma travessura — talvez derrubar um exército ou criar uma poção que a transformaria numa minhoca —, mas isso não impedia Evie de reconhecer o assunto óbvio que estavam deixando de abordar.

— Então tá, a gente vai falar do nosso beijo? Ou vamos varrer o assunto para baixo do tapete?
— Sage — disse o chefe entredentes, olhando para cima como se torcesse para que o céu desabasse.
— Não sei por que você está tão indignado. Foi você que me beijou primeiro!
— Foi um acidente! — ele contestou e, em seguida, se encolheu, provavelmente se dando conta de como aquilo soava ridículo.
Um acidente? Evie merecia uma desculpa melhor. Ela arqueou as sobrancelhas e o olhou de cima a baixo.
— Um acidente bem demorado, se me lembro bem.
Ele olhou nos olhos dela.
— *Se* você se lembra bem? Aconteceu ontem. Você se esquece assim tão fácil?
Ela lhe lançou um olhar ousado.
— Você se esquece?
Ele congelou. Os músculos se contraíram tanto que o Vilão parecia estar se transformando em pedra. Havia uma intensidade no semblante dele que Evie tinha provocado, mas agora ela encarava as mãos, incapaz de sustentar o olhar de Trystan.
— Um lapso momentâneo, talvez. Tipo comer algo apimentado porque parece bom e depois acabar com dor de barriga — disse ela, assentindo brevemente.
Quando levantou a cabeça, viu que ele estava encarando as mãos de Evie.
— Comida apimentada jamais me daria dor de barriga — disse ele, parecendo extremamente desconfortável.
Eles não estavam falando de comida apimentada, mas isso pouco importava. O Vilão parecia atormentado.

Então, ela decidiu demonstrar um pouco de compaixão.

— Vou deixar pra lá, se é isso que você quer. Mas exijo que a gente volte a tocar no assunto depois que encontrarmos minha mãe. Não importa o resultado.

Ele hesitou. *Covarde.*

— Tudo bem — enfim concordou. — O que foi que seu pai disse? Quem estava na pintura?

— Renna Fortis — disse ela. Em seguida, foi até as gavetas dele e começou a fuçá-las. Pegou um par de meias estranhamente coloridas e as mostrou ao chefe, mordendo o lábio. — Bolinhas?

— Me dá isso! Você é pior que um guaxinim — resmungou ele, arrancando as meias das mãos de Evie. — Renna Fortis é a matriarca da família Fortis. Se sua mãe estiver na Fortaleza da Família Fortis, isso... pode ser um problema sério.

Ela franziu a testa e vagou até o armário.

— Por quê?

De repente, Evie se viu em cima dos ombros dele outra vez, sendo jogada delicadamente na cama como uma boneca de pano. Embora tivesse tido a súbita e ridícula esperança de que o corpo dele pousaria sobre o dela, não foi o que aconteceu. Em vez disso, Trystan atravessou o quarto e se recostou nas portas do armário. Havia alguma coisa ali dentro que ele não queria que ela visse.

O que significava que Evie não ia descansar até descobrir o que era.

— Para começo de conversa, a fortaleza é completamente inacessível ao público. E...

Evie se apoiou nos cotovelos.

— E o quê?

Ele parecia desconfortável, mas era difícil saber se era por Evie estar na cama dele ou pelo que quer que estivesse escondendo naquele maldito armário.

— Não cabe a mim dizer. Antes preciso fazer uma consulta, e então partimos daí.

De repente, Marv irrompeu no quarto, dando um susto tão grande em Evie que ela caiu da cama.

— Temos um problema... um grande problema... um problema enorme!

Torcer para que Marv não a tivesse visto seria forçar demais a barra. E ele não conseguiria guardar um segredo nem se a vida dele dependesse daquilo. Fantástico.

— Alguém incendiou o pátio de propósito! — gritou Marv.

O Vilão franziu a testa, mas, tirando isso, manteve a compostura.

— Não é a primeira vez, Marv. Use uma das preciosas mangueiras da Sage e apague o fogo.

— Elas não são *preciosas* — disse ela, ofendida. — São medidas de segurança!

Marv estava inquieto.

— Senhor... temo que os Guardas Valentes estejam por trás disso.

O semblante do Vilão passou de neutro a determinado enquanto ele saía do quarto, seguido de perto por Evie.

Marv podia estar certo; havia cavaleiros rondando as barreiras da mansão. Mas Evie também tinha suas suspeitas, e nenhuma delas envolvia os Guardas Valentes.

Não, Evie tinha uma terrível sensação de que aquilo era obra de outra pessoa completamente diferente.

CAPÍTULO 53
Vilão

Trystan um dia já gostara de estar no comando. Dar ordens e ver as pessoas obedecerem era seu dever, seu destino; o único aspecto em que ele poderia se esforçar para ser bom era praticar o mal e cometer crimes contra o reino. Mas, verdade seja dita, pensou Trystan enquanto corria com Sage pela mansão, se ele se permitisse reconhecer aquela esperança guardada lá no fundo da própria mente por tanto tempo, poderia admitir que cumprir a profecia, salvar Rennedawn... fazer algo para salvar em vez de destruir... poderia fazer dele um cara merecedor.

De paz, de amizade, de família, quem sabe até de...

— Fogo! — A palavra escapou da boca de Trystan sem mais nem menos enquanto ele e Sage entravam às pressas no pátio, dando de cara com as árvores em chamas.

Sage tomou um susto e segurou a lateral do corpo — sem ar, ofegante, a pele úmida por conta do esforço. A mente dele viajou para um lugar horrível, que envolvia a cama... e algumas das suas almofadas.

— Acho que o fogo já sabe o que ele é, senhor — disse ela, respirando com dificuldade. — Não precisa gritar na cara dele.

Trystan segurou as laterais da cabeça.

— Pega a mangueira. Assim eu posso encontrar e punir *severamente* o responsável por isso.

Sage tentou levantar uma laje de cimento no chão do pátio. Quando a placa não saiu do lugar, ela franziu a testa.

— Que coisa. Eu tinha certeza de que tinha colocado a mangueira aqui embaixo.

Ele a encarou, boquiaberto.

— Você não sabe onde está? Você, a entusiasta das mangueiras de borracha?

Ela apontou um dedo na cara dele.

— Planejar táticas de segurança para casos de emergência não faz de mim uma entusiasta, Soberano do Mal.

Trystan arqueou a sobrancelha e cruzou os braços, contemplando-a.

— Você comprou um livro sobre o assunto?

Ela desviou o olhar com cara de culpada.

— ... Comprei.

— Ahá!

Ela jogou as mãos para o alto.

— Eu dei uma lidinha sobre segurança! Foi um refresco depois do meu último livro picante de época.

Ele não precisava ser um gênio para imaginar o tipo de conteúdo que havia naqueles livros.

— Q-qual era o título? — perguntou Trystan.

Ela olhou para cima, os parafusos da cabeça claramente soltos.

— Acho que era *Mangueiras de incêndio para o local de trabalho* ou algo do tipo.

Sim, ele *definitivamente* estava se referindo ao livro sobre mangueiras. Trystan beliscou o dorso do nariz e se afastou dela em um esforço para recuperar o equilíbrio.

O movimento fez uma laje se soltar debaixo do pé dele — pegando-o de surpresa e fazendo-o perder o equilíbrio de vez. Aquilo já era inimaginável o bastante, mas então... ele *se debateu*. Em toda a sua vida, Trystan achava que nunca tinha se debatido assim. Ele caiu de bunda no chão com força o suficiente para sacudir seu crânio. Mas a laje tinha se levantado, revelando a ponta de um longo tubo de borracha.

— Você achou! — gritou Sage, batendo palmas.

Então, ela puxou a mangueira, segurando-a com habilidade, e a eficiência com que executava a tarefa, o rosto concentrado era... estranhamente excitante.

Aquela mulher poderia até apontar um lápis e lhe causaria um ataque apoplético.

Caído no chão, Trystan franziu a testa.

— Sage, acho que sua falta de equilíbrio é contagiosa.

Sage o ignorou e puxou um bocal na ponta da mangueira. A água começou a jorrar. Enquanto ele se levantava, a força do jato a derrubou para trás, direto no peito de Trystan. Por instinto, ele levantou as mãos para segurá-la pelos cotovelos e, por mais que não desse para ver o rosto dela, ele sentia a contração do corpo, os pés bem firmes no chão para não sair do lugar.

— Eu não tenho falta de equilíbrio — argumentou Sage. — O chão é que simplesmente não faz a gentileza de me avisar quando está chegando mais perto.

Foi com evidente descrença que ele disse:

— Você acha que pode sair de qualquer situação na base do argumento?

As chamas estavam se dissipando com o jato d'água, embora ainda restassem algumas. Mas não era o fogo que estava aquecendo o ar. Não era o sol que batia neles nem as flores que brotavam em meio às fendas das pedras no piso do pátio. Era Sage, que olhava para ele com seu sorriso travesso e olhos gentis.

— Foi assim que eu consegui meu emprego, não foi?

Sage disse aquilo, é claro, sem saber que o emprego já era dela no instante em que ela dissera que precisava de trabalho.

Sem saber que ele teria dado um jeito, qualquer jeito, de aliviar o peso que ela claramente carregava naqueles ombros esbeltos, na silhueta magra do corpo, como se estivesse desnutrida quando se conheceram. Sem saber que ele tinha passado aquela primeira noite em claro se perguntando o porquê daquela aparência.

Havia uma encomenda recorrente de balas de baunilha para a mansão, cuja data de início era — coincidentemente — o dia seguinte ao primeiro turno de Sage, depois que ele viu o quanto ela gostava das balinhas escondidas em uma lata em cima da mesa dele. Bem que Trystan poderia ter uma daquelas balas por perto naquele momento, na verdade, para acalmar a fúria que o dominava ao ver a madeira queimada do portão dos fundos.

— Termina de apagar o fogo, Sage. Preciso encontrar o responsável por isso.

Sage baixou a mangueira.

— Não precisa.

Trystan ficou tão confuso que sua sede de vingança perdeu a força — quase sumiu, na verdade.

— Pode fazer o que quiser, mas eu não mato ninguém há quase uma semana e acho que já está na hora. O quadro de contagem de incidentes está morrendo de saudades de mim.

Ela fechou bem os olhos.

— Você não pode machucar a pessoa responsável.

Ele se inclinou de modo ameaçador, tentando assumir seu ar de maldade proibitiva.

— Sage, vou fazer o que eu quiser.

O olhar que ela lhe lançou só poderia ser descrito como desafiador, atrevido.

— Lyssa! — gritou Sage. — Vem aqui *agora*!

A autoridade que ela exibiu naquela ordem parental fez Trystan endireitar as costas. Ele também viria correndo se ela mandasse.

— Não foi um Guarda Valente — disse Sage, com uma decepção silenciosa no rosto e na postura. — Foi minha irmã.

CAPÍTULO 54
Evie

Evie Sage sempre soube que suas habilidades parentais deixavam muito a desejar.

Era uma fraqueza permanente que ela não conseguia superar nunca. Tinha assumido o papel de cuidadora nova demais, em uma idade em que seu maior problema deveria ser uma matéria difícil na escola ou se perguntar qual amiga estava falando mal dela pelas costas. Uma idade em que deveria estar subindo em árvores e fazendo pedidos, fingindo que o mundo era colorido, livre e divertido.

De vez em quando, ela sentia nostalgia pela infância que tinha perdido tão cedo.

Mas, apesar de tudo, Evie tinha se esforçado ao máximo para continuar acreditando que havia bondade, esperança e alegria no mundo, para que Lyssa pudesse acreditar nisso também. Pode ser que tenha exagerado um pouco no otimismo — como forma de sobrevivência. Talvez aquela não fosse a figura materna de que a irmã precisava? Levando em conta que, no momento, ela estava cometendo um incêndio criminoso?

A cabecinha escura de Lyssa surgiu por trás de uma abertura em uma das paredes dos fundos.

— Como você sabia que eu estava aqui? — perguntou ela ao contornar a parede e se aproximar com cautela. Os olhos castanhos estavam arregalados. O nariz arrebitado e as bochechas redondinhas estavam sujos de fuligem preta, assim como as mãos e a barra do vestido que batia nos joelhos.

Evie levantou um dedo, mostrando uma fita roxa que tinha encontrado no chão.

— Perdeu alguma coisa?

Lyssa levou a mão à ponta da trança ao perceber que a faixa de seda não estava ali.

— Droga! É a regra número um da vilania: nunca deixe rastros.

O chefe de Evie abafou uma risada ao lado dela. Evie lhe lançou um olhar incrédulo e a risada morreu na mesma hora. Ele já estava sério ao dizer:

— Ela tem razão. Se bem que, de vez em quando, é permitido deixar um cartão de visita.

Lyssa olhou para Trystan com brilho nos olhos e assentiu como se estivesse catalogando tudo que ele dizia para usar depois. *Pelo amor dos deuses.*

Ela empurrou o chefe pelo ombro.

— Para de dar dicas a ela!

Uma exaustão profunda a dominou. As expectativas e as responsabilidades drenavam sua energia.

— O que raios deu em você? — perguntou ela à irmã em tom de súplica. — Como foi que você fez isso?

Evie tentava manter um relacionamento leve com Lyssa; tentava se equilibrar entre as funções de irmã mais velha e amiga, e só fazer papel de mãe quando necessário.

Aquele era o momento de fazer papel de mãe.

Lyssa tentou limpar a fuligem do rosto, amolecendo o coração de Evie. Mas, antes que ela pudesse se mexer, o chefe se adiantou e entregou um lenço preto de seu bolso para a irmã. Ela esfregou as laterais do rosto, mas não chegou nem perto da fuligem.

— Saiu?

Evie percebeu que o chefe estava se segurando para não sorrir, mas mantendo o rosto sério e o tom profissional.

— Você está parecendo um limpador de chaminés, vilazinha. — Ele pegou o lenço das mãozinhas de Lyssa e o ergueu na frente dela. — Posso?

Lyssa lhe lançou um olhar tímido, mas assentiu calorosamente.

O chefe era uma vista impressionante, que Evie já tinha presenciado em diferentes estados de violência — de tortura até incêndios criminosos, passando por ossos quebrados, mãos quebradas, cabeças penduradas... a lista era infinita.

Mas aquele homem ali era diferente — ou talvez fosse o mesmo, só que mais gentil, mais confiável. Ele esfregou suavemente as manchas de fuligem nas bochechas de Lyssa até toda a sujeira passar para o lenço. Por fim, levantou-se e guardou o pedaço de tecido no bolso.

— Pronto — disse ele, com um sorriso que derreteu o coração de Evie.

Ou melhor, que remendou seu coração. Foi como se, com aquele pequeno gesto, o Vilão tivesse costurado as partes quebradas de Evie, juntando-as lentamente e a tornando inteira outra vez.

Ela refletiu sobre o gesto absolutamente atroz de gentileza que ele tinha acabado de cometer na frente de Evie.

Como ia conseguir manter distância se ele fazia coisas do tipo? Queria que o chefe se reafirmasse como o grande mal de sua vida, mas já era tarde para isso. Evie já tinha se afeiçoado demais a ele, tanto que perdê-lo a destruiria. Ela jamais se recuperaria. Seus sentimentos ameaçavam engoli-la. *Enterre seus sentimentos. Isso parece bem saudável.*
Ela esbarrou nele para ficar cara a cara com a irmã.
— Então tá bom, eu vou ser a vilã da história enquanto você o manipula.
Lyssa deu uma risadinha com a mão na boca.
O Vilão arregalou os olhos.
— Como assim?
Em um gesto de solidariedade, Evie assentiu com a cabeça.
— Você foi feito de trouxa por uma criança de dez anos.
Ele piscou repetidas vezes, incrédulo, antes de dizer com a voz áspera:
— Ninguém pode saber disso.
Evie deixou o chefe lidar com a própria crise existencial, cruzou os braços e voltou a atenção para a irmã.
— Lyssa. O incêndio. Como?
Lyssa olhou para baixo e mexeu os dedos dos pés nos sapatos.
— Eu estava ajudando o dragão.
O Vilão inclinou a cabeça.
— O Fofucho?
Lyssa fez que sim.
— Acho engraçado chamar ele de Fofucho. A gente tinha um cachorro com o mesmo nome!
— Eu sei — disse o Vilão, seríssimo.
Evie franziu a testa.

— Prossiga... Ah! — ela gritou, levando a mão ao peito quando o próprio Fofucho surgiu por cima do ombro de Lyssa, com suas escamas verdes e roxas brilhantes. — Para um animal desse tamanho, ele tem passos tão sorrateiros que chega a ser bizarro.

Fofucho inclinou a cabeça e cutucou o ombro de Lyssa. Ela deu tapinhas no focinho dele e o dragão ronronou na mão dela como um gato.

— Lyssa... Você fez o dragão soltar fogo?

A irmã parou de acariciar Fofucho, que grunhiu baixinho em protesto.

— Sim, eu fiz! Desculpa por ele ter queimado a parede dos fundos, mas, desde que eu cheguei aqui, ficou bem claro para mim que todo mundo no escritório precisa da minha ajuda. Então acho que foi só um dano colateral.

Evie a encarou com ceticismo.

— Por acaso você sabe o que significa dano colateral?

— Alguma coisa que a gente sacrifica para poder fazer algo ainda maior.

Como sempre, Lyssa tinha a capacidade de explicar coisas complicadas da maneira mais simples possível.

O Vilão cutucou o braço no dela.

— Muito bem explicado, na verdade.

— De que lado você está? — sibilou Evie.

Naquele momento, Tatianna e Clare invadiram o pátio, esfarrapadas e furiosas.

— Lyssa Sage! Você vai se ver com a gente!

Ah, finalmente... aliadas.

Lyssa correu em direção a Fofucho, que inclinou a cabeça sobre ela, preparado para protegê-la de todo mal.

Evie avistou Reinaldo em cima da cabeça do dragão — ele segurava uma plaquinha que dizia: INOCENTE.

Duvido muito.

— O que você fez com *elas*? — Evie perguntou à irmã.

Tatianna estava furiosa, a compostura de sempre tinha ido embora, as roupas estavam amarrotadas e o cabelo desgrenhado.

— Ela trancou a gente em um armário!

— Lyssa! — Evie se virou para ela.

— Eu estava tentando ajudar as duas a se apaixonarem de novo! Desculpa! — Lyssa se encolheu. — Queria fazer a mesma coisa com a srta. Erring e o Blade, mas às vezes é difícil saber se ela realmente gosta dele, então fiquei na dúvida se deveria.

Clare olhou feio para ela.

— Ah, e com a gente é tão óbvio assim?

O Vilão arqueou a sobrancelha.

— Clare, você está de batom rosa?

Clare tossiu e limpou o pigmento fúcsia da boca — a mesma cor de batom que Tatianna estava usando.

— Não.

Ah, quando aquilo acabasse, Evie *com certeza* ia investigar a história a fundo.

Lyssa tinha aproveitado a distração para sair de fininho, mas Evie a puxou de volta pela gola do vestido.

— Ah, nem pensar. Quem mais você "ajudou"?

A irmã ficou vermelha; parecia ter engolido algo que queimava a garganta.

— Talvez... eu tenha te ajudado um pouquinho também.

Naquele momento, a ficha caiu. Seu diário desaparecido surgindo na mesa do chefe. Ela achava que tivesse sido pegadinha de um dos estagiários, mas não, era sua irmã mais nova com mania de bancar o cupido.

— Que coisa mais absurda! Lyssa, eu entendo que suas intenções eram boas, só que não é legal se intrometer na vida das pessoas.

Lyssa fez beicinho.

— Mas vocês vivem fazendo isso.

Todo mundo ficou em silêncio. Até Rebecka Erring entrar aos tropeços no pátio.

— Teve um incêndio? Encontraram a Lyssa? Eu não consigo... — A gerente de RH parou de repente quando os viu reunidos e relaxou os ombros quando viu Lyssa no meio do grupo, sã e salva. Em vez de parecer aliviada, Becky de algum jeito sabia que deveria desconfiar. — Foi você que começou o incêndio, não foi, Lyssa?

Lyssa se aproximou de Becky com um sorriso tímido.

— Tecnicamente falando, foi o Fofucho.

Blade chegou correndo em seguida; aquilo estava começando a parecer uma esquete esdrúxula.

— Sim, foi mesmo! — Blade pegou Lyssa no colo e a girou. Ela deu uma risadinha e envolveu o pescoço de Blade com as mãozinhas em um abraço fofo. — Lyssa Sage, sua gênia. Como foi que você fez isso?

Lyssa deu de ombros e respondeu alegremente:

— A gente trabalhou a confiança dele. O Reinaldo ajudou também!

Reinaldo deu um pulo na direção de Lyssa e se escondeu atrás dela quando o chefe começou a fechar a cara.

Becky parecia incomodada com tudo aquilo.

— Que maravilha. E onde vocês dois — disse ela, lançando um olhar acusador para Evie e o Vilão — estavam enquanto ela ajudava a "trabalhar a confiança do dragão" e incendiava a arquitetura?

Evie respondeu primeiro, pois sabia que eles precisavam manter os amigos e colegas de trabalho a par da situação.

— Estávamos falando sobre Renna Fortis.

Becky se retesou e empalideceu.

— O quê? Por quê?

Tinha sido uma reação inesperada. Evie se aproximou dela, preocupada, e disse com cuidado:

— Renna Fortis era a mulher que estava no quadro com a minha mãe. As duas eram melhores amigas. A gente acredita que ela esteja com Renna agora na Fortaleza da Família Fortis, mas não temos como descobrir.

Becky engoliu em seco, mas o chefe interveio e disse calmamente:

— Não precisa fazer nada se não quiser, srta. Erring.

Deixei passar alguma coisa?

Blade olhou fixamente para Becky.

— O que está acontecendo?

Becky ajeitou o coque e empurrou os óculos para o topo do nariz antes de se dirigir a todos.

— Eu posso levar todos nós à fortaleza.

Tatianna não pareceu surpresa, mas Clare ficou boquiaberta.

— Como? É inacessível ao público.

Becky olhou nos olhos de Evie, e o que ela viu ali era tão parecido com o que Evie via todo dia no espelho que ela quase segurou a mão de Becky. Ela viu medo. Relutância. Preocupação. Mas também... força. Convicção.

Todos esses sentimentos lutavam para se sobressair no semblante de Becky quando ela disse:

— Não é inacessível para mim... porque Renna Fortis é minha mãe.

CAPÍTULO 55
Evie

Não era um bom momento para o irmão incomodá-la.

O grupo estava esperando por Evie no pátio e ela já estava atrasada. Como sempre, tinha exagerado na bagagem.

— Fica de olho nele enquanto estivermos fora, Keeley... bem de olho — disse ela enquanto arrastava a mala abarrotada pelo corredor. A líder da Guarda Malevolente, que estava de volta ao posto de babá de Gideon depois que os segredos dele foram revelados, fez que sim com um rápido aceno de cabeça.

Gideon ficou vermelho e baixou a cabeça.

— Eu mereço.

Ela não queria que ele ficasse se lamentando; aquilo só aumentava a dificuldade de Evie remoer a mágoa. Era péssimo sentir raiva de alguém e querer confortá-lo ao mesmo tempo, e ela queria que o irmão fosse um pouco mais horrível para que aquela necessidade passasse.

Quando eles chegaram à escada, Gideon tirou a mala das mãos dela e fez um gesto indicando que ela descesse na frente. Maldito cavalheirismo.

— Você não merece minha ira por ter sido manipulado — admitiu Evie.

Ela sabia como era ser enganada pelo próprio pai. Não era certo estar com raiva, só que Evie era humana. Os sentimentos não sabem o que é certo ou errado e não conhecem nuances; só reconhecem o sofrimento quando alguém causa dor.

Ao chegarem à base da escada, Gideon lhe entregou cuidadosamente a mala.

— Pronto. Eu sei que é melhor nem pedir para ir junto, mas, se você me puder me dizer onde a Lyssa está, adoraria passar um tempo com ela enquanto vocês estiverem fora.

Evie fez que sim e sentiu os olhos arderem.

— Ela está cozinhando com o Edwin. Seria legal você ir ajudar... tenho certeza de que ela ia adorar.

Gideon se animou.

— Excelente! Vou lá agora. Keeley, você vem comigo?

Keeley permaneceu de guarda atrás dele enquanto revirava os olhos.

— Infelizmente.

Eles foram interrompidos quando Tatianna desceu as escadas furiosa, franzindo as sobrancelhas grossas e contraindo os lábios de tanta raiva.

Era totalmente diferente da confiança inabalável que a curandeira sempre demonstrava.

— Tudo bem, Tati?

Tatianna afastou uma trança dos olhos, perplexa. A pele marrom brilhava com uma camada de suor.

— A pestinha da sua irmã roubou meu diário.

Evie pôs a mala no chão e levou a mão à boca.

— Ah, não!

Os cílios escuros de Tatianna se destacaram quando ela semicerrou os olhos.

— Você está escondendo o sorriso?

Evie se limitou a balançar a cabeça, sem querer falar, pois estava, na verdade, *rindo*. Assim como Gideon, que deixou escapar uma gargalhada antes de disfarçá-la passando a mão na boca e no queixo.

Tatianna ajeitou as mangas cor-de-rosa. Estava usando uma calça comprida de seda rosa para viajar com mais conforto. Em seguida, estreitou os olhos, maquiados com uma sombra rosa vibrante.

— Acho que é de família.

Evie olhou atentamente para a amiga e franziu os lábios.

— Tati, aconteceu alguma coisa no armário?

A curandeira congelou e ficou ainda mais rígida quando Clare desceu a escada atrás dela.

— Eu vou também — a Maverine mais nova anunciou.

Cada fio de cabelo de Clare estava despenteado. Cada. Um. Deles.

— Desnecessário — resmungou Tatianna ao se dirigir para a porta e ser seguida por Clare. As duas estavam próximas, mas separadas, como forças opostas que não queriam se tocar, mas não conseguiam ficar longe uma da outra.

Assim que elas saíram, Gideon foi o primeiro a interromper o silêncio.

— Nossa irmã é... especial. — Ele começou a rir antes que pudesse se segurar.

Evie tirou a mão da boca e levou as duas aos olhos. Em seguida, deu uma risadinha leve que lhe trouxe um imenso alívio em meio a tudo que estava tentando abatê-la.

A risada baixa de Gideon se misturou com a dela e, quando Evie tirou as mãos dos olhos e olhou para o irmão, o sorriso dele sumiu. Ela viu os olhos dele ficarem vermelhos e marejados.

— Eu sinto muito, Eve. Por tudo. Não sei nem dizer o quanto eu queria poder voltar atrás. Você pode até não acreditar em mim, mas eu prometo que vou compensar.

Já bastava.

Ela abraçou o irmão e afundou o rosto no pescoço dele.

— Está tudo bem. Eu te amo. Está tudo bem.

Gideon fungou baixinho no ombro dela e segurou Evie com força, do jeito que uma criança se agarra à saia da mãe, como tivesse voltado a ser um garotinho cheio de medos, sem saber como lidar com eles.

— Me desculpa.

Ela o silenciou, fazendo círculos nas costas dele.

— Ninguém vai nos machucar de novo. Eu prometo.

Eles se separaram lentamente. Os sorrisos emocionados e as lágrimas que começavam a secar deixaram os dois de rosto vermelho e pegajoso. Keeley tinha se retirado para o canto, claramente desconfortável com aquela cena.

Evie pegou a mala.

— Prepara alguma coisa gostosa com a Lyssa e o Edwin para me surpreender quando a gente voltar? E toma conta de tudo durante a nossa ausência.

— Pode deixar. — Com o queixo trêmulo, Gideon apontou para a porta dos fundos. — Agora vai lá e encontra nossa mãe.

Ela já estava quase na porta quando parou e se virou.

— Gideon.

Ele olhou para ela, sempre com aquela postura de herói. Era um homem bom — de um jeito diferente dela.

Foi por isso que Evie disse, cuidadosamente:

— Eu quero machucar o rei. Não porque ele fez coisas ruins. Não porque ele é ruim para Rennedawn. Eu quero que ele sofra porque eu sofri, porque ele machucou todos nós. Você acha que isso faz de mim uma vilã?

Ele abriu um sorriso hesitante; até Keeley pareceu surpresa com a pergunta.

— Não, Eve. Não tem problema nenhum se sentir assim.

Mas, ao caminhar até o dragão agora selado para darem início à longa viagem até a casa da família de Becky, Evie notou algo que tinha visto nos olhos do irmão, por trás das palavras dele.

Medo.

CAPÍTULO 56
Vilão

Trystan não estava nervoso.

Então talvez só estivesse sentindo enjoo e embrulho no estômago porque o dragão não parava de subir e descer no céu, abrindo a boca de tempos em tempos para incendiar uma árvore —algo que Sage reprovava veementemente, a julgar pelas unhas cravadas nas palmas toda vez que um ramo verde se transformava em uma chama laranja.

— Gushiken, faça o favor de pedir ao Fofucho para parar de reduzir a Floresta das Nogueiras a cinzas — disse ele. — Eu gosto de destruição, mas não tenho nada contra as árvores.

Sem tirar os olhos das mãos de Sage, Trystan torceu para que ela relaxasse logo os dedos, para que não precisasse fazer isso por ela. Aquilo violaria o espírito do acordo que os dois fizeram.

"Exijo que a gente volte a tocar no assunto depois que encontrarmos minha mãe."

Trystan não deveria ter concordado com aquilo, porque agora, além dos guvres e da falha nas barreiras, ele também estava correndo contra o tempo no que dizia respeito a assunto também, sem saber o que aconteceria quando o prazo se esgotasse. Nada podia acontecer entre eles — nada bom, de qualquer maneira. A vida de Sage já estava em frangalhos só de *trabalhar* para Trystan; não dava nem para imaginar como ele a destruiria se ela se tornasse outra coisa, algo a mais.

Aquilo o fazia sentir inveja de Blade, já que o treinador de dragões tinha a liberdade de se envolver com quem bem entendesse sem medo de destruir a outra pessoa acidentalmente.

Gushiken segurou as rédeas com mais força, sem tirar os olhos da srta. Erring, que estava debruçada com a mão no queixo e o olhar distante, como se estivesse a quilômetros de distância dali. Estava apreensiva com o destino final da viagem, sem dúvida. Por mais que Trystan não pudesse entender o peso que ela carregava nos ombros, dava para imaginar o medo paralisante de voltar a um lugar repleto de lembranças terríveis. Ele sentiria a mesma coisa se voltasse à sua própria aldeia, à casa da mãe, a mulher que, em vez de ter aceitado seu poder, tentara destruí-lo.

Tentara matar o filho.

Rebecka Erring era alguém que Trystan entendia. Foi por isso que ele prontamente lhe oferecera um emprego três anos antes, quando ela era uma versão desesperada e muito menos comedida da mulher que era no momento. A mulher que ele havia encontrado pela primeira vez fugindo de casa, em busca de... Ele não diria "resgate", pois aquilo não fazia parte do repertório de Trystan, mas ele a havia contratado em um momento em que ela buscava escapar. Sabia que ela seria uma aliada de dar medo e, desde então, ela já tinha mais do que provado seu valor.

Blade franziu a testa ao ver o semblante triste de Rebecka e usou o que parecia ser a tática favorita do treinador de dragões: a distração.

— Encantadora Rebecka, gostaria de conduzir o dragão?

A srta. Erring olhou de relance para ele e balançou a cabeça sem nenhuma emoção. Em seguida, voltou a olhar para o horizonte. Quando Sage relaxou as mãos, Trystan suspirou de alívio por dentro, profundamente afetado pelos mínimos movimentos dos dedos dela. "Exijo que a gente volte a tocar no assunto depois que encontrarmos minha mãe."

Pelo andar da carruagem, quando eles voltassem a tocar no assunto, Trystan já estaria morto e enterrado.

Sage chegou mais perto da srta. Erring e deslizou a mão na direção dela, mas não a tocou.

— Não é tarde demais para voltarmos. Se você não quiser enfrentá-los, não precisa. A gente dá outro jeito.

A srta. Erring franziu a testa.

— Você quer encontrar sua mãe, não quer?

Sage pôs uma mecha de cabelo chicoteada pelo vento atrás da orelha.

— Não à sua custa. Você não é uma moeda de troca, Becky. Não quero que você se machuque simplesmente por ter a família que tem.

Tatianna também entrou na conversa.

— Isso não é uma exigência, Rebecka, é uma escolha. O que quer que você queira fazer, nós vamos te apoiar.

Becky olhou para as duas e contraiu os lábios, reprimindo os sentimentos. Ele reconheceu porque vivia fazendo a mesma cara quando tentava se conter.

— Eu... agradeço a preocupação, mas não posso fugir da minha família para sempre. Se sua mãe está lá... Se encontrá-la for nos ajudar a derrotar o Benedict, então é isso que vamos fazer. — Com o queixo trêmulo, ela levantou a mão e segurou o pescoço bem de leve. — Mas aviso desde já para não se deslumbrarem com a grandiosidade da fortaleza. Ela não é o que parece, assim como a minha família.

Do outro lado de Trystan, Clare, visivelmente o mais longe possível de Tatianna, disse:

— A gente entende de complicações familiares, Rebecka. Não se preocupe; nós não vamos baixar a guarda. Eu nunca baixo quando estou com a minha família.

O poder de Trystan começou a serpentear e bateu na lateral da perna da irmã. Assim que ela lhe lançou um olhar acusador, ele olhou para o lado, assobiando.

— Eu sei que foi você, Tryst. Você sempre tem que ser tão hostil?

Ele respondeu categoricamente, sem hesitar.

— Sim.

Sem dizer nada, Sage pôs um embrulho quente de papel manteiga no colo dele. Ele precisou olhar duas vezes antes de desembrulhá-lo e inspirar profundamente. Era um pão, tipo o que os dois tinham dividido na Aldeia do Coração.

— Ele sempre fica rabugento assim quando está com fome — esclareceu Sage. — Teve uma vez que eu o impedi de destroçar uma aldeia oferecendo um bolinho.

Ele fechou a cara.

— Não é verdade.

Sage parecia culpada.

— Você tem razão. — Ela sorriu para Clare. — Eu ofereci um biscoito.

Era profundamente degradante ser tratado como uma criança birrenta, mas Trystan ficou ainda mais surpreso ao perceber como Sage sabia exatamente do que ele precisava, exatamente o que ele queria.

É o trabalho dela, seu idiota.

Pensar nela embrulhando cuidadosamente um pedaço de pão e ser invadido por um sentimento repugnante no peito era um absurdo.

Ele limpou a garganta, tentando afastar o sentimento.

— Obrigado, Sage. Isso vai alimentar minha maldade durante a tarde.

Ela deu uma risada.

Mas a risada sumiu quando Rebecka ajustou os óculos com uma seriedade sombria.

— Nada de maldades quando chegarmos à fortaleza. Já vai ser um milagre se eles permitirem a entrada de vocês dois, agora que as caras estão expostas ao mundo.

Ela deslizou dois pedaços de pergaminho para as mãos de Trystan e Sage. Eram os cartazes de PROCURA-SE: os mesmos que os capangas de Helena tinham lhes mostrado na Aldeia do Coração. Um listava os crimes cometidos por Trystan e seu nome verdadeiro, junto com uma recompensa agora triplicada em moedas de ouro e um desenho da...

— Ah, que absurdo... minha cabeça não é tão grande assim — resmungou ele.

Sage espiou por cima do ombro dele; a respiração fez cócegas em sua orelha e o fez ver estrelas. Estrelas do tipo ruim, daquelas que surgem por trás das pálpebras depois de um soco forte no meio da cara.

— Sério? — Seus olhos azuis avaliaram a cabeça em questão. — Acho até que eles diminuíram.

O sol bateu mais forte neles, avermelhando as bochechas de Sage e realçando uma coleção de sardas na ponta do nariz. Ele sentiu vontade de tocá-la. Ainda mais quando as bochechas ficaram ainda mais vermelhas.

Ela mordeu o lábio e, por razões que ele não conseguia entender, seguiu em frente.

— Não que sua cabeça de verdade seja grande. Ela é mais proporcional ao resto do seu corpo, que também é bem... grande. — Ela engasgou, e Trystan quase engasgou também. — Não seu corpo inteiro, é claro! Como é que eu vou saber se outras partes também são... grandes? Se bem que eu imagino, com base no resto do seu corpo, que tudo o mais seja proporcional em tamanho...

Tatianna sorriu para o espelhinho que segurava para passar batom.

— Evie, meu bem, melhor parar antes que a coisa piore.

Sage fez uma saudação e se afastou dele — exatamente o que Trystan precisava.

Ele se irritou com as próprias mãos, que coçavam para puxá-la para mais perto.

Uma forte rajada de vento jogou o cabelo de Trystan para trás, e ele levantou a mão para proteger o rosto enquanto passava ao segundo cartaz: o de Sage.

O cartaz da MULHER PERVERSA era uma representação adorável e quase perfeita de Sage. Os cachos escuros voavam em volta do rosto, apontando para todas as direções, como se o artista a tivesse capturado no meio de uma ventania. Os lábios estavam curvados e os olhos pareciam brilhar com um toque sinistro.

Ela parecia o mais lindo pesadelo que Trystan já tinha visto.

Mas a lista de acusações tinha crescido desde o último cartaz.

TRAIÇÃO
SEQUESTRO
AMEAÇAS À COROA
CONSPIRAÇÃO COM O INIMIGO
APRENDIZ DO VILÃO

De repente, ela arrancou o papel da mão dele. Assim que olhou para o cartaz, arregalou os olhos e deixou escapar um gritinho, levando os dedos aos lábios.

— Sage... — disse ele, tentando acalmá-la.

Talvez alguém do Departamento de Relações Públicas da Morada do Massacre pudesse dar um jeito de retratar Sage como uma prisioneira, para que ela ainda pudesse levar uma vida normal em Rennedawn quando tudo aquilo acabasse, quando as peças enfim se encaixassem e Sage estivesse pronta para deixar Trystan e o negócio dele para trás e nunca mais voltar. Ele ignorou o peso e a dor no coração; era só porque o pão estava seco. Não importava que ele ainda não tivesse comido nenhum pedaço.

Fofucho subiu, como se sentisse que eles precisavam se perder em meio ao céu, só que a rajada abrupta de ar não foi capaz de abafar o grito de Sage.

Trystan não era bom em interpretar emoções. Mal compreendia os próprios sentimentos, já que pouco se esforçava para usá-los. Mas a mulher que atraía toda a atenção dele... estava pulando de alegria?

— Eu... eu fui *promovida*! — Sage abriu um sorriso radiante. Parecia irradiar luzes coloridas: vermelha nos lábios e nas bochechas, azul nos olhos e um brilho branco que se refletia no cabelo trançado e, por fim, realçava a luminosidade da pele.

Ela queria mais cartazes impressos? Ele poderia tomar providências para isso.

Blade afrouxou um pouco as rédeas e se inclinou para olhar o papel que Sage mostrava para ele.

— Aprendiz, hein? Bastante oficial. Sinceramente, já estava na hora. Você tem feito bem mais do que tarefas de assistente ultimamente.

— Você está certo — disse Sage, satisfeita, e pegou o cartaz de volta quando Clare estendeu a mão. — Cuidado para não rasgar.

A irmã de Trystan arqueou a sobrancelha escura em tom sarcástico.

— Ah, eu jamais me atreveria. — Ela bufou e olhou para Evie. — Seja lá quem for o artista, está meio que apaixonado por você.

— Tem algum crédito do artista na parte de baixo? — perguntou ele sem pensar.

— Sim, no canto inferior — respondeu Clare.

Ele arrancou o cartaz dela e o pergaminho rasgou um pouco, o que rendeu um grito indignado de Sage.

— Vou reclamar com ele sobre a medida da minha cabeça — comentou Trystan.

Sage olhou feio para ele antes de pegar o cartaz de volta e segurá-lo junto ao peito.

— Que emocionante, estou praticamente no seu nível agora!

Ele abriu um sorrisinho e sentiu uma leveza que sabia que se transformaria em medo minutos depois, assim que absorvesse a enormidade da situação. Mas, por um momento, ele deixou rolar.

— Não exatamente, Sage.

Mas ele sabia que ela merecia o título e muito mais.

— Você é só uma aprendiz — prosseguiu Trystan. — Ainda tem um longo caminho a percorrer antes de virar vilã.

CAPÍTULO 57
Evie

— **Chegamos** — disse Becky. — Essa é a fortaleza da minha família.

Só que não havia nenhuma propriedade por perto, apenas uma clareira vazia cercada por neblina, nos arredores da Floresta das Nogueiras. O grupo ficou em silêncio enquanto olhava ao redor. O semblante normalmente neutro do chefe estava começando a demonstrar um claro ceticismo. Evie se limitou a piscar, na esperança de ver algo surgir na neblina, mas nada aconteceu. Será que Becky estava pregando uma peça neles?

Blade interrompeu o silêncio.

— Bem legal o que eles fizeram com o lugar.

Todos eles grunhiram.

Becky os ignorou e seguiu em frente. Pegou uma chave dourada do bolso, girou-a no ar e, em seguida, ficou completamente imóvel, à espera de... alguma coisa.

— Será que os óculos da Rebecka dão a ela uma visão aguçada? Não tem nada ali. — Tatianna olhou ao redor com preocupação. Os dedos compridos se iluminaram; ela estava pronta para usar a magia, se necessário.

Blade cruzou os braços e sibilou para o grupo:

— Será que a gente pode dar uma chance para ela organizar os pensamentos? Ela não precisa da nossa censura. Não estão percebendo que está apavorada?

Evie percebeu pelo leve tremor, quase imperceptível, que ia dos ombros de Becky até a mão estendida. Uma onda de ternura dominou o coração de Evie enquanto ela avançava e, delicadamente, colocava a mão no ombro de Becky.

— Você se lembra do que *eu* te disse no meu primeiro dia?

Becky arregalou os olhos enquanto pensava na pergunta.

— Você disse que era um prazer me conhecer e que esperava que virássemos amigas.

Evie abriu um sorriso.

— Mais o quê?

— Não me lembro de mais nada. Parei de ouvir depois que você disse *amigas*.

Evie suspirou.

— Eu falei que você parecia botar medo e ter autocontrole. Sua família, não importa o que aconteça, não pode tirar isso de você. Você está no controle. E, acima de tudo, você *não* está sozinha.

Evie ainda via o medo enquanto Becky endireitava os ombros e levantava a chave. Ela a admirava por isso, porque não era a coragem impensada que vencia as batalhas mais difíceis — era acolher o medo que vivia dentro do próprio coração e da própria mente e usá-lo para seguir adiante, sabendo que medo nenhum nos controlaria.

Rebecka Erring — ou melhor, Rebecka Fortis? — deu um passo à frente. Não girou a chave daquela vez; ergueu-a no ar vazio.

E, então, o mundo ao redor deles se abriu.

CAPÍTULO 58
Becky

Rebecka Eriania Fortis nunca tinha dado muita importância às terras mortas.

Mas chegou à conclusão de que preferia estar lá do que na fortaleza da família, um lugar para o qual pensou que nunca mais voltaria. O grupo atrás dela exclamava de admiração: todos estavam impressionados com o esplendor que se abria diante deles. Já estavam se esquecendo dos alertas de Becky, já estavam hipnotizados pela beleza.

Bem que ela queria poder se surpreender com aquilo.

Grandes portões magenta se abriram, revelando o glamour colorido de sua vida antiga. A fortaleza era enorme — não tão grande quanto a mansão, mas o território era mais amplo, mais aberto e bem mais colorido. Havia plantas e árvores por toda parte, tão altas e esplendorosas que até ela se maravilhou quando um galho de árvore se abaixou e tocou sua bochecha para cumprimentá-la.

Becky odiava chorar, certamente não fazia disso um hábito, mas, naquele momento, sentiu o ardor das lágrimas.

Sua família não era inocente, mas suas terras eram: as árvores, a grama, os cogumelos dançantes enfileirados no caminho de entrada, que murmuraram baixinho quando a viram atravessando a trilha florida que levava à entrada da fortaleza. Depois de tantos anos, o som era ao mesmo tempo reconfortante e estranho. As portas da frente da casa eram as mesmas, com vinhas douradas em cada centímetro e, gravado em cada uma delas, o brasão da família — uma grande flor magenta com folhas verdes caindo dela.

Archibald, o bom e velho mordomo da família Fortis, apareceu quando as portas se abriram, saudando-a com um afeto desmedido. Não merecido, na opinião de Becky, considerando que, da última vez que o viu, ela havia batido aquela mesma porta na cara dele.

— Lady Rebecka. Você voltou para nós — disse ele com a voz trêmula. O mordomo era mais velho que os pais dela; tinha começado a trabalhar para a família quando a avó de Becky ainda era pequena.

— Entrem, entrem! Todos vocês, por favor — instou Archibald. Ela sempre tinha invejado os modos e o decoro do mordomo, e tentara imitá-los mesmo depois de ter ido embora.

Com o uniforme que combinava com as cores vivas ao redor, ele os guiou até o hall de entrada. Os tons vibrantes de rosa, verde e amarelo eram uma ode a Myrtalia, o continente em que viviam. Era o modo sutil de a família Fortis declarar lealdade à terra, e não a qualquer governante. Eles não acreditavam na *História de Rennedawn* nem na profecia. Ou, pelo menos... não deveriam acreditar.

A mãe de Becky nunca tinha mencionado Nura Sage ou o poder da luz estelar, mas a família costumava abrigar almas desgarradas, não era uma ocorrência incomum. Muitas pessoas já haviam passado pela fortaleza em busca de proteção, em busca de segurança.

— Mandei chamar seus pais. Seu pai está cuidando do jardim de especiarias e seus irmãos estão treinando lá na Trincheira. — Archibald olhou para as pessoas que chegavam atrás dela (*minhas pessoas*, ela pensou com certo orgulho... e uma pitada de desânimo). — Você e seus *convidados* podem esperar na sala verde. Vou trazer refrescos.

— A casa inteira já não é uma sala verde? — sussurrou Blade no ouvido dela.

Ela lhe deu uma cotovelada, mas segurou o riso enquanto todos seguiam Archibald pelo corredor.

Plantas selvagens se endireitavam à medida que ela passava. Uma rosa em um vaso suspenso se esticou e cutucou a mão dela para lhe dar as boas-vindas.

Ela tentou ignorar, mas o caule da flor se enrolou no pulso de Becky, puxando-a de brincadeira para mais perto em retaliação.

— Para com isso! — O grupo de rosas recuou e murchou por um instante, e Becky bufou. — Eu conheço vocês muito bem, vocês não me enganam com esse teatrinho fajuto. — Os caules se reergueram imediatamente e as rosas saltitaram.

Ela não conseguiu conter o sorriso, o coração começando a amolecer dentro da casca dura. Talvez tivesse sentido saudade delas, só um pouquinho.

— Vou me despedir antes de ir embora de novo — sussurrou.

Clare estendeu a mão para tocá-las, e as rosas se inclinaram gentilmente em direção aos dedos dela.

— Eu nunca tinha visto nada parecido! E olha que eu trabalho com plantas mágicas.

— As plantas mágicas da fortaleza são abençoadas pela terra. Nós estamos no ponto mais poderoso de Rennedawn.

— Após anos de decoreba, as palavras saíram facilmente. Quando entraram na sala verde, a primeira coisa que eles ouviram foi um estrondo — e depois um coaxar profundo.

— Reinaldo! — O chefe estendeu a mão, pegou o sapo pela cintura e puxou o anfíbio que estava prestes a pegar uma mosca com a língua. — Quem foi que o trouxe?

Becky acenou com a mão.

— Ah, não precisa se preocupar com ele... minha família nem vai reparar. Tem um monte de animais nessa casa. Escutem só.

Cantos de pássaros ecoavam pelo espaço, além de guinchos, gorjeios e até um latido em algum lugar.

Não. O latido tinha vindo do corredor, junto com um burburinho de vozes que fez Becky se arrepiar. Ela sentiu um aperto tão grande na garganta que se esqueceu de engolir.

Em seguida, olhou para uma das samambaias, que acenou para ela, e estremeceu ao ouvir um estardalhaço do lado de fora. As vozes se aproximavam cada vez mais e ficavam mais altas e ruidosas a cada segundo.

Evie curvou os lábios para baixo e arregalou os olhos.

— O que... ou melhor, *quem* são esses?

Becky suspirou e massageou as têmporas quando a porta se abriu.

— Meus irmãos.

CAPÍTULO 59
Evie

Um homem e uma criança pequena entraram correndo na sala.

Uma sala com a qual Evie não conseguia deixar de se maravilhar, apesar do aviso prévio de Becky. As paredes estavam *vivas*. Não era como a magia da mansão. Era alguma coisa diferente, algo que pulsava. Cada flor e cada folha os cumprimentava — quando ela entrou, uma vinha pequena da maior planta no canto da sala se enroscou no tornozelo de Evie, como se estivesse lhe dando oi.

Que lugar encantado.

E que pessoas aparentemente encantadoras moravam ali.

O homem mais velho era bonito. Parecia-se com Becky — pele marrom-clara, bochechas largas, cabelo raspadinho e a característica mais notável: os óculos redondos pousados no topo do nariz elegante, quase escondendo a pequena cicatriz que o atravessa.

— Bex! — O mais novo dos dois, talvez um ou dois anos mais velho do que Lyssa, com cabelos escuros e cacheados mais compridos, correu até Becky e a abraçou. — Você voltou para casa! Senti saudade.

Hesitante, Becky retribuiu o abraço do menininho, abrindo um sorriso discreto.

— Rudy, faz dois meses que vi você. E eu mando cartas toda semana.

— Mas a gente nunca te vê *aqui*! — Rudy soltou os braços e as plantas da sala se aproximaram, farejando os pés dele como cães leais e se aconchegando carinhosamente nos sapatos. — É sempre a gente que tem que ir até você!

O sorriso de Becky desapareceu ao olhar para o homem mais velho, que exibia uma expressão amigável. Pela postura dos ombros, Evie supôs que fosse um guerreiro, alguém que lutaria com honra, mas os olhos e o contorno dos lábios lhe diziam que era um homem gentil.

Uma das vinhas chicoteou o pé dela — provavelmente porque ela estava encarando o homem.

— Ai! — sibilou Evie. Podia jurar que a planta tremeu como se estivesse rindo dela.

— Sage. — A voz firme atrás dela a fez congelar. — O que você está fazendo?

Ela olhou para o chefe com cara de inocente.

— Estou sendo motivo de chacota de plantas domésticas.

— Isso significa que elas gostaram de você — disse o homem que ela estava admirando, e a planta chicoteou seu pé outra vez.

Becky se encolheu discretamente quando o homem se aproximou e abraçou a irmã.

— Sentimos sua falta, Bex.

Evie viu Blade engolir enquanto ajustava o colete e tentava manter uma expressão séria ao questionar:

— Bex, é?

Becky revirou os olhos quando ela e o irmão se separaram.

— É um apelido antigo. Como você está, Roland?

Roland — o irmão de Becky, mais velho, se ela tivesse que chutar — deu um passo para trás e avaliou o restante do grupo. Em seguida, encarou Blade com suspeita, em um olhar protetor.

Que bom. Evie gostou de saber que existia alguém para cuidar de Becky da mesma forma que ela parecia sempre cuidar dos outros.

— Estou bem — disse Roland. — Mas suspeito que você não tenha vindo até aqui só para perguntar sobre a minha saúde. — Ele arqueou a sobrancelha e cruzou os braços, esticando o tecido branco com detalhes dourados da túnica. — Como você fez para entrar? Achei que a mãe tivesse confiscado sua chave.

Por um segundo, Becky pareceu outra pessoa — mais viva, mais determinada.

— Roubei de volta quando fui embora. Se ela se incomodar com isso, ela que tente arrancar da minha mão à força.

Roland ajustou os óculos e olhou para o lado.

— Você nunca hesita em dizer coisas desagradáveis, né, irmãzinha? A mãe está com muitas saudades; vai adorar ver você aqui. Ela não liga para a chave.

Becky arqueou a sobrancelha.

— Tenho certeza.

Evie ficou surpresa ao saber que uma família que tinha fama de viver de bondade e honra tentaria excluir um dos seus, mas aí se lembrou do aviso de Rebecka e do perigo de estarem ali.

Talvez Becky realmente tivesse merecido ser expulsa da família por ações das quais Evie não tinha conhecimento, mas não importava. Estava decidida a apoiar a gerente de RH, independentemente de qualquer coisa.

— Já tem um jantar sendo preparado com todos os seus pratos favoritos. O pai está organizando tudo para nossa convidada de honra, ou, melhor dizendo... — Roland sorriu para o restante do grupo. — Convidados de honra. E a vó vai ficar muito feliz em te ver. Acho que foi ela que mais sentiu sua falta.

— Como ela está? — perguntou Becky em voz baixa.

— A Doença Mística é puxada, mas ela segue firme e forte. Você sabe que ela encara essas coisas com otimismo.

Becky absorveu a informação com um semblante neutro.

— E cadê o Reid e o Raphael?

— Nossos irmãos estão onde geralmente ficam. — Roland abriu um sorriso brincalhão. — Não consegui tirá-los da Trincheira. Mas eles também estão doidos para ver você.

Evie virou-se para Becky.

— Você tem *mais* irmãos? Todos eles são bonitos assim?

— Ela apontou para Roland, que a olhou com interesse.

Havia muitas coisas que não deveriam sair da cabeça dela. A maioria das coisas, na verdade.

Evie corou e o chefe fechou a cara quando Roland pegou a mão dela para lhe dar um beijo.

— Evie Sage, certo? A Rebecka fala muito de você nas cartas. Prazer em conhecê-la.

Evie cruzou as mãos na frente do corpo e sorriu para Becky, que encarava o irmão com fúria.

— Becky, você escreve sobre mim?

— Ele não disse que eram coisas boas — resmungou ela.

Roland riu com gosto.

— Quanto aos nossos irmãos mais velhos, srta. Sage, garanto a você que são muito mais bonitos do que eu.

Evie franziu o nariz e disse com falsa modéstia:

— Vamos ver qual vai ser meu veredito.

Os olhos de Roland brilharam por trás dos óculos. Becky e o Vilão fecharam a cara ao mesmo tempo.

— Para de flertar com o meu irmão.

— Isso — disse o Vilão entredentes. — Você está deixando a Rebecka desconfortável.

Tatianna olhou para a mão do chefe, que segurava firme o encosto de uma cadeira.

— Você está entortando a madeira, Trystan.

Alarmado, Roland se virou na direção de Trystan.

— Espera, você é o Vilão? Temos que tirar você de perto d... — Mas era tarde demais.

As plantas de todos os cantos da sala dispararam de uma só vez, envolvendo o chefe como uma serpente envolve sua presa. E, em seguida, o apertaram.

Clare gritou, as mãos de Tatianna começaram a brilhar e Blade puxou um canivete da bota, pronto para cortar as vinhas, mas Evie foi mais rápida.

— Não! — gritou ela, empunhando a adaga enquanto corria para cortá-las. Reinaldo correu ao lado de Evie, pulando na primeira vinha e dando-lhe uma mordida do jeito que ela havia ensinado. As vinhas não gostaram do ataque; elas serpentearam pelo piso e prenderam o sapo junto com o chefe.

Mas Roland pegou a mão de Evie e a torceu até ela soltar a adaga.

— Não pode machucá-las! — implorou Roland em tom de desculpas.

Trystan soltou um grito de angústia e não tirou os olhos dos dela enquanto uma das vinhas envolvia sua boca. Antes que outra palavra fosse dita, as plantas o envolveram por completo, arrastando-o pela sala e atravessando uma passagem secreta atrás da estante, que se fechou assim que ele passou.

Ele se foi.

— Me solta! — gritou Evie.

Roland só soltou o pulso de Evie quando Becky lhe deu um soco forte na cara. No instante em que ele a soltou, Becky puxou Evie para perto.

— Que merda foi essa, Roland? — berrou Becky. — Aquele era o meu *chefe*!

Clare correu em direção à estante e tentou abri-la, mas sem sucesso.

— Para onde ele está sendo levado?

Com os óculos desalinhados, Roland segurou o nariz ensanguentado.

— Para onde todos os intrusos vilanescos com magia sombria são levados quando entram no território dos Fortis.

A sala inteira ficou em silêncio.

Becky concluiu a frase dele, sussurrando horrorizada:

— A Trincheira.

CAPÍTULO 60
Vilão

Trystan ia morrer.

Vinhas e folhas cobriram sua boca e seu nariz, cortando a respiração; enrolaram-se na cintura e comprimiram os pulmões. Sua visão foi ficando turva e um mantra começou a ecoar na mente dele.

Não desmaie. Não desmaie. Não desmaie.

Mas seu corpo estava deixando Trystan na mão. Se ele não conseguisse respirar nos próximos segundos, seus olhos fechariam e não havia garantia de que voltariam a se abrir. Sua mente buscava algo a que pudesse se agarrar, algo que o sustentasse contra a escuridão iminente.

Vingança. Se ele não sobrevivesse, Benedict continuaria bancando o líder galante adorado por todos. Faria o que fosse necessário para se manter no trono, mesmo que isso significasse infectar seu povo com uma doença incurável. Era Trystan quem deveria cumprir a profecia — ele precisava sobreviver para continuar sua vingança.

Mas ele estava indo embora...

Evie.

Seu belo rosto apareceu diante dele: os lábios, os olhos, o sorriso. As risadinhas que ela deixava escapar, com arzinho soltando pelo nariz, e o choque que surgia em seu rosto logo depois, como se não acreditasse ser capaz de se divertir tanto. Ele viu seu rosto pálido, sem vida, sobre uma mesa de mármore, as mãos entrelaçadas segurando flores, os olhos fechados.

Visão turva. Falta de ar.

Ela estava viva. Ela estava viva e os criadores do mundo teriam uma bela surpresa se achassem que ele se separaria dela outra vez. As pálpebras pesadas se fecharam sobre os olhos, mas seu poder não dormiu.

Despertou.

A névoa preta se transformou em lâmina, cortando as vinhas e soltando as que prendiam sua boca e cintura para que ele voltasse a respirar ar fresco. Nunca mais subestimaria o valor de uma simples respiração. Ele inspirou e expirou mais vezes, recuperando o controle e voltando ao seu estado normal enquanto tossia.

Sage tinha tentado salvá-lo, mas tinha sido impedida à força. Ele soltou um lamento de fúria.

A onda de raiva foi o combustível que faltava para sua magia terminar de cortar as vinhas até libertá-lo por completo. Por fim, ele caiu no chão de terra dura. Ao se levantar, sem equilíbrio, semicerrou os olhos em meio à luz fraca de...

Onde raios aquelas malditas ervas o tinham levado?

Ele estava no meio de algo que parecia uma arena, com paredes altas ao seu redor. Não havia nenhuma forma óbvia de escapar. Uma claraboia lá no alto deixava passar um raio de sol que batia no rosto dele. A camisa estava rasgada no meio, como se ele tivesse acabado de lutar contra um beemote, não uma planta doméstica que cresceu demais.

Na parede oposta, havia um portão abaixado. Ele caminhou naquela direção. A névoa preta o rodeava, seu poder buscando qualquer sinal de vida na escuridão. Trystan nunca tinha se sentido tão grato pela própria magia.

— Se eu fosse você, não chegaria mais perto desse portão — disse uma voz grave acima da parede alta.

Enquanto Trystan tentava descobrir de onde vinha aquela voz, um rosnado animalesco ecoou da escuridão do outro lado do portão, fazendo-o recuar às pressas. *Que raios era aquilo?*

— Diga seu nome! — a mesma voz comandou. Ao olhar para cima, Trystan encontrou dois homens fora da arena, acomodados em uma plataforma de observação, encarando-o de braços cruzados. Trystan arriscaria um palpite de que eram os outros dois irmãos de Rebecka.

— Eu sou o Vilão — disse ele, sem emoção. — Morram de medo e, quando terminarem, por favor, baixem uma escada aqui. — Algo caiu no seu pé e, ao olhar para baixo, Trystan quase chorou de frustração. — Reinaldo, assim você me mata.

O sapo o encarou. Trystan suspirou e o pegou.

— Isso é um sapo?

Ele jogou Reinaldo, seu amigo, para cima o mais cuidadosamente possível. O anfíbio se agarrou à parede lateral. Sucesso.

— Mais ou menos — respondeu Trystan. — Se me deixarem sair, podem ficar com ele.

O homem cacheado deixou escapar uma risada.

— Acho improvável que você saia daqui um dia, meu bom senhor. Ou, melhor dizendo... meu mau senhor.

O homem coçou o queixo e ignorou o olhar fulminante do outro irmão Fortis, que encarava Trystan com o máximo de desprezo possível. Provavelmente sua gerente de RH não ficaria satisfeita se ele mutilasse aqueles dois idiotas com sua magia. Que pena.

— Só estou aqui a trabalho, não vim para machucar vocês... Raphael? — O homem calado assentiu brevemente.

Trystan tinha adivinhado o nome do irmão mais velho de Rebecka a partir das poucas informações que ela havia compartilhado sobre a própria vida quando ele a contratara. Trystan sempre se lembrava dos nomes, mesmo quando queria esquecê-los.

— E eu sou Reid. — O irmão cacheado fez uma reverência. — Já que estamos cumprindo formalidades.

Trystan cruzou os braços por cima da camisa rasgada.

— Você acha isso formal?

Reid deu de ombros e se aproximou da beira da parede.

— Acho até agradável. As coisas andam bem paradas por aqui ultimamente, e não sou eu que estou na Trincheira da Angústia.

— Reid. Cala a boca — retrucou Raphael, encaminhando-se para uma alavanca que parecia ameaçadora demais para engatilhar qualquer coisa boa.

Trystan limpou a garganta, olhou para os dois homens e, por fim, concentrou-se no portão de onde saía o rosnado nada amigável.

— Imagino que a angústia venha do que quer que esteja *lá dentro*, né?

Raphael não respondeu à pergunta.

— Você não deveria ter vindo até aqui, Vilão. Nem deveria ter trazido a minha irmã.

Reid se remexeu, desconfortável. Trystan percebeu o desconforto; parecia mais profundo do que uma simples obrigação familiar.

— Os assuntos da sua irmã são entre ela e vocês — disse ele a Raphael.

— Eu estou aqui porque nossa busca por respostas em todo o reino nos trouxe até a sua porta.

— Você está procurando uma estrela — chutou Reid.

Esse era o maldito boato que estava se espalhando? Bem que poderiam ter dito que ele estava procurando uma vela de aniversário... seria melhor para a reputação dele.

Ele teve que corrigi-los.

— Estou procurando uma mulher.

Reid contraiu os lábios.

— E quem não está?

— Reid! Chega de falar. — A voz autoritária de Raphael ecoou pelo espaço, assim como o rangido da alavanca que ele puxou. — Vilão, sua magia é um flagelo para o povo de Rennedawn. — O portão se levantou e um ruído grave arrepiou os pelos da nuca de Trystan. — Não quero machucar você. Mas você veio até aqui e nos deixou sem escolha. Agora, será testado pelas mãos do destino, a magia mais antiga do mundo.

Trystan foi dominado pelo medo ao ouvir os passos pesados que ecoavam na escuridão.

— E se eu não passar?

Algo apareceu ali — pior do que as criaturas do Destino, pior do que a morte em si.

Ele mal ouviu Raphael concluir a frase.

— Você morre.

CAPÍTULO 61
Becky

Era tudo culpa dela.

Ela jamais deveria ter permitido que o chefe entrasse. Tinha caído no erro de achar que a crença de sua família na aceitação incondicional se estenderia até mesmo ao Vilão. Aquele lugar deveria ser um refúgio, mas acabaria sendo a prisão dele.

No entanto, ele podia sobreviver ao teste, ser considerado digno. Havia uma chance.

— Rebecka, meus deuses! Só faz vinte minutos que você chegou e a casa já está de cabeça para baixo. O que aconteceu? — Renna, sua mãe, entrou na sala com passos suaves. Os longos cabelos ruivos caíam em ondas pelas costas. — Minha querida, você voltou para casa. — Renna deu um passo em direção a ela, mas Becky recuou quatro.

Renna se encolheu.

Blade se aproximou de Becky e posicionou levemente o corpo na frente dela, protegendo-a da mágoa da mãe. Por mais estranho que pareça, seu colete roxo combinava com o cenário, como se fosse ele quem pertencesse àquele lugar, não ela. Tatianna e Clare dirigiram-se lentamente em direção à estante de livros no canto da sala, como se quisessem escapar do conflito familiar. Becky desejava poder escapar também.

— Mãe. — Becky contraiu os lábios e acenou com a cabeça, sentindo-se bem mais uma garota de doze anos do que uma mulher de vinte e cinco. — A fortaleza fez do meu chefe a próxima vítima. Se você tiver alguma ideia de como reverter isso, a hora de falar é agora. — Ela manteve a compostura no pedido, como sempre. Mas sentiu uma onda de pânico ao pensar no chefe sendo ferido e no efeito dominó que isso provocaria nos outros. Becky se importava de verdade com poucas pessoas. A parte inconveniente era que quase todas elas estavam debaixo daquele teto.

Renna arregalou os olhos quando o pai de Becky entrou aos tropeços atrás dela.

Julius Fortis havia entrado para a família depois de conhecer a mãe de Becky em uma feira local. Ele estava vendendo flores, ela fez com que elas dançassem, e o resto foi puro conto de fadas. O amor do pai por ela foi intenso e instantâneo, assim como ele amava a todos, assim como ele amava Becky. Para Becky, a ideia de ser tão consumido pela afeição por outra pessoa, a ponto de perder todo o bom senso e autocontrole, era desconcertante, não reconfortante. Becky preferia muito mais assumir as rédeas da própria vida, de si mesma. Não importava que seus olhos não parassem de procurar por Blade. Aquele sentimento ia passar e qualquer indício de afeição perderia a força. O pai dela não seguia esses princípios.

Julius nem lhe deu a chance de recuar, simplesmente correu até ela e — alto do jeito que era — levantou-a do chão e a girou no ar.

— Minha pequena Becky! Que saudade! — Ele a pôs no chão e franziu a testa. — Você está muito magra. O Vilão está fazendo você passar fome? Esse é um dos métodos dele?

— Julius! — Renna o repreendeu. — Tenha um pouco de sensibilidade. Sua filha está preocupada com ele. Ele foi levado para a Trincheira para julgamento.

Julius franziu a testa e, ao tirar o chapéu de jardinagem, revelou uma cabeleira preta e brilhante. Havia uma camada de suor na pele marrom por conta do calor intenso do sol.

— Ih, caramba. — Em seguida, sussurrou para Becky: — Você consegue outro emprego?

Becky deu um tapa na testa e ouviu Roland grunhir com as mãos no rosto.

— Não, pai — disse ela. Em seguida, olhou para Evie, que assistia à cena perplexa. — Nós vamos pecar pelo otimismo e presumir que ele vai sobreviver até o jantar. — Em seguida, garantiu à colega de trabalho: — Ele *vai* sobreviver, Evie. Tenho certeza disso.

Becky não tinha certeza, mas se havia uma coisa que ela não suportava era a tristeza de Evie. Era como ver um filhote de cervo ser derrubado por uma rajada de vento: triste, desesperador e meio patético.

Renna virou a cabeça na direção de Evie e arfou discretamente.

— Ah. É você. Ah, querida.

Em questão de segundos, sua mãe já estava cara a cara com Evie, com as mãos nas bochechas dela. Evie parecia atordoada demais para se mexer, só conseguiu virar os olhos para Becky. Eles pareciam dizer: "O que eu faço?"

Becky levantou as mãos, como se respondesse: "Não sei!"

APRENDIZ DO VILÃO 403

— Hm, olá, lady Fortis — disse Evie com um sorriso trêmulo... que não se estendeu aos olhos. Havia preocupação demais neles. — Você, hm... Quer dizer... Você sabe quem eu sou?

Renna abriu um sorriso radiante e afastou uma das mechas soltas do rosto de Evie.

— Você tem os cachos da sua mãe. Ela me disse que você tinha, mas vê-los na sua cabeça é outra coisa.

Evie amoleceu — a mãe de Becky a derreteu como um pote de manteiga que ficou perto demais do fogo. Renna causava aquele efeito nas pessoas. Becky revirou os olhos.

— Minha mãe? — perguntou Evie. — Estávamos certos, então. Ela está aqui?

Renna soltou as bochechas de Evie e pegou a mão dela, conduzindo-a para se sentar.

— Archibald, você poderia ir atrás do Reid para trazer notícias sobre o bem-estar do Vilão para a filha da minha querida amiga? — Archibald seguiu a ordem prontamente, e sua mãe voltou-se para Evie com solidariedade nos olhos. — Queria poder ajudar de outra maneira. A magia dos Fortis pode ser indomável e imprevisível às vezes. Por mais que a gente possa gerenciá-la, é simplesmente impossível controlá-la por completo. Receio que o Vilão não poderá escapar dos testes do destino ancestral, se ele realmente tiver o poder que dizem que tem. Mas ainda há esperança.

Ela olhou para Evie com uma curiosidade tranquila. A mãe de Becky sempre teve a habilidade de saber exatamente o que as pessoas sentiam. Becky odiava aquilo quando era criança e odiou ainda mais naquele momento, ao presenciar o truque sendo usado em uma pessoa tão vulnerável.

— Estou vendo que você se importa muito com ele.

Os olhos de Evie se encheram de lágrimas.

— Eu... Eu me importo mesmo.

A porta da sala verde se abriu ainda mais e sua avó, Ramona, entrou com um lacaio, que conduzia a cadeira de rodas. O funcionário fez uma reverência e prontamente saiu da sala. A avó abriu um sorriso de orelha a orelha, exibindo as maçãs do rosto cheias de rugas e manchinhas. Mas ela parecia mais alegre do que da última vez que Becky a tinha visto.

Becky se aproximou dela em duas passadas e se inclinou para dar um beijinho suave na bochecha enrugada de Ramona.

— Que bom ver você de volta à ativa, vó.

Ramona Fortis era uma mulher enérgica com pouquíssima tolerância para bobagens. A doença dela havia devastado tanto a família que criara tensões que nunca se dissiparam, abrira feridas que nunca cicatrizaram.

— Acha mesmo que uma doencinha mágica pode derrubar uma velha garota? — A avó riu e, em seguida, tossiu forte no braço. Mas ela aliviou o peso dos olhares preocupados ao comentar: — Essa doença é uma vagabunda.

Becky caiu na gargalhada e levou a mão à boca.

— Vó!

Os olhos castanhos da avó brilhavam enquanto ela soltava uma mecha de cabelo do coque preso da neta. O gesto fez Becky sentir um nó na garganta ao entrelaçar os dedos.

Renna se inclinou e também deu um beijo na bochecha da mãe. Depois, sorriu para Evie.

— Mãe, esta é Evie, filha de Nura Sage.

Ramona arregalou os olhos e arfou.

— Minha nossa. Elas realmente são parecidas, não são?

Evie abriu um sorriso forçado e cravou os dedos nas palmas das mãos de uma forma que parecia dolorosa.

Becky perdeu a paciência.

— Chega, mãe. Você está torturando a Evie. Cadê a mãe dela? Cadê Nura Sage?

Renna franziu a testa.

— Rebecka, não seja grosseira. Ainda espero que você seja educada enquanto estiver sob nosso teto.

Becky sentiu um calor no rosto que subia do pescoço. Era como se tivesse voltado a ser criança e levado uma bronca por ter roubado biscoito. Mas, antes que pudesse reagir, Blade interveio.

— Peço perdão, lady Fortis, mas a senhora não encontrará nenhuma pessoa no continente que seja mais educada do que sua filha.

Ah, como ela queria que ele não tivesse feito aquilo. Porque, naquele momento, os olhos de lince da mãe e da avó se voltaram para Blade. Com atenção máxima, as duas o avaliavam enquanto Renna perguntava:

— E quem seria você?

Blade não recuou. Simplesmente deu um passo à frente e fez uma leve reverência.

— Bladen Gushiken, lady Fortis. Dos Gushiken da Cidade de Luz.

Bladen? Becky riu baixinho com a mão na boca e viu os olhos de Blade se voltarem para ela ao ouvir o som. Ele parecia surpreso, como se não acreditasse que aquela risada tinha saído dela.

Renna parecia impressionada.

— Você arrumou um filho de político, Rebecka? E eu achando que você não tinha interesse nesses assuntos.

Sua mãe fazia questão de conhecer todas as famílias nobres de Rennedawn. É claro que ia reconhecer o sobrenome de Blade imediatamente, já que o pai era um dos valiosos conselheiros do rei. Outro motivo pelo qual Blade deveria ter ficado quieto.

Becky acenou com a mão.

— Mãe, não *arrumei* ele. É só um colega; um treinador de animais no escritório.

Blade não era "só" nada, mas Becky não podia admitir — aquilo poderia ser facilmente usado contra ela.

Mas Blade pareceu ter levado na esportiva.

— É verdade, minha senhora. Não tenho mais nenhuma ligação com o meu pai. Fui deserdado e não tenho posição na sociedade. Não tenho título. Sou um treinador de animais, nada mais, e certamente *não* tenho nada com a sua filha.

Renna absorveu a informação com um aceno de cabeça.

Becky franziu a testa e Blade abriu um sorriso ao acrescentar uma palavra no final:

— Ainda.

A mãe de Becky deu uma risada e a avó assobiou, olhando para Blade como se ele fosse um pedaço de carne de primeira.

— Cá entre nós, se eu fosse sessenta anos mais nova...

Becky arregalou os olhos e Renna riu discretamente.

— Rebecka, por favor, pense bem. Ter jeito com animais *e* ser charmoso são características muito admiráveis.

— Que braços. — A avó assobiou de novo e Becky escondeu o rosto entre as mãos.

— Que as terras mortas me levem — resmungou Becky.

Quando finalmente espiou entre os dedos, viu Blade sorrindo tanto que parecia até que ia rachar os lábios, e a mãe e a avó sorriam de volta.

— Então, sr. Gushiken, imagino que o dragão que está destruindo nosso jardim seja seu, certo?

Depois de duas décadas de experiência com a mãe, Becky sabia quando ela estava tentando mudar de assunto.

— E Nura Sage, mãe? Sua amiga querida? Onde está?

Renna sorriu.

— É claro. Me desculpe... é muita emoção. Agita o sangue. — Evie estava torcendo tanto as mãos que Becky meio que esperava que fosse sair água delas. — Sua mãe passou um tempo conosco, Evie. Foi maravilhoso estar tão perto da minha amiga querida novamente. Mas, infelizmente, ela está com um dos nossos curandeiros na nossa segunda casa perto do Mar Lilás.

Becky estava incrédula.

— Por que você a mandou embora? Não sabe que o rei está atrás dela? Não sabe o perigo que ela está correndo?

Renna também arregalou os olhos ao se levantar para ficar da altura de Becky.

— Conheço Nura desde antes de você nascer. Eu a vi em todas as fases da vida, e você não faz ideia do estado em que ela estava quando chegou aqui, parecia um fantasma. Até os meninos ficaram chocados. Não é, Roland?

Roland começou a mexer nos óculos e estremeceu.

— Ela estava em péssimo estado, mas a pobrezinha passou por muita coisa — disse ele gentilmente.

— Ela estava com um olhar vazio. Parecia sem alma. A mulher que eu conhecia era risonha e alegre, mas tudo isso parecia ter sido sugado dela. O especialista disse que nunca tinha visto uma pessoa tão mutilada pela magia. Tentamos de tudo para ajudá-la, mas, no fim das contas, acabamos decidindo levá-la para o melhor lugar com os melhores cuidados, e tudo indica que ela está melhorando. — Renna expirou e a tensão abandonou seus ombros. — Agora que a filha dela está aqui, mandarei uma mensagem para que ela volte imediatamente. Ela deve chegar aqui em, no máximo, dois dias.

Renna olhou para Becky e indicou um canto em que pudessem conversar a sós. Ela a seguiu a contragosto e esfregou os braços enquanto a mãe falava em voz baixa.

— Quando Nura voltar e seus colegas de trabalho forem embora, você poderia considerar a possibilidade de ficar, nem que seja só por alguns dias a mais? — A mãe estava tão cheia de esperança que chegava a doer.

Becky suspirou e passou o dedo pela mecha solta de cabelo.

— Não posso simplesmente esquecer o que você fez, mãe, por mais que você queira.

Na busca desesperada por uma cura para a Doença Mística, sua mãe tinha decidido convidar Benedict para a empreitada, na esperança de que pudessem juntar seus recursos e encontrar uma solução. Becky era uma pessoa diferente naquela época, com suas roupas coloridas e os cabelos soltos — até seus óculos eram de um rosa vibrante que combinava com a flor na porta da frente. Seu maior crime era querer fazer de tudo para agradar.

A pessoa que herdasse a magia da família Fortis tinha que ser perfeita. Ela havia sido escolhida como herdeira pela terra. O irmão mais velho, Raphael, ficara furioso com a revelação, já que, ao que tudo indicava, deveria ser ele. Mas Becky nascera com dons excepcionais. A terra a chamava e ela respondia.

Benedict tinha visto aquele dom — e, nele, uma oportunidade. O rei fizera grandes promessas de encontrar uma cura para a Doença Mística, garantindo que Becky só precisava oferecer o uso de sua magia. A mãe concordara em nome dela; nem sequer tinha passado pela cabeça de Renna a possibilidade de perguntar o que Becky queria.

— Eu segui todas as regras que você impôs — disse Becky à mãe em voz baixa. — Andei na linha a vida toda e, em troca, só recebi censura por não querer abrir mão do que era meu.

Renna se encolheu.

— Aquele dia foi horrível. Eu me deixei manipular pelo Benedict e acreditei que a sua magia era a única maneira de curar sua avó. Eu estava desesperada. Você sabe como temos aversão à coroa; foi um erro. Mas as coisas são diferentes agora. Eu aprendi com meus erros.

Determinada, Becky não baixou a guarda.

— Quais erros? Deixar o Benedict ir embora depois que eu te disse não? Ou tentar roubar minha magia mesmo assim?

Uma lágrima escorreu pela bochecha de Renna, mas ela a enxugou na mesma hora e desviou o olhar para o canto da sala.

— Ah, por favor, não toque nisso, querida — Renna avisou a Clare, que já tinha se afastado da estante e estava prestes a botar a mão em uma grande flor com pétalas peroladas perto da janela.

Clare inclinou a cabeça e afastou a mão.

— Isso é uma planta das lembranças, certo?

Tatianna franziu a testa, ainda de olho na estante.

— O que é uma planta das lembranças?

Becky se lembrou da rara flor de sua infância — que, àquela altura, já tinha perdido o encanto aos seus olhos. Só restavam três no mundo, e duas delas estavam na fortaleza.

— Ela guarda as lembranças, assim como as pessoas fazem; às vezes, pode até imitá-las. — Ela lançou um olhar incisivo para a mãe. — E algumas pessoas tentaram até usá-la no passado para extrair magia.

Sua mãe se encolheu.

Clare se inclinou para ouvir a flor, sem perceber o desconforto entre Becky e Renna, mas todos eles tomaram um susto quando Reid entrou abruptamente na sala, jovial e desleixado como sempre.

— Oi, mana! — Reid acenou para ela, nunca afetuoso demais. Ele sempre tinha sido o favorito de Becky. — A gente, hm... O Vilão está...

Evie entrou em estado de alerta. O pânico estava estampado no rosto.

— Ele o quê?

Reid arregalou os olhos e engoliu em seco ao vê-la.

— Acho que ele está morrendo.

CAPÍTULO 62
Vilão

Trystan acordou no susto. Havia uma mesa de madeira diante dele, onde ele estava repousando a cabeça antes de despertar assustado. Um sonho. Será que ele tinha sonhado com tudo aquilo? Até com o monstro que estava prestes a sair da escuridão para atacá-lo? O ruído de panelas e frigideiras ecoou em seus ouvidos até ele se levantar e analisar o recinto.

Aquela não era a cozinha da mansão. Era...

— Preparou algo de bom hoje, irmão?

Malcolm?

O irmão mais novo entrou no cômodo — e estava, de fato, mais novo. Era um adolescente de no máximo dezessete anos. O cabelo de Malcolm era mais comprido naquela época, e ele o prendia para trás com uma bandana vermelha.

Aquilo era uma alucinação. Alguma coisa o colocara ali, mas Trystan não conseguia se lembrar do que ou como, mal conseguia se lembrar de detalhes sobre si mesmo. Sempre que algo concreto se formava, acabava escapando por entre seus dedos — como se fosse poeira, felicidade ou cabelos escuros e cacheados... Espera, de quem eram esses cabelos? Aliás, prestando mais atenção, ele viu que seus dedos seguravam alguma coisa quentinha. Era uma forma de torta cheia de crosta açucarada, e o cheiro intenso de mirtilo se espalhava pelo espaço da cozinha da casa de sua infância num aroma delicioso que aquecia o ambiente. Alguém estava lhe mostrando uma lembrança, mas ele não conseguia identificar qual.

— Ele não vai trabalhar para o rei, Arthur! Eu me recuso a permitir!

Caramba, era a mãe dele.

— Você vai destruir o futuro do garoto só por causa de uma rixa mesquinha. Vai ser bom para ele, Amara. Ele vai socializar na corte. Hoje em dia, ele só sabe ficar no quarto e inventar receitas a noite inteira. O único amigo dele é o Edwin! Você não ouve os boatos que circulam sobre ele na aldeia? Isso não te incomoda?

Ah. Ele se lembrou. Do jeito que alguém se lembrava de ter levado uma pedrada na cabeça.

— Tryst? — chamou o irmão mais novo, preocupado, já se servindo de um pedaço de torta.

— Não é nada — ele sussurrou em meio ao eco de sua voz mais jovem, sua versão mais nova.

Tudo voltou a ficar escuro.

Um cheiro familiar e o som de gritos angustiados o cercavam: sua cela; a escuridão. Ele respirava com dificuldade, a lembrança dos gritos escapando da boca de Trystan sem mais nem menos.

— Benedict! Por favor! Me desculpa! Eu vou melhorar, eu juro! Vou abrir mão da minha magia! Por favor, volta! Eu não quero ser mau! — Ele gritava e socava as grades, deslizando as mãos até cair de joelhos. — Por favor, volta aqui.

Ele fechou os olhos novamente.

Quando voltou a abri-los, esvaziou o estômago em uma grande extensão de grama, limpou a boca na manga preta e piscou. A luz do sol queimava as pupilas. Havia arbustos verdes à sua volta e... um riacho. Era a Floresta das Nogueiras.

— Argh.

Ele apertou a cintura dolorida e viu as mãos vermelhas e pegajosas — sangue. Um movimento naquela região o fez pegar a bolsa e, ao abri-la, viu Reinaldo sentado ali dentro. Aquilo era... ele estava vendo...

Ela.

Perto da fileira de árvores, a luz iluminava alguém que caminhava pela margem, e um lampejo de cor surgia pelas frestas. Era um brilho tão intenso que ele quase seguiu naquela direção, até ouvir o grito de vozes masculinas. Eram os homens que estavam atrás dele, atrás de Reinaldo. Ele se jogou no chão para se esconder no meio das plantas, colocando as mãos na cabeça... Trystan se esconderia ali e sabia que ia ficar bem.

Um instante se passou e dava para sentir a pessoa de antes se aproximando. O som de uma lâmina sendo desembainhada o deixou tenso, mas, ao erguer os olhos, protegido pela capa preta, Trystan viu quadris delicadamente curvados e botas práticas. Nada além disso... Não podia arriscar levantar a cabeça. Era uma garota imprudente da aldeia. Que estorvo.

Ele esticou o braço e puxou-a pelo punho. Ela caiu e a mão de Trystan se fechou nos lábios suaves dela. Sage... era Sage. A parte lúcida de sua mente estava começando a se sobressair, mas foi engolida novamente logo em seguida, substituída pela realidade atual.

Era o primeiro encontro deles.

Ele a puxou para baixo e para perto de si, fazendo um enorme esforço para lembrar que aquilo não era real. Era uma visão de coisas passadas, um teste. *Um teste.* No entanto, a lembrança seguiu em frente.

— Fica quieta, sua trombadinha, ou vai acabar matando nós dois.

Ela se debatia nas mãos dele, exalando um cheiro de rosas como se fosse uma névoa intensa ao redor dos dois.

Tudo voltou a ficar escuro.

Ele fechou e abriu os olhos.

Daquela vez, estava no próprio escritório, na mesa, mas não parecia uma lembrança; a sala foi ficando enevoada sob a fumaça das velas acesas ao redor. O céu noturno estava escuro e a luz da lua iluminava as janelas, ao lado de uma estrela brilhante.

Por que estava ali? Trystan parou por um instante e tentou se lembrar. Aquilo não era real. Era? O que ele estava fazendo na própria sala?

Confuso e desorientado, ele ouviu um choro baixinho do outro lado da porta. Algo naquilo fez seu sangue congelar nas veias. Ele abriu as portas de supetão.

Lá no fim do corredor, meio escondido na escuridão e meio iluminado pela luz das velas — uma visão tão estranha em seu porto seguro, seu império — estava o rei Benedict, com uma coroa no topo da cabeça majestosa.

E uma faca no pescoço de Evie.

CAPÍTULO 63
Evie

Evie sentiu o coração subir à garganta ao ouvir os gritos de Trystan enquanto descia correndo a escadaria da arena em direção ao que parecia ser uma plataforma de observação. Atrás dela, vinham os outros funcionários e amigos de Trystan.

— Ele está morrendo! — gritou ela. — Trystan! Acorda!

Evie não sabia o que era aquela criatura na arena, mas não era humana. Era um ser que emanava um brilho branco e reluzente, então era quase impossível olhar diretamente para ele. Mal dava para dizer que tinha forma, estava mais para um emaranhado de brilhos que lembravam raios de sol batendo na terra — surreal e um sinal de que o mundo estava de cabeça para baixo. Só de olhar, ela já sentia embrulho no estômago.

Becky pegou Raphael pelo colarinho da camisa. Quando Reid chegara com o grupo à Trincheira, ele já estava ali, vigiando a cena.

— Acaba com isso. Acaba agora!

— Ou o quê? — Raphael semicerrou os olhos friamente. — Vai me matar? Destruir a família? Você já tentou bastante fazer os dois, Rebecka.

Becky recuou e Evie se virou para ele, direcionando toda sua raiva ao homem.

— Você é um babaca! — Ela partiu para cima dele com a adaga em riste, mas Becky a puxou pelo pulso.

— Ele é um guerreiro Fortis, sua tonta. Vai acabar com você.

Os gritos de Trystan ecoaram por todo o espaço da arena lá embaixo, transformando a ira de Evie em uma dor debilitante.

— Eu preciso ajudá-lo — ela sussurrou enquanto uma lágrima escorria livremente pela bochecha. Parecia até um regador. Mas as lágrimas eram um problema silencioso... se Evie não começasse a fungar.

Ela fungou e fechou a cara para a traição do próprio corpo.

Avançando mais, Evie segurou a parede lateral da plataforma de observação, e foi então que Raphael lhe deu um alerta genuíno:

— Ninguém nunca tentou parar a criatura do destino e viveu para contar a história. A magia da criatura é mais antiga que o próprio tempo... *é* o tempo em si. Ela está envolvendo o Vilão em cada momento que essa magia já tocou a vida dele. Que o destino tocou a vida dele. Se você interferir, vai acabar morrendo! — Àquela altura, Raphael já estava gritando com ela... o que era irritante, já que fazia cinco segundos que Evie o conhecera. Um novo recorde.

Evie soltou um suspiro trêmulo — mas ele estava certo, claro. Afinal, Raphael conhecia a criatura mágica muito melhor

APRENDIZ DO VILÃO 417

do que ela. Mas Evie tinha uma ferramenta poderosa e muito mais ridícula no seu arsenal.

O despeito.

Ela se jogou da beirada da plataforma e caiu desajeitadamente no chão. Em seguida, olhou para cima e abriu um sorrisinho debochado para o irmão mais velho dos Fortis, que estava debruçado na borda, indignado. Evie se aproximou da luz e a magia ancestral congelou, voltando seu brilho doentio para ela. A criatura não tinha olhos, não tinha rosto... nem cabeça. Mas ela sentia que aquele ser a observava, sentia que percebia a consciência dela perto do raio de luz que brilhava intensamente. Se Evie não soubesse das coisas, acharia que era um sol prateado — absurdamente grande e absurdamente perigoso. Tinha cometido um erro de cálculo.

— A criatura do destino está procurando qualquer resquício de bondade que valha a pena salvar — gritou Raphael para ela. — Vai testar a determinação e a alma dele... e, a julgar pelos gritos, ele não vai ser salvo. A criatura vai consumir o Vilão *e* a alma dele. O que você pode fazer?

Evie deu de ombros em meio ao pânico que tentava consumi-la e alcançou Trystan em três passadas largas, pairando a mão sobre a dele. Então, fechou os dedos ao redor do destino e sua luz avassaladora e disse, com uma certeza absolutamente falsa:

— Vou dar minha alma a ele.

CAPÍTULO 64
Vilão

Se aquilo fosse um sonho, ele queria o dinheiro de volta. Ou uma furadeira no crânio para arrancar o pensamento da cabeça.

O homem que havia roubado seu futuro estava ali, diante dele. Aquele que o levara a um caminho que ele nunca tinha planejado seguir. "Você foi feito para ser mau", Benedict lhe dissera, e sua magia fora feita para a dor, para o sofrimento. Não haveria outro caminho para Trystan.

Mas acabou tendo. Um caminho que o levara ao riacho nos limites da Floresta das Nogueiras, onde as árvores altas escondiam os maiores crimes. Não havia outro caminho a não ser aquele que o levara até Evie.

— Solte-a — disse ele. A raiva era tanta que as paredes pareciam tremer.

Benedict abriu um sorriso enquanto pressionava a faca no pescoço de Sage.

— Até que eu *poderia*. Ou poderia poupar você do inevitável e acabar com a vida dela aqui e agora.

Sage choramingou — o que era meio estranho, mas sua mente só conseguia se concentrar na dor dela, ainda mais quando ela sussurrou:

— Trystan, me ajuda.

Ele sentiu o próprio olhar suavizar. Queria alcançá-la e confortá-la, mesmo sabendo que era péssimo nisso. Ela o desestruturava tanto que ele não se importaria com a falta de jeito, com o constrangimento de tentar aquecer o coração de alguém apesar da própria frieza. Sage fazia com que fosse impossível não arriscar, mesmo quando Trystan sabia que ia falhar. Ele gostava de tentar, gostava ainda mais de tentar com *ela*.

Amava.

Essa palavra de novo não, pensou ele, repreendendo-se mentalmente.

— Faço o que você quiser — disse Trystan solenemente, resignado.

Benedict arqueou as sobrancelhas, interessado.

— Acho que eu quero machucá-la. Ela consegue ver sua magia, Trystan... está enfraquecendo você. Seria um favor que eu te faria.

O rei pressionou a faca ainda mais e uma gota de sangue escorreu pelo pescoço de Sage.

— Para com isso! — Aquilo era agonizante. — Seja qual for o seu preço, eu pago. Não me importa quem eu precise matar, o que eu precise destruir; se você a libertar ilesa, estarei à sua disposição.

O rei sorriu, e Sage também, enquanto Benedict a soltava. Ela correu pela sala vazia e se jogou nos braços dele. Mas aquilo parecia... errado. Algo dentro dele se contraiu ao toque de Sage, mas ela tremia, e ele não pôde deixar de abraçá-la forte, inalando o cheiro do cabelo dela.

Errado!, seu corpo gritava.

Mas Sage se inclinou para cima, pressionando cada centímetro do próprio corpo no dele. Ele podia até ser o Vilão, mas, naquele momento, era só um homem — um homem com muitas fraquezas. Uma delas sendo o fato de que Trystan precisaria estar a sete palmos do chão para não reagir ao calor do corpo dela, ao toque dos quadris, aos seios, às batidas do coração. Ele contou as batidas: *uma, duas, três, quatro*.

Trystan se arrepiou quando Sage pressionou ainda mais o corpo no dele e sussurrou no seu ouvido:

— Se você destruir a família Fortis e libertar as mãos do destino de sua jaula, poderá ter a mim.

Errado, seu cérebro argumentou enquanto Sage ficava na ponta dos pés e seu hálito doce roçava os lábios dele.

Cala a boca, ele contra-argumentou quando os lábios dela tocaram os dele, e então segurou um gemido até Sage beijá-lo e Trystan se ver perdido. Até momentos antes, havia uma ameaça no recinto — uma parte dele sabia disso —, mas, quem quer que fosse, não estava mais ali. Ele só conseguia pensar nela, na voz dela, nos lábios dela, no corpo dela em contato com as mãos dele, que deslizaram timidamente pela cintura de Sage.

Errado.

Errado.

Errado.

— Você acha... — disse ele suavemente, com os lábios colados nos dela — que eu cairia em um truque tão óbvio e *repugnante*? Que essa *farsa* um dia chegaria aos pés da realidade? — Ele a afastou e limpou a boca com o dorso da mão.

A Sage de mentira recuou com olhos arregalados e inocentes. Não eram dela. Ele já conseguia ver claramente agora. Quando Trystan olhava para aqueles olhos, não sentia nada.

— Mesmo assim — disse a Sage de mentira com uma voz diferente, errada. — Essa é sua chance de ficar cem por cento com ela. Você nunca vai ter isso no mundo real. Ela nunca vai ter *você*. Eu sou criada pelo destino e vejo resistência vindo dela *e* de você. Ela vai se afastar de você, mais cedo ou mais tarde. Ou você pode tê-la por completo, de certa forma, agora.

Trystan empurrou a Sage de mentira, mas foi delicado, já que tinha dificuldade de machucar uma figura tão parecida com ela. Era outra demonstração de fraqueza.

Àquela altura, ele já estava colecionando fraquezas como se fossem quinquilharias insanas.

— Prefiro aceitar as migalhas que ela deixar aos meus pés — declarou ele — a me comprometer com uma imitação de quinta categoria.

A Sage de mentira curvou os lábios num grunhido, mas não antes de um objeto voar pelo ar e a acertar na parte de trás da cabeça.

Os dois se viraram na direção de onde o objeto tinha vindo, e ali, coberta de sujeira, com o cabelo solto e o rosto furioso, estava Evie — a Evie de verdade. Trystan sabia, lá no fundo dos ossos, com tudo o que o fazia humano e completo, que ela era real. E estava ali, no sonho dele. Como?

Ela abriu um sorrisinho.

— Eu levo a ideia de "não fazer mal a si mesmo" muito a sério, mas você está dificultando as coisas.

Ele não pôde conter o sorriso, e a palavra que vinha mantendo à distância ecoou de novo — mas, dessa vez, Trystan não a afastou.

Amor.

Ele lutaria por isso — e por ela — não importava o preço.

CAPÍTULO 65
Evie

Era um novo nível de humilhação, em todos os sentidos, ter que olhar para a própria bunda.

Quando ela viu a impostora pela primeira vez, entrou em pânico. Depois, assim que viu como a falsificação estava perto do chefe, ficou... com muita raiva. Raiva o suficiente para pegar o primeiro objeto que viu pela frente e arremessá-lo — com vontade.

Era um peso de papel? Evie *sabia* que pesos de papel dariam boas armas. Ela riu.

— Desculpa, doeu muito? — Ela se encolheu ao ver a impostora cobrindo a cabeça com a mão.

— Sage?

Ela ficou em posição de sentido.

— Sim, senhor?

— Não peça desculpas ao monstro ancestral, por favor. — Ele não parecia exasperado, como costumava ficar com as palhaçadas dela, e sim... aliviado.

Ela franziu o nariz.

— Mas eu a acertei com um peso de papel.

A Evie de Mentira chiou e recuou, rosnando no canto da sala.

— Preste muita atenção — disse o chefe, aproximando-se rapidamente. — É assim que você fica antes de tomar seu elixir de caldeirão de manhã.

Ela o segurou pelo braço enquanto a criatura chiava e rosnava outra vez. Com uma expressão contrariada, disse:

— Eu deveria ter jogado o peso de papel em *você*.

Uma voz saiu do corpo que voltava à mesma aparência que tivera na arena Fortis: a luz branca surreal que não tinha rosto. Por mais reconfortante que fosse segurar o braço de Trystan, ela ainda sentia o coração batendo descontroladamente.

— Você chegou tarde demais... ele já foi reprovado — provocou a luz. — A alma sombria dele agora é minha. Entregue-a ou você ficará presa aqui para sempre, atormentada por um grande mal.

Evie franziu o lábio e assentiu com sinceridade.

— Verdade seja dita, isso é só uma semana de trabalho normal lá no escritório.

O chefe olhou para ela.

— Nossa, obrigado — disse ele, sem emoção.

— De nada! — respondeu ela com um sorriso brincalhão.

— Basta! — sibilou a voz. Mesmo sem rosto, Evie sentia a impaciência.

O chefe suspirou e levantou as mãos como quem se rendia.

— Mãos do destino, eu me rendo. Pegue minha essência maligna e permita que ela vá embora.

Ah, claro, até parece que Evie ia se meter naquilo só para ele bancar o herói que se sacrifica.

— Deixa de ser ridículo. Aqui. — Ela retirou a adaga da cintura e a ofereceu para a luz. — Que tal uma troca? Esta adaga aqui é encantada e estranhamente ligada à cicatriz no meu ombro. Com ela, você provavelmente poderia me fazer dançar que nem uma marionete.

As mãos do destino — claro, por que a família injustamente atraente de Becky *não* teria um cômodo especial para algo chamado "as mãos do destino"? — se afastaram da adaga e sibilaram de novo. *Bom saber*.

Mas a voz do chefe abafou suas reflexões.

— Você não vai trocar sua adaga pela nossa liberdade, Sage. Não é uma troca justa.

O destino voltou a falar, interrompendo os dois.

— Você estaria disposta a oferecer sua posse mais preciosa para salvar um mal tão perverso?

Ela revirou os olhos.

— Já sofri mais nas mãos daqueles que se dizem bons do que dos que são considerados maus. — Ela ergueu a adaga bem alto. — Pode ficar.

— Não. — O Vilão estava fervilhando de raiva. — Não, Sage. Você não vai conseguir se safar da magia ancestral na base da argumentação. Por mais convincente que você se ache, não pode desafiar a lei natural. Aceite o acordo e saia daqui.

Ele se virou para a luz.

— Eu sou do mal — disse ao destino. — Já matei um monte de gente, torturei mais uma dezena de pessoas para conseguir informações e atormentei e instilei medo no coração de quase toda a população de Rennedawn...

provavelmente de todo o continente também. Eu não deveria ser aprovado em nenhum teste de bondade.

Evie o interrompeu e pôs a mão na boca dele.

— Ele é tipo um patinho de pelúcia segurando uma faca.

O Vilão beliscou o dorso do nariz e afastou a mão de Evie, mas a criatura do destino interveio, com um toque de diversão na voz antiga.

— Não há necessidade de continuar discutindo. Já tinha me esquecido de como os seres humanos podem ser cansativos. Você já passou.

O chefe parecia querer discutir outra vez; ela pisou na bota dele e balançou a cabeça furiosamente.

Ele, é claro, a ignorou.

— Como isso é possível? Qual foi o teste, quem consegue brigar por mais tempo?

As mãos do destino balançaram a cabeça iluminada.

— Não, Trystan Maverine.

Ele parou de repente e, quando a luz pairou sobre eles, inclinando-se e sussurrando algo no ouvido do chefe que o fez ficar tão rígido que parecia que os ossos estavam prestes a quebrar, ela parou também.

Quando menos esperava, foi arremessada no chão de terra da arena. Ela se virou e tossiu várias vezes até o mundo voltar ao foco. Parecia até que algum artista desajeitado tinha desmontado seu corpo e remontado todas as partes nos lugares errados.

Ela tateou o chão em busca de Trystan, mas, em vez de encontrar a maciez da camisa ou o calor da pele do chefe, o dorso da mão de Evie parou em algum lugar perto da testa dele, que parecia estar *em chamas*.

Ao fundo, dava para ouvir o portão da gaiola se fechando, mas ela só conseguia se concentrar nos olhos fechados de Trystan, no peito que subia e descia muito lentamente.

— Senhor? — Ela sacudiu o ombro dele. — Trystan? — Ele abriu os olhos e olhou para ela com tanta curiosidade que Evie queria balançar a cabeça do chefe para ver quais palavras cairiam dali.

Trystan continuou encarando-a com olhos desfocados.

— Não pode ser.

— O quê? O que não pode ser? — perguntou ela em voz baixa, afastando fios úmidos de cabelo da testa de Trystan e apoiando a cabeça dele no colo. — O que a criatura sussurrou para você? Você está doente? O que aconteceu?

— Eu queria que fosse diferente. Eu queria... Queria... — murmurou ele, fechando os olhos.

Eu queria... o quê?

Evie engoliu em seco e encarou os espectadores. Renna e Julius conduziam os empregados que traziam uma maca. Enquanto Tatianna se ajoelhava ao lado dela, pairando as mãos brilhantes sobre o corpo imóvel de Trystan, Reinaldo apareceu e bateu o pé grudento na testa do chefe.

— Acho... que vamos nos atrasar para o jantar — disse Evie, sem se dirigir a ninguém em particular.

O chefe entrelaçou os dedos nos dela e segurou a mão de Evie com força. Por fim, abriu os olhos com um sobressalto enquanto era colocado na maca.

— Não me abandona.

Ela segurou a mão dele o mais forte possível.

— Não vou. Prometo.

Mas, assim que disse aquelas palavras, Evie sentiu um

formigamento na nuca, como se estivesse sendo observada por alguém. E, naquele momento, sentiu um medo profundo de ter acabado de fazer uma promessa que não poderia cumprir.

CAPÍTULO 66
Evie

O pôr do sol tingia o cômodo sombrio com uma variedade de tons rosados, alaranjados e dourados.

— Evie, querida! Você está aqui? — A voz suave de Renna Fortis ecoou pelo espaço arejado da enfermaria, onde apenas dois leitos estavam ocupados: o primeiro por Trystan e o segundo pela avó de Becky, Ramona. Os dois estavam dormindo desde que Evie tinha chegado.

Ela se virou para Renna com um pano úmido na mão.

— Estou aqui, lady Fortis.

— Ah, eu gostaria que você me chamasse de Renna, ou até mesmo Ren. É assim que sua mãe me chama.

Era estranho ter uma conexão tão próxima com a mãe; várias perguntas surgiram, ameaçando vir à tona.

Renna abriu um sorriso.

— Conheço essa expressão. Pode perguntar o que quiser.

Mas a pergunta foi sombria.

— Você acha que ela vai ficar bem?

O sorriso de Renna desapareceu lentamente e ela fixou o olhar no rosto adormecido de Ramona.

— Eu acho... — Renna respirou fundo. — Eu acho que sua mãe é uma das pessoas mais fortes que eu conheço. Você vai ser o melhor tipo de lembrete e motivação para ela melhorar. As melhores partes dela vivem em você. — Ela apertou a mão de Evie.

E as piores partes também.

— Eu queria ver mais de mim mesma na Rebecka — admitiu Renna, aproximando-se da mãe, ajeitando as cobertas e verificando a temperatura dela com o dorso da mão. — Ela é um mistério para mim. Sempre muito quieta e reservada. Tenho medo de que ela se feche para a felicidade por ser uma pessoa tão difícil.

— A Becky não é difícil — disse Evie, sentindo as bochechas esquentarem ao ouvir a injustiça daquela afirmação e constatar como a mãe de Becky conhecia pouco a própria filha. — Ela é rigorosa, é claro, mas o trabalho dela meio que exige isso.

Renna abriu um sorriso conciliador.

— Por favor, não pense que estou tentando fazer um comentário negativo. Rebecka é minha filha e eu a amo mais que a vida, mais que o ar que eu respiro. Só conheço muito bem quem ela é, e nem todas as características são boas para ela.

Naquele momento, pouco importava que Renna fosse amiga da mãe de Evie ou que a tratasse bem. Ela jogou o pano na tigela e se levantou.

— Desculpa, mas a versão que você conhece da sua filha é completamente diferente da versão que eu conheço. A Becky é uma pessoa justa e demonstra bondade de maneiras tão sutis que a gente mal percebe. Ela não precisa de crédito por isso. Ela não é exibida nem presunçosa, mesmo quando deveria ser. Ela faz do escritório um lugar seguro. Você sabe como isso é raro? Eu *nunca* tive isso. Você acha que eu sou o melhor da minha mãe? Bem, a Becky é o melhor do escritório do Vilão. Sem as regras dela, aquele lugar estaria em frangalhos e, por mais que eu aprecie sua gentileza e hospitalidade, eu preferiria muito que você estendesse tudo isso à sua filha.

Evie expirou e voltou a se sentar. A mão do chefe se mexeu discretamente em direção à dela. Mesmo inconsciente, ele conseguia sentir sua angústia.

Renna parecia morta de vergonha.

— Eu, hm... — Evie sentiu uma pontadinha de culpa.

— Você me dá licença? Tem um prato de comida ali para você, e outro para o Vilão quando ele acordar. — Renna saiu antes que Evie pudesse piscar os olhos novamente.

— Em termos de discursos, eu não consigo me arrepender desse — comentou Evie, passando mais água fria na testa febril de Trystan. Torcia para que a amiga da mãe ouvisse.

— Por que você mentiu?

— Argh! — Evie deixou o pano cair bem no rosto do chefe, causando um barulho engraçado. — Ah, desculpa, senhor. — Ela deu uma risadinha nervosa antes de tirar o pano. Ele não tinha acordado. — Nossa, Becky, os morcegos do escritório são menos sorrateiros que você.

— Para de mudar de assunto, sua tonta. Eu estava ali no corredor e ouvi o que você disse.

Evie apontou um dedo acusador.

— Você estava bisbilhotando.

Becky cruzou os braços com um sorriso suspeito nos lábios.

— Você fala alto. Se eu estivesse do outro lado da propriedade, ainda daria para ter te ouvido.

Bom ponto. Ela deu de ombros.

— De qualquer maneira, eu não menti. Fui sincera em cada palavra.

Becky parecia vulnerável por trás das lentes, e o cabelo estava mais solto do que o normal, como se ficar perto da família desfizesse sua compostura de sempre.

— V-você acha as minhas regras importantes?

Evie sorriu suavemente e cruzou as mãos no colo.

— Becky, sem você, eu provavelmente já teria morrido doze vezes a essa altura. — Ela mordeu o lábio. — Acho que passei a maior parte da minha vida sem nenhum tipo de estrutura, então, quando você me mostrou uma de forma tão firme, meu primeiro instinto foi odiar. Mas não foi justo, ainda mais por ela fazer com que eu me sinta tão segura e a salvo. Durante a maior parte da minha vida, tenho tentado, de formas aleatórias, me tornar uma pessoa segura para os outros, mas mal me dei conta quando outra pessoa estava tentando representar esse papel para mim.

Becky parecia profundamente desconfortável.

— Bem... eu amo estrutura. — Ela fez uma careta. — Mas entendo por que poderia ser uma adaptação difícil para uma pessoa que não está acostumada com isso. Eu... também... *sinto muito.*

Evie riu tanto que sentiu que poderia chorar.

Quando Becky viu as lágrimas, levantou a mão num gesto frenético.

— Eu imploro que você não chore! — Ela puxou outro banquinho e sentou-se ao lado de Evie, revirando os olhos. — Até quando eu tento te elogiar, você é difícil. — Evie fez um gesto como se estivesse fechando os lábios com um zíper. Becky revirou os olhos de novo, mas Evie percebeu que era em tom de brincadeira. — Quero dizer que, quando você começou a trabalhar no escritório, era desorganizada, caótica e pouco profissional...

Evie a interrompeu.

— Eu ainda sou essas coisas.

— Posso terminar? — disse ela de forma incisiva, e Evie se calou. — Mas agora eu compreendo como essas coisas são necessárias, como o equilíbrio é necessário. Não existia ninguém melhor para o seu trabalho.

Evie se contraiu ao sentir arrependimentos antigos virem à tona.

— Becky, tinha que ter sido você. Nós duas sabemos que você é bem mais qualificada do que eu.

Dessa vez, Becky riu — bem alto. Naquele exato momento, Blade chegou com um prato de sobras do jantar e congelou com o garfo a meio caminho da boca ao ouvir aquele som.

— Evie! — disse Becky. — Não me diga que você acreditou naquele boato ridículo! — Ela segurou a barriga enquanto as lágrimas escorriam dos olhos. — Eu nunca quis seu trabalho! Dá pra imaginar?

Blade limpou a boca e pôs o prato de lado. Ainda parecia meio atordoado.

— Então por que você se mudou para a mesa dela depois que ela pediu demissão?

Becky deu um tapa na testa.

— Porque, seu tonto, é a única mesa isolada das outras. Eu só queria ficar sozinha. Não servir elixir de caldeirão para o chefe.

A cabeça de Evie girou.

— Não estou entendendo nada.

Becky segurou as mãos dela, exigindo toda a atenção de Evie.

— Vou ser clara, então. Minha existência inteira gira em torno de organizar e de dar ordens às pessoas. É a realização de um sonho, e eu *jamais* ia querer fazer outra coisa. Eu tenho o salário mais alto e imponho um nível de medo e respeito que sempre sonhei em ter. Estou satisfeita onde estou... e, só para esclarecer qualquer outra dúvida que reste...

Evie se inclinou para mais perto enquanto Becky dizia, aos sussurros:

— Não existia nenhum cargo de assistente do Vilão... até ele te conhecer.

Ela parou de respirar e todos os seus pensamentos pararam junto. O mundo em volta dela se movia lentamente, a não ser pelo galho que batia na janela e a corrente de ar que parecia acompanhá-lo, arrepiando seus braços.

— O quê? Não pode ser verdade. Ele já estava procurando uma assistente bem antes de eu aparecer.

Becky a encarou com pena.

— Evie, antes de você, a única coisa que aquele homem estava procurando era solidão e silêncio. Os outros funcionários não podiam chegar a menos de um metro e meio do escritório particular do chefe e, sinceramente, todo mundo tinha medo demais de chegar a menos de três metros, de qualquer maneira.

Evie apertou as mãos de Becky, que ainda segurava as dela, com um toque de desespero. Não era assim que se lembrava do seu começo no escritório. Nem de como tinha sido contratada. Nem de... nada. Era como se uma bolha enorme se expandisse na cabeça dela, prestes a estourar.

E estourou quando Becky viu o semblante dela e sussurrou:

— No dia em que te contratou, ele encomendou cadeiras personalizadas para a sala dele. Com muita discrição, só que eu vi o relatório, e ele acrescentou uma observação de que precisavam ser confortáveis para uma mulher de baixa estatura.

Evie não sabia o que dizer, então só lhe restou a única coisa que sabia fazer quando se sentia desconfortável. Ela riu. O som que saiu foi feio e esganiçado.

O chefe grunhiu ao lado delas, ainda fraco demais para abrir os olhos.

— Para. — Ele grunhiu de novo. — De contar coisas a ela.

Becky olhou para ele e depois para Evie com uma expressão pensativa.

— Vou ignorar essa ordem.

Evie juntou as mãos e assentiu com sinceridade.

— Que bom.

Becky contraiu os lábios.

— Será que agora seria um bom ou um mau momento para eu revelar que encurtei uma perna da sua cadeira na esperança de que você caísse?

Evie deu um pulo.

— Eu sabia!

As duas abriram um sorriso ao mesmo tempo — tão grande que parecia trazer uma sensação de segurança, de voltar para casa. Em parte, era como se ela tivesse acabado de recuperar um pedaço de sua infância perdida.

A simples alegria de fazer uma amizade.

Uma voz rouca atravessou o recinto.

— Conversa vai, conversa vem e a minha Becky ainda não trouxe os biscoitos que eu pedi para ela pegar escondido.
— Ramona tinha acordado.

Becky sorriu para Evie mais uma vez antes de ir até a avó e lhe entregar um pacote que estava no bolso da saia. Depois, murmurou palavras de conforto enquanto um sorriso suave se insinuava nos lábios e algumas mechas de cabelo escapavam dos grampos.

Assim que Evie se virou para Blade, viu que o treinador de dragões estava concentrado em Becky com um olhar de admiração e depois de possessividade, como se quisesse virar um ladrão só para arrumar uma desculpa para roubar aquele sorriso para si.

Era um momento fofo e, se ela continuasse naquele quarto, com toda a confusão e a dor que estava sentindo ao mesmo tempo, estragaria tudo. Evie precisava de ar, de espaço e de algo que não conseguia definir.

Ela correu em direção à porta abruptamente, pois sabia que, se olhasse para o chefe, complicaria ainda mais seus sentimentos. Só precisava de um momento, *um momentinho* para si. Então, pediu em voz alta a eles quando já estava quase no corredor:

— Vocês dois poderiam cuidar dele enquanto vou ali fora pegar um pouco de ar?

Blade se jogou no banquinho onde ela estava sentada.

— Não se preocupe, Evie. Vou ficar de vigia no leito dele. Com certeza a Tatianna vai dar uma passada aqui em breve para ver como ele está.

Aquilo a tranquilizou o suficiente para que Evie pudesse entrar no corredor silencioso e respirar fundo, com um suspiro trêmulo. Ela seguiu em frente até chegar a um lance de escadas, depois desceu em transe e, quando deu por si, já estava do lado de fora. O ar do entardecer era tão agradável que Evie o inspirou profundamente enquanto segurava os quadris.

A paz não durou muito — porque ela era muito, muito azarada. O som de metal ao longe não era tão diferente do zumbido na própria cabeça; ela quase não percebeu.

Evie olhou com atenção em meio às árvores e a vegetação local e avistou um grupo de homens. Ao semicerrar os olhos, viu que eram os irmãos de Becky. Estavam treinando ao ar livre. O exercício físico provavelmente ajudava a digerir o jantar. Ela sentiu o estômago roncar furiosamente.

Vê se come antes de sair correndo às pressas, Evie!

Ela deveria voltar para dentro por vários motivos. Em primeiro lugar, estava morrendo de fome; em segundo, estava preocupada com Trystan e não queria deixá-lo sozinho por muito tempo depois de ter prometido ficar. E, como se isso já não bastasse, Evie sabia muito bem que era incapaz de ficar perto de homens tão bonitos sem dizer alguma coisa que a assombraria às três da manhã, quando ela acordasse suando frio.

Quando estava prestes a ir embora, ouviu Reid chamá-la.

— Mini assistente!

Evie se virou lentamente e se encolheu ao ver os três irmãos mais velhos de Becky, armados, olhando para ela.

Reid deu um passo à frente com um sorriso acolhedor de orelha a orelha.

— Quer arriscar um combate?

Evie sentiu a boca secar e o coração engasgar só de pensar naquilo, mas sua adaga vibrou na coxa e a cicatriz no ombro acompanhou o movimento.

— Ah, não, obrigada. Não sou muito de lutar.

Então, Raphael deu um passo à frente — de todos, era o que parecia gostar menos dela, talvez por ela tê-lo chamado de babaca... Mas os olhos cor de mel não estavam com raiva, apenas sérios, enquanto ele a avaliava com um olhar especulativo.

— Talvez você devesse mudar isso, srta. Sage.

Ela deu um passo na direção deles, sentindo a mente clarear e a determinação crescer.

Talvez devesse mesmo.

CAPÍTULO 67
Evie

— **Lembre-se,** você quer tirar a adaga de mim.

— O que eu *quero* é que você saia de cima de mim. Para que eu possa te esfaquear com ela. — Evie olhou feio para Reid, que abria um sorriso jovial enquanto a prendia no chão pela quarta vez na última meia hora. Até o momento, o treinamento estava sendo um verdadeiro fiasco.

A noite tinha caído para além das tochas que rodeavam o jardim de treino. Estrelas piscavam no céu como se estivessem cumprimentando os jardins exuberantes abaixo delas; a estrela mais brilhante parecia se destacar ainda mais quando Evie olhou para ela. O quintal dos fundos claramente tinha sido projetado para treinos e combates. Até as plantas que brotavam do chão eram tão mortais quanto um guerreiro Fortis — e igualmente belas. Reid tinha lhe explicado que as flores cor-de-rosa que se retorciam no ar causavam morte instantânea assim que tocavam a língua de uma pessoa... ou cura instantânea. Dependia de qual ela pegasse.

Becky tinha chegado pouco depois de Evie para assistir ao seu fiasco. Evie quase tivera um ataque cardíaco quando Becky pôs uma das flores cor-de-rosa na sua boca. "Nunca aconteceu de eu escolher a flor errada", dissera.

A gerente de RH estava no cantinho, girando uma das armas do carrinho nas mãos.

— Reid, você está quase dando uma joelhada no rim dela.

— Reid, você já está dando uma joelhada no meu rim — resmungou Evie enquanto o empurrava. A cena era quase desconfortavelmente parecida com aquela vez em que Otto Warsen a prendera no chão com as mãos em volta do pescoço. A lembrança trouxe à tona o pânico, o medo... a raiva.

Evie meteu o joelho na virilha dele — com vontade. Todos os homens num raio de seis metros se encolheram quando Reid caiu e ela se levantou.

— Que golpe baixo — disse Reid, sem fôlego.

Evie fez beicinho.

— Não existe golpe baixo quando estamos nos defendendo. — Quando ela se curvou, Reid engoliu em seco. — A cabeça do último homem que me imobilizou assim está enfeitando as nossas vigas. Acho que eu fui gentil desta vez... se parar para pensar.

Reid engatinhou para longe, assentindo agradecido.

Uma das tochas que rodeavam a área de treino tremeluziu, chamando a atenção de Evie para uma árvore cheia de frutos luminosos. Ela os reconheceu.

— A fruta do sono da morte que você arrumou para mim veio daqui? — Evie perguntou a Becky, aproximando-se da árvore e arrancando a fruta semelhante a um pêssego do galho mais baixo. A penugem macia fez cócegas na palma da mão. Ela abriu um sorriso melancólico e balançou a cabeça. *Um pêssego envenenado.*

Raphael tirou a fruta da mão dela e a esmagou na sola da bota, apontando um dedo para Becky.

— Eu disse ao Reid para não atender a esse pedido, Rebecka. O que raios a estimularia a comer uma das frutas mágicas mais letais?

Evie o encarou e disse, impassível:

— Achei que seria teria um gosto melhor do que um veneno comum.

Raphael segurou a cabeça com as mãos.

— Você só anda com gente estranha, Rebecka. Que tipo de criatura é ela?

O homem estava incrédulo. Claramente não estava acostumado a ser desafiado — em nada.

Becky cutucou as unhas.

— Sei lá. Faz meses que estou tentando descobrir.

Evie ouviu um grito atrás dela e entrou em pânico quando Reid a acertou nas costas. Não sabia que eles ainda estavam treinando! Seus braços voaram para todos os lados até ela dar uma cotovelada... Ah, caramba. No nariz de Reid. Ele a soltou na mesma hora, sangue escorrendo pelo rosto.

— Você está sangrando! — Evie soou meio alegre demais. Torceu para que ninguém tivesse percebido.

— Que incrível — disse Reid, levando um lenço ao nariz. — Que nome você daria a esse golpe?

— Balance até acertar alguma coisa.

Reid a abraçou de lado, brincalhão.

— Se funciona, funciona! Né, Raphael?

Raphael grunhiu e foi pegar uma flor rosa. A cor fez Evie perceber algo estranho.

— Eu não vejo a Tatianna... e nem a Clare, aliás... desde a Trincheira. Elas estavam no jantar?

Reid e Roland fizeram que não com a cabeça.

Evie percebeu que estava gostando de todos os membros da família Fortis. Observara o carinho, a sinceridade e até mesmo a humildade deles e queria fazer parte daquilo. Raphael, no entanto, era diferente... tinha um ar de mistério... um jeito *formidável* de se portar.

— Acho que vi as duas dando a noite por encerrada e se retirando para os aposentos delas.

Evie não fazia ideia de quando ele poderia ter visto isso, já que os outros tinham acabado de admitir que nenhuma das duas tinha ido jantar.

— Acho que vou ver como a Tati está, e com certeza a Clare quer atualizações sobre o estado do Trystan. Será que você poderia devolver minha adaga, por favor?

Raphael bloqueou o caminho de Evie e olhou feio para ela antes de dizer:

— Ainda não terminamos. Você ainda não lutou comigo.

Porque não quero morrer.

Mas pareceu um desafio, e ela não era de dar pra trás.

— Tudo bem, mas eu quero usar as espadas mais finas ali — disse ela, sabendo que não tinha a menor chance de vencer qualquer tipo de luta contra o irmão Fortis mais velho, mas segurar um objeto afiado com certeza aumentaria sua probabilidade. As pontas estavam cobertas, claro, por motivos de segurança, mas ela sabia que não seria difícil remover as tampas...

Raphael contraiu a mandíbula, mas fez sinal para um empregado enorme, tão loiro que chegava a competir com o sol. Evie se aproximou das armas para pegar uma espada, mas não contava com o movimento constante das vinhas que rodeavam o campo de treino. Acabou enroscando o pé em uma, e a vinha aproveitou a oportunidade para puxá-la até o chão.

Evie caiu de costas e de braços abertos na terra, formando um T meio torto. O empregado pairava acima dela, segurando pacientemente a espada com o punho apoiado no ombro.

O homem olhou para ela e piscou, confuso.

— Senhorita?

— Você acreditaria se eu dissesse que isso acontece bastante?

O empregado respondeu com uma rapidez impressionante:

— Sim.

Reid se juntou ao homem enorme e bateu nele com o quadril enquanto perguntava a Evie:

— Devo me juntar a você aí embaixo? Ou você vai se levantar para a gente *brincar um pouquinho de espada*?

Evie semicerrou os olhos.

— Isso é algum tipo de eufemismo?

Reid mexeu as sobrancelhas sugestivamente.

— Você quer que seja?

Ele se ajoelhou e a segurou pela cintura, preparando-se para levantá-la, mas congelou ao ver algo atrás dela.

Evie parou de respirar por um segundo ao inclinar a cabeça para trás, no chão, e ver aqueles ombros ofegantes e olhos pretos brilhantes.

Trystan.

Ele estava observando a cena se desenrolar, suado, exausto e perfeito. Fixou o olhar intenso nas mãos de Reid, que ainda seguravam a cintura de Evie, e depois no empregado enorme que pairava sobre ela com uma espada erguida. Não era uma imagem... bacana, por assim dizer.

Mas ela estava aliviada demais para se importar com o fato de que aqueles homens provavelmente se dariam mal a qualquer momento. Trystan estava vivo — o homem por quem Evie sacrificaria qualquer coisa estava bem.

O homem cuja veia pulsava na lateral da testa suada.

— Que merda vocês estão fazendo? — Ele lançou olhares fulminantes para Reid e o empregado.

O empregado — quieto e modesto — escolheu justo aquele momento para dizer:

— Estávamos discutindo metáforas. Para espadas.

Evie contorceu os lábios em uma careta.

Mas ela deveria dar mais valor a Trystan. O chefe era mestre em demonstrar desagrado de forma sutil. Seus maiores acessos de raiva eram silenciosos e contidos, deixando o medo crescer e se espalhar em ondas assustadoras.

Ele franziu a testa e contraiu a mandíbula; em seguida, cerrou os punhos nas laterais do corpo, com os olhos em chamas. Quando deu um passo lento na direção deles, ela teve certeza de que o chefe pensaria bem antes de tomar qualquer atitude impulsiva.

— Eu vou matar todos vocês.

Deixa pra lá.

CAPÍTULO 68
Vilão

A pele de Trystan estava em chamas. Um pouco por causa da febre que estava passando, mas a maior parte podia ser atribuída à cena que se desenrolava diante dele — uma cena que incluía dois homens grandes pairando sobre sua aprendiz como se ela fosse uma presa.

Sage se levantou em um salto e se pôs na frente dos dois homens.

— Senhor, não seja impulsivo. Não é o que você está pensando.

Em questão de segundos, Trystan já estava cara a cara com ela. O delírio da doença ainda embaralhava seus pensamentos quando ele pegou o braço dela e viu sangue de um arranhão no cotovelo. Ele lhe lançou um olhar tão sombrio quanto seus próprios pensamentos.

— O. Que. É. Isso? — Trystan apontou calmamente para o arranhão, disfarçando a raiva por trás das palavras. Sua névoa a envolveu, subindo e rodeando a ferida, que emitiu um brilho vermelho. Era recente.

Sage franziu a testa.

— Você acreditaria em mim se eu dissesse que foi uma planta que fez isso?

De repente, a cabeça de Trystan parecia pesar dez quilos a mais, e ele mal conseguia manter os olhos abertos, mas lutou contra o sono para responder:

— Infelizmente, sim.

Sage se abaixou e pegou a espada fina que o empregado tinha deixado cair. Por fim, suspirou.

— Os irmãos Fortis estavam me ensinando a lutar "corretamente". — Ela fez aspas com as mãos.

Becky deu uma risadinha contida.

Raphael interveio, exigindo a atenção de todos como um líder.

— Sua assistente não tem coordenação motora e nenhum senso de delicadeza…

— Aprendiz — corrigiu Trystan friamente. — Se for se referir a ela como se ela não estivesse aqui, aconselho que pelo menos use o título correto.

Embora os estivesse repreendendo, Trystan sabia que não estava realmente bravo com Raphael. Na verdade, ele era grato pelas aulas de autodefesa que estavam dando para Sage; só os deuses sabiam como ela precisava. Mas a mãe dela estava para chegar em breve, o que significava que Sage ia querer revisitar o beijo, revisitar a possibilidade de… ele nem sabia ao certo o quê. Mas só de pensar no que o monstro do destino tinha sussurrado para Trystan… Ele estremeceu.

Não havia um futuro possível com Sage. Nenhuma esperança. E o pior de tudo era que ele nem estava surpreso. A vida dele era assim — sempre tinha sido, na verdade.

Isso era ser o Vilão.

Raphael bufou e jogou uma espada no carrinho.

Roland suspirou, tirou os óculos e limpou as lentes na camisa.

— Perdoe o Raphael. Ele não tem um pingo de romantismo. Acho muito nobre da sua parte querer garantir que ela seja devidamente reconhecida pelos avanços dela. Claramente existe um grande respeito e amor entre vocês.

Era como se tivessem lhe dado um tapa na cara e, logo em seguida, arrancado seu coração com a mesma mão.

— Eu sou o Vilão — disse ele com uma calma que não sentia. — Não tenho tempo nem paciência para o amor, e certamente não buscaria uma emoção tão inútil com alguém que trabalha para mim.

Ele olhou diretamente para Roland. Para qualquer lugar, menos para Sage.

Quando pequeno, Trystan tinha presenciado um acidente de carruagem. Tinha visto as rodas torcerem e se dobrarem contra o muro de pedra, enquanto as portas e o teto eram amassados. Ao ver a cena, ele se perguntara por que ninguém poderia ter impedido. Mas, naquele momento, Trystan entendeu com total clareza.

Porque ele não estava mais assistindo a um acidente de carruagem.

Ele *era* o acidente de carruagem.

Uma nuvem se dissipou e uma leve garoa começou a cair em cima deles; era como se a chuva estivesse tentando apagar o fogo que ele tinha acabado de atear na própria vida e no relacionamento com Sage.

Precisava ser assim.

Como ele gostava de sofrer, acabou olhando para Sage. Ela nem se mexeu enquanto a gota de chuva escorria pelo nariz, simplesmente o encarou sem expressão.

— Faça-me o favor, Roland. Seria *mesmo* um absurdo o Vilão encontrar o amor — comentou Raphael em tom de escárnio. — Com a quantidade de inimigos que tem? Vivendo sempre na defensiva? Seria um desastre. Um pesadelo. Tenho certeza de que ninguém conseguiria encontrar alguém mais difícil de amar.

— Eu não achei nem um pouco difícil — sussurrou Sage.

Tudo congelou.

Boquiaberto, Trystan virou lentamente a cabeça para ela em meio ao silêncio doloroso. As abelhas pararam de zumbir; as plantas não se mexiam. Nada mais existia. Só ela. Só Sage. Em todo o seu esplendor.

Ele respondeu com muito cuidado, como se estivesse pisando em vidro.

— O que foi que você acabou de dizer?

Ela recuou um passo e respirou fundo, ansiosa. Cerrou o punho e, depois, afrouxou a mão. Um som agudo de metal ecoou pelo ar enquanto a adaga descartada de Sage voava direto para a mão dela.

Raphael franziu a testa, provavelmente chocado com a capacidade de Sage de invocar a arma poderosa.

— Não tenho tempo para isso — ele resmungou enquanto voltava para casa com passos firmes.

Os nós dos dedos de Sage ficaram brancos ao redor da adaga e a luz da tocha iluminou a raiva genuína que marcava o contorno dos seus lábios.

— Talvez todos vocês devessem ir com ele.

Ninguém se mexeu.

— Agora. Por favor.

Trystan nunca tinha ouvido um apelo tão ameaçador. Ele até ficaria impressionado, se não estivesse tão abalado.

"Eu não achei nem um pouco difícil."

Como alguém poderia superar uma afirmação dessas? Como ele poderia seguir em frente se aquelas palavras se repetiam em sua mente em um loop infinito e agonizante?

No entanto, os outros seguiram imediatamente em direção à fortaleza ao ouvirem o comando dela. Becky se inclinou na direção de Sage ao passar.

— Tem uma pessoa muito corajosa aqui, e não é o Vilão.

— Srta. Erring! — Aquilo era um motim.

Em vez de demonstrar arrependimento, Rebecka simplesmente o olhou de relance antes de correr atrás dos irmãos, com uma leveza nos passos que era diferente do peso que sempre carregava.

Quando voltou a se concentrar em Sage, deu de cara com a ponta de uma adaga. A garoa e a luz da tocha criavam um brilho etéreo ao redor dos cachos úmidos. Ele arqueou a sobrancelha e olhou do aço para os olhos dela.

"Eu não achei nem um pouco difícil."

— Sage... você está... bem?

Será que eu te destruí, assim como o destino disse que eu faria? Será que já cumpri a profecia do destino?

Ela pegou uma das espadas finas que estavam perdidas por ali e a jogou para Trystan; ele a pegou com facilidade.

— Você quer saber se estou com vergonha de ter sentimentos não correspondidos? Não, não estou. E, já que vou ser só sua aprendiz e nada mais, então exijo que meu aprendizado comece agora.

Não correspondidos? Que piada cósmica de merda.

Ele entreabriu os lábios. A chuva se misturava ao suor da febre que já tinha passado.

— Aprender o quê, exatamente?

Sage deu um passo na direção dele, esticou os braços para cima, relaxou os ombros e ergueu o peito. O decote era visível no topo do corpete. Trystan baixou a cabeça para a grama e encarou a ponta dos sapatos.

E foi então que ela exigiu:

— Me ensine a lutar como o Vilão.

CAPÍTULO 69
Evie

— Você quer aprender a lutar como eu? — perguntou o chefe, com uma dose saudável de ceticismo.

— Não tenho pretensão de virar uma especialista nisso, mas, sim, quero aprender a lutar como você, ou pelo menos como os Guardas Malevolentes. — Evie ainda estava se recuperando da confissão indireta de amor e de como tinha sido ridículo mostrar suas cartas no exato momento em que ele derrubava todo o baralho.

— Então é só pedir para os Guardas Malevolentes te ensinarem! — argumentou ele. A camisa branca de Trystan estava encharcada de chuva e colada no peito. Evie suspirou por dentro. Não havia nada melhor do que um homem de camisa branca bufante e, ainda por cima, molhado. *E em um cenário pitoresco sob o céu noturno.* Não era nem um pouco justo.

Ainda dava para ver as estrelas em meio às nuvens de chuva, e as tochas ao redor dos dois não tinham se apagado. Eles tinham uma noite inteira pela frente e, se não fosse para passá-la nos braços do chefe, então ela se deliciaria jogando coisas afiadas na cabeça dele.

— Evie fingiu olhar para as unhas.

— Pois muito que bem. Vou pedir ao Daniel, o Mulherengo.

Ela deu meia-volta e começou a se afastar, mas foi puxada em direção a uma parede de músculos e imobilizada. Um braço grande a envolveu pela cintura e o outro a prendeu na parte superior do peito, logo abaixo da garganta.

— Em primeiro lugar... — Ele falou baixinho no ouvido dela, fazendo Evie contrair os dedos dos pés dentro das botas. — Não vire de costas para mim. Eu sou seu adversário. Se eu fosse um oponente de verdade, já poderia ter te matado de cem maneiras diferentes.

Ela tentou pisar no pé de Trystan, mas ele segurou a coxa dela, o que deixou os dois ofegantes — por conta do esforço, claro; nada mais. Ainda assim, ela sentiu uma quentura quando o hálito dele roçou seu pescoço e ficou vermelha dos pés à cabeça.

— Sua perna não é nenhum brinquedo de corda. Você está dando à pessoa a chance de te parar.

— Mas eu preciso da força... — ela começou a dizer, sem fôlego.

— Dane-se a força. Você só precisa de um golpe rápido do salto nos dedos dos pés. Agora me mostra.

— Não posso! — disse ela com a voz estridente.

Ele estalou a língua num tom levemente zombeteiro.

— Ah, Sage, eu já vi seu salto fazer muito estrago. Com certeza...

— Quis dizer que não posso porque você ainda está segurando minha coxa, senhor.

Ele a soltou como se queimasse. Evie tropeçou e se virou e, com o movimento, seu pé escorregou e se enroscou no dele. Trystan curvou o corpo inteiro e a pegou pela cintura no instante em que Evie caiu em cima dele e segurou em seus ombros para recuperar o equilíbrio. Ele ficou tenso e desconfortável com o toque.

Ela começou a se afastar, mas arfou quando ele a puxou para perto de si, apertando-a com os dedos e transmitindo seu calor por cima do tecido fino do corpete. Quando olhou para cima, ela viu uma dor sombria dominar o rosto dele, mais forte do que nunca.

— O que você fez? — Trystan procurava nos olhos dela algo que não compreendia. — Que feitiço é esse?

O desespero da súplica sussurrada a hipnotizou. A adaga escapuliu dos dedos dela... e caiu no pé de Trystan.

O cabo bateu primeiro (felizmente), e então ela se viu livre das mãos que a seguravam com tanta força (infelizmente).

À medida que a chuva ia diminuindo, ficava mais fácil ouvir o crepitar das chamas. As frutas das árvores que os rodeavam pareciam emitir um leve brilho laranja, como mini lanternas. Uma coruja empoleirada num galho os observava e fazia barulhinhos discretos enquanto unicórnios trotavam pelo terreno, livres de selas e de estábulos. Aquela terra era de uma liberdade linda. Um lugar para se soltar e ser completamente livre.

Poucas pessoas viviam assim.

Trystan largou uma espada nas mãos dela.

— Bloqueio simples. — Com uma lentidão deliberada, ele abaixou a lâmina, dando a Evie todo o tempo do mundo para levantar a própria arma e pará-lo.

Ela conseguiu bloqueá-lo repetidas vezes.

— Trystan. — O nome dele escapou de sua boca como se ela o usasse o tempo todo, mas não era o caso, obviamente, senão o chefe não pareceria prestes a perder o juízo. — Você me contratou porque sentiu pena de mim?

A espada desceu com mais força dessa vez, mas Evie bloqueou o golpe novamente, segurando o punho com ambas as mãos. Ele se afastou e disse com frieza:

— Você não se lembra de quando te contei que não tenho o hábito de fazer caridade? O que te faz achar que eu abriria uma exceção para *você*?

Ela franziu o nariz e deu tapinhas nos lábios com o dedo, concluindo que ele merecia aquela resposta.

— Você guardou meu cachecol.

Paf.

Ele não atingiu a lâmina dela de frente como vinha fazendo — aquele golpe chegou mais perto da ponta, quase arrancando a arma das mãos dela. Evie viu a ficha dele caindo com uma velocidade surpreendente. Ao mesmo tempo, percebeu o que aquela informação revelava sobre *ela mesma*.

— Sua fofoqueira! Você voltou no meu quarto para fuçar as minhas coisas? Qual vai ser o próximo passo? Pretende xeretar minha gaveta de roupas íntimas?

Ela franziu a testa.

— Isso seria ridículo. — Após uma pausa, acrescentou: — Qualquer pessoa sensata sabe que deve sempre olhar a gaveta de meias primeiro.

Ele parecia alarmado.

— Você olhou minha gaveta de meias?

Ela contraiu os lábios.

— Não... espera, por quê? O que tem lá dentro? — perguntou, levemente intrigada.

— Nada.

— É, essa veia na sua testa definitivamente concorda com a afirmação.

Paf.

Ela o bloqueou e ele continuou:

— Eu não guardei seu cachecol, Sage. Eu o roubei. Faço isso com várias coisas. Artefatos, dinheiro, joias, comida.

Ela deu uma risadinha.

Trystan desceu a espada com vontade, enquanto a camisa folgada, úmida de suor e de chuva, grudava nos músculos dos braços e do peito. Ele torceu a lâmina na dela e Evie cambaleou na direção do chefe, com as espadas travadas e os rostos a poucos centímetros de distância.

— Ok. Concentração — disse ele em um comando baixo e profissional. Aquilo a deixou tonta, inegavelmente alegre.

Aquela proximidade era perigosa; ela estava esquecendo o que Trystan tinha dito e que ele a dispensara menos de uma hora antes. — Liberte-se de mim, Sage.

Ah, se eu pudesse.

A dúvida devia estar estampada no rosto dela, porque ele contraiu os lábios em tom de desafio.

— Não. Para. Dá para ver que você está pensando demais. Sua mente é tão impressionante que chega a assustar, mas nem sempre é necessária em situações assim. De vez em quando, é possível contar com o instinto. É possível confiar em si mesma. Como você se libertaria?

Ela o olhou sem expressão e, em seguida, o beijou.

CAPÍTULO 70
Vilão

Trystan tinha lhe perguntado como ela se libertaria, não como arruinaria a merda da vida dele. Será que ainda estava sendo testado pelo destino? Será que era um sonho?

Não. Ele conhecia a sensação daquela boca, o gosto, a forma como seu corpo inteiro se acendia como um fósforo com o mais leve dos toques dela. Mas não havia nada de leve naquele toque; era uma chama acesa que o dilacerava.

Era um tormento. Era o castigo das terras mortas enviado para condená-lo por todo o mal que ele tinha causado. Ela cantarolou, como Trystan já a ouvira fazer um monte de vezes do lado de fora de sua sala, só que agora era com os lábios colados nos dele. Quantas vezes ele já tinha se imaginado saboreando aquele som suave? Quantas vezes já tinha se imaginado calando as divagações dela com um beijo intenso?

Ele se imaginara silenciando-a por horas.

Mas, ao menor movimento dos próprios lábios, Trystan abriu os olhos e se afastou bruscamente, buscando a espada...

que, àquela altura, estava nas mãos de Sage. Os olhos dela brilhavam de satisfação ao apontar a lâmina para ele.

Trystan estava perdidamente apaixonado por ela.

Merda, merda, merda.

— O que foi isso? — perguntou ele, com um autocontrole impressionante.

— Um acidente? — disse ela sarcasticamente: uma clara alfinetada à desculpa ridícula que ele tinha inventado lá na mansão. Ela abriu um sorriso assustador; o batom estava levemente borrado. Por causa dele.

Bem, então era isso. Ele já tinha resistido por tempo demais. Que se danassem as consequências.

Mas, antes que ele pudesse mergulhar nos braços dela, Sage encostou a ponta tampada da espada no peito dele, bem de leve.

— Foi uma distração. Você me disse para não pensar.

— E *esse* foi o seu primeiro instinto? — Ele virou a cabeça para que ela não o visse tocando os próprios lábios para reprimir as sensações.

— Foi — disse ela casualmente.

Trystan pensou em um milhão de broncas que poderia dar nela.

Sage, quanta irresponsabilidade.

Sage, que falta de profissionalismo.

Sage, se você me beijar outra vez, vai acabar me matando.

Talvez a última não.

— Não era isso que eu tinha em mente — disse ele por fim, mudando de posição.

Não deixava de ser verdade: o que ele tinha em mente era virá-la de costas e despi-la.

— Mas deu certo — retrucou ela, com um brilho intenso nos olhos que ele se recusava a apagar.

Trystan inclinou a cabeça delicadamente, reconhecendo a vitória dela, e então disse com cuidado:

— Você tem razão, mas que tal se eu te mostrar algumas manobras para sair daquela posição que não envolvam beijos?

— Acho que eu poderia...

— Guarde um para nós, querida. — Os dois levaram um susto com a voz. Logo em seguida, Trystan girou e pôs Sage atrás de si.

Eles deram de cara com armaduras brilhantes, o brasão do rei e armas empunhadas, prontas para matar. Quatro Guardas Valentes tinham passado pelo véu oculto da Fortaleza Fortis.

O poder de Trystan subiu das profundezas de seu corpo, já sombrio, já pronto para agir. Ele não pôde deixar de sorrir para os homens que o fizeram sofrer.

— Até que enfim vocês me alcançaram, rapazes.

Seu poder explodiu.

E então tudo deu terrivelmente errado.

CAPÍTULO 71
Gideon

Enquanto isso, na mansão...

Gideon não sabia exatamente o que esperava ao abandonar seu posto com os heróis para se juntar à equipe do Vilão, mas com certeza não envolvia comer doces com um ogro e conversar sobre cabeças decepadas.

— Quanto tempo vocês deixam as cabeças penduradas? Ninguém se preocupa com o cheiro? — perguntou ele, com uma mistura de nojo e curiosidade.

Keeley jogou algo nele e Gideon se esquivou, mas depois pegou o objeto esquisito e... largou-o com um grito de repulsa.

— Você jogou um dedo em mim?

— Um dedo do meio. — Ela ergueu o longo e elegante nariz, revelando a beleza de seu perfil. Para uma líder de assassinos brutais, ela realmente era uma gracinha. E Gideon imaginava que era justamente isso que a tornava tão perigosa.

— Posso ver? — Lyssa correu em direção ao dedo caído e Gideon a pegou no colo.

— Não. Desculpa, irmãzinha. — Ele a pôs ao lado de Edwin, que bagunçou o cabelo dela. Fadinhas entravam e saíam do cômodo, saboreando os biscoitinhos que Lyssa tinha acabado de fazer, mais ou menos do tamanho de uma unha: na medida certa para os seres cintilantes que brincavam com o cabelo de Lyssa como forma de agradecimento.

— Para de me tratar que nem bebê — ela reclamou com o irmão e, em seguida, deu um biscoito para uma fadinha com asas de gelo. A criatura lhe deu um beijo na bochecha. Lyssa abriu um sorriso de orelha a orelha, depois olhou para a janela do canto e franziu a testa. — Quando é que a Evie vai voltar com a mamãe? Odeio esperar.

Gideon caminhou até a janela. Havia algo estranhamente familiar na arte do vitral.

— Já vi isso antes — disse a si mesmo. A janela mostrava um livro iluminado pelo sol e, ao olhar de perto, ele percebeu uma surpreendente semelhança com... A história de Rennedawn. — Hm. O que você está fazendo aqui? — perguntou ao vitral.

Edwin riu enquanto mexia o líquido escuro no caldeirão.

— Sua irmã também costuma falar com o vitral, como se fosse um ser consciente.

Lyssa saltitou pelo recinto e pôs um biscoitinho na mão estendida de Keeley.

— A Evie faz isso com tudo. Ela vivia brigando com a porta da frente quando não fechava! Chamava a porta de tudo quanto é nome.

— É melhor não repeti-los — disse Gideon, virando-se justo quando Lyssa esbarrou nele com o prato cheio. Os biscoitos caíram no chão. — Droga. Desculpa, Lyssa. Deixa que eu... — Havia uma chave de prata no chão, que aparentemente tinha caído do bolso do avental da irmã. — Essa chave é de onde? — perguntou ele, curioso.

APRENDIZ DO VILÃO 461

Lyssa arregalou os olhos castanhos e empalideceu.

— Do nosso quarto — disse ela, apressada e confusa, guardando a chave no bolso antes que Gideon pudesse investigar mais a fundo.

Entretido, ele cruzou os braços sobre a túnica de algodão amarrotada.

— Se isso for mais uma das suas artimanhas e você estiver planejando trancar mais alguém... só não se esquece de soltar a pessoa algum tempo depois, tá bom?

Não havia explicação para aquele brilho estranho nos olhos escuros da irmã.

— Pode deixar. — As palavras eram leves, mas os músculos de Gideon se contraíram desconfortavelmente, como um alerta do próprio corpo.

— Lyssa... está tudo bem?

Ela não olhou para ele, apenas para a janela com a misteriosa representação do livro da profecia.

— Vai ficar.

Ele queria fazer mais perguntas, mas, assim que abriu a boca, Marv entrou correndo na cozinha.

Keeley já estava entregando um copo d'água ao homem ofegante.

— Marv, eu imploro para que você comece a usar o elevador.

Existe um elevador? Daqueles que se movem com cabos? Por que é que todo mundo só usa as malditas escadas, então?

Sem fôlego, Marv segurava a barriga com a mão enquanto bebia a água, e então se endireitou, alarmado.

— A barreira...

— Não está na melhor das condições, a gente sabe — disse Keeley. — Nenhum dos feitiços de camuflagem que encontramos está funcionando, mas ainda é só uma janelinha aqui, uma porta ali...

De repente, eles ouviram sinos altos, tão intensos que a cozinha inteira tremeu.

Lyssa tapou os ouvidos, assim como Edwin.

— O que é isso? — gritou Gideon por cima do barulho, estremecendo a cada badalada.

—A mansão está totalmente exposta! — exclamou Marv. Ao tirar a mão da barriga, revelou uma ferida aberta e ensanguentada. Em seguida, caiu de joelhos. — Os Guardas Valentes nos encontraram.

A julgar pelo ferimento de Marv, eles certamente não estavam ali para negociações de paz.

Mas, sem o Vilão e seu poder, Gideon tinha um péssimo pressentimento de que não haveria luta nenhuma.

E sim um massacre.

CAPÍTULO 72
Evie

Alguém os havia traído.

A percepção era como sentir um veneno espesso se espalhando pelo coração de Evie. Ela estendeu a mão e a cicatriz ardeu enquanto a adaga saltava do suporte de armas direto para a sua palma. Ao empunhar a arma, Evie saiu de trás do chefe e afastou os pés, pronta para enfrentar qualquer um que ousasse cruzar o caminho deles. Ela derrubaria os inimigos encrenqueiros e depois descobriria quem era o traidor entre eles.

Mais dois cavaleiros surgiram da escuridão — totalizando seis. Ela e Trystan estavam em desvantagem numérica, mas eles tinham a magia da morte a seu lado.

A névoa sinuosa escapou das mãos de Trystan e começou a envolver os guardas — mas não completamente. Ela se dividiu em duas partes, metade em direção aos cavaleiros e a outra metade partindo para cima de Evie. Rodeando seus tornozelos.

— Caramba — disse Evie. — Xô! — Mas era inútil agitar as mãos para espantar a névoa, que se enroscava nos pés dela como um gato de colo. O chefe nem tinha percebido a divisão do poder; estava ocupado demais matando o primeiro cavaleiro com uma rapidez surpreendente. — Você é uma fofurinha — disse ela para a névoa —, e a gente pode brincar mais tarde... depois que você matar esses homens.

A divisão do poder estava enfraquecendo Trystan; dava para notar pela forma como ele se curvava e pelo suor nas têmporas enquanto ele executava outro cavaleiro. Um deles se aproximou de fininho pelo lado e lhe deu um soco na cara, derrubando-o no chão.

— Trystan! — Evie gritou, olhando feio para a névoa.
— Vai lá ajudá-lo! — Mas a névoa não se mexeu e, quando outro guarda partiu para cima dela, o poder do chefe agiu por conta própria, avançando e envolvendo o cavaleiro por completo. O homem nem tinha visto a magia chegar.

Mas Trystan viu.

Confuso, ele franziu a testa enquanto pegava a espada do primeiro cavaleiro derrotado e a cravava no homem que tinha lhe dado um soco. Então, ficou boquiaberto ao ver que a névoa ainda rodeava Evie enquanto atacava o cavaleiro ao lado dela.

— Sage, não entra em pânico — disse ele cuidadosamente.

— Por que eu entraria em pânico? Só porque a sua névoa esquisita está grudada nos meus tornozelos? — rebateu ela, levemente histérica.

O cavaleiro ao lado dela gritou, até a névoa deslizar pelo pescoço dele e cortar seu ar. Trystan se aproximou dela às pressas e segurou-a pelos braços. A adaga escorregou de seus dedos quando ele disse em tom de urgência, perplexo:

— Não fui eu que fiz isso... foi você?

Ela balançou a cabeça furiosamente.

APRENDIZ DO VILÃO 465

— Eu não fiz nada!
A névoa terminou de sufocar o guarda. Os três restantes encaravam, boquiabertos e horrorizados, o assassino invisível, mas ela e Trystan só tinham olhos para a névoa cinza que, agora reduzida, brincava com os cachos de Evie.

— Pare imediatamente — vociferou ele.

A névoa se agitou como se estivesse rindo, e Evie pôs a mão na boca para controlar o próprio riso.

Trystan olhou feio para ela.

— Você está rindo?

Ela mordeu o lábio.

— *Não.* Seria inapropriado.

Mas a graça acabou quando um dos cavaleiros restantes mirou uma flecha diretamente no coração de Trystan.

Ele não conseguiria reagir a tempo; ela percebeu que a magia dele não o protegeria antes que a flecha o acertasse em cheio. Suas palavras frenéticas morreram nos lábios. O tempo parecia desacelerar e quase parar enquanto centenas de lembranças vinham à tona.

Trystan lhe oferecendo bala de baunilha no primeiro dia dela.

Trystan e seu semblante sério e envergonhado quando pedia desculpas por alguma coisa.

Trystan com sua cama cheia de almofadas e sua lâmpada de furacãozinho.

Trystan guardando o cachecol dela, limpo e dobrado com esmero... como se fosse um bem precioso.

Trystan se humilhando, implorando de joelhos a Benedict — o homem que ele odiava — para salvar a vida dela.

Não havia tempo para pensar, nem hesitar. Ela simplesmente *agiu.*

Com um grito agudo, Evie se jogou na frente dele. Quando a flecha voou, ela ergueu as mãos por instinto, e Trystan soltou um grito indignado atrás dela. Quando deu por si, já estava segurando a adaga. A lâmina começou a brilhar, assim como a cicatriz — um brilho iridescente que, no escuro da noite, parecia refletir mil cores diferentes. Ela sentiu um calor tão forte e poderoso que seus olhos se encheram de lágrimas enquanto caía de joelhos, segurando o peito. A flecha tinha se partido em duas quando a atingiu — mas nem chegara a tocar sua pele.

Ora, vejam só, que truque legal, ela pensou, sentindo-se terrivelmente cansada de repente.

Suas pálpebras se fecharam e ela caiu para a frente.

CAPÍTULO 73
Vilão

Evie tinha sido mortalmente ferida. Ele não teve a menor dúvida ao ver o corpo dela tombando para a frente, sem vida. Um grito angustiado saiu das profundezas de sua alma.

A névoa de Trystan voou em círculos, alimentada pela raiva e pelo pânico, em busca de um ponto fraco dos inimigos — daqueles que a tinham machucado. Por fim, atingiu na perna o cavaleiro com a balestra, e sua armadura tilintou quando o homem caiu como uma pedra. Os dois restantes recuaram, mas um deles gritou:

— Tem mais cavaleiros vindo, Vilão. Você não pode vencer toda a Guarda Valente!

Em seguida, eles desapareceram na escuridão.

Trystan seguiu em frente e considerou por um segundo a possibilidade de persegui-los, mas só um segundo mesmo. No instante seguinte, já estava no chão diante de Sage.

Ela estava de olhos abertos. Ainda estava respirando. Graças aos deuses.

Dava para sentir o desespero na voz e o tremor nas mãos de Trystan ao examinar o peito de Sage, os ombros; por fim, quase sem fôlego, não encontrou nada.

— O sangue... cadê o sangue?

— Senhor — disse ela suavemente.

— Precisamos estancar o sangramento. Você vai ficar bem, Sage. A Tatianna vai te curar e tudo vai ficar bem. Cadê o sangue? Não consigo achar o sangue! Não estou vendo o ferimento! — Trystan precisava manter a calma... não queria apavorá-la até a chegada da curandeira. Os músculos dela já estavam tremendo. Não, espera... ela estava perfeitamente imóvel. Os músculos *dele* é que estavam tremendo.

Que maravilha.

— Trystan — repetiu ela com mais firmeza, arfando quando as mãos dele subiram até as bochechas para segurar sua cabeça no lugar. Então, sussurrou: — Não fui atingida. — Por fim, mostrou a flecha, que tinha se partido ao meio, mas sem nenhum sinal tê-la ferido.

Uma mistura de espanto, alívio e confusão o dominou enquanto ele franzia a testa e inclinava a cabeça.

— Como? — sussurrou.

Ela deu de ombros, piscando os olhos arregalados. Viva. Intacta.

— Não sei.

Então, Sage lhe contou que a adaga tinha emitido uma luz, que a cicatriz tinha queimado e, depois, nada. Não havia como explicar, mas a adaga — e a magia que havia nela, seja lá qual fosse — devia tê-la protegido.

E Sage quase tinha aberto mão daquele treco só para salvar a vida dele, assim como tinha acabado de fazer naquele momento.

Aquilo precisava parar. Tudo aquilo precisava parar.

— Chega de tentativas de salvar minha vida, Sage. Até agora, esses atos de bravura equivocada parecem estar me fazendo perder anos de vida, em vez de ganhar.

Sage franziu a testa daquele jeito que ele adorava, embora o sentimento logo tenha sido substituído pela náusea. Ele não era feito para adorar coisas, e sim para desprezá-las com desgosto. Falando nisso... seu olhar seguiu os cavaleiros recuando lá longe.

— Deixei os últimos escaparem — lamentou Trystan. — Eles vão contar aos outros onde nós estamos.

Evie curvou o lábio superior enquanto olhava diretamente para Trystan, e o arrepiou ao dizer:

— Então por que não os impede?

Trystan lhe lançou um olhar incisivo e um calor subiu pela nuca enquanto ele sorria, sentindo-se verdadeiramente vilanesco.

— O desejo da senhorita é uma ordem.

A névoa cinza correu pelo terreno, passando pelas plantas que abriam caminho, até alcançar o primeiro guarda, que já estava quase desaparecendo nos limites dos portões da fortaleza, iluminado pelas tochas. O homem caiu e, após uma breve perseguição, o outro também tombou no chão, ambos atingidos por um golpe mortal no pescoço.

Já vão tarde.

Mas o alívio durou pouco, já que sua postura tranquila logo perdeu a força. Ele caiu de joelhos.

— Trystan! Você está bem? — De repente, Evie já estava ao lado dele, acariciando suas costas. Dava para sentir a cor se esvair do próprio rosto ao suspirar, com lábios secos e rachados.

— Eu nunca fico fraco desse jeito depois de usar minha magia — ele reclamou. — Nunca. Tem alguma coisa errada com ela. Está me deixando doente, de alguma maneira... Eu sinto que está... mudando.

Trystan não pôde evitar: olhou nos olhos dela. Os dois trocaram um olhar de quem tinha acabado de entender tudo, e a verdade era desagradável.

Ela se afastou de Trystan com passos cambaleantes, e seu corpo imediatamente sentiu falta do calor e da proximidade dela.

— Você acha que sou eu? Acha que a culpa é *minha*?

Ele fechou bem os olhos, lutando contra dois tipos diferentes de dor.

— Você é a única que consegue enxergar minha magia. E, desde que ela se revelou a você, não tem sido mais a mesma. Não posso correr o risco de ser deixado na mão outra vez. Sem a minha magia da morte, não posso lutar contra o Benedict nem contra os meus inimigos. Sem ela... será que eu sequer sou o Vilão?

Ele nunca tinha se sentido tão cansado na vida. Seu corpo doía; seu *coração* doía. Mas Trystan precisava proteger Sage e a si mesmo, e essa era a única maneira que enxergava.

— A gente deveria... a gente deveria manter distância pelo futuro próximo. Só por precaução. Só para garantir.

A expressão de Sage era algo que ele nunca imaginou que veria no rosto dela, muito menos que seria o causador. Era uma mistura de traição, choque e dor profunda.

Trystan chamou a névoa de volta e a magia se afastou de Sage lentamente, quase a contragosto. Ele entendia bem o sentimento.

— Temos que ir até a casa para avisar a lady Fortis e os outros. Sage fez que sim e guardou a adaga no coldre amarrado com couro no tornozelo.

Enquanto caminhavam em direção à fortaleza, ela cometeu o ato mais hediondo que uma pessoa poderia cometer na presença dele.

Começou a chorar.

Trystan nunca tinha se sentido tão pequeno quanto naquele momento.

— Sage. — Ele tentou suavizar a voz e chegou um pouco mais perto dela enquanto caminhavam. — Por favor, não chora por minha causa.

— Eu não estou chorando por sua causa! — insistiu ela, fungando. — Como você é egocêntrico.

Ele limpou a garganta. Não sabia por que Benedict estava se esforçando tanto para destruí-lo; para derrubar o Vilão, bastava fazê-lo ouvir o som de sua aprendiz chorando.

— Você ia se sentir melhor se eu te deixasse se aventurar um pouco no mundo da tortura?

Ela o olhou de soslaio.

— Você está tentando me fazer rir, e não vai funcionar.

— Bom, que sorte. Eu não sou muito engraçado. — Ele se aproximou ainda mais e esbarrou no ombro dela. — Vamos, Sage. Não quer arrancar umas unhas? Ouvir os gritos dos cavaleiros? Deixo até você usar a máquina de tortura.

Emburrada, ela chutou uma pedra, mas Trystan pensou ter visto um sorriso se insinuando nos lábios de Sage.

— O que é uma máquina de tortura?

— É um dispositivo que estica os membros até se quebrarem. Ela engasgou.

— O quê? Que nojo! — Então, deu um tapa no braço dele. — Você sempre presume que a única maneira de arrancar informações dos outros é através da dor. Só que eu, por exemplo, estaria bem mais disposta a revelar todos os meus segredos se sentisse prazer.

Ele tossiu com força e começou a bater no peito. Era um milagre que ainda conseguisse respirar perto daquela mulher.

Ela olhou para Trystan e franziu a testa.

— Você está bem?

— Não.

O sorriso foi se abrindo nos lábios dela e ficou por lá. Embora ele tivesse virado o rosto, dava para sentir que ela ainda o olhava enquanto caminhavam.

Já estavam quase nas portas da fortaleza quando um grito cortou o ar — alto, agudo e horripilante — e Sage levou um susto, profundamente horrorizada.

— Sage? O que houve? Você está bem? — perguntou ele. O grito ecoou de novo, dessa vez mais alto. — Pelo amor dos deuses! Quem é que está gritando?

Ela empurrou a porta da fortaleza e disse, sem emoção:

— Minha mãe.

CAPÍTULO 74
Evie

Evie disparou pelos corredores da fortaleza em um turbilhão, concentrada apenas em encontrar a mãe e consertar o que quer que tivesse acabado com ela. Mal ouviu a voz do chefe em seu ouvido, tentando tranquilizá-la, e mal percebeu uma porta se abrindo diante de si. Sua visão estava turva. Tudo estava.

Pânico. Ela estava mergulhada em uma névoa de pânico. Quando a mãe gritou outra vez, Evie caiu no chão.

— Alguém faz parar! Faz parar, por favor! — Ela se encolheu no chão, na esperança de ficar pequena a ponto de desaparecer. — Ajudem ela. Alguém ajuda ela!

Então, de repente, Evie sentiu algo quentinho e viscoso cair nas mãos dela.

Ela piscou, como se estivesse acordando.

— Reinaldo? — O sapo príncipe a encarava com clara preocupação nos olhos dourados.

Naquele momento, Clare e Tatianna entraram às pressas na sala, e os gritos ficaram ainda mais altos. Evie se contraiu e fechou os olhos, mas sentiu alguém levantá-la e acomodá--la nos braços quentes.

— Pronto, Evie querida. Pronto — disse Blade enquanto a acomodava em uma cadeira, onde ela se sentou segurando Reinaldo com força.

Tatianna pediu licença para Blade e começou a afastar o cabelo do pescoço de Evie, prendendo-o com a fita rosa que Tati sempre usava no pulso — sua primeira, a favorita.

— Não, Tati — protestou Evie com a voz fraca.

— Silêncio, amiguinha. Eu só estou te emprestando. Respira fundo. Não há perigo. É só a planta das lembranças. Segura firme o Reinaldo… animais podem ajudar a acalmar a mente.

Ela levou um segundo para processar o que os olhos estavam vendo. Os gritos não vinham de sua mãe; vinham de uma flor comprida, de pétalas delicadas, que Clare tinha deixado no canto da sala. Era uma flor das lembranças.

Uma flor das lembranças que ecoava os gritos de sua mãe.

— O que é isso? O que aconteceu? — Becky escancarou as portas da sala verde e, depois, levou a mão à boca ao ver a flor das lembranças. Renna entrou logo atrás, exausta e apavorada.

— Pobre Evie! Por favor, precisamos silenciar a planta de alguma forma! — gritou Renna. — Evie, por favor, não dê ouvidos. Não olhe para ela.

Tatianna fechou a cara.

— Pegamos a planta em uma sala secreta escondida no corredor. Tem centenas delas. Ficamos convenientemente trancadas lá dentro até o Blade nos ouvir batendo nas paredes.

Evie sentiu o coração se acalmar e relaxou os dedos ao redor de Reinaldo, que continuou nas mãos dela como se soubesse que ela ainda precisava do seu apoio.

— Já estávamos prestes a sair quando uma das plantas começou a gritar. Foi o som mais terrível que eu já ouvi — concluiu Tatianna.

Foi o som mais terrível que Evie já tinha ouvido também. Becky balançou a cabeça e afastou uma vinha para passar.

— Não, não pode ser. As flores das lembranças são extremamente raras... só existem três espécimes vivos documentados! E é perigoso produzi-las. Ninguém da minha família seria tão imprudente.

Raphael entrou na sala como se tivesse ensaiado, seguido pelos outros garotos e por Julius. A gritaria parou por um momento, dando a Evie um alívio muito necessário.

Raphael foi o primeiro a falar, balançando a cabeça, parecendo enojado.

— Conta para eles. Conta o que você fez.

Evie seguiu os olhos dele.

E deu de cara com Renna.

Becky se afastou dela aos tropeços, horrorizada, e uma vinha se enroscou delicadamente no seu pulso.

— Mãe? Como assim? O que você fez?

Renna continuou em silêncio, mas as lágrimas começaram a se acumular nos olhos. Ao ver aquilo, o coração de Evie despencou.

— O que você fez? — gritou Becky.

Evie se levantou e olhou para Blade.

— Vai lá — sugeriu ela. Em questão de segundos, Blade já estava ao lado de Becky, segurando-a delicadamente pelo cotovelo.

Renna começou a chorar de soluçar.

— Não foi minha intenção. Eu não queria causar nenhum mal! Rebecka, por favor. — Ela estendeu a mão para Becky, mas a filha a afastou com um tapa.

— Renna. — Julius pôs a mão nas costas dela para tranquilizá-la. — Já chega.

Renna olhou para o marido e pareceu absorver força dele. Ela se endireitou e, ao levantar o queixo, os cabelos ruivos soltos acompanharam o movimento.

— Já faz algum tempo que nós estamos ajudando o rei Benedict a cumprir a profecia.

— Você, mãe. *Você* — declarou Raphael.

Renna lambeu os lábios e juntou delicadamente as mãos.

— Tenho tentado encontrar uma cura para a minha mãe. Não é nenhum crime! Não é errado! E tudo o que eu fiz foi a serviço de Rennedawn e da linhagem Fortis.

Em seguida, dirigiu-se ao grupo e continuou:

— Nós estamos trabalhando no desenvolvimento de uma planta... um híbrido entre a planta das lembranças e outra flor rara que cultivamos na propriedade para extrair magia. Para aliviar o peso dos poderes opressores. — Renna olhou para Evie. — Como o da sua mãe.

O chefe, que até então estava na dele, apoiado na parede do canto, se levantou e foi até Evie, lançando a Renna seu olhar mais frio e ameaçador.

— Nura Sage não vem amanhã de manhã, vem?

Renna olhou para Evie e apenas para Evie.

— Sua mãe era minha melhor amiga! — gritou. — Por favor, saiba que eu a amava como se fosse minha própria irmã. Como se fosse sangue do meu sangue. Nunca na vida eu quis ferir outro ser humano. — Então, ela respirou fundo.

APRENDIZ DO VILÃO 477

— Nura chegou aos nossos portões pedindo ajuda. Eu sabia do acidente; sabia do poder dela. Também sabia que o rei estava atrás dela, então, em vez de entregá-la, tentei extrair a magia dela. Eu queria ajudar Nura *e* o reino.

Evie se levantou e sentiu os lábios trêmulos enquanto as lágrimas quentes e raivosas escorriam pelas bochechas.

— Então por que... ela estava gritando?

Renna se levantou, dirigiu-se ao outro lado da sala e pegou um frasquinho que continha um pó prateado escuro.

— Eu usei a flor nela. — Então, ela lhe entregou o frasco, que não parecia pesar em suas mãos. — Mas a magia dela já tinha sido tão agredida que foi como tentar reparar um coração que já tinha parado de bater.

Evie, que até então olhava para o frasco escuro como a meia-noite, encarou Renna.

— Era. Você disse que ela *era* sua melhor amiga?

Renna contraiu o pescoço — dava para perceber pelas veias saltadas.

— A luz estelar da sua mãe a envolveu, Evie... Em um segundo, ela estava gritando por misericórdia e, no seguinte, só restava essa poeira estelar. Sinto muito, minha querida. Ela morreu.

CAPÍTULO 75
Gideon

Enquanto isso, na mansão...

— **Fortifiquem as fronteiras!** — comandou Keeley. — Anda, senhor cavaleiro!

Gideon saiu da frente e correu atrás de qualquer forma de ajudar, mas esse era um cerco diferente de tudo o que ele já tinha visto. Havia uma fileira de Guardas Valentes na frente da mansão, esmurrando os portões com um aríete, enquanto outros atiravam flechas por cima das muralhas. Mas os Guardas Malevolentes não demonstravam nenhum medo. Com gritos de guerra enfurecidos, o vermelho enfrentava o prata. Os Malevolentes eram menos numerosos, mas não menos implacáveis.

No alto da muralha da frente da mansão, Keeley segurava um fósforo em um projétil de abóbora cintilante. Não havia aquele tipo de arma no arsenal do rei, mas Gideon já as tinha visto em ação. Bastava acender o vegetal mágico para cinquenta cavaleiros pegarem fogo de uma só vez. Gideon segurou o pulso de Keeley instintivamente, já que conhecia os homens lá embaixo.

— Não faz isso... eles vão ser queimados.

Keeley o olhou com desdém, desvencilhou o pulso e empurrou-o no chão.

— Enquanto você não decide de qual lado está, vai lá cuidar da sua irmã. É a única tarefa que dá pra confiar a você.

Ela olhou diretamente para Gideon enquanto acendia a carga e a lançava pela borda. Logo em seguida, seu rosto ficou alaranjado pelo brilho das chamas.

Seria inapropriado achá-la encantadora naquele momento, no meio de uma batalha brutal, mas ela estava esplêndida à luz da... explosão... que provavelmente tinha acabado de ferir ou matar seus antigos colegas... Caramba.

Edwin apareceu na lateral, trazendo uma bandeja de pão e interrompendo os pensamentos de Gideon. Um dos Guardas Malevolentes pulou da borda alta da muralha, suado e ensanguentado.

— Edwin, acho que não estamos precisando de pão agora, mas quem sabe um bolo para quando terminarmos aqui?

Edwin sacudiu a bandeja.

— Esse pão não é de comer... é pão dormido. Mais duro do que pedra. — Os olhos dele brilharam. — Perfeito para jogar.

Gideon abriu um sorriso.

— Muito bom, Edwin. — Em seguida, pegou um dos pães e atirou, derrubando um cavaleiro que tentava subir a escada. Por fim, virou-se para Edwin de olhos arregalados. — O que você usou na receita? Cimento?

Edwin sorriu e atirou mais um pão.

Uma fadinha do escritório chegou às pressas e tapou as orelhinhas verdes para bloquear os sons da batalha.

— Keeley! — gritou, a voz aguda feito um sino. — Os portões dos fundos... eles estão entrando! Estão levantando a grade da área dos guvres!

Keeley empalideceu.

— Já estou indo. — Por fim, gritou para a multidão: — Preciso que qualquer Malevolente disponível venha comigo!

Gideon a segurou pelo braço antes que ela pudesse correr.

— Eu estou disponível.

Quando uma flecha passou zunindo, Gideon não pensou duas vezes: simplesmente a puxou para perto e cobriu a cabeça de Keeley de forma protetora, sentindo a espessura da trança dobrada por baixo do elmo. Para esconder o comprimento do cabelo? Estranho. Mas ela cheirava a limão e suor, e não havia nada de estranho naquilo. Era glorioso.

Ela fixou os olhos de lince na flecha na parede e, em seguida, o encarou.

— Muito bem, senhor cavaleiro. Vamos ver do que você é capaz.

Ele fez uma saudação e saltou da elevação primeiro. Ao olhar para ela lá em cima, não pôde evitar... o momento pedia aquilo:

— Keeley, oh, Keeley, jogue as suas tr... — Então, foi atingido por um pão duro na barriga. — *Ai*.

Keeley abriu um sorriso enquanto voltavam às pressas para os corredores do escritório, descendo a escada de dois em dois degraus. Ela começou a falar com um rubi, que Gideon tinha aos poucos percebido não se tratar de uma pedra preciosa, mas de um dispositivo de comunicação — ou falta de comunicação, a julgar pelo grunhido de frustração de Keeley.

— Onde quer que o chefe esteja, está incomunicável — murmurou ela.

Gideon pegou uma espada do suporte na parede antes de se lançarem no pátio brandindo as armas. Os cavaleiros partiram para cima de Gideon e ele se esquivou até não dar mais, derrubando um por um os homens que um dia tinha protegido. No breve momento de alívio por não estarem mais flanqueados, ele arfou com as costas coladas nas de Keeley. Ao olhar de relance para ela, viu que tinha sangue coagulado na bochecha e fios de cabelo soltos. A mão dele coçou para afastá-los.

— Tenho certeza de que ele vai voltar para a mansão em breve — disse Gideon em vez disso.

Mas, ao olhar para o pátio e perceber a infinidade de cavaleiros em larga vantagem numérica em relação aos Guardas Malevolentes que lutavam desesperadamente para tentar repelir o ataque, Gideon temeu que não houvesse mais uma mansão para o Vilão voltar.

CAPÍTULO 76
Becky

— **Como vocês foram capazes** de fazer isso? — sussurrou Becky, indignada com a família. — Como *todos* vocês foram capazes?

Ela nunca tinha visto o pai tão sério.

— Os meninos só descobriram agora, Rebecka. Se for culpar alguém, que seja sua mãe e eu.

Becky quase cuspiu nos pés dele.

— Pode acreditar, não é nada difícil. — A mãe estava chorando e segurando o peito, e Becky sabia o motivo: ela também sentia vontade de fazer a mesma coisa, para impedir que a tristeza transbordasse. Blade tinha pousado a mão nas costas dela para lhe dar apoio. — Vai lá pegar o Fofucho, Blade. Nós estamos de saída. — Blade assentiu com firmeza e evitou olhar para Renna ao passar por ela.

— Pra que mentir e dizer que a mãe dela já estava vindo? — insistiu Becky. — Pra que dar falsas esperanças à Evie?

Renna alisou a frente do vestido, claramente tentando se recompor.

— Eu só queria manter minha família unida. Queria que você ficasse, e pensei que seria melhor para a Evie achar que ainda havia uma chance de a mãe estar por aí. Amanhã de manhã, eu ia dizer com jeitinho que a mãe dela precisa de mais tempo e deixá-la acreditar que Nura ainda *existe*.

— Ah, mãe, que coisa horrível de se fazer.

De canto de olho, Becky viu Evie se encolher. Ela encarava o frasco de pó na palma da mão com um olhar vazio e perdido. Aquela expressão vazia, em uma pessoa tão vibrante quanto Evie, era algo que Becky mal podia suportar.

Renna se endireitou e olhou para uma placa de cristal escuro num formato estranho e irregular, apoiada em uma das prateleiras. Em seguida, pegou a placa e foi direto até Evie.

— Ela queria que eu lhe entregasse isso. Acho que ela sempre soube que você acabaria aqui. Por favor, aceite.

Evie estendeu a mão trêmula e pegou a placa lisa.

— O que é isso?

— Foi de outra pessoa por algum tempo, depois foi meu e, por fim, eu dei para sua mãe — disse Renna num tom suspeito.

Evie não olhou para Renna, não tinha coragem de perguntar mais nada. Limitou-se a olhar fixamente para o pó e, agora, para a placa, e sussurrar palavras tingidas de dor:

— Você era amiga dela.

Renna estendeu a mão para ela, mas o Vilão se pôs na frente de Evie e a afastou.

— Vá agora, Rebecka, e depressa — interrompeu Raphael, num tom de voz duro e insensível. — A mãe está esquecendo de comentar que mandou chamar a Guarda Valente. Um batalhão está a caminho agora para prender o Vilão.

O pai de Becky arregalou os olhos.

— Renna, você não fez isso.

Outra vinha se enrolou em Becky, como as plantas faziam quando ela era pequena. Toda vez que ela caía ou se machucava, toda vez que a vida a derrubava, elas estavam ali. Becky ia sentir falta delas. Mas eles precisavam ir embora — *imediatamente*.

Arrasada, Renna sussurrou para ninguém específico.

— Achei que talvez ela ficasse. Achei que, se ele fosse pego, ela teria que ficar.

O Vilão pegou Evie no colo e a segurou contra o peito enquanto seguiam em direção à porta, e Reinaldo ainda estava aninhado nela.

— Vamos, srta. Erring — disse ele com um toque de desgosto. Clare e Tatianna os seguiram.

Becky deu uma última olhada na sala; provavelmente passaria muito, muito tempo sem vê-la. Os irmãos estavam no canto, seríssimos. Com um choro sofrido, ela os envolveu com os braços, e todos se abraçaram com força.

— Venham me visitar, tá? Mandem um beijo para o Rudy e para a vó — disse Becky a eles, aos prantos.

Roland estava vermelho, assim como Reid, e Raphael disse, com um brilho sombrio nos olhos:

— Eu sinto muito, Rebecka.

Becky abriu o melhor sorriso que pôde para eles, em meio às lágrimas.

— Não sinta.

Irmãos eram seres curiosos, capazes de aliviar o peso no coração até nos momentos mais difíceis.

Ela já estava quase saindo pela porta quando Renna pegou sua mão.

APRENDIZ DO VILÃO 485

— Rebecka, por favor, entenda. Eu não queria machucar ninguém. Queria proteger a fortaleza. Queria proteger Nura. Isso não faz de mim uma pessoa má.

Becky encarou a mãe com pena. Em seguida, olhou de relance para os cabelos pretos que chamaram a atenção dela, do outro lado da porta. Evie a esperava no corredor.

— Não, mãe, não faz.

— Nós somos sua família, Rebecka — sussurrou a mãe.

Evie estendeu a mão para ela e Becky a olhou fixamente.

— Sim, são — disse ela, dando um beijo na bochecha da mãe. — Mas eles também são.

Por fim, Becky passou por Renna, pegou a mão de Evie e, juntas, correram para a porta da frente.

Sua mãe chorou atrás delas, mas Becky ignorou. Estava sofrendo pela péssima notícia que Evie tinha recebido e sabia que a missão na casa de sua família tinha fracassado, mas, ainda assim: finalmente se sentia livre dos próprios fardos. Da perfeição, das expectativas, de ser qualquer coisa além de si mesma. Sua família a amava e, um dia, ela voltaria para ocupar seu lugar como herdeira da Fortaleza da Família Fortis. Mas, por ora, continuaria sendo a Becky do RH. E seria feliz.

Fofucho já estava esperando lá fora, e Blade abriu um sorriso suave para Becky de cima dele.

— Vou logo avisando... ele está fedendo a manjericão. Comeu um arbusto inteiro.

Becky deu de ombros, parou e abriu um sorriso sincero de orelha a orelha.

— Eu amo manjericão.

Blade retribuiu o sorriso.

De repente, ouviram o som de armaduras ao longe.

Blade começou a agitar os braços.

— Vamos, vamos, vamos! Demonstrem um pouco de urgência, pessoal!

Eles subiram no dragão e voaram pelo céu, sérios e calados durante todo o caminho.

Nada de Nura, nada de luz estelar. Nada de profecia. O que significava que nada de magia. O que, mais cedo ou mais tarde, resultaria no fim de Rennedawn.

A vida como eles conheciam chegaria ao fim.

Eles voltaram à mansão.

E o que encontraram lá mudou tudo.

CAPÍTULO 77
Vilão

Trystan nunca tinha visto tamanho alvoroço na mansão. Um alvoroço não causado por ele, pelo menos.

Assim que o dragão chegou perto o suficiente do chão, Trystan pulou, rolou e partiu para a luta ao lado de seus Guardas Malevolentes. Blade tinha sido encarregado de pousar Fofucho em um lugar seguro, onde Evie e os outros pudessem ficar escondidos. Teria sido bom contar com seus fiéis colegas ao seu lado — a magia de Tatianna, as tintas de Clare e até mesmo Fofucho e seu fogo recém-descoberto —, mas os Guardas Valentes já tinham quase conquistado a mansão, e a segurança de seus funcionários era muito mais importante do que estender uma batalha perdida.

A segurança *dela*. Ela estava longe, mas, mesmo assim, a magia dele não o obedecia mais como antes.

Em todos os seus anos de Vilão, ele nunca tinha lutado tão incansavelmente, com o máximo de fúria que seu corpo permitia.

— Argh! — gritou ele, batendo em outro cavaleiro. E mais um. Seu poder o ajudava, mas era insuficiente, e não havia Guardas Malevolentes o bastante para igualar os números do rei.

Ele avistou Keeley do outro lado de um dos pilares, golpeando e se esquivando.

Eles foram recuando cada vez mais, até ficarem quase debaixo da marquise da porta dos fundos da mansão.

A grade do espaço dos guvres tinha sido aberta. O coração dele parou.

— Não!

Trystan correu até eles e liberou seu poder, mas sua névoa foi diminuindo à medida que a exaustão aumentava. Ela só avançou alguns metros antes de Trystan ser cercado por mais cavaleiros. Ele atacou, atento ao oponente e, ao mesmo tempo, aos cavaleiros que soltavam uma fumaça tóxica pela grade aberta.

Ele e os outros Guardas Malevolentes lutavam sem sucesso enquanto os cavaleiros puxavam uma rede enorme para dentro do espaço dos guvres e tiravam a fêmea. Ela mantinha os grandes olhos fechados enquanto era arrastada sem nenhum cuidado para a resistente carroça de madeira.

Trystan esfaqueou vários Guardas Valentes, forçando o próprio poder até sentir que as veias iam explodir... mas era tarde demais.

A fêmea já estava amarrada, muito longe dali, e havia obstáculos demais entre eles. Mas, pouco antes de entrarem com a guvre na Floresta das Nogueiras, um dos olhos amarelos se abriu por um instante, e ela deixou escapar um leve ganido enquanto olhava para Trystan.

Me ajude, dizia ela.

Não posso, pensou ele, angustiado. Vilões não ajudavam. Só destruíam.

Com uma dor profunda, ele viu os cavaleiros a levando embora... e, por fim, ela se foi.

O céu se abriu e a chuva caiu, junto com uma lágrima quente que escorria pelo rosto de Trystan.

O guvre macho saiu voando e gritando atrás da companheira, mas a sedação do gás dos guardas o fazia cambalear.

Trystan sentiu um aperto no peito ao perceber que os cavaleiros tinham armado o que parecia ser uma catapulta e, presa a ela, estava... uma lança muito grande.

— NÃO! — Trystan estava longe demais.

Mas Gideon Sage não estava.

Do outro lado do pátio dos fundos, o irmão de Evie viu a catapulta ao mesmo tempo que Trystan.

— Não! — gritou Gideon. Ele correu pela fileira de cavaleiros, derrubou aquele prestes a atirar e bateu na catapulta no instante em que ela disparou. A lança foi desviada, mas ainda assim acertou a asa do guvre macho, que caiu com tudo no chão.

Gideon trocou olhares com a criatura. O guvre gritou enquanto a carruagem em que estavam sua companheira e o inho ainda nem nascido sumia na floresta. O desespero do grito era tão intenso que se espalhou por todo o pátio.

Todo mundo pareceu estremecer ao mesmo tempo, inclusive Trystan, que cambaleou em direção a Gideon, mas logo caiu de joelhos apertando o peito.

Ele se levantou, mas já era tarde demais.

Gideon tinha sido derrubado por vários cavaleiros. Ele tentou escapar, mas um dos cavaleiros pressionou a bota no peito de Gideon para imobilizá-lo. Trystan semicerrou os olhos. Conhecia aquelas botas. Mas não teve tempo de pensar muito naquilo, porque outro cavaleiro já estava brandindo uma espada, pronto para cravá-la no coração de Gideon.

— Você vai se arrepender de ter traído seu rei, desertor! Não tem nenhum vilão para te salvar agora.

O cavaleiro ergueu a espada no instante em que Trystan liberou sua magia, mas ela estava avançando muito devagar; não chegaria a tempo de salvar Gideon. Ele gritou, mas foi interrompido quando o cavaleiro parou do nada, revirando os olhos. Por fim, caiu bem ao lado de Gideon, com uma adaga prateada nas costas.

Gideon sorriu e Trystan quase sorriu também.

— Senhores — disse Gideon aos Guardas Valentes que o rodeavam. — Conhecem minha irmã?

CAPÍTULO 78
Evie

A adaga voou das costas do cavaleiro para a mão estendida de Evie.

Ela sorriu enquanto mexia os dedos.

— Olá, meninos! Cheguei atrasada para a festa?

Eles partiram para cima dela, mas ela já estava pronta para enfrentá-los. Não sentia nenhum medo, apenas uma frieza nas veias ao lançar a adaga com um movimento ágil do punho. A arma girou e voou direto para o ombro de outro cavaleiro, que caiu no chão. Os outros avançaram na direção dela, e Gideon se levantou às pressas... mas não havia necessidade de protegê-la. Já havia outra pessoa ali.

O Vilão agarrou um cavaleiro pela cabeça enquanto sua névoa lidava com os outros.

— Você ia machucá-la? — perguntou em tom calmo, casual. O que Evie sabia que, para o Vilão, era o equivalente a alarmes disparando: *PERIGO! PERIGO!*

O cavaleiro gaguejou sob a mão dele.

— Não, não, eu... Eu...

O Vilão espremeu a cabeça dele.

— Responda com sinceridade. Detesto mentirosos.

— Eu ia, sim, senhor — o cavaleiro finalmente admitiu, trêmulo.

— Então vou ter que machucar você. — Foi uma declaração resoluta.

— Por favor, senhor! Tenha piedade!

O Vilão olhou para as botas do homem antes de levantar a cabeça calmamente.

— As botas que você está usando foram roubadas de mim durante minha estadia no palácio.

Evie arregalou os olhos, surpresa, ao ouvir aquela afirmação, e ainda mais quando o cavaleiro gritou e arrancou as botas, murmurando pedidos de desculpas e algum comentário sobre tê-las ganhado. No geral, foi uma interação confusa.

Deixou de ser confusa quando o Vilão derrubou o cavaleiro trêmulo com um golpe. Isso foi normal. Evie aproveitou a oportunidade e foi correndo até ele.

— Você está bem? — perguntou, mas então parou de repente. O guvre macho ainda estava deitado ali, sozinho; ele olhou para Evie com um ganido. Aquela visão, a dor dele, o que aquilo significava para a missão deles... Naquele momento, ela se despedaçou outra vez. Praticamente dava para sentir as peças se desfazendo. — Não — disse ela, apertando as laterais da cabeça. — Não, eu não aguento mais.

Gideon estava ao lado dela, apoiando a mão no seu ombro para tranquilizá-la.

— Nós vamos recuperá-los, Evie.

A batalha seguia em frente ao redor deles, mas Evie não tinha mais motivação para entrar na briga. Sua adaga parecia tão útil quanto um lápis. Pela cara de Gideon, ele estava pronto para lutar, mas Evie pôs a mão na dele para impedi-lo.

— Presta atenção — disse ela.

O Vilão estava se dirigindo para o meio da batalha com a mesma expressão sombria, calma e fria. Estava pronto.

E ela também.

Um por um, todos os cavaleiros começaram a engasgar e, por fim, caíram, atacados por uma força misteriosa que não conseguiam enxergar.

— A magia dele é realmente invisível — sussurrou Gideon, fascinado e, ao mesmo tempo, levemente aterrorizado.

— Para todo mundo, menos para mim — admitiu Evie.

E, quando os cavaleiros restantes perceberam o perigo, bateram em retirada, esvaziando o pátio o mais depressa possível. Quase conseguiram chegar à entrada da Floresta das Nogueiras.

Mas era tarde demais.

De repente, um estrondo ecoou no céu enquanto uma onda de fogo se espalhava do pátio até as árvores, transformando os cavaleiros fugitivos em cinzas.

— Ah, verdade — disse Gideon. — A gente tem um dragão.

Evie abriu um sorriso e cutucou o ombro dele.

— Fofucho.

Rajadas de fogo atravessavam o pátio em explosões comemorativas, e os Guardas Malevolentes vibravam ao conquistar a vitória. Fofucho desceu com Blade e Becky montados em cima dele, e a srta. Erring segurava Blade com toda a força enquanto ele erguia o punho.

O Vilão ficou sozinho, com corpos espalhados ao seu redor, encarando a destruição com o semblante neutro. Curvado, mais fraco... por causa dela.

Gideon a cutucou com o ombro.

— Eu estou bem. Por que não vai lá ver se ele também está?

Evie lambeu os lábios e fechou os olhos por um breve instante.

— Acho que ele prefere assim... ficar sozinho.

Gideon assentiu uma vez, e então seu semblante se tornou contemplativo.

— Eve, será que a gente pode conversar? Tenho uma coisa importante para contar.

De repente, o coração de Evie pareceu pesar feito chumbo e afundou diante do que ela precisava dizer, do fracasso que tinha que admitir.

— Eu também.

Mas a conversa foi interrompida por Edwin, que chegou ali às pressas, com o braço cortado e ensanguentado, mas mal parecendo notar o ferimento.

— Senhorita Evie! — gritou.

Tatianna estava atendendo o máximo de Guardas Malevolentes que podia para analisar os ferimentos; ela e Clare trocavam olhares apressados enquanto cuidavam dos guardas e os curavam, e já pareciam cansadas, mas Tatianna levou um susto assim que viu Edwin e o alcançou em questão de segundos.

— Edwin, o que aconteceu? Deixa eu ver seu braço.

— Não se preocupe, senhorita Tatianna. Eu estou bem.

As mãos brilhantes da curandeira pairaram sobre a ferida e juntaram delicadamente os pedaços de pele dele. Tatianna abriu um sorriso suave.

— Eu sempre vou me preocupar com você, Edwin querido.

Ele se virou para Evie e os dois trocaram um olhar.

— Senhorita, é sua irmã.

Tudo ao redor dela pareceu congelar quando ela se deu conta de que Lyssa poderia estar perto do campo de batalha. Será que a irmã estava bem? Evie jamais se perdoaria se alguma coisa acontecesse com ela...

— Ela está bem! — garantiu Edwin, e todos expiraram visivelmente. — Mas nós a encontramos lá embaixo, nos calabouços... Parece que ela tem ido lá às escondidas para visitar seu pai.

Evie grunhiu de angústia e seu coração se partiu novamente ao pensar no que aquilo devia significar.

— Ah, Lyssa.

Edwin se contraiu.

— Tem mais, senhorita Evie. Ela não estava só nos calabouços... estava trancada na cela do seu pai.

Gideon segurou sua mão enquanto ela se preparava para o que Edwin diria a seguir.

— Seu... seu pai fugiu.

CAPÍTULO 79
Evie

— **Lyssa?** — Evie chamou da porta do quarto delas, cheia de medo.

Gideon estava atrás dela, inquieto.

— Devo ficar aqui fora?

Evie suavizou o tom de voz.

— Não. Não, ela vai querer ver você. — Ainda não tinha contado a Gideon sobre a mãe deles, ela mesma ainda não tinha processado totalmente a informação. Durante todo o voo de volta para a mansão, Becky não tinha soltado a mão dela; aquilo a manteve com os pés no chão. O chefe tinha ficado mais afastado, mas Evie o pegara dando uma espiadinha nela de vez em quando, quando achava que ela não estava olhando.

Supera, sua mente implorava.

Nem pensar, respondia o coração com uma risada descontrolada.

Evie lidaria com tudo aquilo depois, quando a irmã não precisasse tanto dela.

Lyssa estava sentada na cama, balançando os pés pendurados, com o vestido sujo e o cabelo bagunçado. A cena fez Evie se lembrar de todos os dias em que chegara do trabalho e dera de cara com Lyssa imunda de tanto brincar com os amigos do lado de fora. No momento, as únicas criaturas com quem a irmã interagia eram fadinhas, assassinos treinados, ogros e vilões. *Caramba.*

Mas Lyssa nunca tinha reclamado, nem uma vez — nem por sentir falta dos amigos, nem por Evie passar tanto tempo trabalhando, nem por nunca ver o pai. E a culpa era de Evie.

Os olhos da irmã se encheram de lágrimas quando ela os viu entrar.

— Você me odeia? — perguntou ela, bem baixinho.

Em questão de segundos, Evie já estava ao lado dela, abraçando a cabeça da irmã e a aninhando no peito, como fazia quando Lyssa era bebê.

— Não existe nada que você possa fazer que me faça te odiar, meu amor, *nada*. — Evie deu dois beijos na cabeça da irmã. Em seguida, Gideon se sentou do outro lado dela, e Lyssa não hesitou: afundou a cabeça no pescoço do irmão na mesma hora e o abraçou. Gideon fungou e usou a mão livre para puxar Evie para mais perto.

Era a única beleza que Evie era capaz de enxergar no meio de toda aquela confusão: estar nos braços de irmãos que tinham sido machucados pelas mesmas mãos que também a machucaram. Ninguém a conheceria daquela maneira.

Quando os três se separaram, Evie engoliu em seco, apreensiva ao pensar em seguir com a conversa, mas havia perguntas que imploravam por respostas.

— Lyssa, como foi que você conseguiu ter acesso aos calabouços?

— Alguém passou um bilhete por baixo da minha porta. Era do papai, dizendo que queria me ver. — Sua irmã desviou o olhar, sentindo-se culpada. — Então... eu roubei a chave do calabouço da mesa da srta. Erring e fingia que vinha para o nosso quarto para escrever minhas histórias ao meio-dia, entre as trocas de guarda, mas na verdade...

— Você estava lá embaixo conversando com o papai — concluiu Gideon com uma risada incrédula. — Nossa irmã é uma gênia do mal.

Evie assentiu solenemente.

— Parece que sim.

Lyssa abriu um sorriso radiante, interpretando aquilo como um elogio.

—Acham mesmo?

Gideon coçou o queixo como se estivesse acariciando uma longa barba erudita.

— Ah, sim. Muito impressionante. — Então, ficou sério, mais do que Evie já tinha visto o bem-humorado irmão mais velho ficar. — Lyssa, ele te machucou? Como foi que você acabou dentro da cela dele?

— Não, eu estou bem. — Lyssa olhou para as mãos e franziu a testa. — Quando eu desci pela primeira vez, gritei com ele, Evie, eu juro. — Lyssa pulou da cama e andou até a janela. — Mas aí ele pediu desculpas e disse que era tudo culpa dele, e eu achei que, se ele estivesse realmente arrependido, talvez tudo fosse ficar bem e a gente poderia soltá-lo.

Não era culpa da irmã; Evie não podia culpar Lyssa por ter caído nas artimanhas de um monstro manipulador. Mas ela *podia* culpar o pai — e ia garantir que ele pagasse por cada momento de dor que tinha causado a Lyssa e a todos eles.

APRENDIZ DO VILÃO 499

Lyssa abriu a cortina. A luz do amanhecer já começava a surgir no horizonte. Todos precisavam dormir. Mas Evie não poderia descansar antes de compartilhar com os irmãos a última notícia dolorosa.

— Lyssa, vem aqui sentar com a gente? Preciso contar uma coisa a vocês dois.

Lyssa voltou para a cama e Gideon a colocou no colo. O irmão sabia — dava para ver no rosto dele.

— Ela se foi, né, Eve?

Evie apertou a mão de Gideon.

— Não se culpe. Eu imploro.

Lyssa franziu a testa.

— A mamãe? Ela... morreu?

Evie sentiu falta de ar. Não conseguia mais conter as lágrimas. Ela pegou o frasquinho de poeira estelar prata-escura — tudo que havia restado da mãe — e o entregou delicadamente à irmãzinha.

— Sim, Lyssa. Infelizmente, ela foi vencida pelos próprios poderes. Eu sinto muito. Você merece coisa muito melhor.

Lyssa pôs as mãozinhas nas bochechas de Evie.

— Mas, Evie, eu ainda tenho você.

Ela sentiu um aperto no peito e Gideon tirou Lyssa cuidadosamente do colo para se levantar da cama, arriscando um sorriso discreto.

— Como alguém tem condições de manter a compostura com toda essa fofura? — ele brincou. Mas Evie percebeu que ele esfregou os olhos.

— Lyssa, você não está triste? — perguntou ela, querendo pegar um pouco da força da irmã para si.

Lyssa alisou a saia e voltou a balançar os pés.

— Acho que estou bem triste. Mas não vou ficar assim para sempre.

Palavras inspiradoras.

E então, todos foram dormir.

Por fim, Evie se acomodou nos travesseiros, exausta e sem fazer a mínima ideia do que o futuro reservava para além da dor e da tristeza que estava sentindo.

Então, de repente, ela se sentou com a mão no peito. O lembrete incômodo do qual já tinha esquecido veio à tona como uma facada. Lyssa ainda dormia profundamente ao seu lado enquanto os pensamentos silenciosos de Evie se transformavam num rugido.

Quem tinha deixado aquele bilhete para Lyssa?

CAPÍTULO 80
Vilão

— **Caso você esteja** se perguntando se essa é uma forma saudável de lidar com suas emoções, chefe, vou esclarecer desde já. Não é.

Ainda era cedo demais para Sage estar acordada e o importunando — para *qualquer* um deles estar, depois da noite angustiante. Mas ali estava ela, com suas palavras rápidas e seus olhos perspicazes.

Ele não tinha pregado os olhos, então decidira aliviar um pouco do estresse, e Sage estava efetivamente arruinando o momento.

Uma faca afiada pairava a poucos centímetros do olho do Guarda Valente.

— Eu não estava me perguntando nada — disse Trystan, curto e grosso, mantendo a concentração.

A proteção da mansão estava sendo reforçada da melhor forma possível pela equipe. A magia deles não era tão forte quanto a de uma feiticeira, mas infelizmente não se podia ter tudo e, naquele momento, era uma questão de vida ou morte.

O remendo não manteria a mansão cem por cento segura — não de forma eficaz, de qualquer maneira. Mesmo que conseguissem voltar a camuflá-la, a localização antes secreta estava comprometida, e provavelmente a informação estaria chegando aos ouvidos de Benedict enquanto Trystan estava ali, ameaçando o cavaleiro do rei com uma faca perto do olho.

Não importava. Ele reforçaria a barreira e depois pensaria na pequena fortuna que tinha acabado de enviar ao seu jardineiro do mercado paralelo, que lhe oferecera uma solução generosa: plantar grandes sebes espinhosas ao redor de toda a mansão.

Se não podia esconder a propriedade, então Trystan a transformaria no lugar mais perigoso de toda Rennedawn. Para os Guardas Valentes e para qualquer outra pessoa que ousasse contrariá-lo. Mas, no momento, ele se concentraria nos cavaleiros. Especialmente naquele que estava em sua mesa, repetindo a mesma ladainha várias vezes.

— Faça o que quiser comigo, Vilão. É uma honra morrer pelo meu rei! — gritou o cavaleiro furiosamente, mas Trystan percebeu que ele estava tremendo na mesa.

Sage deu um passo à frente e se dirigiu diretamente ao cavaleiro, com uma simpatia que impressionou e irritou Trystan além da conta.

— Você se importaria de esperar cinco minutinhos enquanto eu converso com esse daqui? — perguntou ela, apontando o polegar para Trystan, que jogou as mãos para cima diante do pedido ridículo.

— C-claro, senhorita — gaguejou o cavaleiro. — Leve o tempo que precisar.

Por fim, ela deu um tapinha na mão do cavaleiro, e Trystan se enfureceu ainda mais ao ouvi-la dizer, com uma meiguice nauseante:

— Obrigada.

Mas não havia nada de meigo na forma como Sage puxou a orelha dele e o tirou da sala como um cachorro na coleira.

— Sage! — resmungou, incapaz de impedi-la enquanto ela o empurrava para a penumbra do corredor e fechava a porta. — Está tendo um colapso?

— Sempre — disse ela, alegre demais —, mas não foi por isso que eu vim aqui.

Não me pressione, ele implorou. *Não vou aguentar.*

— Mal posso esperar para saber o que é — disse Trystan, inexpressivo.

— Alguém do escritório passou um bilhete para Lyssa encontrar meu pai, e foi isso que acabou resultando na fuga dele. Ele teve um cúmplice.

Trystan estava com tanta dor de cabeça que sentiu dificuldade de processar a informação.

— Ou seja, alguém do escritório...

— Conspirou com meu pai, sim. Talvez tenha até o ajudado quando ele sabotava as suas remessas.

Gelo. Ele tinha virado gelo; tudo era gelo. Estava no seu sangue e no coração, congelando todas as emoções que tentavam queimá-lo por dentro.

— É mesmo? — disse Trystan, em um tom de voz grave e perigoso.

— Sei que é complicado lidar com essa informação agora, com a guvre capturada, sua magia dando problema, minha mãe... morta e a *História de Rennedawn* sendo... Enfim, sei que estamos na merda, na falta de uma palavra melhor, mas eu tinha que te contar imediatamente.

Ele cerrou o punho e, com a outra mão, segurou a porta com tanta força que os nós dos dedos ficaram brancos.

— Obrigado pela sinceridade, Sage.

— Senhor? — disse ela cautelosamente. — Eu queria fazer outra pergunta.

Trystan revirou os ombros enquanto sua magia tentava sair para cumprimentá-la. Ele a sufocou.

— O que foi que as mãos do destino te disseram? Deve ter sido algo ruim, né? Você pareceu bem assustado. — E lá vinha ela de novo, encontrando cada botão desconfortável que havia nele e apertando todos até Trystan sentir que ia perder o controle e fazer alguma coisa irreversível.

Ele passou a mão cansada pelo rosto antes de botar uma parte solta da camisa para dentro da calça e inspirar profundamente.

— Uma mancha branca gigantesca estava sussurrando no meu ouvido, Sage. Claro que eu parecia assustado — respondeu ele, breve e insensível.

Ela apontou o dedo para ele.

— Você está tentando mudar de assunto.

— Estou — admitiu ele abertamente.

Os ombros dela tombaram quando o cavaleiro falou de dentro da sala:

— Hm, com licença? Senhor Vilão? Tenho que ir ao banheiro...

— Segura a vontade! —Trystan deu um soco na porta e Sage cobriu a boca, achando graça. Nunca sentia medo, nunca se abalava, enfrentava tudo com um sorriso e uma resposta espirituosa. Ele tinha certeza de que foi a falta de descanso que o fez perguntar: — Sage, você se arrepende de ter ido para a floresta naquele dia? Já chegou a pensar que... isso te levou a um caminho que você não deveria seguir?

Ela franziu o nariz daquele jeito de sempre e umedeceu os lábios com a língua rosada. Trystan observou a cena com um interesse nada digno.

— Não, claro que não. Se eu não tivesse entrado na floresta aquele dia, nunca teria conseguido esse emprego. Nunca teria conseguido comprar todos os livros e brinquedos que a Lyssa queria. Minhas feridas nunca teriam sido curadas pela Tati, o Blade não teria aliviado o peso do meu coração e a Becky não teria desafiado minha mente.

Ela pôs a mão no coração dele. *Afaste-se, Trystan*. Ele poderia ter se afastado, mas simplesmente não tinha vontade.

— Eu nunca teria conhecido *você*. — *Eu nunca teria conhecido você*. — Se alguém me pedisse para fazer tudo de novo, eu não pensaria duas vezes.

— Droga.

Ela franziu a testa.

— Que foi? Não é o que você queria ouvir?

Ele fechou os olhos e bateu a cabeça na parede.

— Não tenho condições de cortar o olho de um homem depois de ouvir isso. Você estragou o clima.

Ela o empurrou sem força e deu uma risada.

— Foi você que perguntou!

Quando os dois se encostaram na parede, Reinaldo surgiu com uma plaquinha que dizia: DESTINO.

Trystan arregalou os olhos.

Sage franziu a testa.

— O que tem o destino, meu mini príncipe? — Sage se abaixou para ajeitar a coroa de Reinaldo.

Trystan concluiu que tinha chegado o momento de contar.

— Sage, já que estamos compartilhando informações, imagino que seja pertinente você saber que o Reinaldo não é só um sapo mágico... Ele já foi humano. Meu amigo. Foi transformado por uma feiticeira há mais de uma década, e desde então tenho tentado encontrar uma forma de desfazer o feitiço, sem sucesso.

Sage juntou as mãos como se estivesse rezando e, em seguida, levou-as aos lábios.

— O Reinaldo já foi humano?

Trystan assentiu firmemente e se preparou para a raiva que Sage sentiria por ele ter demorado tanto para lhe contar. Mas ela simplesmente franziu a testa e disse:

— Eita ferro. Então talvez eu não devesse ter trocado de roupa tantas vezes na frente dele.

— O quê? — Ele lançou um olhar fulminante para o sapo.

— Brincadeirinha, Soberano do Mal! — Ela riu até os olhos se encherem de lágrimas. — Eu já sabia.

Ele parou de respirar por um segundo e entreabriu os lábios. Estava em choque.

— O quê? Como? A Clare jurou segredo. Impossível ela ter te contado...

Evie inclinou o quadril.

— Ninguém precisou me contar! A Clare já o chamou de Alexander na minha frente várias vezes. E Alexander por acaso é o nome do príncipe do reino do sul que "morreu" há mais ou menos dez anos... coincidentemente, na época em que você se tornou o Vilão. E, se tudo isso já não fosse óbvio o suficiente, você o chama pelo nome do meio do príncipe morto. Parece que não está tão morto assim, né?

Ele jogou os braços para o alto novamente.

— Por que não falou nada?

— Não queria ser indelicada. — Ela inclinou a cabeça.

— Você parecia gostar de manter em segredo.

Ele ia morrer jovem e a culpa seria toda dela.

— Mas estou curiosa — prosseguiu ela. — Por que essa feiticeira estava tão determinada a transformar um nobre príncipe em uma criatura com dedos palmados?

Trystan hesitou; a lembrança daquele dia ainda o assombrava. Ele respondeu quase mecanicamente:

— Não foi culpa da feiticeira. Ela só estava seguindo ordens.

Sage franziu a testa.

— Ordens de quem?

— Da minha mãe.

Ela se contraiu e arfou, levando a mão à boca.

— Por que ela faria...?

Ele sorriu, mas não havia um pingo de alegria ali. Só uma dor enterrada havia muito tempo.

— Minha mãe não lidou muito bem com a forma como voltei depois do tempo que eu passei com o Benedict. Voltei para casa em busca de abrigo e, em vez disso, encontrei ela me esperando junto com a Clare. Talvez tenha sido o primeiro desentendimento entre minha irmã e a Tatianna. Alexander Reinaldo estava no lugar errado e na hora errada. Ele entrou pouco antes de mim. Era para ter sido eu, e era para ter acabado em morte.

Sage arregalou os olhos. As engrenagens de sua mente giravam sem parar, daquela vez furiosamente.

— Que vagabunda...

O cavaleiro o chamou de novo.

— Alô? Você vai voltar? Traz a donzela bonita junto!

Trystan se virou para a porta e a chutou antes de vociferar:

—Aprendiz!

Ela mordeu o lábio e seguiu em direção às escadas.

— Bem, por mais divertido que tenha sido, tenho que voltar para perto da Lyssa. A noite passada foi difícil para ela, e não quero que ela fique sozinha essa manhã.

Trystan sentiu um aperto no meio do peito ao pensar na menina. Antigamente, dava para contar as pessoas com quem se importava nos dedos de uma só mão; daquele jeito, ele teria que usar... as duas? Que horror.

Mesmo assim, uma ideia começou a se formar. Um jeito de ajudar Lyssa a se curar da dor.

O aperto foi substituído por uma pontada quando uma pergunta que ele vinha segurando escapou de seus lábios.

— Sage. No dia em que a gente se conheceu, você encontrou primeiro uma mulher mais velha com três filhos?

Ela parou no fim da escadaria e se virou para encará-lo. Em seguida, semicerrou os olhos, mas não parecia desconfiada. Estava mais para confusa.

— Sim, na feira de emprego. Eu quase consegui uma vaga de criada, mas ela claramente precisava mais, então ofereci meu lugar. Como sabia disso?

Fragmentos de verdade geralmente sustentavam mentiras por omissão.

— A criatura do destino me contou.

Ela sorriu.

— Que informação esquisita para se compartilhar. — Após uma pausa, perguntou: — Senhor, devo... devo procurar outro usuário de luz estelar?

Ele suspirou e seus ombros tombaram.

— Tire uma folga, Sage... para viver o luto pela morte da sua mãe. Enquanto isso, vou dar um jeito de trazer a guvre de volta. O macho não está bem, mas acho que aprendeu a confiar na gente.

Ela parecia grata, e Trystan se odiou por isso.

— E depois, de volta ao trabalho! Roubar o reino! — E, com essa declaração, Sage deu meia-volta e se retirou. Seus passos ecoaram pelos degraus e, quando desapareceram completamente, ele deslizou pela parede, apoiando os cotovelos nos joelhos.

Reinaldo ainda estava ali, sem piscar os olhos, sempre fiel.

— Será que eu deveria ter contado a ela, meu velho amigo? — perguntou Trystan em voz baixa. — Que não havia nenhuma mulher mais velha na feira de emprego... que era um dos feiticeiros do destino disfarçado, guiando-a diretamente para o meu caminho?

Reinaldo pulou para perto dele e coaxou. As palavras restantes do destino pareciam ter sido gravadas na alma de Trystan.

"Você sempre esteve predestinado a encontrar Evie Sage, Trystan Maverine. Assim como Evie Sage está predestinada a ser sua derrocada e, você, a ruína dela."

No instante em que ouviu as palavras do destino, Trystan viu a verdade nelas. Então decidiu, por mais doloroso e angustiante que fosse: precisava manter distância dela. Para que um não destruísse o outro.

Já bastava. De uma vez por todas.

Assim que concluísse mais uma tarefa muito importante...

CAPÍTULO 81
Evie

A noite tinha caído novamente na Morada do Massacre. Os Guardas Malevolentes estavam se recuperando, assim como o escritório — os estragos causados pelo fogo e pela batalha estavam sendo reparados para restaurar a antiga glória da mansão.

— Talvez a gente devesse entrar lá — comentou Tatianna cautelosamente, tirando uma bota de salto agulha e cruzando os braços ao aproximar a orelha da porta.

— Dê uma chance a ele! Tudo parece estar indo bem — disse Blade, com um brilho de otimismo nos olhos.

Crash.

Gideon e Evie trocaram um olhar e, logo em seguida, Gideon indicou o quarto com um gesto de cabeça, como quem dizia: "Entra lá."

Evie fez uma careta e abriu a porta discretamente.

— Quem sabe só uma olhadinha para garantir que está tudo...

A porta se abriu com um estrondo e quase acertou a cabeça dela.

E o que eles viram do outro lado... Blade se agarrou ao braço dela para não cair.

— Em quanto tempo você acha que a gente conseguiria chamar um pintor para imortalizar isso aqui? — perguntou ele. Nenhum artista seria capaz de fazer justiça à cena; havia simplesmente informações demais para capturar.

O Vilão estava parado na entrada do quarto de Evie e Lyssa, com o rosto vermelho de raiva. A cor contrastava com o grande chapéu rosa que ele usava, cheio de penas apontando para todas as direções. Ele parecia uma galinha cor-de-rosa perturbada. Sentado no ombro dele estava Reinaldo; a coroa não tinha saído da testinha verde, mas, no momento, fazia par com um lencinho transformado em vestido.

Evie mordeu o lábio com tanta força que chegou a sentir gosto de sangue.

— Esse, hm... esse visual combinou muito com você, senhor — comentou ela, com a voz esganiçada. Então, deu um passo à frente e tirou uma pena caída do ombro dele.

Ele lhe lançou um olhar de advertência enquanto se inclinava sobre Evie e apontou o que deveria ser um dedo ameaçador no rosto dela.

— Cuidado, Sage.

Por fim, ele pareceu cair na real e se afastou o mais rápido possível. Doeu.

— Lorde Trystan! O chá já está quase pronto. Por favor, volte para a mesa imediatamente! — ordenou Lyssa de dentro do quarto.

Edwin surgiu no corredor. Seus novos óculos se encaixavam perfeitamente no nariz, e Evie sentiu que ele parecia um pouco mais orgulhoso ao entregar a Trystan uma bandeja de doces decorados artisticamente.

— Obrigado, Edwin — disse Trystan em voz baixa.

Edwin abriu um sorriso de orelha a orelha e ergueu a mão azul para saudá-los.

— O chá da tarde de Lady Lyssa e Lorde Trystan merece tudo do bom e do melhor. Está bom assim?

Trystan assentiu, inspecionando cada doce com tanto foco e atenção que Evie sentiu um frio intenso na barriga.

— Está ótimo.

Ele pegou a bandeja das mãos de Edwin e voltou para o quarto. Edwin fez menção de ir embora, mas Evie o chamou.

— Edwin, me desculpa, não cheguei a agradecer pelo prato que você preparou para mim naquele dia em que dormi e perdi a hora do jantar. Estava uma delícia — disse ela, e então abriu um sorriso. — Um dos seus melhores trabalhos. Queria ter te falado antes.

Edwin se virou com ternura e olhou para onde Trystan estivera segundos antes.

— *Eu* não preparei prato nenhum, senhorita Evie — disse ele lentamente, como se estivesse tentando fazê-la entender alguma coisa.

Ela fechou bem os olhos e respirou fundo ao entender o que Edwin quis dizer. Sabia que tinha aberto um sorriso triste, porque seus olhos ardiam.

Em seguida, Evie deixou os pensamentos de lado — *todos* eles —, entrou no quarto e lançou um olhar bem-humorado de censura para Blade quando ele tentou segui-la antes que ela fechasse a porta. Lyssa estava no meio do quarto, acomodada em uma mesinha com cadeiras ainda menores. Não fazia ideia de onde Trystan tinha arrumado aquilo, ou se ele tinha mandado alguém buscar os móveis especificamente para aquela ocasião, e Evie não sabia qual das opções arrasaria mais seu coração.

Àquela altura, tudo que Trystan fazia era perigoso. Mas ele estava se afastando dela; dava para sentir.

Não entregue o coração ao chefe, Evie!

Tarde demais, porra.

Que par desafortunado eles formavam. Ela estava tão perdida naquela dor agridoce que levou um susto quando Lyssa gritou com Trystan, que já estava prestes a beber o chá.

— Não, Lorde Trystan! Você deve servir a srta. Halliway primeiro!

Confuso, ele franziu a testa de um jeito fofo, e Evie sentiu um conforto no peito só de olhar para aquele rosto. Precisou reunir toda a sua força de vontade para não se inclinar e beijá-lo.

— Quem é srta. Halliway? — perguntou ele.

Foi Reinaldo quem levantou o pé e apontou para a boneca sentada na cadeira com uma expressão assustadora no rosto de porcelana.

— Ah.

Trystan havia chegado ao seu limite; Evie tinha certeza. Ele já tinha entretido Lyssa por um bom tempo — era preciso admitir. Talvez a dor da perda e da traição nunca fosse embora, mas pelo menos sua irmã tinha recebido a prova definitiva de que estava segura e de que era amada e valorizada. Evie fez menção de ir até a mesa para dar atenção à srta. Halliway, tanto para proteger os sentimentos de Lyssa quanto para poupar o chefe daquele constrangimento doloroso, mas foi interrompida...

Quando Trystan Maverine, o Soberano do Mal, com seu chapéu enorme e ridiculamente enfeitado, pegou o bule florido e serviu o chá, dizendo com uma seriedade que fez o coração de Evie se partir novamente:

— Minhas mais sinceras desculpas, srta. Halliway. Normalmente sou mais educado do que isso.

Pelo amor dos deuses, Evie o amava. Amava o sorriso de Trystan e sua risada tão rara. Amava que, em um momento, ele podia ser intensamente protetor e, no seguinte, delicado e inseguro. Amava saber que ele a entendia, talvez melhor do que qualquer outra pessoa que ela já havia conhecido, e que ele a fazia se sentir importante sem precisar agradá-la. Amava sentir que ele lhe dava um motivo para acordar de manhã, um motivo para se arrumar logo, não só para ir ao trabalho (embora ela amasse seu trabalho), mas para *vê-lo*. Jamais existiria outra pessoa no mundo por quem ela se sentiria assim.

Então, Evie se lembrou das palavras dele.

"A gente deveria manter distância."

E, como se tivesse ouvido seus pensamentos, Trystan se virou para olhá-la com uma expressão severa.

— Sage, estava mesmo querendo falar com você. Junto com a sua promoção, tomei a liberdade de passar a sua mesa para aquele recanto cheio de janelas, até podermos construir um escritório adequado para você.

Evie ficou boquiaberta. O recanto era lindo, arejado e espaçoso — e possivelmente o lugar mais longe possível do escritório dele. O distanciamento já tinha começado. Teria doído mais se ela não tivesse percebido que, para alguém que estava fazendo as coisas exatamente do jeito que queria, o chefe parecia ter acabado de engolir mil cacos de vidro.

Alguma coisa tinha acontecido. Algo a ver com o monstro do destino, algo que ele não estava lhe contando. Mas Evie ia descobrir o que era, porque, se havia uma coisa boa que ela poderia tirar de toda aquela dor, era isso. Era *eles*.

E Evie já estava cansada de não lutar pelo que queria. Ela o olhou com pena.

— Você vai se arrepender dessa escolha, eu acho.

Ele lhe lançou um olhar fulminante antes de se virar para se servir de mais chá.

— Eu nunca me arrependo de nada.

— Hmm — disse ela, abrindo um sorriso malicioso. — Então acho que vou ter que fazer você se arrepender.

Ele parecia tão perplexo que quase derrubou o bule ao devolvê-lo à mesa com um estrondo.

Lyssa não percebeu. Estava ocupada demais levando uma xícara de chá aos lábios da srta. Halliway.

Seus olhos escuros encontraram os de Evie. Ele umedeceu os lábios antes de falar, fazendo o sangue dela ferver.

— Você... Eu devo ter ouvido errado. O quê?

Não era um joguinho; a confusão era genuína. Mas ele a ouvira. Estava só desconcertado com as palavras. Queria fugir tão rápido de Evie que ela veria fumaça saindo dos calcanhares dele.

Ela não repetiu a declaração, só olhou para ele com um carinho insatisfeito. Aquela tinha sido a primeira vez que Evie abalava as defesas dele. A primeira de muitas, ela sabia.

— Você me ouviu muito bem.

A resposta que ele sussurrou soou dolorosa. Seus olhos expressavam surpresa, confusão e um medo paralisante.

— Não começa com isso, Sage.

Ela pousou a mão na dele delicadamente, e um choque atravessou seu braço com o contato. Trystan se retesou, mas não se afastou como normalmente faria — simplesmente respirou fundo e lhe lançou um olhar intenso quando Evie disse:

— Não se preocupe, Vossa Malvadeza. Já começou. *Ele está petrificado.*

Ela se lembrou de um pedido que tinha feito a uma estrela não fazia muito tempo e de como tinha se tornado realidade. Pensou na resposta da estrela... O recado mexeu com alguma coisa que não saía de sua cabeça.

— Eu amo esse prato! Tem um formato engraçado — disse Lyssa inocentemente.

Evie tinha dado para Lyssa a estranha placa de cristal escuro que a mãe delas tinha deixado para ela. Não havia mais nenhum sinal de magia ali, se é que um dia existiu algum. A não ser, talvez, pela alegria que proporcionava à irmã mais nova. O formato era *mesmo* engraçado, Evie tinha que admitir — e, de alguma maneira, familiar.

Lyssa largou o prato e franziu a testa para o açucareiro.

— Estamos sem açúcar!

O Vilão ficou apavorado por um segundo antes de assumir uma expressão neutra.

Por fim, limpou a garganta e disse:

— Acho que já colocamos açúcar suficiente no nosso chá, de qualquer maneira.

Lyssa fez beicinho.

— Mas a mesa não fica tão bonitinha! — Ela arregalou os olhos castanhos enquanto estalava os dedos e tirava o frasco de poeira estelar da mãe do bolso. — Vamos usar isso!

— Lyssa, não! — gritou Evie, aflita com a possibilidade de perder o que restava da mãe. Mas era tarde demais: na pressa de impedir a irmã, ela a assustara; Lyssa deixou cair o frasco, que se espatifou no cristal de formato estranho.

E então o quarto ficou surpreendentemente iluminado. Lyssa gritou, e Evie também, quando foram puxadas para o chão e protegidas pelos braços de Trystan.

— O que aconteceu? — gritou ele enquanto a luz diminuía.

Evie foi a primeira a abrir os olhos e se levantou às pressas para olhar para a mesa e a placa de cristal, que brilhava intensamente — mas não o suficiente.

— Senhor, ainda temos aquele restinho de poeira estelar da caverna?

Ele fez que sim e ajudou Lyssa a se levantar delicadamente. Logo em seguida, tirou o frasquinho de dentro da camisa, preso por um cordão ao redor do pescoço.

— Sobrou menos do que um dedal cheio.

Ele abriu o frasco e despejou o que restava da poeira na placa de cristal, que brilhou, completa e vibrante, mudando de um vazio opaco para...

A escuridão da meia-noite, com uma estrela brilhante bem no meio.

Lyssa semicerrou os olhos.

— Parece um pedaço do céu.

Um pedaço do céu.

E então, tudo fez sentido para Evie. Cada uma das pistas ao longo da jornada para encontrar a mãe. Estava escrito na cara dela o tempo todo.

A filha das estrelas dos pedidos.

Ela queria ser engolida pela meia-noite.

A luz estelar da sua mãe a envolveu.

Pelo amor dos deuses.

Não tenho nome... pela lei natural, não posso ter nenhum. Querer ser ninguém.

Colhido das próprias estrelas.

As palavras e as peças se encaixaram de uma só vez. Os braços de Evie se arrepiaram e ela derrubou uma cadeirinha, andando de um lado para o outro enquanto mais uma frase desafiadora ecoava em sua mente.

Espero que você volte para vê-las.

Ela sabia por que o formato da placa era tão familiar.

Evie sentiu o toque de uma mão grande no próprio ombro e se virou para ver o rosto de Trystan.

— A filha das estrelas dos pedidos — sussurrou ela. — Precisamos ir à caverna. Eu explico no caminho.

Trystan arregalou os olhos. O choque e as dúvidas eram visíveis.

— Tudo bem. Vamos lá — disse ele com urgência, tirando a roupa do chá da tarde e colocando-a cuidadosamente na mesa perto de Lyssa. Evie sentiu um quentinho no peito ao perceber a confiança imediata do chefe.

Lyssa ficou incrédula, é claro.

— Por que você vai levar meu prato? E o nosso chá?

Evie se ajoelhou para ficar na altura da irmã. Reinaldo pulou ao lado deles, segurando uma plaquinha com um ponto de interrogação. Ela pôs a mão na bochecha da irmã mais nova.

— Lyssa, prometo que Lorde Trystan vai participar de pelo menos um chá da tarde por semana com você, de agora até o fim dos tempos, mas infelizmente precisamos acabar mais cedo hoje. E eu preciso levar isso.

Lyssa ficou confusa, mas pareceu satisfeita com o acordo, já que deu uma mordida no bolinho e disse:

— Tá bom!

Quando Evie finalmente olhou para o chefe, notou que ele não se movia mais com urgência, apenas a observava com uma expressão estranha que ela não conseguia decifrar. Ele limpou a garganta e uma emoção indecifrável dominou seu rosto.

— Vou seguir você, Sage.

Ela assentiu e os dois dispararam para o corredor, onde os outros ainda esperavam para ver o chefe em toda a sua elegância de novo.

— Blade, em quanto tempo você consegue preparar o Fofucho? — perguntou Evie.

Blade pareceu surpreso, mas, no segundo seguinte, mostrou-se determinado.

— Dez minutos, talvez quinze? Por quê? Para onde vamos?

Gideon observou o rosto da irmã.

— Eve?

— Prepare-o agora, Gushiken — ordenou Trystan, parecendo pronto para batalhar em nome dela. Em seguida, pôs Reinaldo no ombro.

Blade desapareceu num piscar de olhos.

Gideon segurou Evie pelo braço quando ela fez menção de segui-lo.

— Evie, por favor. O que aconteceu?

Ela segurou as mãos do irmão e respondeu, com o máximo de delicadeza de que foi capaz:

— Eu sei onde nossa mãe está.

CAPÍTULO 82
Evie

Eles estavam no céu.

O sol se punha atrás deles e a escuridão descia, seguindo-os de volta ao começo, de volta à caverna. Quando pousaram, ela notou que a paisagem estava diferente: as árvores que se beijavam, antes extravagantes; a terra, antes vibrante; tudo ali estava transformado — e não era para melhor. Tudo estava mais opaco, mais cinzento, como se alguém tivesse sugado as cores. As árvores que se beijavam, antes sempre unidas acima da caverna, estavam separadas, rachadas ao meio.

— O que aconteceu aqui? — sussurrou Evie.

— A magia está morrendo, com a captura da guvre, e as consequências do Destino só podem estar agravando tudo... Temo que isso seja apenas o começo — respondeu Trystan, ajudando-a a descer do dragão.

— Blade? — Evie o chamou, insegura.

Blade franziu a testa.

— Quer que eu fique aqui?

— Nosso amigo lá dentro não te conhece, e não quero assustá-lo — disse Evie com jeitinho.

Blade assentiu, revirou os ombros e acenou com a mão.

— Vão lá, vão lá! Eu espero aqui.

Eles se aproximaram da entrada da caverna, onde ainda havia tochas acesas de ambos os lados. Mas vinhas marrons e retorcidas tinham se espalhado pela abertura.

O sentinela não estava mais ali. Só restava sua lança, abandonada no chão. A crise mágica havia claramente se espalhado pela terra, consumindo aquele lugar e tudo que ele tinha. A área estava degradada, devastada.

Evie avançou, puxou a adaga e começou a cortar as vinhas que cobriam a entrada. Ao lado dela, Trystan desembainhou uma longa espada e golpeou a folhagem. Começou a despedaçar as vinhas com gritos furiosos até abrir uma passagem.

— Vai! — ordenou ele.

Ela entrou às pressas e, em seguida, começou a cair. Trystan veio logo atrás. O grito ficou preso na garganta enquanto Evie descia, descia, descia, até quicar mais uma vez em uma nuvem úmida e flutuante. Só que aquela era tingida pela noite. Dessa vez, Evie não hesitou, simplesmente saltou e rolou enquanto o chefe caía atrás dela.

Evie se levantou rapidamente e pegou a placa do bolso. As estrelas da caverna imitavam as que brilhavam na superfície de cristal.

Uma voz forte ecoou acima deles conforme a coroa de nuvens se revelava, mesmo na iluminação mais sombria. O gigante brilhava como uma estrela e as nuvens escuras se agrupavam para formar sua coroa.

— Evie Sage. Eu esperava que você voltasse.

Evie deu um passo à frente. Por instinto, Trystan estendeu a mão para impedi-la — dava para perceber pela forma como ele tossiu ao soltá-la.

— Vai — disse ele, passando a mão pelo cabelo e desviando o olhar.

Evie notava a dificuldade que ele sentia de confiar aquela missão a ela, lutar contra o próprio instinto de protegê-la. Ela sentiu um quentinho no peito.

Em seguida, estendeu o cristal — aquele que Evie agora sabia não ser apenas uma simples pedra sem magia. A placa pertencia à criatura diante deles; as bordas irregulares se encaixavam perfeitamente no buraco do céu daquele espaço. Ela a ofereceu à criatura com uma reverência humilde.

— Seu pedaço de céu que faltava.

A criatura ficou surpresa e arfou ao estender a mão gigante e tirar a placa dos dedos de Evie.

— Meu céu. Meu lindo céu.

A criatura chorou ao abraçar a peça, como se estivesse perdida sem aquele cristal. Então, levou a placa à rachadura na superfície e a encaixou no buraco. E um som retumbante se espalhou pelo espaço.

O chão tremeu e as estrelas brilhantes ao redor deles dançaram e celebraram a reunião, o fato de estarem completas novamente.

A criatura a encarou com um sorriso; os dentes eram tão grandes que poderiam ser usados como pedras para consertar as muralhas da mansão. Por fim, retribuiu a reverência de Evie.

— O que você quiser, Evie Sage, é seu.

Ela engoliu em seco e sussurrou:

— Você disse que não podia interferir nos assuntos humanos. Mas minha mãe... — Evie olhou para o céu através

da claraboia da caverna e avistou aquela estrela brilhante, sua companheira constante que a iluminava. — Minha mãe não é mais humana. A magia dela a envolveu, e ela deixou poeira estelar para trás porque se tornou...
A criatura concluiu a frase com um sorriso gentil:
— Uma estrela dos pedidos.

Em seguida, começou a girar as mãos, e o ar seguiu seus movimentos, agitando-se e se avolumando até uma espécie de ciclone surgir entre as palmas gigantes.

— Agora — disse a criatura — ela será livre.

A criatura direcionou a corrente de nuvens escuras para cima, passando pela claraboia e saindo da caverna, até chegar à estrela mais brilhante — e tirá-la do vasto e suave céu noturno.

A estrela girou num redemoinho. A ventania era tão forte que o cabelo de Evie voou para trás, forçando o couro cabeludo, e o vestido amarelo grudou no corpo. Trystan pegou a mão dela para estabilizá-los e protegeu os próprios olhos com a outra palma.

Quando o redemoinho tocou a grama diante de Evie e Trystan, uma luz brilhou com tanta força que aqueceu sua pele e seus olhos. Em seguida, aquela única estrela cintilante começou a se transformar. Um clarão de luz prata, branca e, por fim, dourada subiu numa onda de brilho — uma visão sobrenatural e inacreditável, impossível de olhar. Evie virou o rosto para o ombro de Trystan e apertou a mão dele com toda a força.

Aquele clarão de luz se alastrou em uma explosão de brilho multicolorido e, quando Evie levantou a cabeça, a luz perdeu a força e foi diminuindo até só restar uma mulher.

Sua mãe.

Diante de Evie, em um vestido tão branco que lembrava a lua, estava uma mulher que ela nunca imaginou que veria outra vez — mas ali estava ela, sorrindo.

— Mamãe? — Evie engasgou com a palavra que soava tão estranha nos lábios.

A pele da mãe brilhava à luz das estrelas, e ela estendeu os braços enquanto seus olhos castanhos, tão calorosos, se enchiam de lágrimas.

— Você me encontrou, hasibsi.

Evie deixou escapar um soluço que continha toda a dor e toda a mágoa; todo o peso de sua tristeza se derramou naquele som enquanto ela corria em direção à mãe e se jogava nos braços dela. Nura abraçou a cabeça da filha e sussurrou palavras de conforto em seu ouvido — palavras que ela não ouvia desde criança.

Aquele conforto desbloqueou tudo. Uma chave para a porta fechada de sua infância, trancada desde que Evie perdera a mãe e Gideon, em todos aqueles anos de tormento sem eles.

Mas ela não os perdera. Não de verdade. Não mais.

Os dedos da mãe acariciavam seu cabelo. Evie sentia o calor do pescoço dela e, na pele, o cheiro do ar de verão após uma tempestade — era tão reconfortante que chegava a doer.

— Está tudo bem, minha querida. — Nura a acalmou suavemente, e Evie finalmente conseguiu se afastar, sentindo a atenção da mãe se voltar para a pessoa atrás dela.

Trystan estava ali, com as mãos nos bolsos, franzindo a testa para a camisa amarrotada. Logo em seguida, voltou a olhar para elas. Evie sorriu.

— Mamãe, esse é meu, hm... Quer dizer, ele é, ah... Trystan Maverine.

A mãe dela o encarou com olhos gentis e encantados, e o coração de Evie se encheu de gratidão. Trystan merecia alguém que ficasse feliz ao vê-lo; era um acontecimento raro na vida dele.

Nura estendeu a mão para cumprimentá-lo, mas ele já estava fazendo uma reverência profunda. Sempre cavalheiresco.

— É um prazer conhecê-lo, Trystan. — Sua mãe partiu direto para o primeiro nome, como se já o conhecesse havia muito tempo.

Trystan se contraiu e limpou a garganta, nervoso.

— Infelizmente, acredito que você não diria isso se soubesse quem eu sou... se soubesse o que sua filha faz para mim. — Quando Nura arqueou a sobrancelha, ele se atrapalhou. Estava corando? — Peço perdão. Não me expressei direito. Estava me referindo ao trabalho dela. O que ela faz no meu *escritório*.

A mãe de Evie soltou uma risada alegre enquanto dava um tapinha na bochecha de Trystan com um afeto materno.

— Já sei disso. Faz um tempo que venho observando vocês.

Trystan engoliu em seco e piscou os olhos rapidamente.

— Você tem nos observado?

Nura olhou para Evie, depois para Trystan e, em seguida, para o céu. Por fim, deu uma piscadela.

— Tive uma ótima visão.

Sua mãe tinha visto tudo, observara tudo. Então, Evie teve que perguntar.

— Mamãe, então você sabe que o Gideon... Você sabe que ele está vivo?

Nura levou a mão ao peito e abriu um sorriso emocionado.

— Sim. Eu sei.

Evie insistiu no assunto, mesmo sabendo que provavelmente não deveria.

— E o papai? Você também sabe sobre... ele? Não havia nenhuma força no mundo e nenhuma fúria maior do que a ira que ardia nos olhos de Nura Sage.

— Sei. — Sua voz soou dura feito granito.

Mas, naquele momento, o tempo de fazer perguntas tinha chegado ao fim, já que a caverna ao redor deles começou a tremer e sacudir como se um terremoto tivesse acometido a terra.

— O que está acontecendo? — gritou Evie, segurando firme a mão da mãe.

— Não sei! — respondeu Trystan. Em seguida, recorreu à criatura. — O que está acontecendo?

— A magia está desaparecendo. — A tristeza estava impregnada na voz retumbante da criatura, e todo o espaço parecia chorar com ela. As estrelas ao redor deles derramavam gotas prateadas, quase como lágrimas. — Nós fomos descobertos. Vão... vocês precisam ir agora!

Uma nuvem escura bateu nos joelhos de Evie por trás, derrubando-a em cima dela junto com sua mãe e Trystan, cujo braço a envolveu e a puxou pelo resto do caminho até a plataforma da criatura. Eles subiam às pressas enquanto a caverna tremia outra vez, as estrelas piscavam e as nuvens se dissipavam no ar.

A caverna ia desabar e levar a criatura junto. Evie não podia suportar mais destruição, não aguentaria perder mais nada que fosse bom e puro.

— Para! — berrou Evie. A nuvem parou enquanto ela implorava à criatura: — Vem com a gente. Por favor.

A criatura balançou a cabeça.

— Não vou abandonar meu canto. Jurei proteger esta terra pelo resto dos meus dias, não importa quantos dias eu ainda tenha. Mas, por favor: salve Rennedawn, salve a magia.

— À medida que subiam cada vez mais, Evie gritou de desespero. Ao se aproximarem da saída, eles ouviram uma última declaração da criatura, e Evie sabia que aquilo a assombraria pelo resto da vida. — Pensem em mim... quando estiverem com as árvores.

A nuvem saiu da caverna e os levou de volta a Blade e o dragão. Todos eles caíram no chão, o próprio ar ao redor deles tremia com destroços e poeira. Era impossível enxergar qualquer coisa; Evie se agarrou ao braço de Trystan e à mão da mãe e, quando a fumaça se dissipou e eles finalmente abriram os olhos...

A caverna tinha desaparecido.

CAPÍTULO 83
Evie

Nura Sage estava abraçando Gideon com tanta força e tanta vontade que Evie tinha certeza de que o irmão jamais escaparia dos braços dela.

Assim que voltaram, combinaram que esperariam Lyssa acordar de manhã para lhe dar a notícia. A pobrezinha precisava de pelo menos uma boa noite de sono antes que seu mundo virasse de cabeça para baixo *de novo*. Daquela vez, pelo menos, as mudanças eram positivas. A mãe estava viva e seu poder, por enquanto, contido. Como estrela, ela havia gastado tanta energia que sua magia entrara em períodos de sono inativo. Além do mais, eles tinham o Vilão e o poder dele, por mais errático que estivesse. Assim que recuperassem a guvre, teriam todas as ferramentas de que precisavam para cumprir a profecia da *História de Rennedawn*.

Ou assim ela pensava.

— Como assim a profecia tem quatro partes? — perguntou Tatianna enquanto examinava Nura em busca de ferimentos.

Nura tomou um gole de chá antes de pôr a xícara na mesa com cuidado e responder Tatianna com um sorriso discreto.

— Eu não vi tudo lá de cima. Passei por períodos de inconsciência e momentos em que não estava acordada. Mesmo quando estava, não dava para ver tudo de uma vez. Mas eu sei que existem quatro objetos para concretizar a história. Ouvi o Benedict citar quatro durante uma das reuniões dele. O Vilão que já foi bom; a cria das criaturas do Destino, os guvres; a luz estelar; e tem mais uma coisa...

Trystan estava tentando controlar a paciência — dava para perceber pelo jeito como ele começava a falar algo e imediatamente se calava.

— Que coisa?

Nura parecia desolada.

— Sinto muito, mas ainda há partes das minhas lembranças que não consigo resgatar. Tenho certeza de que vão acabar voltando para mim.

Evie segurou a mão da mãe.

— Sinto muito por não termos encontrado você antes. Suas cartas estavam destruídas e não conseguimos desvendá-las.

Sua mãe abriu um sorriso trêmulo, com uma pitada de travessura nos olhos.

— Hasibsi, meu amor. As cartas não teriam te dado nenhuma pista para me encontrar, de qualquer maneira. Eu sabia que poderiam cair nas mãos erradas, então deixei pistas que só minha menina esperta poderia solucionar.

Ela levantou o queixo de Evie e lhe deu um beijo na testa.

Ao lado da mãe, Gideon lançou um olhar determinado para ela e, em seguida, para Trystan.

— Eu vou descobrir qual é o quarto objeto. A Evie já fez o suficiente. Vou voltar ao Palácio de Luz e pegar o livro.

— Não! — disse Evie, enfrentando-o. — É perigoso demais. Vamos dar outro jeito. A gente vai roubar o livro, resgatar a guvre fêmea, encontrar o quarto objeto e cumprir a profecia antes do Benedict.

Gideon arqueou a sobrancelha.

— Ah, só isso? — perguntou ironicamente.

Encostado na parede, Trystan a encarou com olhos sérios e mandíbula contraída, e muito foi dito entre os dois com um simples aceno de cabeça.

— Descansem, pessoal. Vamos começar o trabalho amanhã cedo.

Ao passar por ela para sair, o dorso da mão de Trystan roçou no dela, e ele tropeçou como se o contato doesse. Mas ele só parou por um momento e, em seguida, foi embora.

Evie respirou lentamente. Aquele toque parecia muito um adeus. Uma despedida das coisas do jeito que eram.

Ela caminhou até a janela e olhou para o céu noturno. A estrela mais brilhante não estava mais lá em cima — a estrela para a qual já tinha feito tantos pedidos. Evie sorriu e, ao virar a cabeça, viu a mãe sendo tratada pelas mãos curativas de Tatianna.

Quando ela se debruçou na janela, Gideon apareceu ao seu lado. A julgar pela ruga na testa e os lábios franzidos, estava preocupado.

O coração de Evie começou a acelerar.

— O que foi, Gideon?

— Já faz um tempo que tenho tentado te contar uma coisa — admitiu ele —, mas o momento nunca parecia certo.

Em estado de alerta, ela sentiu as bochechas esquentando enquanto gesticulava para que ele seguisse em frente. Gideon mordeu o lábio e apoiou a mão no parapeito.

Então, murmurou:

— Lembra quando eu deveria te dar o antídoto para a fruta do sono da morte? Para que você acordasse.

Ela arregalou os olhos.

— Lembro, Gideon. Era uma etapa bem importante do plano. — Ela deu uma risada nervosa.

Gideon pôs um frasco na palma da mão dela. O vidro rolou de um lado para o outro, brilhando.

O antídoto.

— Não consegui chegar em você a tempo. Os guardas não paravam de me bloquear.

Ela passou a outra mão pelos cachos para esconder o tremor que se instaurou.

— Não faz sentido. Se você não me deu o antídoto, então como foi que eu acordei? Só existe uma cura.

Gideon sorriu, como se aquilo não fosse alterar completamente o mundo dela.

— Existem duas curas.

— É um mito. Esse tipo de magia, esse tipo de poder... não existe — disse ela, com medo.

Seu irmão balançou a cabeça e fechou os dedos de Evie ao redor do frasco enquanto arqueava a sobrancelha.

— Tem certeza?

Lembranças do sono da morte vieram à tona: a voz gentil que a chamava de volta à vida e... um beijo suave nos nós dos dedos. Ela rejeitou qualquer alegria que a revelação poderia proporcionar, enterrando-a nas profundezas do seu ser. No momento, aquilo não a ajudaria em nada.

Ela guardou o antídoto no bolso da saia e se virou para a janela, segurando firme o parapeito com ambas as mãos.

Ao olhar para o céu noturno, observou todas as estrelas e não fez nenhum pedido, não fez mais nenhuma solicitação a um mundo que só a confundia. Em vez disso, lhe fez uma promessa. Uma promessa que Evie esperava que abalasse toda a terra até chegar ao Palácio de Luz. Ao rei Benedict. Ao pai dela. A Trystan Maverine.

Ela sorriu e declarou.

Cuidado com a fúria de um coração bondoso.

EPÍLOGO
Gideon

Uma semana depois...

O **escritório tinha voltado** rapidamente à desordem de sempre. Ou, pelo menos, Gideon presumia que a desordem era comum. Nunca tinha testemunhado nenhum outro tipo de funcionamento por lá. Sua mãe tinha passado os últimos sete dias grudada nele, dando passos cuidadosos e hesitantes em relação a Lyssa. Que parecia bem determinada a evitá-la. A mãe tentava encarar a situação com bravura, mas Gideon percebia a dor que ela sentia por não ter visto os filhos crescerem. Por ter perdido todas as coisas das quais deveria ter feito parte. Só o tempo curaria tais feridas. Só novas lembranças poderiam amenizar a perda das antigas.

Evie e o Vilão evitavam um ao outro como sereias evitavam navios — limitavam-se a trocar olhares de relance toda vez que ficavam a menos de três metros de distância. Aquele caldeirão fervente ia transbordar rapidinho, mas Gideon não ousava dizer aquilo a nenhum dos dois.

Keeley tinha voltado ao seu estado normal — olhar feio para Gideon o tempo inteiro —, mas por ele tudo bem, já que a mulher era irritadiça demais para o seu gosto.

Qualquer sensação de estar no lugar certo que ele tenha sentido ao abraçá-la ou lutar ao lado dela só tinha acontecido por conta da descarga de adrenalina. Já tinha passado, e ele mal notava a presença dela — mesmo agora, enquanto Keeley se aproximava dele com um semblante assassino em seu belo rosto. Ela jogou um pedaço de papel na mesa de Evie, que a irmã o deixava usar enquanto cuidava do inventário — de teias de aranha, provavelmente.

— Por acaso tenho cara de garota de recados? — Keeley revirou os olhos e cruzou os braços, e sua trança ridiculamente grossa balançou nas costas com o movimento. Era surpreendente que ela não tombasse com o peso do cabelo.

Gideon a contemplou, dando tapinhas no queixo.

— Não sei. Elas usam chapeuzinhos engraçados, não usam? Coloca um na cabeça. Vamos descobrir.

— Tomara que os dragões comam você — rebateu Keeley com desdém. — Faça o favor de jogar fora os seus próprios papéis, senhor cavaleiro. — Em seguida, ela se virou e foi embora com passos largos. Gideon ficou surpreso e irritado ao se pegar olhando para a forma curvilínea que se afastava.

Então, olhou para a página da *História de Rennedawn* que havia rasgado às pressas e contrabandeado para Evie junto com as cartas da mãe. O selo brilhante no topo era um sinal do poder do livro. Ele leu as palavras repetidas vezes, na esperança de que o quarto objeto lhe saltasse aos olhos caso Gideon pensasse bastante.

Aquele que as terras mágicas salvar,
A cria do Destino nas mãos terá;
Quando a união do Destino e a magia estelar acontecer,
Para sempre a terra vai lhe pertencer.

Mas cuidado com o Vilão desmascarado e seu poder sombrio,
Pois nada é mais perigoso que um bom coração que se tornou frio...

Gideon abriu um sorriso confuso enquanto uma ideia persistente tentava invadir sua cabeça.

Ele leu o trecho de novo, dessa vez em voz alta.

— Mas cuidado com o Vilão desmascarado e seu poder sombrio, pois nada é mais perigoso que um bom coração que se tornou frio.

Então, a ficha caiu.

Gideon arregalou os olhos e seu coração bateu com medo enquanto ele encarava as palavras, incrédulo.

Semanas antes, Gideon tinha sido relegado ao canto do salão de baile do rei quando os outros guardas o empurraram. Entrara em pânico ao ver as provocações do rei Benedict e o desespero do Vilão. Olhara para o caixão de vidro onde jazia a irmã e temera que Evie não despertasse, que ele acabasse chegando tarde demais com o antídoto.

Mas Evie *tinha* despertado.

E tinha se revelado para todos os presentes. Para o reino. Para o mundo.

Gideon sentiu um frio na barriga de tanto pavor. Naquele momento, dava para sentir que tudo estava prestes a mudar.

Trystan — o Vilão — não tinha sido o único a ser revelado para o mundo no fatídico evento do rei.

Evie também tinha sido.
Gideon respirou fundo.
Ela havia sido... desmascarada.

Fim.
Até o próximo encontro...

AGRADECIMENTOS

Tenho quase certeza de que poderia escrever outro livro só com agradecimentos a todas as pessoas que ajudaram a tornar esse aqui realidade, mas, pelo bem da impressora e do papel, vou fazer de tudo para ser breve. Quando comecei a escrever *Aprendiz do Vilão*, eu estava passando por muitas mudanças na minha vida. Mudanças são boas — e até maravilhosas, eu diria —, mas também nos desestabilizam um pouco e nos levam a buscar apoio no que é certo e familiar.

Para mim, minha família sempre cumpriu esse papel. Minha parte favorita de reler qualquer coisa que escrevi é ver partes deles dentro da história, especialmente nesta.

Obrigada à minha mãe, Jolie, que é tudo que há de bom e gentil no mundo; ao meu pai, Mark, que é a razão por trás de eu conseguir rir de coisas que às vezes me fazem chorar. Agradeço aos meus avós, Rosalie e Jim, pelo apoio constante e por torcerem por mim. Agradeço à minha *sitto* Georgann, sem a qual o bom coração de Evie jamais existiria, e ao *giddo* Richard, por ter me passado o chapéu de autor. Queria que você estivesse aqui para ler os meus livros, mas tenho um ótimo pressentimento de que você está olhando para mim aí de cima com um sorriso no rosto. Espero que esteja tendo a melhor visão.

Agradeço aos meus tios e tias. Tia Kim e tio Glenn; um agradecimento especial ao meu tio Glenn, que tem as melhores ideias! Tia Nicole, tio Brian, tia Miriam, tio Karl, o querido tio Brian, que já nos deixou (sim, são dois Brians), tia Chrissy. Obrigada aos meus incontáveis primos, que eu vou citar aqui porque o livro é meu e eu quero! Kristen, Katie, Brian, Sean, Ashley, Marshall, Richard, Gabriel, Samuel, Nicholas e Anthony. E às minhas melhores amigas, que entraram para a família e me fizeram sentir que eu finalmente tinha irmãs: Ally, Katie, Amanda, Iman e Mara. Por favor, nunca mais me deixem sozinha com os garotos de novo.

expira Eu disse que minha família era grande. Eu até incluiria um agradecimento extra aos meus irmãos, mas este livro é dedicado a eles, então não posso ser exagerar. Mas, falando sério, se você riu, se divertiu e sentiu um quentinho no peito ao ler sobre os irmãos da Becky ou sobre o Gideon, saiba que essa é a alegria que eu sinto quando estou com os meus. Imensurável e irreplicável.

Agradeço à minha melhor amiga Lexi, que lê meus escritos e os aprecia há anos, e a todos os amigos que me deram apoio durante *Assistente do Vilão* e o processo de escrita do *Aprendiz*. Sou muito grata a vocês. Agradeço à família que eu encontrei, com quem troco mensagens quase cem vezes por dia e que acalmam minha alma como se fossem um remédio. Maggie, Sam, Kaven, Amber e Stacey. Amo muito, muito vocês.

E, claro, por último, mas não menos importante no meu clã, meu Michael. Que me levou a quase todos os eventos e sessões de autógrafos e fez de tudo para que eu me sentisse segura e amada em todas as mudanças pelas quais passei este ano. Obrigada pela paciência, pela gentileza e pelo amor. Amo você tanto quanto o Vilão ama doces. E agradeço à família do Michael, que é uma extensão da minha com todo o apoio constante ao longo do último ano.

Depois, é claro, temos todas as pessoas que possibilitaram este livro e que transformaram todos os meus sonhos em realidade. Muito obrigada ao meu maravilhoso agente, Brent Taylor, cujo entusiasmo constante, otimismo e crença inabalável em mim foram o motivo pelo qual o *Aprendiz* deu tão certo. Agradeço a Liz Pelletier, que mudou minha vida inteira. Seus conselhos e sua sabedoria diante de qualquer desafio este ano fizeram de mim uma autora e um ser humano melhor. Obrigada por tudo. Obrigada a toda a família Entangled e Red Tower! Agradeço a todas as pessoas que trabalharam incansavelmente neste livro para torná-lo o que ele é agora e por cada pingo de gentileza! Muito obrigada a Stacy Abrams, Rae Swain, Hannah Lindsey, Molly Majumder, Heather Riccio, Meredith Johnson, Ashley Doliber, Curtis Svehlak, Brittany Marczak e Jessica Meigs. Muito obrigada a Elizabeth Turner Stokes por mais uma capa linda! Seu talento faz meu mundo ganhar vida. Agradeço a Lizzy Mason, que responde a todas as minhas mensagens desesperadas, e a toda a minha equipe na Kaye Publicity. Agradeço também à equipe da Macmillan e a todos os editores estrangeiros que levaram esta série com tanto carinho aos leitores do mundo inteiro.

Obrigada às livrarias e aos livreiros que apresentaram meu livro a tantos leitores, pelo entusiasmo contagiante com meu trabalho. Muito obrigada aos meus leitores. (Ainda acho uma loucura ter leitores! Mas estou desviando do assunto.) Obrigada por me fazerem sentir que as coisas que eu faço importam. Obrigada pelo privilégio de fazer vocês rirem. Espero que o *Aprendiz* tenha feito o mesmo (sem muitos momentos de choro). Equilíbrio é importante! Obrigada por lerem o *Aprendiz* e por seguirem a jornada da Evie.

E, por fim, agradeço mais uma vez à Evie Sage. Este último ano foi cheio de novas experiências e de novos desafios. Mas, como sempre, em meio a tudo isso, Evie foi meu porto seguro. Ela sempre esteve presente para estender a mão para mim, para me levantar e sacudir a poeira. Esta história e meus personagens são minha luz em lugares onde eu só vejo escuridão, e espero que um pouco dessa luz tenha chegado até você.

Agradeço a todos que escolheram este livro. Espero que tenha feito vocês sorrirem, mas, acima de tudo, espero que tenha feito vocês fazerem o que há de mais valioso no ser humano.

Sentir.

Este livro, composto na fonte Fairfield,
foi impresso em papel **Ivory Slim** 65g/m² na gráfica Leograf.
São Paulo, Brasil, julho de 2024.